COMPANHIA DAS LETRAS

Sátiras e outras subversões: textos inéditos

AFONSO HENRIQUES DE LIMA BARRETO nasceu no Rio de Janeiro, em 13 de maio de 1881, filho do tipógrafo João Henriques e da professora Amália Augusta, ambos mulatos. Seu padrinho era o visconde de Ouro Preto, senador do Império. A mãe, escrava liberta, morreu precocemente, quando o filho tinha seis anos. A abolição da escravatura ocorreu em 1888, no dia de seu aniversário de sete anos, mas as marcas desse período, o preconceito racial e a difícil inserção de negros e mulatos na sociedade brasileira, porém, nunca deixaram de ocupar o centro de sua obra literária.

Em 1900, o escritor deu início aos registros do *Diário íntimo*, com impressões sobre a cidade e a vida urbana do Rio de Janeiro. Lima Barreto começa sua colaboração mais regular na imprensa em 1905, quando escreve reportagens, publicadas no *Correio da Manhã*, sobre a demolição do morro do Castelo, no centro do Rio, consideradas um dos marcos inaugurais do jornalismo literário brasileiro. Na mesma época, começa a escrever a primeira versão de *Clara dos Anjos*, livro que seria publicado apenas postumamente, e elabora os prefácios de dois romances: *Recordações do escrivão Isaías Caminha* e *Vida e morte de M. J. Gonzaga de Sá*, livros que terminaria de redigir quase que simultaneamente, ainda que este último tenha sido publicado apenas em 1919.

Recordações do escrivão Isaías Caminha sai em folhetim na revista *Floreal*, em 1907, e em livro em 1909. Em 1911, escreve e publica *Triste fim de Policarpo Quaresma* em folhetim do *Jornal do Commercio*. Publicou ainda *Numa e a ninfa* (1915), *Vida e Morte de M. J. Gonzaga de Sá* (1919), *Histórias e sonhos* (1920). Postumamente saem *Os bruzundangas* (1922) e as crônicas de *Bagatelas* (1923) e *Feiras e mafuás* (1953).

Morreu no Rio de Janeiro, em 1º de novembro de 1922, aos 41 anos.

FELIPE BOTELHO CORRÊA nasceu no Rio de Janeiro, obteve seu ph.D. pela Universidade de Oxford e é pesquisador e professor de literaturas e culturas do Brasil, de Portugal e da África lusófona na universidade King's College London.

Lima Barreto

Sátiras e outras subversões: textos inéditos

Organização, introdução, pesquisa e notas de
FELIPE BOTELHO CORRÊA

Copyright da introdução © 2016 by Felipe Botelho Corrêa

Grafia atualizada segundo o Acordo Ortográfico da Língua Portuguesa de 1990, que entrou em vigor no Brasil em 2009.

Penguin and the associated logo and trade dress are registered and/or unregistered trademarks of Penguin Books Limited and/or Penguin Group (USA) Inc. Used with permission.
Published by Companhia das Letras in association with Penguin Group (USA) Inc.

PROJETO GRÁFICO PENGUIN-COMPANHIA
Raul Loureiro, Claudia Warrak

PREPARAÇÃO
Alexandre Boide

REVISÃO
Valquíria Della Pozza
Jane Pessoa

Dados Internacionais de Catalogação na Publicação (CIP)
(Câmara Brasileira do Livro, SP, Brasil)

Barreto, Lima
 Sátiras e outras subversões : textos inéditos / Lima Barreto; organização, introdução, pesquisa e notas Felipe Botelho Corrêa. — 1ª ed. — São Paulo: Penguin Classics Companhia das Letras, 2016.

 ISBN 978-85-8285-036-7

 1. Literatura brasileira — Miscelânea I. Corrêa, Felipe Botelho. II. Título.

16-04322   CDD-869.8

Índice para catálogo sistemático:
1. Miscelânea: Literatura brasileira 869.8

[2016]
Todos os direitos desta edição reservados à
EDITORA SCHWARCZ S.A.
Rua Bandeira Paulista, 702, cj. 32

Os precursores 123
Mais uma... 125
Reconhecimento de poderes 127
Uma contestação 129
Escola Normal 131
Cooperativa ou estação telegráfica? 135
Gratidão política 138
Que governo! 140

A SÃ POLÍTICA É FILHA DA MORAL E DA RAZÃO

A sucessão 145
Colchetes 147
O Cincinato e a sua estrada 149
A conferência 151
As estátuas e o centenário 153
A zanga dos edis 155
Uma carta 157
Um bom diretor 160
Limitação dos armamentos 163
Convenções 164
Um alvitre 166
Em breve... 168
Um diálogo 170
O Primeiro Distrito 172
A fundação de um partido 174
O grande orador 176
A política mineira 178
O reconhecimento de poderes 180
A civilizadora 182
Proeza policial 184
Eu também... 186
Palavras dele 187
Conversas 189

O NOSSO TEMPO É EXTRAORDINÁRIO

Falsificações 193

Sumário

Introdução 11
Agradecimentos 76
Nota sobre o texto 77

SÁTIRAS E OUTRAS SUBVERSÕES: TEXTOS INÉDITOS

PARA FAZER O PAÍS FELIZ, PRECISAMOS DESPOVOÁ-LO PELA MISÉRIA

Nacionalização intensiva 83
Providências governamentais 86
Academia comercial 89
Rio versus Minas 94
Governo maravilhoso!!! 97
Um bom ministro 101
Mudança de regime 103
O programa 105
Uma sessão da Academia 107
Sua excelência, o sr. ministro 109
Uma lembrança 111
Novas análises 113
A filha do emir 115
A viagem de sua majestade 117
Uma sessão da diretoria da Sociedade Nacional
de Agricultura 119

Uma opinião de Catulo	196
O pavilhão da Inglaterra	198
Origem do nacionalismo	202
Notas avulsas	205
As paradas da "Jardim"	208
Nacionalização de tabuletas	211
O prefeito em apuros	213
As tabuletas da Avenida	216
Alfa e Ômega	218
Muito justa!	220
Um romancista	223
Conversas	225
O mapa	228
A venda de armas	230
O fiscal e o condutor	232
Uma petição curiosa	234
A questão da cerveja	236
Fogos de artifício	239
A única	241
A explosão da Armação	243
Voto obrigatório	245
Por que será?	246
Assassinato profilático	248
As divorciadas e o anel	250
O futuro do feminismo	251
A Escola Normal	253
O caso de mademoiselle Eli	255
O adiantamento do interior	258
A menina do telefone	260
O motivo	262

O PAÍS DAS VAIDADEZINHAS

Tabuletas salientes	267
Não dêxe, nhonhô	269
O mal da "Central"	272
"Morro Agudo"	275

Um *five o'clock* 277
A bordo do *Herschel* 281
Um apelo 284
A obra-prima 286
Atrações cariocas 288
Programa do centenário 290
Antes assim... 292
A brigada do entusiasmo 294
Quiromancia de salão 297
É demais! 300
O astrônomo da Avenida 302
Empréstimos etc. 304
A mais próxima 305
Quadro de guerra 307
Centro Paraibano 310
O pavilhão do "Distrito" 313
A tal ciência 315
Diálogo singular 317
Por força 320
Um figurão como padrinho 323
"Le monde marche"... 324
O desfile dos pais da pátria 326
Uma confissão 328
O pergaminho ao alcance de todos 330
A moda e o vestuário 332

VIDA SUBURBANA
Meditem a respeito 337
A propósito 341
Um contraste 344
Os enterros de Inhaúma 346
O gambá 348
O homem das mangas 351
Divertiram-se, mas... (conto de cinzas) 354
Antolhos 357
O sr. Diabo 360

Joias e carne-seca	363
A lei agradecida	366
A agonia do burro	368
Velha queixa	370
A peça de morim	371
Um caso	373
O fio de linha	375

PISTOLÕES E COSTUMES ADMINISTRATIVOS

O pistolão	379
O último "rodolfinho"	381
Um requerimento curioso	383
O culto da competência	385
Alta política	388
Eles falam...	390
E é só	392
O prêmio	395
Uma entrevista	398
O motivo	400
O Rapadura	402
Governada pelos mortos	404
Uma eleição de intendente	406
As reformas	408
Economias	409

A ECONOMIA E A CARESTIA DA VIDA

O nacionalismo	413
Lamentável esquecimento	416
Pedra & Moskowa	418
Estado de sítio	420
Credo!	423
Troféus de guerra	426
O meu consolo	428
Parecer abalizado	430
A lição	432
Percalços da farda	434

12252:637$871 — só?!	436
A "greve" de fome	439
Um pedido	441
Discussões rocambolescas	442
Economia	444

A IMPRENSA LEVA A TUDO

Feminário	449
A colocação	452
A futura capital	454
Circular que atrapalha	456
O uniforme branco	459
Um foco de insurreição	462
Comunicam-nos	464
Superintendência da alimentação	466
Movimentos estratégicos	468
Polícias...	470
A "gruta da imprensa"	472
O homem da barca	474
Apontamentos	475
Notas	477
Bibliografia	537
Cronologia	547

Introdução

FELIPE BOTELHO CORRÊA

Todos os 164 textos que compõem a edição que o leitor tem em mãos são inéditos em livro, e foram publicados originalmente em periódicos. Nesse sentido, mais do que uma antologia, este volume é a revelação de uma parte da obra de Lima Barreto que permaneceu completamente desconhecida por mais de um século. Embora as razões para tal desconhecimento sejam várias, a que mais pesou certamente foi o fato de o autor ter utilizado pseudônimos em muitas de suas colaborações em revistas desde o início até o fim de sua carreira, em 1922.

O esforço para encontrar material inédito sobre o escritor também logrou identificar uma nova imagem fotográfica que, de certa forma, sintetiza a proposta deste livro. Apesar de ter sido publicada em 1907 numa revista de grande circulação e estar disponível em arquivos diversos — como é o caso dos textos aqui revelados —, somente agora foi possível identificar sua fisionomia, da mesma forma como só agora foi possível identificar alguns dos pseudônimos. Na imagem, o escritor aparece na plateia que lotou o Palace-Theatre no Rio de Janeiro naquele ano para a conferência humorística organizada pela revista *Fon-Fon*. Intitulado "As cariocas e os cariocas", o evento apresentou uma galeria de figuras da cidade, que eram comicamente ilustradas no palco por dois desenhistas da revista no decorrer do espetáculo. Em meio a tantos rostos, é preciso se ater ao detalhe para poder identificar a presença de Lima Barreto, autor cuja iconografia não é extensa.

Essa fotografia é um importante registro do início de uma carreira literária e do contexto que cercava o autor naquele momento. À esquerda da imagem, sentado na quarta fileira, sério e concentrado, ele ainda não tinha adquirido o prestígio que lhe trariam *Recordações do escrivão Isaías Caminha*, que ele começaria a publicar naquele ano em fragmentos na revista *Floreal*. Ele já era, contudo, colaborador da *Fon-Fon* naquele momento, com textos publicados desde o primeiro número, editado em abril de 1907, ainda que sob a máscara de pseudônimos. Entretanto, nesse momento ainda não se sentava junto aos principais colaboradores, como os caricaturistas Raul Pederneiras e Calixto Cordeiro, que protagonizaram o evento e que aparecem na primeira fila, na parte inferior da imagem.

A foto nos dá uma amostra do tipo de público que uma revista popular ilustrada como a *Fon-Fon* tentava alcançar. Com ingressos esgotados e lotação máxima, vemos o teatro repleto de homens e mulheres de variada faixa etária, além de jovens e crianças, o que já serve como um pequeno indício do apelo e do sucesso das substanciais tiragens que a revista teve desde seu lançamento, como veremos mais adiante. Antes, contudo, é importante chamar a atenção para alguns detalhes. Mais do que uma ênfase na individualidade de cada colaborador, o que se tem aqui é uma identidade coletiva assumida e representada pela revista. O espetáculo era do grupo de colaboradores da *Fon-Fon*, que tinha como símbolo a imagem do automóvel que buzina a modernidade pela via da sátira visual e escrita.

Lima Barreto é um dos poucos negros presentes neste prestigiado evento na capital do país. Ele está em meio a tantas caras não identificáveis e alguns rostos que se escondem, outros que deliberadamente gesticulam para o fotógrafo e a maioria que aparenta ignorar a presença do aparato num teatro que emanava modernidade com seus elementos *art nouveau*. Consciente do uso que será feito da fotografia, Lima Barreto aparece encarando atentamente a câmera, buscando um contato visual com o leitor da revista. Sua vestimenta de terno e gravata está em gritante contraste com as fotos que foram descobertas nos últimos anos, em que ele aparece com o uniforme de interno do Hospital Nacional dos Alienados em 1914 e 1919.[1] Essas três fotografias são momentos da vida e do contexto de uma personalidade que desde o princípio de sua carreira como escritor optou por produzir uma literatura subversiva que é, em grande parte, de base satírica.

A sátira para ele tinha a potência de ser combativa, revolucionária e mortal no âmbito do embate das ideias e das práticas daquele começo de século xx. Em um de seus artigos para a *Careta*, ele afirma:

> A troça é a maior arma de que nós podemos dispor e sempre que a pudermos empregar é bom e é útil.
> Nada de violências, nem barbaridades. Troça e simplesmente troça, para que tudo caia pelo ridículo.
> O ridículo mata e mata sem sangue.

É o que aconselho a todos os revolucionários de todo o jaez. [...]
Assim é que todos devemos fazer.
Troças, troças, sempre troças.²

Já é bastante conhecida a faceta da obra de Lima Barreto que fazia uso de recursos estéticos do realismo, como nos momentos em que expressa simpatia por camadas sociais desfavorecidas que pouco apareciam na literatura que ficou conhecida como "sorriso da sociedade", na expressão de Afrânio Peixoto — literatura essa que prevalecia na época e que Lima Barreto tentava subverter a todo custo. Sua constante intervenção literária tinha, contudo, uma outra face, aquela da antipatia e do combate que fazia uso da sátira para ridicularizar os seus alvos.³

Matar pelo ridículo, sem sangue, somente pela sagacidade, era uma maneira de sensibilizar a sociedade de sua época sobre certos aspectos que, segundo Lima Barreto, os fatos por si só não podiam comunicar. A sátira, nesse sentido barretiano, é um engajamento com o contexto ao redor através de uma perspectiva ou de um comentário que forneçam uma interpretação para o leitor. É por isso que a caricatura para ele tem mais potência que a evidência fotográfica: para Lima Barreto, a caricatura, como elemento satírico, fornece mais ferramentas de intervenção subversiva tanto através de imagens como através de textos, como era o seu caso.

O sentido de subversão ao qual aqui nos referimos é aquele da tentativa de transformar a ordem social estabelecida e suas estruturas de poder, autoridade e hierarquia, revertendo ou contradizendo os valores correntes. No âmbito da obra de Lima Barreto publicada em revistas populares, o ímpeto subversivo aparece tanto na sátira, que é elemento predominante, como em outras estratégias, como a já mencionada simpatia pelas camadas mais baixas da sociedade, além da crítica política contundente, dos comentários sociais que nadavam contra a corrente e de uma literatura que se fazia e se queria deliberadamente popular e acessível.

Lima Barreto fez de sua obra um constante esforço de atuação pública, uma voz que buscava ser escutada não somente nos círculos acadêmicos e literários de sua época, mas também, e principalmente, fora deles. Seu ideal era o de contagiar seus leitores através de uma voz dissonante em relação aos ideais de uma suposta "belle époque" naquele começo de século. Para ele, a literatura tinha a missão de sensibilizar os diferentes atores sociais em busca de um sentimento de solidariedade mútuo, que se traduziria num projeto de sociedade que levasse em conta o processo histórico do Brasil, sua condição pós-colonial e o contexto das primeiras décadas após a abolição da escravidão e da proclamação da República.

Essa complexa obra, marcada por um profundo comprometimento com a vida pública do país através de sua capital, tornou-se um marco não só para quem estuda o início do período republicano, mas para qualquer um que tenha interesse em entender o Brasil. Trata-se hoje de uma importante referência de pensamento crítico sobre a sociedade do começo do século XX e suas reminiscências. Seus textos são estudos, ainda que muitas vezes em formas breves, que convidam o leitor a pensar sobre as contradições históricas da sociedade brasileira.

Contudo, essa contundente obra por pouco não caiu no ostracismo. Foi resgatada pelo pioneirismo de Francisco de Assis Barbosa, que delineou de maneira impressionante *A vida de Lima Barreto*, uma detalhada biografia publicada em 1952 e que continua sendo editada atualmente. Esse trabalho seminal de resgate e disseminação da obra do escritor carioca foi certamente o estopim para a produção de uma extensa fortuna crítica que vem sendo desenvolvida desde então tanto no Brasil como em países como Reino Unido, França e Estados

Unidos, tendo como fonte as já consagradas *Obras de Lima Barreto*, publicadas em 1956 e organizadas pelo próprio Barbosa em parceria com Antônio Houaiss e M. Cavalcanti Proença. Esses dezessete volumes ainda são ferramentas fundamentais para o leitor contemporâneo conhecer a obra do escritor.

Antes dessa empreitada, no entanto, os textos estavam espalhados por periódicos, diários e manuscritos que, depois de organizados, acabaram compondo a maior parte dos livros que estabeleceram um lugar privilegiado para Lima Barreto na história da literatura brasileira. Esse esforço inicial foi complementado décadas depois com a publicação de alguns inéditos em *Toda crônica*, organizado por Beatriz Resende e Rachel Valença (2004), e o mais recente *Todos os contos reunidos* (2010), organizado por Lilia Moritz Schwarcz. É seguindo essa esteira, e como uma contribuição a ela, que este livro surgiu, trazendo ao público um material que se encontrava disperso e camuflado em revistas e jornais.

Os pseudônimos que Lima Barreto utilizou não chegam a ser elaborados heterônimos, como no conhecido caso do português Fernando Pessoa, seu contemporâneo. O emprego de assinaturas como Amil, Jonathan, Xim, Horácio Acácio, Inácio Costa, Pingente, Barão de Sumaret, Eran, J. Caminha, entre outros, estava inserido numa prática muito disseminada nas revistas populares ilustradas que surgiram no começo do século xx. Ainda que muitas das poesias publicadas fossem assinadas por conhecidos escritores da época, os textos satíricos de comentários sociais ou políticos resguardavam a identidade de seus autores com a utilização de nomes fictícios.

Além disso, a grande quantidade de textos curtos publicados semanalmente poderia sugerir que cada número da revista contasse com a colaboração de uma variada gama de escritores, quando na verdade havia apenas um limitado grupo produzindo textos sob vários nomes.

Isso fica claro quando eventualmente alguns textos esclarecem de forma explícita quem de fato estava por trás de certos nomes. Esses breves esclarecimentos ao leitor atento ajudam a entender que, na maioria dos casos, não se tratava de uma deliberada criação de personalidades complexas, mas de máscaras e homenagens que seguiam a proposta temática das revistas e que tentavam disfarçar a identidade do autor para criar uma sensação de diversidade em cada número. Contudo, como será exposto mais adiante, algumas das máscaras que Lima Barreto utilizava pouco cobriam seu rosto em revistas como *Careta* e *Fon-Fon*.

Editadas para o grande público nacional, essas publicações traziam em suas páginas uma miscelânea que já não tem par no segmentado mercado das revistas atual. Eram seções de humor, crônicas, poesias, caricaturas e reportagens fotográficas produzidas por intelectuais boêmios e humoristas do Rio de Janeiro. São nessas e em outras revistas similares da época que podemos ver a produção modernista da capital, frequentemente através do humor e da carnavalização, que expressava as novas complexidades e sensibilidades que surgiam com as mudanças da cidade e da sociedade.[4]

É no contato com esses arquivos do passado que podemos olhar para a sociedade brasileira de um século atrás com as lentes do autor carioca e criar conexões com as nossas próprias época e cultura e vice-versa. Nesse sentido, um dos papéis centrais deste livro é transportar-nos para um outro período — que engloba modos de ser, perceber, pensar e representar muitas vezes diferentes do mundo contemporâneo. Trata-se de um passado que é resgatado através das revistas, que tanto marcaram a expressão literária de Lima Barreto, como veremos a seguir.

Lima Barreto em revista

Na virada do século XIX para o XX, num momento em que a circulação em massa de imagens fotográficas estava apenas começando, quando cartões-postais eram ainda uma deslumbrante novidade, as revistas populares ilustradas figuravam como algo fascinante para os leitores. E não só os leitores das cidades onde eram editadas, mas também os que viviam longe desses centros urbanos. Características como o papel e a impressão de melhor qualidade, o amplo espaço dedicado às imagens, muitas delas em cor, e a periodicidade semanal, quinzenal ou mensal, faziam com que as revistas tivessem uma circulação diferente da dos jornais diários. Enquanto estes tinham uma distribuição local, as revistas populares ilustradas chegavam regularmente a leitores distantes e não raramente a outros países.

Encantados, muitos consumidores adotavam o hábito de colecionar recortes dessas revistas, usando-os para decorar o interior de suas casas. A prática era bastante disseminada na época em vários países, e muitos leitores em Buenos Aires, por exemplo, selecionavam *"retratos de héroes populares, generales o reyes recortados de las revistas, una imagen de la virgen o un par de santos"* para decorar seus aposentos.[5] No Brasil, Lima Barreto foi um desses colecionadores no período da Primeira República. Em 1905, quando tinha 23 anos e sua carreira como escritor apenas ensaiava florescer, ele anotava em seu *Diário íntimo* a sua admiração não só por periódicos literários e livros, mas também por revistas repletas de ilustrações e sátiras:

> Hoje, dia de ano-bom, levantei-me como habitualmente às sete e meia para as oito horas. Fiz a única ablução do meu asseio, tomei café, fumei um cigarro e li os jornais. Acabando de lê-los, arrumei as paredes do meu quarto. Preguei aqui, ali, alguns retratos e figuras, e ele tomou

um aspecto mais garrido. Há, de misturas com caricaturas do *Rire*[6] e do *Simplicissimus*,[7] retratos de artistas e generais. Não faz mal; nesse aspecto baralhado ele terá o aspecto da vida ou da letra "A" do dicionário biográfico, que traz Alexandre, herói de alto coturno, e um Antônio qualquer, célebre por ter inventado certa pomada.[8]

As revistas ilustradas não eram de forma alguma uma novidade na virada do século. Contudo, foi nesse momento que o modelo das revistas populares ganhou mais espaço. Tiragens cada vez mais altas, que eram distribuídas através da malha ferroviária, eram sustentadas por anunciantes dos grandes centros urbanos que vendiam por catálogo seus variados produtos, fabricados com medidas padronizadas para serem comercializados em grande escala. A alta qualidade gráfica das revistas, consequência do desenvolvimento de novas tecnologias de impressão, fazia com que os produtos tivessem suas imagens distribuídas de forma atraente para uma ampla gama de novos leitores. Essa mudança começou nos Estados Unidos e na Europa Ocidental, e acabou por se espalhar rapidamente por países latino-americanos. No final da primeira década do século XX, publicações como *Revista da Semana* (1900), *O Malho* (1902), *Fon-Fon* (1907) e *Careta* (1908) já chegavam a ter tiragens semanais de mais de 50 mil exemplares, que gradualmente foram crescendo de maneira similar a publicações pioneiras como a argentina *Caras y Caretas*. A exitosa revista lançada em Buenos Aires em 1898 com tiragem inicial de 15 mil exemplares cresceu rapidamente e em 1910 já imprimia mais de 100 mil exemplares semanais.[9] No Brasil, esse modelo de periódico ilustrado rapidamente conseguiu atingir ampla circulação nacional, tornando-se um dos primeiros meios de comunicação de massa com cobertura em diversas partes do país, como fica evidente em carta aberta publicada em 1919:

Os jornais diários, mesmo os de grande tiragem, circulam pelo interior numa proporção mínima, comparada à circulação das principais revistas publicadas na Capital, que mandam para todo o Brasil, mesmo aos sertões mais longínquos, 60% a 70% das suas consideráveis edições, sendo este talvez o meio mais prático de divulgação por todo o vasto território nacional não só dos acontecimentos da Capital como das noções instrutivas de todo o gênero, seja pela sua profusa e nítida reportagem fotográfica, de que as revistas têm monopólio devido à qualidade de seu papel, seja pela reprodução em linha nacional de tudo quanto sucede no mundo, de arte, ciência, indústria, comércio etc., concorrendo desta forma para a propagação e conhecimentos úteis às classes obrigadas a viverem fora dos grandes centros.[10]

Esse modelo de revista marcou de forma substancial o projeto literário de Lima Barreto de se tornar parte do "patrimônio comum do espírito dos contemporâneos" através de "uma língua inteligível a todos".[11] Pioneiras em atingir um público massivo, diferente do público leitor de livros e mesmo de jornais diários, essas revistas davam ao escritor a possibilidade de ter suas ideias amplamente transmitidas toda semana em grande parte do território nacional — e, no caso da *Careta*, até mesmo em países vizinhos como a Argentina, a partir de 1921. Nesse sentido, não foi por acaso que Lima Barreto publicou grande parte de sua obra em revistas, principalmente seus textos breves. Esse é um dado importante sobre o autor, já que suas obras, com raras exceções, foram publicadas primeiro em periódicos e só depois editadas em livros, que foram publicados, em sua maioria, postumamente.

A primeira colaboração de Lima Barreto em uma revista de grande e regular circulação foi na *Fon-Fon* — a convite de Mário Pederneiras, escrevendo sob pseudônimos como Amil, Pingente, S. Holmes, Phileas Fogg, Eran e Mié —, já nos primeiros números publicados, em 1907. Apesar de ter deixado de atuar como secretário da revista no mesmo ano, Lima Barreto nunca se desconectou completamente daquele meio intelectual boêmio e satírico. Boa parte do primeiro grupo da *Fon-Fon* de 1907 saiu da revista para fundar a *Careta* no ano seguinte, sob a direção de Jorge Schmidt, que também era dono da *Kósmos*.[12] É na *Careta* que Lima Barreto vai publicar anos depois a maior parte de seus textos breves, em colaborações regulares em dois períodos, um em 1915 e outro entre 1919 e 1922.

A experiência na *Fon-Fon* funcionou como um incentivo para usar o formato de revista como caminho literário. No entanto, essas revistas tinham características editoriais que não favoreciam a divulgação de novos escritores, já que os textos, em sua grande maioria, eram assinados por pseudônimos (uma característica comum nas revistas da época), colocando na sombra possíveis aspirações autorais, como era o caso do jovem escritor. É com a intenção de usar o formato revista de uma maneira mais incisiva e autoral, sem a necessidade de pseudônimos, que ele vai criar e liderar, ainda em 1907, a edição dos quatro únicos números de *Floreal*, lançada no mesmo contexto histórico das *small magazines* discutidas no famoso ensaio de Ezra Pound publicado em 1930.

A iniciativa de publicar a *Floreal* não era exatamente uma reação à sua experiência na *Fon-Fon*, mas uma tentativa de ter espaço para publicar textos de mais fôlego, como *Recordações do escrivão Isaías Caminha*, propondo uma alternativa ao meio literário da época, ainda dominado pelo academicismo e pelos jornais diários. O descontentamento com esses jornais e o tipo de literatura que era produzida é evidente no artigo introdutório que ele assina:

> Estamos certos [...] que essa média entre a sensibilidade obstruída de afastados compatriotas, o semianalfabetismo

de uns e a futilidade de outros, atualmente representada pelo jornal diário, não tem direito a distribuir celebridade e a estabelecer uma escala de méritos intelectuais.[13]

É relevante como em sua crítica o autor enfatiza os poderosos jornais diários como instituições a ser desafiadas por uma nova literatura, que em grande parte surgia tanto nas revistas populares ilustradas como nas pequenas revistas, como *Floreal*. É por esse caminho das revistas que ele trilhará grande parte de sua vida literária, apenas ocasionalmente buscando o espaço dos jornais diários para seus dois folhetins: *Triste fim de Policarpo Quaresma*, publicado em 1911 no *Jornal do Commercio*, e *Numa e a Ninfa*, publicado em 1915 em *A Noite*.[14]

Ainda que *Floreal* tenha sido a primeira e única revista criada e editada por Lima Barreto, não foi a única concebida por ele. Uma década depois, ele projetou *Marginália* como uma espécie de síntese de suas aspirações nos meios periódicos da capital. Apesar de nunca ter sido publicada, o manuscrito deixado por ele com as diretrizes da revista é esclarecedor. Em termos conceituais, a revista corroboraria o objetivo da *Floreal* de atacar e subverter o poder estabelecido pelos jornais conservadores. Contudo, a estratégia editorial para atingir tal meta tinha mudado ao longo daqueles dez anos:

> Na medida do razoável, não fugiremos aos moldes das publicações mais procuradas. Sem fazê-la semelhante aos chamados semanários humorísticos, nem tampouco aos modelos das grandes revistas clássicas — o que no nosso meio é quase impossível —, esforçar-nos-emos por editar a *Marginália* de modo que, participando de um e outro gênero de publicidade, ela possa satisfazer o gosto de qualquer espécie de leitor, sem depender de nenhuma delas.[15]

Na década que separa *Floreal* de *Marginália*, Lima Barreto colaborou regularmente com duas revistas de circulação nacional: *Careta* em 1915 e *A.B.C.* em 1916-7. A *Careta* certamente poderia ser classificada como um semanário com foco humorístico e visual. As edições semanais tratavam de interesse geral (política, sociedade, moda, esporte, entretenimento) e saíam com numerosas tiragens e distribuição nacional, chegando a ocupar, junto com outras de seu gênero, importante espaço no meio intelectual brasileiro de 1908 até 1960, quando encerrou suas atividades.[16] Por outro lado, o semanário *A.B.C.* enfatizava mais as questões políticas do momento, dando espaço a artigos mais extensos de análise, combinados com fotografias e ilustrações, sem deixar de dar espaço ao humor, como no caso da série de textos satíricos sobre a República das Bruzundangas que o próprio Lima Barreto escreveu para o semanário. Desse modo, apesar de ter um preço de capa mais baixo que o da *Careta*, *A.B.C.* tinha menos apelo popular e tentava, à sua maneira, dar espaço para ensaios sobre questões e debates relevantes à sociedade brasileira da época. Assim, foi através de colaborações regulares na *Careta* e na *A.B.C.* que Lima Barreto tentou viabilizar seu compromisso com a disseminação de sua literatura dentro das possibilidades editoriais daquele momento.

O modelo das grandes revistas clássicas a que ele se refere no manuscrito de *Marginália* é aquele de publicações como as francesas *Revue des Deux Mondes* e *Mercure de France*, que pretendiam ser espaços de textos críticos e artísticos independentes e heterogêneos, sem o objetivo de ser exatamente uma empreitada comercial ou de dar voz a uma única escola de pensamento ou grupo. Tais revistas chegaram a ter tiragens de 40 mil exemplares em 1914, editando textos de escritores como Ferdinand Brunetière,[17] Jean-Marie Guyau,[18] Guy de Maupassant[19] e Hippolyte Taine,[20] que foram fortes influências no pensamento de Lima Barreto.[21] Para o autor carioca, essas grandes revistas eram fontes de informação sobre debates da crítica e da filosofia de sua época. Os exemplares que adquiria eram estudados com atenção, e muitos textos eram recortados e organizados em cadernos e na sua biblioteca pessoal, que ele chamava de Limana.

A menção de que o modelo das grandes revistas era praticamente impossível de ser editado no Rio de Janeiro provavelmente leva em conta a experiência de Lima Barreto com a *Floreal*, que teve o formato deliberadamente influenciado pela *Mercure de France*. O conhecimento adquirido ao longo de vários anos como colaborador de revistas tinha dado forma à sua busca por uma solução editorial que pudesse ser tanto estimulante intelectualmente como atraente para um amplo público leitor. Nesse sentido, Lima Barreto opta por "um aspecto baralhado" como o ideal para atrair os leitores brasileiros, mesclando a revista popular satírica com as revistas analíticas, deixando de lado o modelo das pequenas revistas adotado na *Floreal*.

Não se trata, contudo, de uma descrença na potencialidade dessas pequenas revistas, mas de uma busca por um meio-termo entre independência intelectual e ampla disseminação de ideias. Para Lima Barreto, é precisamente nas pequenas revistas que é possível encontrar verdade, novidade e independência, mas sempre sob a sina do fracasso editorial. Em seu artigo "As pequenas revistas", de 1919, ele argumenta:

> A publicidade de ideias, de vistas, sobre isto ou aquilo, não tem importância senão quando é feita nos grandes jornais, mesmo para assuntos muitos especiais e restritos. Ora, acontece que os cotidianos respeitáveis têm mais o que fazer do que se preocupar com sonhos e outras maluquices; acresce ainda que são muitos a proclamá-los, de forma que o vazadouro natural, para as importunas atividades cerebrais, seria a revista. Entre-

tanto, até hoje, uma grande revista não se pode manter no Rio e as pequenas que aparecem têm de levar uma vida precária e contrafeita, pois o público não as compra e não as toma a sério.[22]

Para ele, a imprensa diária ainda era um bastião da elite intelectual que ascendeu em fins do século XIX e resistia a ideias e práticas inovadoras, como seus sonhos e suas "maluquices". Seu desejo de editar uma revista em 1917 condensava seus esforços ao longo da carreira como escritor de renovar a produção literária no Brasil, algo que seria também enfatizado pelo grupo vanguardista de São Paulo a partir da década de 1920 com revistas como *Klaxon*, para a qual Lima Barreto foi convidado a colaborar quando Sérgio Buarque de Holanda foi ao Rio de Janeiro a pedido de Mário de Andrade e Oswald de Andrade em 1922.

Nesse sentido, o programa da *Marginália* sustenta um dos pilares do projeto intelectual de Lima Barreto, que pretendia produzir uma literatura inovadora e que pudesse abrir as cortinas das questões políticas, econômicas e sociais do Brasil da Primeira República, levando a um público amplo e diverso "tudo o que interessa o uso da vida, a direção da conduta e o problema do nosso destino".[23] E fica claro que esse projeto tinha como premissa a necessidade de disseminação popular, algo que somente as revistas de grande circulação tinham o potencial de atingir.

> O que nós desejamos é esclarecer fatos e opiniões, sob a luz de uma livre crítica, de forma que aqueles leitores, pouco enfronhados nos bastidores de certos aspectos da nossa vida e deles só tendo diante de si o fato bruto, possam melhor julgar o desenrolar dos acontecimentos políticos, literários e outros, assim também as individualidades envolvidas nesses acontecimentos.[24]

Para ele, o acesso ao que acontecia nos bastidores da cena política e pública estava restrito a pequenos grupos de políticos, jornalistas e funcionários públicos de alto escalão. É com o intuito de expor ou explicar certos aspectos para além dos discursos publicados nos jornais da época, em grande parte controlados por políticos, que ele usa as revistas como meio de comunicação com o grande público. Nesse sentido, o nome *Marginália* é menos uma referência a uma certa marginalidade social e mais uma síntese do método que ele utilizou em boa parte de seus textos curtos de comentário. A revista para ele era como a marginália da imprensa diária, espécies de anotações e comentários escritos na margem daquilo que se lê. Em algumas ocasiões, o autor claramente explica o método de selecionar e anotar histórias buscando elementos para o estudo da vida doméstica, comercial e sentimental da sociedade carioca e brasileira:

> Este modesto artigo[25] não passa de um ajustamento da marginália que fiz às notícias lidas por mim, nos cotidianos [...]. Era tal a falta de uma segura orientação nos que se digladiavam, que só tive um remédio para estudá-la mais tarde: cortar as notícias de jornais, colar os retalhos num caderno e anotar à margem as reflexões que esta e aquela passagem me sugerissem. Organizei assim uma "marginália" a esses artigos e notícias.[26]

Para Lima Barreto, a imprensa era uma fonte de conhecimento sobre a sociedade em que vivia, principalmente através das contradições que publicavam e as estruturas de poder que disseminavam. Leitura, seleção e comentário sobre acontecimentos tratados na imprensa formavam um método crítico que o autor desenvolveu ao longo de sua carreira como escritor público e que fica evidente em vários de seus textos, inclusive aqueles publicados nesta edição em livro de textos inéditos. É por esse processo de ampliação dos sentidos, próprio de uma marginália crítica que tenta subverter o texto central, que ele buscou se comunicar com os leitores, principalmente no fim de sua vida, quando já estava aposentado e cada vez mais abatido pelo alcoolismo.

De *Fon-Fon* a *Careta*, passando por *Floreal*, *Marginália* e *A.B.C.*, fica claro que Lima Barreto tomou as revistas como meios potentes para disseminar sua voz crítica e dissonante. Seus numerosos textos tiveram um importante papel no desenvolvimento de uma fácil comunicação com a sociedade de seu tempo através da imprensa, que tinha um grande potencial de disseminação, atingindo desde o público analfabeto que escutava a leitura das revistas em voz alta nas ruas da cidade até o público de outros estados longínquos, que recebiam impressões da capital, como no caso de Manuel Bandeira em Pernambuco:

> A nós, brasileiros de hoje, a quem importa mais uma cena de costumes dos subúrbios do Rio do que todas as florestas de exemplos fradalhões quinhetistas; mais nos interessa a linguagem de um prosador como Lima Barreto, tido embora como incorreto segundo o critério purista de inspiração portuguesa, do que o esplendor verbal de Rui [Barbosa], absolutamente exótico no seio da selva gostosa dos nossos barbarismos. O gosto da vida (da nossa vida) está com o primeiro.[27]

Esse esforço por comunicação e clareza, através de uma "fala brasileira" para um público amplo, faz uso de um discurso que tenta diminuir o abismo entre a "linguagem falada natural" e a "afetação literária da sociedade brasileira culta".[28] O comprometimento de aproximação com o leitor aparece como uma estratégia que perpassa a obra de Lima Barreto, e fica explícita em alguns momentos, como nas palavras de Vicente Mascarenhas, o narrador autoficcional de *Cemitério dos vivos*, o último romance deixado incompleto. O protagonista descreve seu dilema como intelectual que precisa escolher entre produzir uma arte sofisticada que só seria lida por uma audiência exclusiva ou produzir obras que fossem acessíveis a uma ampla gama de leitores. Ao tentar explicar sua decisão de deixar de lado a tarefa de escrever livros que pudessem "ferir a Ciência nas suas bases e contestar-lhe esse caráter de confidência dos Deuses", Mascarenhas justifica sua opção por revistas:

> Veio-me a reflexão de que não era mau que andasse eu a escrever aquelas tolices [em revistas]. Seriam como que exercícios para bem escrever, com fluidez, claro, simples, atraente, de modo a dirigir-me à massa comum dos leitores, quando tentasse a grande obra, sem nenhum aparelho rebarbativo e pedante de fraseologia especial ou um falar abstrato que faria afastar de mim o grosso dos legentes. [...] Seria muito melhor que me dirigisse ao maior número possível, com auxílio de livros singelos, ao alcance das inteligências médias com uma instrução geral, do que gastar tempo com obras só capazes de serem entendidas por sabichões enfatuados, abarrotados de títulos e tiranizados na sua inteligência pelas tradições de escolas e academias e por preconceitos livrescos e de autoridades. Devia tratar de questões particulares com o espírito geral e expô-las com esse espírito.[29]

Esse trecho ajuda a esclarecer o papel que as revistas tiveram no projeto literário de Lima Barreto. Ele via esses periódicos populares como um meio de comunicar ideias para um grande número de leitores, através de um constante esforço de escrever com clareza, fluência e simplicidade. Sua obra — sejam os romances, os contos, as crônicas ou as sátiras — é resultado desse embate de tornar o Brasil da Primeira República legível e de fazer uma literatura de alto impacto social.

As máscaras de Lima Barreto

Em 1945, Francisco de Assis Barbosa se viu na difícil posição de ter que disputar com as traças o legado deixado por Lima Barreto. Foi este o ano em que Barbosa travou o primeiro contato com os manuscritos deixados pelo escritor no bairro de Todos os Santos, no subúrbio do Rio de Janeiro, quando morreu, em 1922. Entusiasmado com a riqueza do material que encontrara, Barbosa foi a fundo na tarefa de escrever a biografia de Lima Barreto e de editar em livros a obra que havia sido publicada de forma fragmentada em diversos periódicos e deixada inacabada em manuscritos e diários íntimos.

Os resultados do empenho pioneiro de Barbosa vieram a público de forma definitiva em 1952, com a célebre biografia *A vida de Lima Barreto*, e com os luxuosos dezessete volumes das *Obras de Lima Barreto*, publicados em 1956 com prefácios de renomados escritores e pesquisadores. Muitas vezes referidos como as obras completas do escritor, esses volumes se tornaram desde então a principal referência para quem lê, pesquisa e edita os textos do escritor carioca.

Foi apenas no início do século XXI que duas antologias foram publicadas com textos que não saíram nos volumes de 1956. A primeira foi *Toda crônica*, organizada por Beatriz Resende e Rachel Valença em 2004, que editou pela primeira vez em livro nove textos de Lima Barreto que originalmente apareceram em revistas. A segunda antologia, mais recente, foi *Contos completos de Lima Barreto*, organizada por Lilia Moritz Schwarcz e editada pela Companhia das Letras em 2010, que conta com 43 textos completos e incompletos que até então estavam disponíveis apenas como manuscritos no Arquivo Lima Barreto da Biblioteca Nacional, no Rio de Janeiro. Seguindo esse mesmo esforço, a presente antologia traz a público 164 textos de Lima Barreto que ainda não foram coletados em livro e que até mesmo especialistas desconheciam. Essa surpreendente quantidade de textos até hoje inéditos pode ser explicada, em parte, pela dificuldade de acesso a arquivos completos das revistas e pelo árduo trabalho de pesquisar seu conteúdo, facilitado recentemente por digitalizações de acervos.

Além de Francisco de Assis Barbosa, quem também se deu ao trabalho detetivesco de decifrar os pseudônimos de Lima Barreto foi Carlos Drummond de Andrade, grande colecionador e admirador das revistas ilustradas que surgiram no Rio de Janeiro no começo do século XX. Editadas na então capital, mas com ampla distribuição nacional, essas revistas foram decisivas na formação intelectual de vários escritores que viviam fora do eixo Rio-São Paulo, como o próprio Drummond atestou em 1986 em uma série de entrevistas para um programa de rádio: "Essas revistas [*Careta* e *Fon-Fon*], lidas, relidas, alisadas no excelente papel *couché*, fizeram minha iniciação literária, muito imperfeita mas decisiva. Guardo até hoje visualmente de cor, por assim dizer, páginas e páginas das duas. Sei a posição das gravuras, os títulos das matérias".[30]

Ao crescer em Itabira lendo, colecionando e eventualmente contribuindo para tais revistas, Drummond desenvolveu uma enorme capacidade de decifrar quem estava por trás dos inúmeros pseudônimos que apareciam regularmente nessas publicações semanais.[31] O entusiasmo inicial do jovem poeta perdurou na maturidade, e Drummond deu início a um projeto que jamais viu ser publicado: o *Dicionário de pseudônimos brasileiros*. Galante de Sousa, na época das reuniões do Sabadoyle, ainda tentou ampliar o trabalho que Drummond iniciara, finalizando uma segunda versão do manuscrito. Ambas as versões, porém, permanecem até hoje sem edição em livro: a primeira está sob a guarda da Biblioteca Nacional; a segunda permaneceu por muitos anos na Fundação Casa de Rui Barbosa, mas acabou indo parar nas mãos de um colecionador.

Francisco de Assis Barbosa provavelmente teve acesso a essa segunda versão quando resolveu incluir uma nota de pé de página sobre pseudônimos na terceira edição de *A vida de Lima Barreto*. Barbosa menciona aí o dicionário que Drummond estava produzindo na época, e amplia o número de máscaras atribuídas a Lima Barreto.[32] No entanto, a grande maioria dos textos assinados com esses pseudônimos nas revistas *Careta* e *Fon-Fon* nunca foi examinada ou incluída em qualquer publicação referente ao escritor, nem mesmo as editadas pelo próprio Barbosa.

Se seguirmos somente a seleção sugerida por Barbosa, Lima Barreto teria utilizado os seguintes pseudônimos na revista *Careta*: J. Caminha, Lucas Berredo, João Crispim, Puck, Flick, J., Jamegão e Jonathan.[33] A lista sugerida por Drummond é diferente: Aquele, Inácio Costa, Ingênuo, J. Hurê, Naquet, Pedro Malasartes, Xim, Horácio Acácio e Tradittore.[34] Na *Fon-Fon*, segundo Barbosa, Lima Barreto teria adotado ainda Phileas Fogg e S. Holmes.

Essas informações, apesar de acessíveis desde 1964, nunca foram conferidas, e essa é, em parte, a contribuição que a presente antologia pretende dar aos estudos sobre Lima Barreto: esclarecer essa longa lista de pseudônimos publicados na *Careta* e na *Fon-Fon*. A outra contribuição é a coleta de textos explicitamente assinados por Lima Barreto e publicados em vários periódicos, mas que nunca chegaram a ser editados em livro.

Incluímos também uma versão inédita do texto "Os enterros de Inhaúma", originalmente publicado na *Careta*, que difere substancialmente daquela incluída em *Feiras e mafuás*. Além de ser mais curta, a versão que apareceu na *Careta* traz uma das mais contundentes confissões de Lima Barreto sobre sua perspectiva da literatura como autobiografia, que permeia boa parte de sua obra: "Os leitores hão de desculpar esta confissão; mas, se atenderem que tudo o que escrevo são páginas das minhas memórias, terão que considerar como justa a confidência que faço".

Essa confissão parece corroborar a já conhecida linha de argumentação alimentada desde 1949 por Sérgio Buarque de Holanda,[35] e repetida por outros críticos como Antonio Candido,[36] de que o Lima Barreto mais típico seria aquele que funde experiências pessoais com comentários sociais. De fato os textos de Lima Barreto são uma espécie de confissão, um discurso que deliberadamente não quer se esconder. Entre confissões e confidências, é evidente que a maior parte de seus textos não está ancorada na literatura de ficção, mas no esforço de conectar fatos através da experiência e observação pessoais, por vezes uma autoficção, produzindo uma literatura que evitasse o que o autor chamava de "arte algébrica" e abstrata de construir fantoches sem representatividade social.[37]

A questão relevante aqui, entretanto, não é exatamente o já conhecido argumento de que se trata de uma literatura de confissão que não se esconde. O ponto relevante, e que ainda foi pouco analisado nos textos de Lima Barreto, é justamente o que essas confidências mostram. Se a sinceridade das opiniões e experiências é uma característica central em seu trabalho como escritor, fundindo problemas sociais e pessoais, é preciso então investigar se tais características também estão presentes nos textos assinados por pseudônimos e atribuídos ao escritor carioca.

E nesse ponto regressamos à problemática das listas sugeridas por Barbosa e Drummond. O resultado de um esforço sistemático de tentar dar continuidade e esclarecer essa questão é o que compõe a maior parte desta antologia. Embora as conclusões não se baseiem em manuscritos, a pesquisa realizada ao longo de cinco anos resultou num acúmulo de evidências que sustentam de forma satisfatória que Lima Barreto estava de fato por trás de alguns dos pseudônimos sugeridos por Barbosa e Drummond. Porém, devido às peculiares características dessas publicações, é provável que o escritor tenha escrito muitos outros textos, anônimos ou sob pseudônimos que não puderam ser identificados com exatidão. Os textos desta presente antologia, portanto, estão longe de resolver a problemática de forma definitiva e constituem apenas uma contribuição para novos caminhos de pesquisa sobre a obra de Lima Barreto. As evidências que levaram a essa descoberta incomum serão expostas mais adiante e resumem o resultado de uma longa pesquisa sobre a obra desse escritor carioca.

Os pseudônimos da *Careta*

Os pseudônimos atribuídos a Lima Barreto na *Careta* apareceram entre março e dezembro de 1915 e entre setembro de 1919 e novembro de 1922. Essas duas séries foram escritas em diferentes contextos e, portanto, precisam ser analisadas separadamente, assim como o período de colaborações na *Fon-Fon*, que será discutido mais adiante.

Existem algumas diferenças entre a série de 1915 e a de 1919-22, uma das quais é precisamente quanto Lima Barreto mostra de si aos leitores. Em 1915, mais de 60% dos textos são escritos em terceira pessoa, o que contrasta com a série de 1919-22, na qual quase 80% dos textos são em primeira pessoa. Esses números sugerem que, em 1915, quando ainda trabalhava como amanuense no Ministério da Guerra, Lima Barreto não queria ser claramente identificado. Talvez preocupado com censuras e retaliações, ele buscou diferentes maneiras de se camuflar, e apenas assinou seu já reconhecido sobrenome em três textos, que não chegavam a atacar ou ridicularizar nenhuma pessoa pública diretamente, o que poderia afetar Lima Barreto como funcionário público federal.[38] Na série de 1919-22, por outro lado, ele claramente assinava ao menos um dos seus vários textos publicados semanalmente ao longo de mais de três anos, e quase sempre com ataques a políticos e figuras eminentes na sociedade brasileira da época.

Contudo, nos textos em que assinou com as iniciais L.B. ou com pseudônimos em 1915, Lima Barreto foi menos comedido. É principalmente na série "Contos argelinos", publicada nesse período, que ele ataca direta ou indiretamente inúmeras figuras públicas, designando-as por apelidos satíricos.[39] É o caso, por exemplo, do senador Augusto de Vasconcelos, que era chamado de Rapadura, Melaço ou até mesmo Augusto Rapa Leitão Assado; Hermes da Fonseca aparece como Dudu, Abu-Al DhuDhut ou Bentes; Pinheiro Machado era chamado de senador Bastos; o irmão do marechal Hermes, Fonseca Hermes, aparece como Jan-Ghothe ou Jangote; Francisco de Assis Rosa e Silva era Ross Al-Xeiroso; Cincinato Braga era Cide Cinsin Ben Nhato.

Possivelmente seguindo a estratégia de proteger seus colaboradores de possíveis retaliações, já que o proprietário (Jorge Schmidt), o diretor (Mário Bhering) e o secretário (Leal de Souza) da *Careta* haviam sido presos durante o estado de sítio de 1914 decretado por Hermes da Fonseca, muitos textos publicados nesse período não são assinados, o que acaba por tornar a tarefa de identificação dos autores ainda mais complicada. Uma média de quinze textos era publicada em cada edição, dos quais em geral metade era de anônimos, e a outra metade era composta de traduções, poesias de autores reconhecidos e textos assinados por pseudônimos comentando a vida cotidiana e política do Rio de Janeiro, além de assuntos internacionais.

Logo após a guerra, entre 1919 e 1922, a *Careta* toma outro rumo. Esse é o período do mandato de Epitácio Pessoa na presidência da República, conhecido por ter sido menos militarizado que os governos de Hermes da Fonseca e Venceslau Brás, nomeando civis como ministros da Guerra (João Pandiá Calógeras) e da Marinha (Raul Soares). Entretanto, Epitácio Pessoa não escapou de momentos políticos turbulentos como a Revolta do Forte de Copacabana, em julho de 1922, a revolta do Clube Militar e a crise das cartas falsas: todos eles, e outros mais, devidamente comentados semanalmente por Lima Barreto em sua segunda fase na *Careta*, quando o escritor carioca usou outras máscaras.

Após ser aposentado de seu cargo no Mistério da Guerra, em fins de 1918, Lima Barreto ganhou mais liberdade para assinar seu próprio nome ou iniciais até mesmo em seus trabalhos mais ousados e críticos. Por outro lado, as novas circunstâncias de vida abriram espaço para o escritor abordar assuntos para além da vida política do Rio de Janeiro. É a partir de 1919 que ele passa a escrever mais sobre suas memórias, literatura, vida cotidiana, futebol e feminismo, entre outras questões. Por outro lado, mantém algumas das preocupações fundamentais que já estavam presentes em 1915, como os comentários sobre o que era publicado na imprensa diária da capital. Nesse caso, Lima Barreto se coloca não como um observador de sua experiência nos subúrbios do Rio de Janeiro, mas como leitor atento de jornais, e é justamente essa prática diária que pode ser vista como o gancho ou o gatilho de grande parte dos textos de ambas as fases na *Careta*.

Como comentarista satírico da grande imprensa, o escritor passava os dias em seu bairro escrevendo suas colaborações para diversas revistas, sem ter que ir ao centro da cidade regularmente. Provavelmente foi esse desprendimento geográfico que fez com que Lima Barreto não deixasse de colaborar na *Careta* quando esteve por mais de dois meses internado no Hospital dos Alienados, na Praia Vermelha. Desde o momento em que entrou, no final de dezembro de 1919, até o momento em que saiu, após o Carnaval de 1920, seus textos continuaram sendo publicados regularmente. Além disso, como veremos mais adiante, é nesse momento que a *Careta* começa a publicar textos de Jonathan, que viria a ser o pseudônimo mais utilizado pelo escritor na revista, apesar de seus textos terem permanecido desconhecidos até o momento.

Sem evidências que comprovassem quais pseudônimos foram de fato utilizados por Lima Barreto na *Careta*, e sabendo que a maior parte dos textos assinados pelos nomes sugeridos por Francisco de Assis Barbosa e Carlos Drummond de Andrade não havia sido publicada em livro, foi preciso verificar as fontes primárias. A primeira tarefa foi catalogar todos os textos publicados na *Careta* em 1915 e entre 1919 e 1922, registrando a lista de seus respectivos autores ou pseudônimos. A segunda tarefa foi verificar se tais pseudônimos apareciam antes ou depois dessas datas, já que o próprio Lima Barreto deixou um manuscrito mencionando que só colaborara com a *Careta* naqueles dois períodos. Alguns nomes listados por Barbosa continuaram a publicar por anos a fio sobre temas correntes mesmo depois da morte de Lima Barreto, como é o caso de Jamegão, Puck e J., o que acabou por ajudar a eliminar essas possibilidades.[40] Os demais pseudônimos são analisados detalhadamente a seguir.

J. Caminha (ou I. Caminha)

Barbosa chegou a recolher alguns textos assinados com esse pseudônimo, mas outros ficaram esquecidos nas páginas da revista. Ainda que o pioneiro biógrafo e editor não dê explicações sobre o porquê de sua conclusão quanto à autoria de Lima Barreto, é possível encontrar evidências. Em primeiro lugar, o nome é grafado de duas formas diferentes — a grande maioria como J. Caminha, e algumas como I. Caminha, o que poderia ser um simples erro na hora de montar os tipos para a impressão. De qualquer forma, o nome é uma clara referência ao personagem principal do primeiro romance de Lima Barreto, *Recordações do escrivão Isaías Caminha*, editado em livro em 1909.

Em segundo lugar, há nesses textos certas referências literárias que são recorrentes em outros textos de Lima Barreto. É o caso, por exemplo, do *Dictionnaire universel des contemporains*, escrito por Gustave Vapereau, que aparece em vários outros textos do escritor carioca que está listado na Limana, sua biblioteca pessoal. Em "Depois de velho...", no qual assina com suas iniciais, Lima Barreto menciona o dicionário de Vapereau e chega até a fazer uma paródia, descrevendo o fictício "Dicionário dos contemporâneos brasileiros". Tal versão nacional do dicionário biográfico trataria de eminentes figuras da sociedade brasileira da época, incluindo um verbete para o senador Augusto de Vasconcelos (Rapadura), constante alvo da mordacidade do escritor:

> Senador, estadista de largo descortino triangular e funerário. Os seus processos eleitorais eram os seguintes: nas vésperas das eleições, corria aos cemitérios e, por processos mágicos, desenterrava os defuntos e os fazia votar. Como ele dispunha de poderes de nigromante, Rapa conseguia que os mortos lhe obedecessem cegamente e sufragassem os seus candidatos.[41]

O fictício dicionário aparece ainda em dois textos, um do mesmo pseudônimo "Faustino I",[42] e outro de Inácio Costa, "Mais uma",[43] que também foi possível verificar como de autoria de Lima Barreto, como veremos mais adiante. Em "Faustino I", o narrador menciona como a leitura de um dicionário biográfico poderia ser útil para entender a política brasileira naquele ano de 1915, já que algumas biografias tendiam a se repetir ao longo da história:

> Lendo à toa um dicionário biográfico, temos às vezes surpresas bem agradáveis e revelações inéditas.
> Há dias folheando o velho *Dicionário dos contemporâneos*, de Vapereau, encontrei a biografia de um curioso

imperador do Haiti, Faustino 1, mais conhecido por Suluque. Não sei o que de atual descobri na sua vida que não posso furtar ao desejo de comunicá-la aos leitores, em largos traços. Vejam só.

Em seguida o narrador literalmente traduz grande parte do verbete do general Soulouque 1, que de fato aparece no dicionário de Vapereau. Esse texto foi publicado num momento de violentos protestos contra o poder e a influência de Pinheiro Machado na política brasileira, que culminou com seu assassinato dois meses depois. Assim como Soulouque, Pinheiro Machado se tornou general após lutar numa guerra civil (a Revolução Federalista no Rio Grande do Sul em 1893-5), alcançando posteriormente grande poder político, com sua fama de autoritário e violento. Algo similar ocorreu com Soulouque, que é descrito por Vapereau como *"un tyran imbécile ou sanguinaire, uniquement occupé d'enrégimenter des soldats"*, mostrando o porquê do sutil comentário sobre as biografias se repetirem na história.[44]

Outra evidência de que J. Caminha era Lima Barreto aparece em "O muambeiro", em que o autobiografismo e as observações sobre a experiência cotidiana em Todos os Santos são enfatizados:

> Quando saio de casa e vou à esquina da estrada real de Santa Cruz, esperar o bonde, vejo bem a miséria que vai por este Rio de Janeiro.
>
> Moro há mais de dez anos naquelas paragens e não sei por que os humildes e os pobres têm-me na conta de pessoa importante, poderosa, capaz de arranjar empregos e solver dificuldades [...]. Olhei os Órgãos [serra dos Órgãos] ainda fumarentos nestas manhãs de cerração e pensei que o meu destino era ser vigário de uma pequena freguesia.[45]

Como se sabe, Lima Barreto viveu a última fase de sua vida na rua Major Mascarenhas, perto da esquina com a rua José Bonifácio, no bairro de Todos os Santos, no Rio de Janeiro. Anos depois, em 1921, ele descreveria sua casa, a Vila Quilombo, em detalhes no texto "Graças a Deus", também publicado na *Careta*, mas assinado com seu real sobrenome. As similaridades da geografia são surpreendentes:

> O "Quilombo", a minha casa apalaçada, [...] mandei-a construir no antigo estilo campesino português, [...] com largos beirais, pesadas telhas de calha, largas janelas e alguns arrebiques modernos. Tem dois pavimentos, tanto no edifício principal, como num secundário, onde está a casa das "fornalhas" e outros aposentos de utilidade [...]. Olha o "Quilombo" a serra dos Órgãos e, dos fundos, por cima do casario suburbano, avistam-se as montanhas do Andaraí. É preciso ficar sabido que o meu "Quilombo" se ergue na extremidade de uma pequena eminência sobre a velha estrada real de Santa Cruz.[46]

Esse conjunto de detalhes fornece evidências que corroboram a afirmação de Barbosa de que J. Caminha (ou I. Caminha) era de fato Lima Barreto. Contudo, seis dos textos publicados com esse pseudônimo nunca foram coletados: "O pistolão",[47] "Uma carta",[48] "Um apelo",[49] "Não deixe, nhonhô!",[50] "A lição",[51] e "A conferência".[52]

Aquele

A evidência mais clara de que esse é também um pseudônimo de Lima Barreto aparece em "Um bom ministro", em que o personagem dr. Bogóloff é mencionado. Três anos antes, em 1912, Lima Barreto havia publicado em folhetim a série de sátiras *Aventuras do dr. Bogóloff*. O texto publicado na *Careta* é uma espécie de conto satírico sobre um ministro da Agricultura que queria eliminar a burocracia de seu ministério:

> Logo que o prestante cidadão foi empossado ministro da Agricultura, tratou de acabar com a burocracia.
> A diretoria de Agricultura não lhe pareceu corresponder ao nome. Não havia nela absolutamente nem um pé de couve. O ministro energicamente mandou retirar as mesas, todo o aparelho burocrático e espalhar terra nos salões das seções e semear couves.
> Os empregados foram incumbidos de tratar dos canteiros, regar as mudas, transplantá-las e deixar por completo a mania de redigir pareceres e ofícios.[53]

É difícil crer que seja apenas uma coincidência que tanto no texto da *Careta* como em *Aventuras do dr. Bogóloff* exista um ministro da Agricultura que nomeia o emigrante russo Bogóloff para ajudá-lo em seu gabinete. Além disso, dr. Bogóloff também aparece no folhetim *Numa e a Ninfa*, escrito por Lima Barreto e publicado no jornal de Irineu Marinho, *A Noite*. A publicação dos capítulos desse folhetim ao longo de 1915 coincide com as colaborações enviadas à *Careta* e, nesse caso específico, o texto "Um bom ministro" foi publicado na *Careta* três semanas depois de o personagem dr. Bogóloff aparecer pela primeira vez em *Numa e a Ninfa*.

Outra evidência que ajuda a decifrar esse pseudônimo aparece em "A lei agradecida". Como dito anteriormente, o escritor vivia em Todos os Santos e, para chegar à estação de trens, tinha que caminhar pela rua José Bonifácio e em seguida pela estrada real de Santa Cruz (atual rua Arquias Cordeiro). Ele morava no local havia anos, e os vizinhos e comerciantes todos o conheciam e logo souberam que Lima Barreto tinha começado a colaborar para os jornais com regularidade naquele ano. Algumas semanas antes da publicação de "A lei agradecida", Lima Barreto assinara um texto com o pseudônimo Leitor na *Careta*, que será discutido mais adiante, para reclamar do calçamento das ruas em nome dos moradores de Todos os Santos. Um mês após o texto ser publicado, o mesmo tema voltou a aparecer na mesma revista, só que em forma de conto. Cansado das más condições da pavimentação das ruas, um comerciante da vizinhança decidiu consertar os buracos por conta própria:

> O bom negociante do lugar notava sempre com tristeza que a estrada que lhe passava nas portas estava cheia de buracos, inconveniente fácil de remediar.
> Pediu a um amigo que se dava nos jornais o favor de chamar a atenção das autoridades competentes para fato tão escandaloso. Os jornais falaram, mas as tais autoridades competentes, muito interessadas em dotar Botafogo de mais um "refúgio", não se incomodaram com os buracos da Estrada Real.[54]

Esse pequeno trecho mostra características típicas dos textos de Lima Barreto: sua aversão ao elitismo representado pelo bairro de Botafogo e seus moradores; o ato de escrever em nome de outra pessoa, que aparece em vários outros contos e também nos romances *Recordações do escrivão Isaías Caminha* e *Vida e morte de M. J. Gonzaga de Sá*; e a descrição detalhada do bairro de Todos os Santos, principalmente nos arredores da rua Major Mascarenhas, onde ele morava.

A esses detalhes podemos juntar outras evidências, como as que aparecem no texto "Economia", que trata dos "nossos trens de subúrbios".[55] O ato de descrever a viagem e o que se podia observar nos trens e bondes dos subúrbios é uma estratégia recorrente na obra do escritor que já conhecíamos. Nesse específico texto, um passageiro está no trem segurando um pacote. Quando o cobrador entra no vagão para verificar as passagens, a galinha que estava no pacote voa e corre por entre os passageiros. O dono corre atrás tentando recuperá-la, e o cobrador segue junto para penalizá-lo por estar viajando com um animal no trem. Uma cena quase igual a essa aparece também no texto "Coisas de 'Mafuá'", publicado na *Careta* em 1921.

Outros detalhes que ajudam a confirmar esse pseudônimo: a referência satírica a Minas Gerais como "pachalik dos Bois" é uma estratégia similar àquela utilizada nos "Contos argelinos", e a implicância com os banquetes e festas custosas do governo aparecem em "Mudança de regime";[56] o deboche da "polícia científica" e as cenas descrevendo os subúrbios em "Proeza policial";[57] as referências ao abuso de bebidas alcoólicas em "Alfa e Ômega", cujo narrador afirma que "o herói bebe aguardente";[58] a crítica da estética literária dominante na época é evidente em "Credo";[59] e o que Lima Barreto considerava como boa estratégia literária: "fazer romances cheios de observação, muito naturais, lidos porque não têm o enfado dos arrebiques de um estilo procurado nem a preocupação de uma psicologia de gabinete. [Enfim, ter] uma simplicidade de estontear todo o nosso pedantismo literário".[60] Todas essas evidências ajudam a confirmar que os dez textos assinados por Aquele em 1915 foram escritos por Lima Barreto.

Leitor

O tema das más condições nas ruas de Todos os Santos também ajuda a identificar Lima Barreto por trás desse pseudônimo, que assinou sete textos ao longo de 1915 numa coluna intitulada "Lendo os jornais". O objetivo da coluna não era exatamente tratar dos problemas locais que poderiam ser sanados pela prefeitura, mas sim passar em revista alguns dos assuntos discutidos nos jornais diários durante a semana. Entretanto, o narrador faz uma breve exceção em uma das edições:

> Esta seção não é propriamente um jornal; é formada de notas apanhadas nos jornais; entretanto hoje, fazendo uma exceção, abre a sua coluna e pouco para uma pequena queixa do povo. É que os meus vizinhos, desde que souberam que andava metido nos jornais, levam a pedir-me que rogue ao exmo. sr. Prefeito um novo calçamento para a rua José Bonifácio, em Todos os Santos. Se sua excelência quiser ler toda essa revista, há de ver o que de pasmoso tem causado a ruim pavimentação da rua. A história é nas linhas gerais autêntica e é contada por todos os velhos moradores daquela parte da cidade. Aí fica a queixa.[61]

Os protestos tanto de Aquele, discutido anteriormente, como de Leitor são motivados por pedidos dos vizinhos, que se deram conta de que o narrador havia começado a colaborar regularmente em periódicos de grande circulação, como era o caso de Lima Barreto, que iniciara sua colaboração em *A Noite* e *Careta*. Essa perspectiva é de fato recorrente em vários outros textos de Lima Barreto na *Careta*, utilizando como insumo para suas crônicas e contos o que ele ouvia nas ruas "com um vagar de popular".[62] No mesmo texto, ele até cogita a ideia de que seu destino era ser vigário de uma pequena freguesia, um mediador ou ponte entre os moradores daquela região da cidade e os homens no poder, que priorizavam o eixo Centro-Zona Sul.

Outros detalhes convincentes aparecem no primeiro texto da série "Lendo os jornais", em que o narrador discute dois temas muito comuns na obra do escritor: como os "doutores" usavam seus diplomas acadêmicos para adquirir status social; e como as emergentes ideias feministas estavam impregnadas de inclinações elitistas, estimulando somente as mulheres das classes mais abastadas.[63]

Além disso, esse pseudônimo mostra com clareza uma das estratégias de Lima Barreto apontada anteriormente: utilizar a leitura de jornais como gatilho para suas crônicas e sátiras. Ele tomava a tarefa a sério, seguindo a prática de escrever comentários nas margens de periódicos, como ele mesmo salienta em um de seus artigos: "Este modesto artigo não passa de um ajustamento da marginália que fiz às notícias lidas por mim, nos cotidianos".[64] Essa ideia levou o escritor até mesmo a tentar criar em 1917 a revista que se chamaria *Marginália*, que mencionamos anteriormente. A ideia talvez estivesse ainda germinando em 1915, quando Lima Barreto usava a leitura dos jornais para resumir e comentar as notícias dos diários cariocas para leitores que recebiam semanalmente a *Careta* em outras partes do Brasil e no exterior.

Xim

Além de ser possível identificar o estilo de Lima Barreto nos textos assinados por esse pseudônimo, há certas referências que ajudam a confirmar a sugestão de Drummond. Em "Economias", Xim menciona o "ministro de Estado dos Negócios dos Cultos", chefe da "Secretaria dos Cultos". Esse nome fictício foi criado por Lima Barreto e utilizado em outros de seus contos, como "Três gênios de secretaria" e "O cemitério". Porém, a obra em que Lima Barreto dá mais detalhes sobre esse ministério é em *Vida e morte de M. J. Gonzaga de Sá*. Tanto o narrador Augusto Machado como Gonzaga de Sá trabalham no departamento de "Alfaias, Paramentos e Imagens" da "Secretaria dos Cultos", e seu ambiente de trabalho é descrito em vários momentos do romance:

> Pouca gente conhece a Secretaria dos Cultos e tem notícia dos seus serviços. É de admirar que aconteça isso, porquanto, penso eu, se há Secretaria que deva merecer o respeito e a consideração da nossa população é a dos Cultos. Num país em que, com tanta facilidade, se fabricam manipansos milagrosos, ídolos aterradores e deuses onipotentes, causa pasmo que a Secretaria dos Cultos não seja tão conhecida como a da Viação. Há, entretanto, nela, no seu Museu e nos seus registros, muita coisa interessante e digna de exame.[65]

Além disso, no mesmo texto da *Careta*, o narrador critica a maneira injusta como os funcionários públicos eram nomeados, um processo longe de ser baseado no mérito ou mesmo na necessidade de cada órgão, mas regido pelo nepotismo, que Lima Barreto chamava de "colocação". O tema aparece ainda em outros textos do escritor, como "O prêmio";[66] "Credo!";[67] e "O pistolão",[68] sendo este último título ainda comumente utilizado como gíria nos dias de hoje.

Um outro texto de Xim aparentemente faz referência ao local de trabalho de Lima Barreto, a Secretaria de Guerra. "Uma petição curiosa" trata de um narrador que encontra, nos arquivos da Secretaria, uma petição oficial datada de 1839, e endereçada à Sua Majestade Imperial, tratando de um episódio em que um marechal recebe dinheiro do governo por engano e resolve devolver a quantia. Ao fim, o narrador conclui que tal atitude seria um disparate em tempos republicanos.

Em "Morro Agudo", as estações de trens dos subúrbios do Rio são descritas por alguém que tem bom conhecimento dessas partes da cidade. Utilizando uma vez mais a perspectiva de alguém que fala em nome dos moradores da região ("podemos ver mesmo nos nossos subúrbios"), o texto mostra como as mudanças nos nomes das ruas, pontes e praias revelam de que maneira a modernização da capital apagava a tradição e a cultura popular, algo que o escritor deplorava: "Cupertino e Praia Formosa, que eram nomes tradicionais e populares, foram mudados para Dr. Frontin e Lauro Müller. [...]/ Sapopemba, um nome indígena, certamente que vinha dos primórdios da colonização do país. Em homenagem a *Ele*, foi substituída por M. H. [Marechal Hermes]".[69]

Nesse mesmo texto, o tema do "doutorismo" volta a ser retratado de maneira satírica para concluir que o Brasil é "o país das vaidadezinhas" e das hierarquias sem mérito algum ou consistência. No texto publicado na semana seguinte, Xim conta a história de um doutor que "formou-se, porque nessa questão de formar-se o indispensável é o matricular-se. Feito isto, o resto vai suavemente".[70] O conto é desenvolvido para criticar como alguns doutores acreditavam em certas escolas de pensamento sem questioná-las, seguindo superficialmente uma hora o positivismo, outra hora uma emergente religião — heliologia — "religião tão farta de adeptos que não permitia dar começo à contagem dos mesmos".[71] O mesmo tema do "doutorismo" é tratado ainda por Leitor, em sua coluna "Lendo os Jornais", discutida anteriormente:

> Todo o nosso propósito atual é baratear todas as coisas. Porque só o doutor deve ficar caro? Quantos houver mais melhor, porque o doutor é artigo procurado até para casamentos e batizados. De resto, está verificado que o doutor aqui é nobre, mais isto do que um profissional. Como é que se pode admitir, em uma democracia, uma nobreza qualquer? Se ela existe, qual o meio de acabá-la, senão pondo o pergaminho ao alcance de todos.[72]

Uma outra evidência sobre Xim ser de fato Lima Barreto pode ser identificada no personagem Xisto Beldroegas, que aparece em "País rico", assinado por L.B., "O pistolão", por J. Caminha, "Mais uma...", por Inácio Costa e

"Alta política", por Xim. O personagem é desenvolvido a fundo no romance *Vida e morte de M. J. Gonzaga de Sá*, no qual é descrito como obcecado "pela necessidade espiritual da fixação, da resolução em papel oficial de tudo e todas as coisas". Uma evidente caricatura do típico burocrata da Primeira República, Beldroegas acreditava que "o movimento dos astros, o crescimento das plantas, as combinações químicas, toda a natureza era governada por avisos, portarias e decretos", além de se seguir as práticas nepotistas e corruptas criticadas por Lima Barreto em inúmeros de seus textos, como mencionado anteriormente.[73]

O pseudônimo Xim é uma referência a "chim", uma das maneiras populares de se referir aos imigrantes chineses que chegavam ao Brasil principalmente para desenvolver o cultivo do chá em São Paulo e para trabalhar na expansão da malha ferroviária do Rio de Janeiro.[74] Nesse sentido, a máscara utilizada por Lima Barreto funciona como a visão de um imigrante recém-chegado que estranha a vida cotidiana da cidade, chamando a atenção para detalhes que muitas vezes passam a ser invisíveis na rotina diária.

J. Hurê

São oito os textos assinados por esse pseudônimo, uma cômica referência ao jornalista francês Jules Huret (1863- -1915). Ativo no último quartel do século XIX, ele ficou conhecido por suas entrevistas com escritores, algumas delas publicadas em *Enquête sur l'evolution littéraire* em 1891, além de seus livros de viagens pelas Américas. O J. Hurê da *Careta* faz entrevistas, ainda que fictícias, com personagens eminentes do Brasil da época. A primeira evidência de que estamos diante de um texto barretiano é a constante crítica ao senador Augusto de Vasconcelos, que, como vimos, era chamado de Rapadura por Lima

Barreto. Embora essa série apresente de forma satírica vários entrevistados, o foco principal é o senador, mencionado em todos os oito textos.

Ao descrever Rapadura em "Depois de velho...", Lima Barreto enfatiza a incrível estratégia que o senador utilizou para ser eleito: ele fraudava as eleições fabricando votos a seu favor usando nomes de falecidos. Nessa mesma linha de enfatizar a corrupção política, Lima Barreto ridiculariza ainda Leolinda Daltro, que o escritor chama de Deolinda. Daltro era uma das vozes do movimento feminista da época, mas na *Careta* só era discutida por Lima Barreto, que escreveu mais de dez textos satíricos mencionando seu nome e o grupo que liderava. Assim escreveu Lima Barreto sob a máscara de J. Hurê:

> Anda a cidade completamente esquecida de d. Deolinda Daltro. Estamos a apostar de que muita gente, ao ler estas linhas, há de perguntar de si para si: Quem é? Não se lembram? É aquela dos caboclos, aquela que levava um bando de silvícolas em procissão, quando se faziam manifestações ao marechal; aquela do Partido Republicano Feminino... Não se lembram? Pois bem. Estivemos um dia destes com ela e o seu fiel Tupini, que vinha garboso, cabeleira até a cintura, sapatos de bezerro mostrando os ossos, como se calçassem um esqueleto.
> — Então, d. Deolinda, deixou a política?
> — Não deixei. A política é que me deixou. [...]
> — Não trabalhou nas últimas eleições?
> — Não trabalhei, mas alguém trabalhou por mim.
> — Quem foi?
> — Ora, quem foi? O Rapadura.
> — Como? O Rapadura?
> — Sim, ele mesmo.! Foi buscar tudo quanto era caboclo que andava enterrado por aí, tirou-os das fúnebres igaçabas e fê-los votar.[75]

Nesse mesmo texto, o narrador descreve uma cena que é quase idêntica a um dos episódios do folhetim *Numa e a Ninfa*. Abaixo, os dois trechos são colocados um após o outro para uma melhor identificação, começando pelo texto de J. Hurê:

> Tupini olhava sua preceptora [Deolinda Daltro] com um olhar de cotia e mostrava alguma impaciência.
> — Entretanto — continuou d. Deolinda —, não posso ir à casa dele.
> — Por quê?
> — O doutor sabe... Ninguém gosta de caboclos... Pois olhe, já foram muito apreciados.
> Por aí, Tupini, subitamente falou:
> — Quelo bebê! Quelo bebê!
> D. Deolinda retrucou:
> — Anê batê cotê.
> Tupini, com a maior desenvoltura, exclamou:
> — Tá elado!... Isso não é guarani... Tu não sabe...[76]

No capítulo IX de *Numa e a Ninfa*, que foi publicado quase na mesma semana que o texto da *Careta* acima, Lima Barreto descreve a seguinte cena:

> Entre nós, muita gente tem mania de caboclo e havia na cidade uma senhora idosa, d. Florinda Seixas, que cultivava essa mania com muito carinho e constância. Desde anos que a sua casa vivia cheia deles; e, ao surgir a candidatura Bentes, d. Florinda aderiu a ela com os seus caboclos hirsutos. [...]
> Homens da selva, pouco habituados às regras e preceitos das salas, esses jovens hurons praticavam em casas tão respeitáveis uma única inconveniência: embriagavam-se de cair e caíam pelos jardins, dormiam familiarmente com o rosto para o céu estrelado, como filhos das brenhas que eram.

Não se diga que d. Florinda não empregasse os seus esforços de domadora ou civilizadora para impedir tão indecente caboclismo. Ela era vista a dizer no "buffet":
— *Tupaná penê cotê!* — Os caboclos respondiam, amuados como crianças teimosas: — *Quelo bebê! Quelo bebê!* [...]

D. Florinda tinha muitos caboclos e sempre aumentavam conforme a sua fortuna. Dentre todos, porém, ela estimava sobremodo um chamado Tupini. Era um índio alto com uma cabeleira de apóstolo; calçava com dificuldade as botinas, e os seus pés debaixo delas eram só ossos. Tinha as pernas arqueadas e o caiapó bem parecia ser familiar à montaria do cavalo. Tupini veio assistir à lição ao lado de d. Florinda. Começou a professora por asseverar que o guarani era a língua mais antiga, mais bela do mundo; e exemplificou:
— Meus senhores, vejam só esta frase: *amané saçu enacá pinaié*. Sabem o que quer dizer? — O auditório ficou suspenso e d. Florinda explicou: — O peixe vive no mar.
— *Tá elado* — gritou Tupini.[77]

Esse trecho ajuda a corroborar o argumento de Eliane Vasconcellos de que a personagem d. Florinda Seixas de *Numa e a Ninfa* era uma caricatura de Deolinda Daltro.[78] Além disso, as semelhanças entre os dois trechos ajudam a confirmar a autoria de Lima Barreto: Tupini diz as mesmas palavras em ambos os textos "Quelo bebê!" e "Tá elado", enquanto d. Deolinda Daltro/ Florinda Seixas tenta se comunicar em um tupi-guarani precário.

O jornalista francês que é comicamente referenciado no pseudônimo era do conhecimento de Lima Barreto, que não só tinha seus livros em sua biblioteca particular, como chegou a mencionar que lia Huret em três diferentes textos, citando o jornalista para apoiar sua crítica ao racismo nos Estados Unidos e os malefícios do futebol.

Ironicamente, Lima Barreto diz que era oportuno lembrar "casos edificantes, que lá [nos Estados Unidos] se passam, para mais acelerar e aquecer o entusiasmo que os brasileiros têm demonstrado pela grande República da parte norte do nosso continente".[79] Em "Coisas americanas II", ele traduz um trecho de um livro de Huret:

> Desde a saída da *gare*, de bonde, eis-me em plena vida do sul: na retaguarda do elétrico, há dois compartimentos pequenos, com quatro lugares, separados do resto do veículo por uma tela de arame onde está escrito: — *Colored patrons only* — para passageiros negros, unicamente.
>
> Os negros e as negras, continua Huret, estão sentados aí, nessa "capoeira de galinha", com ar sério e olhos inquietantes.
>
> Eu, fala ainda Huret, me sinto muito chocado com esse sinal tão brutalmente desprezível e tão despótico da dominação do branco. Etc. etc.

Os trabalhos e o estilo de Jules Huret certamente influenciaram as estratégias literárias de Lima Barreto na *Careta*, na qual ele mostra sua mordacidade em entrevistas com tons impressionistas. É o que ocorre em "O programa", quando J. Hurê faz uma pergunta a um político durante uma suposta entrevista:

> — E esta questão dos ministros do partido ficarem, depois do ato do presidente, nomeando para o seu gabinete um degolado?
>
> — Aí, tu sabes perfeitamente que a Constituição dá inteira autonomia aos poderes constituídos e não estamos em um país de república parlamentar.
>
> — Uma hora a Constituição serve, outra hora...
>
> — Decerto. Quando a Constituição não colide com os nossos princípios republicanos é boa, quando colide não presta.

— Gosto dessas explicações francas...
— ... e de grande política. Nós havemos de fazer o país feliz; mas para isso precisamos despovoá-lo pela miséria. Urge que substituamos a população; é programa que vamos cumprindo.
Despedimo-nos e ficamos a pensar em tão altos conceitos. Na rua, contamos os pobres que nos pediram dinheiro. Foram vinte. Pensamos cá com nossos botões:
— Essa gente não tardará muito em conseguir o seu propósito. Que altos políticos!
E eles passavam ricos de joias, em automóveis de luxo, quase sem olhar os transeuntes.[80]

Um outro detalhe que ajuda a compreender a fascinação de Lima Barreto por Huret apareceu não na *Careta*, mas numa entrevista com o escritor publicada no jornal *A Época* no começo de 1916:

Então, Barreto, vais publicar um livro?
— Vou.
Lima estava cercado de amigos, como é seu hábito, e os amigos cercavam as garrafas de cerveja que repousavam na mesa.
— Que livro é? — perguntamos.
— Pelo que vejo, tu queres uma entrevista, a jeito daquela que Jules Huret teve com Verlaine?
— Não se trata de coisa parecida. Nem eu sou Huret, nem tu és o Verlaine.[81]

Inácio Costa

Esse pseudônimo assinou catorze textos que abordavam de forma satírica os políticos, incluindo o fictício dr. Beldroegas, que, como dito anteriormente, aparece em *Vida e morte de M. J. Gonzaga de Sá*. Entretanto, não é essa a evidência mais forte para a identificação desse pseudônimo. A prova mais certeira é que, curiosamente, Inácio Costa era o nome de um dos personagens principais do folhetim de grande sucesso que Lima Barreto escrevia na mesma época. O personagem aparece logo nas primeiras páginas de *Numa e a Ninfa*:

> Este [Inácio] Costa era funcionário público e fora da Escola Militar, donde trouxera umas fórmulas positivistas e uma forte crença nos efeitos milagrosos da palavra república. Havia no seu feitio mental uma grande incapacidade para a crítica, para a comparação e fazia depender toda a felicidade da população numa simples modificação na forma de transmissão da chefia do Estado. Passara pelos jacobinos, florianistas e tinha a intolerância que os caracteriza, e a ferocidade política que os caracterizou.[82]

O personagem aparece primeiro no folhetim e menos de um mês depois começa a assinar textos na *Careta*, seguindo as mesmas características em ambos os periódicos: era conhecido por estar sempre nos bastidores da política e bem informado sobre as manobras e as intrigas.[83] Nos textos da *Careta*, Lima Barreto usa o pseudônimo para tecer comentários sobre as atividades semanais dos políticos, comicamente fingindo ter acesso privilegiado a informações do governo:

> Graças à cativante obsequiosidade do dr. Torquato Moreira, gentil representante do partido Contestação do estado do Espírito Santo, pudemos saber alguma coisa sobre o novo partido que se cogita de fundar.
> [...]
> O partido não tem por fim rever nem conservar a Constituição; não se baterá pelo livre-câmbio nem pelo protecionismo: não tem programa financeiro qualquer. O partido pretende unicamente agradar ao presidente

da República e obter deste tudo o que os seus membros quiserem.[84]

Em muitos desses textos, a ironia claramente surge nas declarações extremistas e insensatas, como a que é feita pelo jovem congressista Campelo em "O prêmio". O presidente da República, apelidado de Dudu, pede a Campelo para apoiar e defender no Congresso uma petição do governo executivo, e assim Campelo o faz:

> [...] subiu à tribuna da Câmara e falou com voz de soprano, melíflua de romanza: sr. presidente, o requerimento do nobre deputado Cardoso não tem razão de ser. Há nele oculto uma censura ao governo. Em face da Constituição, poder executivo pode matar quem quiser, quando e bem quiser.[85]

Em "O reconhecimento de poderes", o candidato "Floriano de Brito pretende extinguir o Supremo Tribunal, a menos que os seus membros não se comprometam a dar sempre sentenças que lhe sejam agradáveis". O mesmo comportamento absurdo, cheio de uma ironia facilmente detectável, aparece em outras passagens de textos de Inácio Costa, como esta: "Sr. Nicanor do Nascimento [...] pretende uma reforma no Código Penal, extinguindo os artigos que cominam penas aos que perpetram mortes ou tentativas de mortes".[86] A ideia parece ser expor esses argumentos extremos numa espécie de caricatura literária de algumas das ideias políticas que circulavam na época da Primeira República. Sob o pseudônimo, Lima Barreto não corria o risco de ser identificado com tais afirmações, e podia ridicularizar tais personagens sem medo de represálias.

Ingênuo

Embora o narrador assine seis textos com esse pseudônimo, muitas vezes chama a si mesmo de Huron, em referência ao personagem principal da novela de Voltaire *L'Ingénue*, publicada em 1767. No mesmo estilo de Voltaire, Ingênuo satiriza a corrupção do governo e as loucuras e injustiças da sociedade.

Apesar do pequeno número de textos assinados por esse pseudônimo, foi possível encontrar algumas indicações valiosas para identificar os textos como sendo de Lima Barreto. Em "Um diálogo", Ingênuo se refere ao relacionamento entre um mestre e um pupilo que juntos estudam "direito constitucional e criação de galos de briga".[87] Nesse texto, o mestre é explicitamente identificado como Pinheiro Machado e seu pupilo, o fictício Anófeles. Curiosamente, a mesma parceria aparece em outros textos assinados por L.B., Inácio Costa e J. Hurê, já devidamente identificados anteriormente. Os comentários nesses textos sobre as leis constitucionais são os mesmos, assim como o nome do pupilo. O que muda, em algumas ocasiões, é o nome do mestre, que também é referido como dr. Bastos. Este é o nome de um dos personagens de *Numa e a Ninfa*, que Antônio Noronha Santos, grande amigo de Lima Barreto, já havia confidenciado a Francisco de Assis Barbosa, como este mesmo ressalta em sua biografia.[88] No romance, dr. Bastos é descrito como "chefe absoluto e respeitado da política nacional"; "poderoso e temido chefe, que detinha o domínio político do país",[89] além de ser alguém que "violenta a consciência dos seus amigos, que é um ditador, que é a sua vontade que domina a dos outros, que ele é o partido".[90]

Nos textos da *Careta*, Bastos/Pinheiro Machado tem as mesmas características. Em "A chegada", por exemplo, assinado por L.B., o personagem Anófeles pergunta a Bastos como eles deveriam entender os princípios republicanos no Brasil. Bastos responde:

> Primeiro: devemos entendê-los como sendo eu chefe absoluto do país, tal e qual o czar das Rússias; segundo: considerando que somos no Brasil um único povo, um Estado tem o direito de reter cereais de que não precisa, para esfomear os outros; terceiro: para favorecer a liberdade, temos a obrigação de decretar um estado de sítio permanente; quatro (e este é o mais importante dos itens): as eleições ou a escolha dos representantes da nação não deve ser feita pelo povo, mas por uma camarilha que vela como *muezzins* na catedral gótica da república.[91]

Como dito anteriormente, essas características do mestre estavam em direta referência a Pinheiro Machado, mas o nome do pupilo parece ter outra conotação. Provavelmente é uma referência ao mosquito que transmite malária, já que houve um surto da doença no Rio de Janeiro naquele ano. Dr. Bastos também é mencionado em outros textos, como "Reconhecimento de poderes", assinado por Xim, e já discutido anteriormente.

Jonathan

Curiosamente, Barbosa coletou somente um dos 63 textos assinados por esse pseudônimo, publicando-o no volume *Marginália*, de 1956.[92] Porém, não é nesse texto que podemos encontrar a evidência mais clara de que Lima Barreto estava por trás de Jonathan e, sim, no texto "Velha queixa", em que o narrador diz:

> Eu já contei aqui, nesta *Careta*, como aconteceu uma ressurreição de um defunto que, vindo do Méier, ao

passar pela rua José Bonifácio, em caminho do cemitério de Inhaúma, foi posto fora do caixão e, devido aos trompaços originados pelo mau calçamento, foi ao chão e voltou à vida.

É incrível que a municipalidade do Rio de Janeiro queira de algum modo perturbar a paz dos mortos.[93]

O texto a que se refere o narrador também pede por uma melhor pavimentação na rua José Bonifácio: "Queixa de defunto" foi publicado meses antes e claramente assinado com os sobrenomes do escritor.[94] A ressureição do defunto mencionada por Jonathan começa com a reprodução de uma carta enviada ao narrador por uma espécie de Brás Cubas barretiano: Antônio da Conceição, que vivia na região da Boca do Mato, no Méier. A fictícia carta chega às mãos de Lima Barreto "por meios que não pode tornar público", culpando o prefeito da cidade pelo que lhe aconteceu já depois de morto:

> Tendo sido enterrado no cemitério de Inhaúma e vindo o meu enterro do Méier, o coche e o acompanhamento tiveram que atravessar em toda a extensão a rua José Bonifácio, em Todos os Santos.
> Esta rua foi calçada há perto de cinquenta anos a macadame e nunca mais foi o seu calçamento substituído. Há caldeirões de todas as profundidades e larguras, por ela afora. Dessa forma, um pobre defunto que vai dentro do caixão em cima de um coche que por ela rola sofre o diabo. De uma feita um até, após um trambolhão do carro mortuário, saltou do esquife, vivinho da silva, tendo ressuscitado com o susto.
> Comigo não aconteceu isso, mas o balanço violento do coche machucou-me muito e cheguei diante de são Pedro cheio de arranhaduras pelo corpo. O bom do velho santo interpelou-me:
> — Que diabo é isto? Você está todo machucado! Ti-

nham-me dito que você era bem-comportado — como é então que você arranjou isso? Brigou depois de morto? Expliquei-lhe, mas não me quis atender e mandou que me fosse purificar um pouco no inferno.[95]

Nesse caso específico, Lima Barreto praticamente retira sua máscara e esclarece para o leitor atento quem está por trás do pseudônimo Jonathan, fazendo referência direta a um texto que tinha assinado com seu próprio nome. Além disso, outros detalhes são relevantes para confirmar a autoria: Lima Barreto usava uma ortografia peculiar ao se referir ao ministro da Guerra: para o escritor, Pandiá Calógeras era Polemaska Kalogheras. Lima Barreto dedicou um texto inteiro, "Os Kalogheras", a Pandiá Calógeras, satiricamente descrevendo seus ancestrais como grandes guerreiros. Além disso, o texto critica a intervenção militar federal no estado da Bahia, que Lima Barreto considerou um perigoso movimento que poderia dar início a uma guerra civil.

O pseudônimo certamente faz referência a Jonathan Swift, que é uma influência evidente e declarada na obra satírica de Lima Barreto. Trata-se, no entanto, mais de uma homenagem e uma citação a um dos maiores satiristas de língua inglesa do que propriamente uma emulação das estratégias de obras como *Viagens de Gulliver*, *Modesta proposição* e *A história de um tonel*. O mesmo tipo de homenagem à tradição da sátira aparece no pseudônimo anterior dedicado ao trabalho satírico de Voltaire e o pseudônimo a seguir, que faz referência ao satirista romano Horácio.

Horácio Acácio

Esse pseudônimo é aceito tanto por Barbosa como por Beatriz Resende, que coletaram parte dos textos publicados na *Careta*, indicando que havia um certo grau de certeza sobre Lima Barreto estar por trás desses nomes, embora sem indicar suas razões para tal. Entretanto, é possível encontrar fortes evidências de que de fato Lima Barreto é o autor. Como no caso de Jonathan, o escritor acaba por fazer referência a seus textos publicados na mesma revista sob pseudônimos. Isso acontece ao longo da série "Hortas e capinzais (vida urbana)", que surgiu em 1920. O primeiro texto da série é assinado por Horácio Acácio, que apresenta o suposto objetivo da seção:

> Esta seção que a direção dessa revista resolveu criar, para incrementar nossas indústrias campestres, conquanto tenha um título que lembra modestas culturas de vegetais, não se limitará, entretanto, a explanar coisas de couves, repolhos, capins, Jaguará ou melado.
>
> Evitou-se um título pomposo, para não afugentar os leitores; mas tratará ela de tudo o que concerne à agricultura e com ela se relacione.[96]

O texto da semana seguinte é curiosamente assinado por L.B., e o da terceira semana por Horácio Acácio, e o da quarta novamente por L.B., que a partir daí passa a assinar todas as semanas até o fim da série. A mudança na assinatura poderia suscitar a ideia de que os textos foram escritos por pessoas diferentes. Contudo, as características são similares em toda a série, o que sugere que a razão para tal mudança tenha sido um mero equívoco ou confusão. É preciso lembrar que é justamente nesse período de alternâncias que Lima Barreto está internado no Hospital dos Alienados, no começo de 1920, o que provavelmente afetou a organização de suas contribuições para a *Careta*. Mesmo internado, o escritor continuou publicando, e alguns textos parecem se referir indiretamente ao dia a dia do hospício.

A série "Hortas e capinzais" foi provavelmente inspirada no conto satírico de Mark Twain "How I Edited an Agricultural Paper", publicado pela primeira vez em 1870 na revista *Galaxy*. Nesse conto, o narrador temporariamente substitui o editor-chefe em férias de um jornal especializado em agricultura. O editor substituto, entretanto, não tem conhecimento algum sobre o assunto e aceita a proposta pela recompensa econômica. Logo começa a escrever os editoriais de cada edição, mas os textos tecem comentários estapafúrdios sobre questões de agricultura, denunciando a total ignorância do autor sobre a prática do trabalho agrícola. No fim, o editor-chefe retorna das férias e fica furioso, pois a publicação acaba por perder seu prestígio perante os leitores especializados. O narrador, contudo, afirma que cumpriu suas obrigações contratuais, já que havia prometido tornar o periódico interessante para todas as classes de leitores, e que como editor substituto lograra aumentar a circulação da revista ao nível dos grandes periódicos humorísticos da época. O argumento do narrador de Twain para explicar sua atuação editorial é o mesmo que Lima Barreto utiliza para achincalhar com a imprensa brasileira da época: "*I have been in the editorial business going on fourteen years, and it is the first time I ever heard of a man's having to know anything in order to edit a newspaper*".[97]

Na série "Hortas e capinzais", tanto L.B. como Horácio Acácio se referem explicitamente a Mark Twain, assim como Jonathan (em "O cultivo do jerimum" e "Uma sessão da diretoria da Sociedade Nacional de Agricultura") e textos assinados por Lima Barreto ("Até Mirassol III" e "O pré-carnaval") nesse mesmo período. No número 603 da *Careta*, Horácio Acácio escreve:

> [O político Lauro Müller,] segundo os ensinamentos do notável agrônomo Mark Twain, tinha conseguido fazer crescer ao redor de sua vivenda [...] frondosos e copados pés de maxixe, em menos de seis meses [...]. Miguel

Calmon [...] levou [...] ao conhecimento da casa que enxertara couve tronchuda num abacateiro que lá existia, obtendo magníficas mangas.[98]

Na mesma série, L.B. se refere a Twain novamente, dessa vez para mencionar que o escritor anglo-americano lhe iniciara "nos mistérios de leites e seus derivados", para então supostamente citar o próprio Twain, que diz: "o leite é um subproduto da pecuária que, em geral, se encontra nas árvores", e a partir daí começa a dar uma aula sobre a produção de leite no Brasil. O narrador o escuta para depois afirmar:

> Todas ou quase todas as árvores dão leite e seria um nunca acabar citar todas aquelas que dão. Contudo, alguns exemplos darei. Por exemplo: a borracha. Dá um leite excelente, mais saboroso e caro que o da vaca. Na sua terra, dizia-me Mark, esse leite é objeto de um comércio interno que constitui a base da fortuna pública de uma grande região dela [Amazônia].
> Dele, como você sabe, se forma um queijo excelente, por meio de processos especiais, que é exportado em grande escala para a minha [Estados Unidos].
> É verdade que esse queijo não é comestível, mas se presta como todo o prazer ao jogo de futebol.[99]

Em praticamente todos os textos dessa série, Lima Barreto se apropria da ideia de Mark Twain de criar sátiras baseadas em metáforas agrícolas para ridicularizar figuras e políticos da época, como bem mostra o exemplo a seguir:

> Das nossas sociedades, uma das que mais serviços têm prestado ao país é sem dúvida a de Agricultura, sendo, talvez, a que se sobreleva entre todas, mesmo considerando a Associação Comercial.

Se ela fosse composta de agricultores de verdade, de plantadores de café ou mandioca, de banana ou cacau, não se distinguiria tanto como se há distinguido sendo formada quase na totalidade de sócios generais, almirantes, bolsistas, aviadores, engenheiros de estrada de ferro, médicos, parlamentares, jornalistas, escafandristas, filósofos, jurisconsultos, gramáticos, poetas etc. etc.[100]

Um outro detalhe que ajuda a confirmar esse pseudônimo é a referência ao célebre Policarpo Quaresma, personagem principal de um dos livros mais famosos de Lima Barreto. No número 603, a seção "Hortas e capinzais" demonstra o disparate agrícola de seu personagem criado em 1911, mostrando a íntima relação do autor da seção com a obra de Lima Barreto:

O dr. Vieira Souto, devido aos seus trabalhos no comissariado, não estava presente, mas é sabido que o ilustre economista pretende em breve provar que é de todo verdade aquela história do cajueiro do major Quaresma, que, por força de sua alta caduquice, cismou em dar bananas, mangas e cambucás, além dos cajus.[101]

Outro trecho relevante aparece em "Uma eleição de intendente", quando o narrador afirma que a política "é a arte de governar os povos e procurar o bem e a felicidade de cada um".[102] A frase é muito utilizada por Lima Barreto em vários de seus textos, e foi retirada do teólogo francês Jacques-Bénigne Bossuet (1627-1704): "Para mim, a política, conforme Bossuet, tem por fim tornar a vida cômoda e os povos felizes".[103] O conceito também aparece nos seguintes textos: capítulo IV de *Os bruzundangas* ("Bossuet dizia que o verdadeiro fim da política era fazer os povos felizes"); capítulo VIII de *Numa e a Ninfa* ("Era estadista eminente e não tinha deixado nenhuma obra de estadista, obra que redundasse em benefício geral, que tendesse para a felicidade dos povos, na expressão de Bossuet"); e ainda no artigo "Não é possível", assinado por Lima Barreto e publicado no *Correio da Noite*: "A política, diz lá o Bossuet, tem por fim fazer os povos felizes".[104]

Apesar de Barbosa ter recolhido boa porte dos textos de Horácio Acácio, oito deles ainda permaneciam inéditos em livro, e seguem editados nesta antologia.

Tradittore

Até aqui, a lista proposta por Drummond parece totalmente pertinente, enquanto a de Barbosa tem falhas. No caso desse pseudônimo, não é diferente. Os dois únicos textos assinados ("Sua excelência, o sr. ministro" e "A filha do Emir") contam com um vocabulário e uma estratégia satírica bastante semelhantes à série "Contos argelinos", mencionados anteriormente. Personagens como Ab-del-Melek e Ben-Chuleh, que aparecem nos textos de Tradittore, são figuras típicas de Al-Patak, e alegoricamente contextualizadas num distante país que, em realidade, é o próprio Brasil de Lima Barreto.

Naquet

Em "Notas avulsas",[105] o único texto publicado por Naquet, existem dois detalhes que provam a autoria de Lima Barreto: um é novamente a ortografia satírica do ministro Calógeras, que aparece como Kalogheras; o segundo detalhe, que é mais interessante, é a menção que o narrador faz logo no início do texto sobre ter vivido sua infância no largo do Machado, e que havia anos não passava por lá, pois já não sentia nenhuma conexão com aquele bairro.

Em *A vida de Lima Barreto*, Barbosa passa boa parte dos primeiros capítulos tentando reconstituir a infância de Lima Barreto na casa de número 18 da rua Ipiranga, bem ao lado do largo do Machado. Além dessa curiosa "coincidência", o trecho mostra uma vez mais a estratégia do narrador de ler a cidade num passeio de bonde, muito frequente nos textos de Lima Barreto.

> Uma tarde destas, não sei por quê, deu-me na telha tomar um bonde do Catete e ir até o largo do Machado.
> Há muitos anos não ia eu por aquelas bandas, embora sejam as do meu nascimento.
> Tenho mesmo indiferença por elas, donde se pode inferir que a pátria pode ser muito bem o lugar em que nascemos, mas nem sempre é aquele que amamos.
> Embarquei no bonde e fui desfrutando a paisagem urbana.[106]

O teor antinacionalista presente aqui é o mesmo de *Triste fim de Policarpo Quaresma*, assim como o que aparece no artigo "O nacionalismo", publicado no jornal *Voz do Povo* em 1920, mas que permanecia desconhecido até aqui.

Lucas Berredo

"Antolhos" é o único texto assinado por esse pseudônimo. Entretanto, é possível provar que Lima Barreto era o autor. Mesmo se ignorarmos que o nome tem as mesmas iniciais de Lima Barreto, é possível perceber que o texto descreve o bairro do Méier, que fica ao lado de Todos os Santos, e menciona como os jornalistas eram indiferentes aos subúrbios do Rio de Janeiro, prestando atenção somente no que acontecia no elitizado bairro de Botafogo. Como vimos anteriormente, Lima Barreto fazia campanhas regulares a favor dos subúrbios e contra o mundanismo dos "botafoganos". Uma das estratégias para dar visibilidade ao subúrbio era falar de seus personagens pitorescos, e aqui temos mais um exemplo disso. Lucas Berredo/Lima Barreto afirma:

> Nos subúrbios, apesar da indiferença e maldade dos jornalistas, que só cuidam de coisas da cidade e de Botafogo, existem, também, tipos curiosos, mais ou menos obscuros, por essa falta de atenção, mas que, deslocados para arrabaldes mais elegantes e mais em foco, seriam objetos de crônicas e, talvez, heróis populares.
>
> No Méier, que é o centro, temos diversos e alguns dão margem para crônicas seguidas.
>
> O de hoje, que se não é o maior, entretanto é o que mais se destaca, não só pela sua inconfundível maneira de trajar como, especialmente, pela sua atitude intelectual que é ostensivamente agressiva e violenta, é o Antolhos.[107]

Esse texto sugere que Lima Barreto tinha a intenção de escrever uma espécie de "história dos subúrbios por seus personagens". De certa forma, boa parte de sua obra é exatamente isso, como acontece em vários trechos de *Triste fim de Policarpo Quaresma* e *Clara dos Anjos*, que descrevem os subúrbios do Rio de Janeiro. Em outros textos publicados nessa mesma época da última série da *Careta*, Lima Barreto menciona outros personagens suburbanos como em "Herói!"[108] e no interessante "Uma opinião de Catulo", que permanecia inédito, e no qual Lima Barreto enfatiza a importância do compositor Catulo da Paixão Cearense (que inspirou o personagem Ricardo Coração dos Outros, de *Triste fim de Policarpo Quaresma*), definindo-o como "nome nacional", "trovador dos subúrbios", "menestrel", "cultor da modinha" e "herói-poeta":

[...] começamos todos nós a nos voltar para as coisas da nossa própria terra e a estima pela musa catulense tornou-se geral.

[...]

A modinha nas suas mãos transformou-se, enriqueceu-se de todo o travo popular; sintaxe, paródia; métrica, nas suas produções, são inteiramente caipiras, babaquaras, sem nenhuma mescla de cultura e disciplina estrangeiras das altas classes e daquelas que imitam os gestos destas.

[...]

Músico e exímio tocador do violão, Catulo estava fadado a levar avante uma reforma radical na nossa poética e na música nacional, pois, como Wagner, é, além de músico, poeta também, como já vimos. Se o Rio de Janeiro reintegrou-se no Brasil, deve-se isso a Catulo.[109]

Antes de passarmos aos textos publicados em *Fon-Fon*, é preciso mencionar que dois dos pseudônimos sugeridos por Barbosa não são Lima Barreto. A pesquisa acabou por concluir que João Crispim era, na verdade, o escritor Enéas Ferraz. Por outro lado, não foi possível encontrar qualquer evidência de que Lima Barreto estivesse utilizando o nome Flick, além de o estilo narrativo não ser similar a nenhum dos outros pseudônimos que puderam ser confirmados.

Os pseudônimos da *Fon-Fon*

Além dos pseudônimos S. Holmes (em referência a Sherlock Holmes, personagem-detetive de Arthur Conan Doyle) e Phileas Fogg (em referência ao protagonista de *A volta ao mundo em 80 dias*, de Jules Verne), que já haviam sido identificados por Francisco de Assis Barbosa, mas permaneciam inéditos em livro, a presente antologia também apresenta aos leitores os textos que em 1907 foram assinados por Amil, Eran, Mié e Pingente.

Este último é de fácil identificação, já que um dos textos — "Conversas" — faz explícita referência ao protagonista de *Vida e morte de M. J. Gonzaga de Sá* quando o próprio autor não havia sequer terminado o livro, que começou a ser escrito em 1907, mas que só foi publicado em 1919. Em outro texto, o mesmo Pingente percorre a cidade num bonde, como Lima Barreto gostava de fazer, descrevendo o trajeto do subúrbio até o centro do Rio de Janeiro.

O mesmo estilo inconfundível aparece no texto "A propósito", que Lima Barreto assina como Eran. Em "As tabuletas da Avenida", a autoria de Lima Barreto fica clara quando ele volta a um tema recorrente em seus textos curtos: o estudo da sociedade através de suas expressões cotidianas, como no caso das tabuletas e do debate sobre os estrangeirismos. Esse tema aparece em diversos textos, como "Nacionalização de tabuletas", "Exemplo a imitar", e "Tabuletas salientes".

Bem ao estilo da própria *Fon-Fon*, que tinha como tema a modernização e como símbolo a buzina de automóvel, Lima Barreto achou em um anagrama de seu primeiro sobrenome a máscara adequada para figurar na revista. Amil pode ser identificado como Lima Barreto no texto "Academia comercial", publicado com pequenas modificações anos depois como o capítulo XVII de *Os bruzundangas*, que aparece na edição de 1956 com o título de "Ensino prático".

Ainda que exista a possibilidade de Lima Barreto ter publicado outros textos na *Fon-Fon* e na *Careta* com outros pseudônimos — questão essa que a presente antologia não pretende esgotar —, a identificação desses pseudônimos já abre uma nova perspectiva não somente sobre a obra do autor, mas também sobre a relação que ele manteve com essas revistas ao longo de sua carreira. Fica evidente que elas ocuparam um importante eixo de sua produção literária.

Sátiras e outras subversões

A presente edição foi organizada por temas que perpassam a escrita de Lima Barreto e que aqui aparecem em textos breves. Tentamos, dentro do possível, agrupar os textos em seções com títulos selecionados entre expressões usadas pelo próprio autor, que acabam por dar uma chave de interpretação para o leitor. Essa divisão, contudo, é apenas uma sugestão, já que o livro pode ser lido em qualquer ordem.

As notas explicativas foram pensadas como acessórios que ajudam a esclarecer nomes de pessoas, lugares e instituições que não são facilmente identificáveis pelo leitor atual e que são necessários para o entendimento do texto. Além de criar pontes com as questões da época, as notas mostram também um Lima Barreto como leitor voraz, eclético e erudito, tendo em vista a quantidade de referências enciclopédicas que faz a autores e textos que vão desde a Antiguidade até sua própria época. Ao ler *Sátiras e outras subversões* seguindo as notas explicativas, o leitor atual verá como Lima Barreto faz com maestria as articulações entre sua erudição, suas inúmeras leituras e as questões que ele argutamente observava e atacava com sua escrita naquele começo de século no Rio de Janeiro.

São precisamente os ataques satíricos o eixo da seção "Para fazer o país feliz, precisamos despovoá-lo pela miséria", que é a primeira das oito em que este livro está dividido. Aí vemos exemplos da imaginação cômica como uma arma de intervenção na sociedade, aquela intervenção que mata pela troça. Alguns desses textos descobertos poderiam ser classificados como parte dos "Contos argelinos", que foram inicialmente publicados na própria *Careta* em 1915, e que fazem referência a outros países (por vezes imaginários), em estilo semelhante ao proposto por Jonathan Swift em *Viagens de Gulliver*.[110] É através dessa e de outras estratégias satíricas que Lima Barreto investe, nos textos aqui publicados, contra temas como o nacionalismo cego, a crescente influência dos Estados Unidos no mundo, os quiproquós da política de mesquinharia, a miséria das ideias que guiavam as políticas econômicas que menosprezavam as classes mais pobres, as bizarrices da administração pública, a aristocracia balofa dos literatos, o desnecessário sopro heroico dado às questões esportivas e as estripulias próprias das repúblicas incipientes, nas quais os políticos, segundo o autor, querem ser reis com o título de presidente da República.

O tema da política é precisamente o eixo principal da seção "A sã política é filha da moral e da razão",[111] em que ele estuda com "curiosidade de bacteriologista" as práticas eleitorais e políticas da Primeira República. Em vários textos enfatiza o caráter paternal "num país fantástico como o nosso", chamando a atenção dos leitores para as contradições entre os princípios republicanos baseados nas leis e as maneiras como esses princípios vão sendo desrespeitados regular e seletivamente. Enfatiza ainda, em diversas ocasiões, a total falta de conhecimento e de ideais políticos por parte dos dirigentes da cidade e do país em relação àquilo que representam. Atos de corrupção, como a compra de deputados através de "rodolfinhos", espécie de mensalão da época, são expostos numa estratégia que usa o humor como forma de denúncia. No âmbito internacional, Lima Barreto tampouco arrefece. Logo após o fim da Primeira Guerra Mundial, ele se pronuncia como descrente das soluções diplomáticas para a resolução dos conflitos, já que faltaria sinceridade nas partes envolvidas e sobrariam pretensões de expansão militar, o que acabou por contribuir para a eclosão de um novo conflito décadas depois.

São as observações sobre a sociedade desse período conturbado que formam o eixo da seção "O nosso tempo é extraordinário". Aí vemos um Lima Barreto observador dos costumes, seja através de mudanças ou de conexões com tempos passados. Ele comenta as reformas na cidade, as conversas entreouvidas nas ruas, os passeios de bonde, as práticas de comércio, os cafés da vida boêmia, as expressões populares, os assuntos do cotidiano, a violência urbana, as falcatruas do dia a dia, a emergência do feminismo e muitas outras expressões dos anseios da modernidade carioca.

Entrando num tom mais cômico, a seção "O país das vaidadezinhas" mostra o repertório mordaz de Lima Barreto para ridicularizar as práticas de diferenciação social como o apego a títulos como os de barão e doutor, a busca por avoengos nobres, as inovações das tabuletas chiques do comércio, o desdém pelo contexto brasileiro, o apreço cego por tudo que vinha de países como França e Inglaterra, as buscas por aspirações aristocráticas e os desejos de hierarquias nas relações sociais. A falta de mérito ou de conhecimento para exercer funções públicas ou políticas é também um dos temas frequentes em textos nos quais o autor comicamente expõe as consequências de tais inadequações. Nessa curiosa galeria de alvos, ele não deixa de atacar as vaidades literárias de sua época, a moda da alta sociedade e as festanças do governo financiadas com o dinheiro dos contribuintes.

Esses tipos de comportamentos sociais são contrastados com a "Vida suburbana", tema da seção que vem em seguida. São textos em que o autor mostra um cotidiano diferente da cidade cartão-postal da belle époque. O subúrbio carioca é para ele a possibilidade de narrar um Rio de Janeiro de contrastes. Em um dos textos, chega a afirmar: "O subúrbio é a terra do sonho, sonho de outras vidas, sonhos de outras idades". Nesse sentido, bairros como Méier, Cascadura, Todos os Santos e Inhaúma são vistos como espaços dotados de outra temporalidade, diferente daquela do modernizado centro da cidade. Se no século XIX chegou a ser área cobiçada por famílias endinheiradas, naquele começo de século XX o contexto era outro, e a literatura dos subúrbios também. Com a cidade conurbada, conectada por bondes e trens, o caráter dos subúrbios muda. Lima Barreto enfatiza esse contraste ao mencionar o subúrbio que aparece na obra de Machado de Assis como muito distinto daquele que é representado nos seus próprios textos:

> Se não me falha a memória, era dom Casmurro, de Machado de Assis, que estava escrevendo a *História dos subúrbios*. Creio mesmo que ele morava no Engenho Novo, numa chácara. No tempo dele, esse subúrbio devia estar crivado delas, trescalantes do aroma próprio ao arredor, e cheia de sombra e doçura amiga. Hoje... passem lá e vejam o que há.[112]

Nesse trecho, ele mostra seu apreço pela obra do bruxo do Cosme Velho, mas, ao mesmo tempo, enfatiza uma diferença fundamental. A sua história dos subúrbios não é a da aristocracia carioca, mas sim a história das feiras e mafuás, dos botequins, dos contratempos nos trens, dos passeios de bonde, dos tipos curiosos que circulam, dos tocadores de violão e das ruas não planejadas onde o Estado só está presente em forma de punição. É dessa história dos subúrbios que tratam os textos aqui publicados.

Na seção "Pistolões e costumes administrativos", o enfoque é outro. Observador perspicaz do aparelho burocrático do Estado, do qual ele mesmo foi parte por vários anos quando trabalhava no Ministério da Guerra, Lima Barreto denuncia através da troça as práticas de apadrinhamento, como o nepotismo e o fisiologismo, o culto da "competência" e os frequentes casos de corrupção na administração pública. Em um dos textos, ele mostra como o recebimento de "reservados" — nome dado a práticas de suborno da época — já podia ser considerado como uma instituição arraigada nos nossos costumes administrativos. No mesmo diapasão do humor, explora também a formação dos partidos da época, que, segundo o autor, eram criados não com ideais políticos, mas como meras tentativas de chegar ao poder e manter regalias.

Por outro lado, os textos reunidos na seção "A economia e a carestia da vida" ajudam a entender melhor certos posicionamentos de Lima Barreto quanto a temas recorrentes em sua obra. O nacionalismo cego, por exemplo, eixo central de *Triste fim de Policarpo Quaresma*, aparece num pequeno ensaio publicado em 1920 no jornal *Voz do Povo: Órgão da Federação dos Trabalhadores do Rio de Janeiro e do Proletariado em Geral*, dirigido por Afonso Schmidt. O texto aparece na primeira página, logo acima das fotografias dos "nossos companheiros que foram deportados" pelo governo de Epitácio Pessoa. A conexão das imagens com o texto é evidente, já que Lima Barreto comenta sobre a guerra de discursos na imprensa em relação à presença de imigrantes no Brasil, e acaba por definir seu contundente posicionamento em relação ao assunto logo após a Primeira Guerra Mundial:

> [...] a carestia atual entre nós é fabricada por aquela gente que de há muito se pôs além e acima do ideal de pátria, é a gente da finança que vai até a funestas guerras para ganhar dinheiro e todo o nosso nacionalismo contra ela é vão e ridículo. Para derrubá-la, é preciso abalar e modificar ideias e sentimentos [...].
>
> O mal-estar da nossa vida não vem da massa geral de estrangeiros, tão necessitada como a maioria dos nacionais; vem da injustiça das relações econômicas entre pobres e ricos.
>
> Cessem elas, que o mundo será um paraíso e a pátria ficará quase sempre sendo para cada qual o lugar em que nasceu.

Essa postura claramente influenciada pelo materialismo histórico ajuda a entender as implicâncias que o autor tinha com certos assuntos caros à época. As classes sociais e as diversas expressões das desiguais relações econômicas entre elas eram os alvos preferidos do escritor. É o caso, por exemplo, da aparente misoginia que pode ser lida em muitos de seus textos. Não era exatamente contra as mulheres que Lima Barreto se exaltava com seu humor, mas antes contra uma classe social que começava a expressar as primeiras vozes do feminismo no Brasil. Esse argumento fica mais claro quando se tem em conta que ele chegou a contribuir com textos para uma revista como o *Jornal das Moças*, que passaram completamente despercebidos dos pesquisadores da obra do escritor.[113]

A seção que encerra esta antologia é aquela em que Lima Barreto se debruça sobre os jornais de sua época. Em "A imprensa leva a tudo", os textos são exemplos do constante esforço do autor de se posicionar no debate público. Para ele, a imprensa era também um meio de conhecer a sociedade em que vivia, fosse através de relatos sobre crimes sensacionais, fotografias das seções mundanas, ou notícias que lhe chamavam a atenção, como a da ocasião em que foi colocada a "pedra fundamental" nos confins de Goiás, onde seria construída Brasília, a futura capital do país.

Os temas enfocados nessa seção são, portanto, tão diversos quanto o que era oferecido diariamente pelos jornais da época. Aí vemos como a prática da leitura atenta de todas as seções dos jornais era uma maneira de Lima Barreto colocar em prática seu projeto pensado para a revista *Marginália*, que mencionamos antes. Era dessas páginas diárias que ele extraía boa parte dos temas de que tratava em suas colaborações em revistas.

No ajuste de contas, esta antologia traz ao leitor atual 164 textos que ficaram esquecidos nas páginas de revistas por cerca de cem anos, privando-nos de uma visão mais apurada das subversões cotidianas de um dos mais importantes escritores brasileiros. Em um plano mais geral, esses textos ajudam a esclarecer dois pontos importantes da obra de Lima Barreto que ainda eram um pouco nebulosos.

O primeiro deles é o extensivo uso de pseudônimos desde o começo da carreira até sua morte. Fica evidente que Lima Barreto participava de uma prática comum da época, que se filiava a uma tradição satírica que ele já admirava em Swift e Voltaire, por exemplo, e que ainda precisa ser investigada mais detalhadamente. Na *Careta*, revista na qual mais colaborou, o uso de pseudônimos se remetia à temática da commedia dell'arte e seus personagens mascarados, que estavam em voga na época. O pseudônimo nessas revistas, assim como a máscara de um Arlequim ou Pierrô, cria um contrato diferente com o leitor, que tem a expectativa não exatamente de receber informação objetiva, mas de ler a troça que desnude os fatos da semana.

Por outro lado, o contexto político muitas vezes repressivo da Primeira República fazia com que os pseudônimos ajudassem a resguardar não necessariamente a identidade de seus colaboradores, mas o status de revista de humor, que tinha, como o bufão da corte, licença para atacar o rei sem medo de represálias. Essa licença satírica, contudo, nem sempre foi respeitada, por exemplo no fechamento temporário da *Careta*, em 1914, e nas prisões do proprietário e de alguns colaboradores em uma situação de estado de sítio.

O segundo ponto importante que esses textos inéditos ajudam a entender é a dimensão e o impacto da obra de Lima Barreto na época em que foi publicada. Com raras exceções, o autor publicava seus textos primeiro em periódicos, e era para esses meios que ele escrevia. As edições em livro, mesmo os folhetins e as obras que foram editadas ainda em vida, eram fruto desse trabalho incessante em revistas e jornais da época. Com a descoberta destes textos inéditos, contudo, fica claro que Lima Barreto tinha uma predileção por colaborar em revistas, e que essa escolha deliberada tem muito a ver com seu próprio projeto intelectual. Ainda que os livros e as publicações em jornais dessem a ele um prestígio intelectual entre seus pares, esses meios tinham muito menos impacto popular no país do que as revistas populares ilustradas. Como vimos anteriormente, o formato revista era para ele o mais adequado para suas intervenções subversivas. As revistas populares, ainda que impusessem algumas limitações por seu caráter comercial, davam a ele não só o retorno financeiro e a liberdade subversiva da sátira, como também a possibilidade de falar com uma nação de leitores e tentar influenciar a vida cultural e intelectual do país, como vimos no caso dos jovens e assíduos leitores Carlos Drummond de Andrade em Itabira e Manuel Bandeira no Recife.

Nesse sentido, a presente edição fornece aos leitores um material completamente inédito que servirá como referência para novos caminhos de leitura e pesquisa, ao mesmo tempo que renova o interesse por uma obra que continua a ser incansavelmente relevante nos dias de hoje.

Agradecimentos

A pesquisa que resultou neste trabalho não seria possível sem o apoio financeiro da Universidade de Oxford e do King's College London, e fica aqui registrado o meu imenso agradecimento.

Pelo apoio institucional e de pesquisa, aqui vão os meus agradecimentos a Wolfson College (Oxford), Fundação Biblioteca Nacional, Fundação Casa de Rui Barbosa, National Library of Australia, Instituto Moreira Salles, British Library e Biblioteca Nacional de España.

As seguintes pessoas foram de grande ajuda ao longo da pesquisa: Claire Williams, Claudia Pazos Alonso, Robert Oakley, Thomas Earle, Rutonio Sant'Anna, Ricardo Oiticica, Renato Cordeiro Gomes, Beatriz Resende, Antonio Dimas, Monica Pimenta Velloso, Marisa Poyares, Marissa Gorberg, Luis Rebaza-Soraluz e Vinicius Mariano de Carvalho. A todos vocês, meus sinceros agradecimentos!

Agradeço a Lilia Moritz Schwarcz, Leandro Sarmatz e Otávio Marques da Costa, da Penguin-Companhia das Letras, por terem acreditado neste projeto de redescoberta de Lima Barreto.

Sem o afeto de meus pais, irmãos e em especial o companheirismo de Ana Solórzano, este trabalho não existiria. Não há palavras para agradecer o constante apoio de vocês.

FELIPE BOTELHO CORRÊA
Londres, fevereiro de 2016

Nota sobre o texto

Tendo em vista que todos os textos aqui publicados foram transcritos de periódicos publicados entre 1907 e 1922, foi necessário fazer a atualização ortográfica. Em alguns casos, também foi necessário fazer ajustes de grafia, concordância, pontuação e de nomes, quando não havia dúvida da intenção do autor nem risco de alterar o conteúdo, visando sempre a fluência para o leitor atual. Atribuímos a alguns poucos textos um novo título, para facilitar a identificação e evitar repetições que poderiam gerar confusões. Essas modificações estão assinaladas nas notas ao fim da edição.

Sátiras e outras subversões: textos inéditos

PARA FAZER O PAÍS FELIZ,
PRECISAMOS DESPOVOÁ-LO
PELA MISÉRIA

Nacionalização intensiva[1]

Uma revista da cidade de Salvador da Bahia, há alguns meses, pôs em concurso a nacionalização de certos sobrenomes de origem estrangeira.

Queria ela que se pusessem em língua nacional os apelidos: Tournillon, Laport, Hasselmann, Spinela, Martinelli, Silvany etc., e o leitor ou a leitora que melhor o fizesse receberia um prêmio.

Não sei que fim teve a iniciativa da revista; mas não há como discordar que a ideia era genial. Esses nomes de origem francesa, inglesa, italiana etc. sempre que qualquer um de nós, descendente do Homem da Lagoa Santa,[2] topa com um deles, por exemplo, no *Diário Oficial*, causam-nos arrepios de indignação.

Institivamente, vemos neles a invasão do estrangeiro em coisas essencialmente nossas.

No despacho presidencial que precedeu a data de escrever estas reflexões, há a nomeação, para médico do Exército, de um W. Eisenlohr. Esse nome é sueco ou dinamarquês, e o seu autor devia, previamente, ser intimado a nacionalizá-lo convenientemente.

Há nomes estrangeiros em nacionais ilustres que só podem dar aos nossos inimigos de fora a noção de que somos governados por estranhos, tanto são eles respeitados nos jornais em virtude dos altos cargos da administração e da política que os seus portadores exercem.

Vejam só: Frontin, o dr. Paulo; Müller — o dr. general Lauro; Van Erven — o das "Águas"; Schmidt, o senador; Rondon, o general; Ellis, o da defesa do café e da louça; Ripper, o dos óculos; e tantos outros que sempre ocupam as colunas dos jornais oficiais, e não com os seus sobrenomes evidentemente estrangeiros que convém nacionalizar inteiramente, em obediência aos altos interesses da brasilidade.

Há muitos outros em cargos menos importantes, mas não em menor destaque social, que também devem sofrer essa salvadora operação da nacionalidade; por exemplo: Morize, Bousquet, Henninger, Behring, lentes da Escola Politécnica; Lynch e outros, na Marinha de Guerra; Klinger, Nicoll, no Exército; Murineli, Loretti, na diplomacia; além de muitos mais em várias e diferentes funções públicas que o Brasil tem o direito de exigir que se deem a conhecer por nomes verdadeiramente nacionais, a menos que...

Há ainda outros nomes de origem estrangeira que nós, os verdadeiros brasileiros, sentimos que sejam o de valorosos patrícios. Não é o caso do barão de Teffé, que se chama Hoonholtz? Não é o caso do competente engenheiro militar Ximeno Villeroy? Não é o caso do notável químico dr. Nicolau Ciancio? Não é o caso do jovem e já célebre poeta paulista Menotti del Picchia? E quantos outros? Cá em casa, até temos um, o nosso Margiocco...

Não é só na nossa onomástica que tal se dá; as denominações de nossos acidentes geográficos, de localidades, praças, ruas etc. estão enfeiados de nomes de outras línguas que não é a nossa. Aqui, bem perto da rua do Ouvidor, não temos nós: praia do Russel, rua Taylor, estação do Méier, Leblon, Villegagnon etc. etc.?

As agremiações nacionalistas devem tomar uma providência a respeito, já e imediatamente, quanto a essas de proveniência inglesa, alemã, francesa, espanhola etc., deixando para depois as portuguesas, que não são, portanto, brasileiras genuinamente, como: Rio de Janeiro, Recife, Porto Alegre, São Luís, Bahia, Campos, São Paulo, Campinas, e tantas outras.

Em seguida, elas, as agremiações nacionalistas, devem encaminhar as suas vistas para os nomes originários de idiomas africanos: quilombo, munguengue[3] etc.

Depois dos sabidos estabelecerem que são autóctones nos nossos caboclos, poderemos conservar as denominações indígenas; mas, se o resultado das suas pesquisas for o contrário, devemos varrer da nossa nomenclatura topográfica: Guanabara, Niterói, Manaus, Itambi, Cuiabá, Goiás, Ipanema e centenas de outras, por não serem perfeitamente nacionais.

A nossa nomenclatura convém que seja genuinamente nacional em todos os aspectos e trate-se do que tratar. Estamos na obrigação de radicá-la ao nosso solo, de irmos buscar o seu fundamento no falar do nosso Adão particular que, segundo parece, foi o botocudo da Lagoa Santa.

Sendo assim, como complemento fatalmente lógico, teremos que abandonar os atuais nomes portugueses de Silva, Guimarães, Mascarenhas, substituindo-os por outros que o nosso solo fez brotar, sem auxílio estranho.

Providências governamentais[4]

A reunião do ministério foi naquele dia secreta, isto é, não foi anunciada nos jornais. Especialmente convidados, compareceram também, com o informante, o prefeito de polícia e o inspetor dos detetives (aguazil-mor).

El-Rey Pechisbeque abriu a sessão fazendo um gesto de quem ia colher o manto de arminho, crivado de abelhas merovíngias,[5] e depositou em cima da mesa uma magnífica "Santa Luzia" de cinco olhos,[6] todos eles com incrustações de marfim e ouro. Era o seu cetro característico de Carlos Magno com que figurava os seus retratos pululantes.

Dirigiu-se, em primeiro lugar, ao ministro das Tropas Militares.

Ao contrário das outras sessões ministeriais, Pechisbeque, o grande rei da Pacóvia,[7] não estava de bom humor e muito menos gaiato. Falou gravemente:

— Sr. dr. Karagafulos: o que vossa excelência sabe de anormal da tropa?

— As praças andam muito contentes com o novo uniforme sudanês que lhes impingi; mas os oficiais não estão contentes. Tenho tomado as providências; mas...

— Bem. Era de esperar. Mas não há nada como um dia atrás do outro.

— O poderoso rei da Nova Zembla[8] não os elogiou tanto?

— Não os cumulou de distinções e condecorações? Quem foi que promoveu a visita do rei Savoff a nossa terra e, portanto, os elogios que eles receberam, e os "crachás"?

— Fui eu? Ingratos! Mil vezes ingratos! Contudo...

— Eles se queixam, acudiu o ministro dos Buquês de Recreios Reais; eles se queixam da carestia da vida.

— Ora, bolas! Soldado é soldado! Deve estar afeito a tudo. Os de vossa excelência, sr. ministro dos meus Buquês, também se queixam?

— Também, majestade; mas a marinhagem, nas horas de recreio, pesca de caniço, crocorocas, micholas, canhanhus, cação-viola; e assim melhoram o rancho ou vendem o pescado, para aumentar o soldo. Encontraram um derivativo...

— E os oficiais?

— Também se entregam à pescaria.

— Sábia gente!

— Assim mesmo, majestade, não andam contentes; murmuram, observa o ministro de Vistas Escuras.

— Como?! — admirou-se Pechisbeque. — Se eles, para pescar, não pagam imposto, não empatam capital em canoas e botes? Qual! Como é que vossa excelência sabe disso?

— Por informações aqui do excelentíssimo juiz de fora Jemi.

— Sr. Jemi — indagou o rei —, como é que o senhor tem notícia desse fato?

— É, majestade seleníssima, é o que me informa o aguazil-mor que aqui está, a meu lado.

— Seu Manchique — fez arrebatadamente o rei —, como é isso?

— Trago-lhe aqui um relatório completo do que se diz na cidade.

— Dê-mo, Manchique.

O chefe dos aguazis passa ao poderoso imperante um

calhamaço grande como todos os diabos, Pechisbeque folheia-o, põe-se a lê-lo aqui e ali; e, afinal, vira-se para o ministro das Vistas Escuras e diz:

— Sr. ministro: vossa excelência precisa combinar com meu mano, o condestável do Reino e prefeito do Pretório, diversas providências de urgência. Não há que contar com este povo. Dou-lhe festanças e... sr. ministro das Vistas Escuras, tome as suas providências?

— Quais, majestade?

— É preciso adquirir mais "tanks", e dos mais poderosos; requisitar imediatamente canhões do Ministério da Tropa, que neste momento recebe ordem para entregá-los; comprar modernos e poderosos aviões de guerra. Tudo isto deve ser entregue à "Guarda do Pretório", que está sob o comando do mano, no mais breve espaço de tempo. A "guarda" será desde já aumentada no dobro do atual efetivo. *Res, non verba,*[9] sr. ministro.

E, tímido e obediente, o ministro do Tesouro, até ali calado, resolveu então falar:

— Majestade, e a crise? E o câmbio? E a carestia? E a miséria que vai pelo povo?

— Mas — falou o rei amigavelmente —, Homero, você não está vendo que tomei agora mesmo as necessárias providências, para solucionar todas as dificuldades que o país atravessa. Você não ouviu o que eu disse ao "Vistas Escuras". Está tudo resolvido. Agora temos que tratar dos festejos comemorativos ao aniversário do príncipe herdeiro da Birmânia. Mãos à obra!

Academia comercial[10]

Alguns homens de boa vontade resolveram fundar nesta cidade um alto estabelecimento de instrução comercial. É intuito deles banir do seu ensino todo o pedantismo, todo o luxo teórico; fazê-lo prático, moderno, à americana. De tal modo o querem que, ao fim de um curso de pequena duração, o aluno poderá, sem dificuldades e hesitações, colocar-se à testa em uma loja, gerindo-a com o desembaraço e a segurança de um velho negociante com vinte anos de prática.

Além de negociantes propriamente, a academia visa sobretudo formar magníficos caixeiros, caixeiros magnéticos, com virtudes de ímã, capazes de solicitar, de empolgar, de atrair a freguesia.

O curso elementar, destinado ao pequeno comércio, a retalho, fixo e ambulante, foi organizado sob tais bases, com uma felicidade de pasmar.

A academia não ficará instalada num enorme edifício, grandioso e inútil para os fins a que se destina, e sobremodo favorável à criação de um espírito de escola, de camaradagem, indigno da luta comercial. As aulas funcionarão em pequenas casas situadas nas regiões da cidade em que atualmente mais florescem os gêneros de comércio que pretenderem ensinar.

Conversando com um dos iniciadores, tive ocasião de receber a confidência da metodologia própria do estabelecimento.

Na rua da Alfândega, entre Núncio e São Jorge, será estabelecido o curso de venda ambulante de fósforos. A aula ficará a cargo de um velho turco, afeito ao negócio, cujas calças curtas, rendadas nas extremidades, beijando os canos das botinas muito grandes, permitem que se veja um belo pedaço das suas canelas felpudas. Possuidor de voz roufenha e lenta, mas penetrante e persuasiva, toda a manhã o venerável catedrático, no centro dos jovens discípulos, marcando o ritmo com uma varinha auxiliar, fá-los-á repetir uma, duas, mil vezes: — *Fófo barato! Fófo barato! Duas caixa um tostão!*

Este curso durará seis meses, dando direito a um atestado de frequência.

A aula de jornalismo (venda de jornal) será dada em frente ao *Jornal do Brasil*, de madrugada, e admitirá um número restrito de alunos, portadores de atestados valiosos de que sabem tomar o bonde andando. Os cocheiros e recebedores de bonde e os baleiros são pessoas idôneas para passar o atestado.

A aula de *frége*, cuja sede deverá ser no largo da Sé, ficará dividida em duas partes: cantata da lista e encomenda do prato à cozinha.

Os discípulos serão obrigados a repetir, em coro e na toada de uso, todo um imaginário e pantagruélico menu: carne-seca desfiada, bacalhau à portuguesa, arroz com repolho etc. etc.

O lente, um gordo e aposentado proprietário de uma casa de pasto da rua da Misericórdia, sentado a uma mesinha, com uma toalha eloquentemente imunda, dirá subitamente:

— Traga um arroz e um bacalhau, seu Manoel!

O discípulo correrá até o fundo da sala e, com a voz clássica, gritará:

— Salta um *chim*[11] e um bacalhau!

O tirocínio acadêmico durará um ano, conferindo o título de bacharel em lista cantada e dando direito a um anel simbólico.

Afora estes, haverá o curso de barbeiro, de café, de engraxate e outros; o mais difícil, porém, há de ser o armarinho, cuja aula funcionará nas proximidades da rua do Ouvidor, numa grande sala, guarnecida de assentos em anfiteatro, como nas grandes escolas.

Alguma dama facilmente adaptável figurará como freguesa atendida pelo professor, que perpetrará os lânguidos olhares de uso nesse comércio, ajudando-a na escolha das fazendas, cortando o padrão com elegância e dizendo frases amáveis e espirituosas: Em si, toda a fazenda vai bem; quem quer cassa,[12] caça.

Durará dois anos, este curso, e conferirá o grau de doutor em artigos de armarinho e boas maneiras.

Semanalmente, ao jeito de conferências, haverá duas aulas gerais, cuja frequência será obrigatória aos alunos de todos os cursos: a de dança e a de literatura.

Desta última, dizem, vai ser encarregado o sr. João do Rio.

Nas suas linhas gerais, eis aí como vai ser a nova Academia Comercial.

Rio versus Minas[13]

A recente questão que se levantou entre os estados de Minas e Rio de Janeiro, por causa de uma divergência de limites existente entre eles, entrando futebol no meio, quase repercute no ministério de um modo lamentável.

Como se sabe, ao certo há nele dois ministros dos mais importantes. Um é o sr. Raul Soares, almirante *in partibus*, brava pessoa naval que, se não ganhou a Batalha de Riachuelo,[14] venceu em Lepanto[15] e Trafalgar;[16] o outro é o sr. Calógeras, ou melhor: Kalogheras,[17] general dos mais afamados que figura nas páginas de Plutarco,[18] vencedor de Leuctra,[19] Austerlitz[20] e do duque de Macaúbas, Horácio de Matos,[21] nos sertões da Bahia.

Tão eficientes oficiais-generais de terra e mar não podiam ficar indiferentes diante dos perigos que estavam correndo os seus patrícios ameaçados pelas hostes do príncipe Raul Veiga, sob o comando imediato do famoso cabo de guerra Domingos Mariano, cuja fama se vem fazendo, desde as grandes batalhas campais e eleitorais de Monte Verde, Barra do Piraí, Maxabomba, Cubango e outras localidades.

Estando as coisas neste pé, tendo o estado de Minas, país soberano, independente e altivo, que enfrentar esse terrível Von Mackensen,[22] a cuja investida não há tropas que resistam, era bem de ver que a atitude dos dois grandes cabos de guerra, em terra e mar, não podia ser de mera expectativa e paciência.

Acresce mais ainda que Von Mariano, digo, o general Domingos Mariano, já tinha mobilizado todos os clubes de futebol do principado do estado do Rio e mais ainda o batalhão do colégio dos padres Salesianos de Niterói, perfazendo, com a legião feminina do estado, um efetivo de 7500 homens. Da artilharia, como era próprio, estava encarregada a Legião Feminina.

Bernardes I, rei de Minas, tinha notícia pelos seus escribas e espiões, que a força do príncipe Raul era grande, e não sabia como contrapor uma equivalente para impedir a invasão dos seus estados. No seu palácio de Belo Horizonte, Bernardes caminhava de um lado para o outro, tirava o pincenê, punha-o de novo e só achava uma solução para a dificuldade em gritar:

— Epitácio! Epitácio! Restitui-me o Raul!

Porque toda a sua confiança estava no almirante Soares, em cujas capacidades singulares de estrategista ele punha todas as suas esperanças.

Entretanto, temia pedir diretamente ao imperador Epitácio a restituição do almirante. Não — convém lembrar — porque isso pudesse desgostar o imperador, mas, porque, segundo a "Bula de Ouro",[23] a sucessão imperial devia realizar-se em breve, e o almirante estava encarregado de obtê-la para ele, Bernardes, na próxima "dieta".[24]

Se o tirasse de junto do imperador, estava certo Bernardes I que não a obteria; mas a invasão de Mariano, a mando do príncipe Raul?

Resolveu escrever a Raul, o almirante, pedindo-lhe conselhos. O almirante disse-lhe que alugasse todas as canoas que encontrasse, pusesse nelas asas que voariam que nem aeroplanos, amedrontando os adversários; não era preciso ir ele, Raul, o almirante, até lá; entretanto, falaria a Kalogheras.

Foi este terrível general consultado e pediu três dias para pensar.

Ao fim desse tempo, deu o seu parecer. Requisitasse todas as edições dos jornais de Minas e todos os cabos de vassouras das respectivas casas de família e aliciasse os meninos dos colégios. Com os jornais, fizessem chapéus armados e, dos cabos de vassouras, cavalos.

Montasse a petizada em tais cavalos, coberta com tais chapéus, e a vitória seria dele, Bernardes 1.

Não houve o encontro que foi adiado; mas o almirante Raul e o general Kalogheras não arredaram o pé de junto do Imperador.

Governo maravilhoso!!![25]

O presidente daquela famigerada república, à vista da sua situação desesperada, resolveu certo dia reunir, na casa do congresso, o seu ministério e alguns paredros mais, havidos e tidos como entendidos em finanças e outras traquibérnias políticas e administrativas.

Aberta a sessão, o olímpico presidente, sorridente quase à gaiatice, deu a palavra ao ministro do Tesouro.

O homem dos "arames" da República expôs com brevidade:

— Não há dinheiro, sr. presidente. No fim do mês passado quase passo pelo dissabor de não receber os meus vencimentos, por não haver dinheiro. E eu, um homem pobre e cheio de família, excelência; e não houve remédio senão pedir emprestado a um agiota bancário que, mediante uma letra do tesouro e bons juros, me emprestou o indispensável numerário. Ainda mais; os credores do governo, desde as primeiras horas da manhã até fechar-se o erário, vivem pelas portas do meu gabinete, pelos patamares e escadas, por onde tenho de subir ou descer; não deixam o saguão da entrada. Fazem tudo isto para me atracar e cobrar de mim as suas contas. Não tive outro remédio senão mandar construir um caminho secreto, para ir ter e sair da minha sala de trabalho.

— Bem. Há remédio. Manda-se falar ao Borgonuovo e ele litografará uma fortuna em notas de papel-moeda. Que me diz você, ministro dos Calhambeques?

O dr. Jangadeiro Marítimo do Norte respondeu:

— Preciso de um arsenal completo, de quatro "*super-dreadnoughts*",[26] de "cruzadores-esculcas",[27] de "destroyers"[28] e "submarinos" — "quantum satis"![29]

— Não há dúvida. Feita a emissão, que é ilimitada, no Borgonuovo, você terá os seus "brigues"[30] e o arsenal.

E você, ministro das Milícias Militares, o que precisa, para o bom andamento da pasta?

— Mudança de uniforme das "minhas" praças. Tenho um figurino muito próprio para o nosso clima. É uma imitação do sudanês britânico. Pretendo também criar um corpo de cavaleiros, a exemplo dos ingleses no Egito com o seu "Camel-Corps".[31] Tal unidade pode prestar muitos serviços nos sertões adustos do nordeste e nos desertos áridos ou ressequidos das margens do São Francisco, onde, como vossa excelência sabe, se repetem levantes e motins, a toda a hora.

— Quanto pode custar tudo isto?

— Cinquenta mil contos.

— Bem. Não é muito... A emissão do Borgonuovo ilimitada dá margem; o fiscal de todas as compras, porém, será o primo Chico, que é entendido em tecidos e camelos. E você, oh! Chicara, o que deseja?

— A crise de transportes é um angustioso problema que oprime todo o país, julgo...

— Eu sei, eu sei — interrompeu o Presidente. — O que se pode fazer, afinal?

— Encampar a "South Brazil Railway Co.".[32]

— Como? A dinheiro e à vista?

— Não; com apólices, juros, ouro.

— Está dito. Pode encomendar já as cautelas ao Borgonuovo. E você, ministro das Vistas Escuras, quais são as suas necessidades?

— Uma única: dinheiro.

— Não é pequena, por Deus! Para quê?

— A fim de pagar as passagens dos deportados para dentro e fora do país.

— Mas... a lei?
— Ora! E a segurança de vossa excelência e da sereníssima família? É preciso muito cuidado com esses elementos subversivos; eles...
— Tem você muita razão.
— Vou dar as minhas ordens. Fique sossegado. Você, Simão Quarenta, necessita de alguma coisa?
— Sim, excelência; é urgente a criação de mais uma diretoria no meu ministério.
— Você tem já muitos afilhados?
— Alguns.
— Deixe, eu peço a você, um certo número de lugares para mim. Tenho vários primos carnais que mal soletram, mas estou obrigado a empregá-los bem, e de qualquer forma. De que vai tratar a nova diretoria de você?
— De parasitas e insetos nocivos à agricultura e à pecuária, meios de debelá-los etc. etc. Será uma repartição teórica e prática, agindo por ação direta, conforme as requisições dos agricultores e criadores interessados.
— Está bom. Vamos criá-la. Os "pequenos" não entendem nada disso, nem sequer da conta de somar; mas encontrarão, mediante quaisquer vinte mil-réis, quem lhes faça suculentos e sábios relatórios. Bem! E você, chefe dos Almofadinhas Melindrosos e Diplomáticos, o que quer?
— Água de rosas da Bulgária, perfumes caros e legítimos, bacios, papel higiênico, estojos para unhas, toda a sorte de escovas, chinelas finas, espelhos, tapetes, bronzes, alguns exemplares das *Noções de arte culinária*, de d. Maria Thereza de Abreu Costa,[33] camas inglesas etc. Vossa excelência sabe que, a toda a hora e todo o instante, estamos recebendo estrangeiros ilustres, príncipes, reis e imperadores; portanto...
— Você tem razão... Uma coisa: chamem o Antenor.
Não tardou a chegar o surpreendente "toma-larguras"[34] do presidente.
— Que deseja vossa excelência?

— Você já recebeu notícias do bom sucesso da rainha Kamtchaka?

— Ainda não, excelência.

— Diabo! Causa-me inquietação... Quem sabe o que teria acontecido? Eu tão amigo do rei Fu-Tienki... Ah! Meu Deus!...

— Querem saber de uma coisa: sinto-me incomodado com a falta de notícias.

— Tratávamos de negócios sérios... Não é possível continuar... Não tenho cabeça... Ficam para amanhã. Passem bem.

E saiu da sala dos despachos.

Um bom ministro[35]

Logo que o prestante cidadão foi empossado ministro da Agricultura, tratou de acabar com a burocracia.

A diretoria de agricultura não lhe pareceu corresponder ao nome. Não havia nela absolutamente nem um pé de couve. O ministro energicamente mandou retirar as mesas, todo o aparelho burocrático e espalhar terra nos salões das seções e semear couves.

Os empregados foram incumbidos de tratar dos canteiros, regar as mudas, transplantá-las e deixar por completo a mania de redigir pareceres e ofícios.

A diretoria de contabilidade foi transformada em horto florestal com baobás e jequitibás, gênero tartarin. Essa ideia foi muito gabada e elogiada pelo aspecto prático que oferecia, pois em breve poderíamos deixar de importar pinho-de-riga.

Calculou-se mesmo que, dentro de cinco anos, com essa floresta tartarinesca do ministro, a economia nacional ganharia cerca de cem milhões de contos.

O telhado do edifício do Ministério foi aproveitado para o plantio de fumo.

O ministro, que era administrador e bom observador, tinha notado que, quase sempre, nos telhados de casas velhas, nascem pés de fumo silvestres.

Um ministro de tão alto descortino não podia deixar de encarar o problema da pescaria.

Chamou o dr. Bogóloff[36] e mandou que ele invertesse o seu processo de quadruplicação dos bois.

À vista da exiguidade da sala da portaria, que ele pretendia transformar em campo de criação, pediu ao sábio russo que criasse bois quatro vezes menores que os comuns.

O dr. Bogóloff prometeu atendê-lo e pediu uma verba respeitável.

O arquivo foi devastado; todos os seus papéis foram queimados e as suas salas receberam milhares de galinhas, patos, perus, gansos e outros galináceos.

O gabinete ficou sendo uma ceva[37] aperfeiçoada, ficando sob a inspeção direta do ministro a engordados canastras, yorkshire etc.

Afinal, depois de tanta reforma útil, o edifício desabou, porque recebeu mais peso do que as suas paredes podiam suportar.

Ninguém poderá dizer que o cidadão prestante não tivesse sido um bom ministro.

Mudança de regime[38]

Quando o rei descobriu que lhe haviam furtado uma parte dos seus tesouros, ficou deveras aborrecido. Eles estavam tão bem guardados, tão cercados de tropas e espingardas, que não era possível imaginar que tal fato se desse.

O rei não era avaro, não exercia sobre os seus povos uma política de extorsão; mas tinha herdado dos seus maiores riquezas inúmeras, que ele se julgava no dever de guardá-las ciosamente em virtude da tradição.

Sabedor do fato, pôs a sua polícia em campo e redobrou as precauções para que tal coisa não se desse mais.

Fez construir uma casa-forte chapeada, encouraçada, com vinte portas de cinquenta fechaduras cada uma e julgou-se seguro de suas riquezas. Mas, apesar das precauções, novo furto veio a verificar-se nos seus tesouros. Uma manhã, deram na casa-forte com a falta de um saco de ouro em pó, de um outro de velhas moedas de prata, de um escrínio[39] de safiras e de um saquitel[40] de pérolas.

O rei aborreceu-se de novo e começou a excogitar a melhor maneira de acabar com semelhantes furtos. Não atinando, consultou várias pessoas. Aos arquitetos a que se dirigiu, foi-lhe dito que era preciso aumentar a casa-forte e as portas ferradas de cinquenta fechaduras. Os engenheiros disseram que era necessário juntar à casa-forte armadilhas e engenhos que iludissem o ladrão e o apanhassem em flagrante. Isto foi feito, e o rei ficou seguro de que tal não se repetiria.

Deu até uma festa em seu palácio, em honra do aniversário da filha, a que compareceram toda a nobreza do reino e os embaixadores acreditados junto a ele.

Nessa noite, uma outra parte do seu tesouro foi furtada.

Dessa vez, o rei ficou furioso e, descrente do saber dos homens, quis ouvir os ditames do mistério. Consultou um nigromante. Este lhe disse:

— Majestade, faça dormir vossa real filha junto aos vossos tesouros.

O rei não desdenhou do parecer e cumpriu-o.

Daí a dias, o rei era de novo roubado e, dessa feita, lhe levaram também a linda filha. Ficou fora de si e mandou chamar à sua presença o nigromante e lhe foi dizendo:

— Embusteiro! Que fizeste?

O nigromante, calmo, acudiu:

— Majestade, mande proclamar por arautos que o ladrão terá a sua filha em casamento e o reino, se se apresentar.

Assim foi feito, e o ladrão mandou dizer que aceitava a barganha contanto que ele fosse rei com o título de presidente da República.

Foi aceita a condição, e o ladrão governou durante muitos anos, e dizem que muito bem.

O programa[41]

Atualmente é bastante difícil saber a opinião do grande político Bastos[42] sobre qualquer assunto.

Ele as tem tão extraordinárias e inéditas que ficou esgotado, ou senão não quer fazer mais esmolas à nossa admiração pelo seu saber.

Por isso é que somos obrigados, para descobrir-lhe as ideias, para sacar dele qualquer parecer, ouvir os seus apaniguados mais do peito.

Entre estes, conta-se Anófeles,[43] que temos várias vezes ouvido sobre as ideias do grande político.

Este moço estuda com o sumo estadista direito constitucional e a criação de galos de briga.

Em matéria de direito, ele já nos demonstrou a constitucionalidade dos fuzilamentos do *Satélite* e das asfixias da ilha das Cobras;[44] em matéria de briga de galos, quase já nos convenceu da majestade de divertimento tão cruel e sangrento. Uma coisa parece que completa outra.

Fomos ouvi-lo ultimamente sobre o negócio dos degolamentos no Senado, e ele nos disse logo:

— É do regime! Não se tem visto nele outra coisa.

— Mas a Constituição e o direito?

— Os princípios republicanos pairam acima dessas coisas, e eu já te expliquei em que eles consistem.

— Bem. Outra coisa: e esta questão dos ministros do

partido ficarem, depois do ato do presidente, nomeando para o seu gabinete um degolado?

— Ai, tu sabes perfeitamente que a Constituição dá inteira autonomia aos poderes constituídos e não estamos em um país de república parlamentar.

— Uma hora a Constituição serve, outra hora...

— Decerto. Quando a Constituição não colide com os nossos princípios republicanos é boa, quando colide não presta.

— Gosto dessas explicações francas...

— ... e de grande política. Nós havemos de fazer o país feliz; mas para isso precisamos despovoá-lo pela miséria. Urge que substituamos a população; é programa que vamos cumprindo.

Despedimo-nos e ficamos a pensar em tão altos conceitos. Na rua, contamos os pobres que nos pediram dinheiro. Foram vinte. Pensamos cá com nossos botões:

— Essa gente não tardará muito em conseguir o seu propósito. Que altos políticos!

E eles passavam ricos de joias, em automóveis de luxo, quase sem olhar os transeuntes.

Uma sessão da Academia[45]

Extraímos do *Jornal do Commercio*:
Sob a presidência de pessoa perfeitamente estranha ao grêmio, realizou-se ontem a habitual sessão hebdomadária da nossa Academia de Letras.

Estiveram presentes os senhores: Bodião de Escama,[46] Mal das Vinhas,[47] Príncipe Obá II da África,[48] o poeta Horácio,[49] o jurisconsulto dr. Jacarandá,[50] o célebre médico Caboclo da Praia Grande,[51] o impermeável romancista Veiga Filho,[52] outros sicranos e, além, o membro correspondente visconde d'Emplois.

O cientista Mal das Vinhas ofereceu à Academia o original de uma carta em que o velho pajé Anhambaí escreveu ao jovem tapuia Sarapuí as seguintes palavras:

"Meu caro Sarapuí. Recebi a tua comunicação. Tu me dizes que só nadaste duzentos metros. É pouco. Deves ter mais fôlego. Vê se nadas mais cinquenta e então poderás ser um dia herdeiro do grande Anatuna. Entretanto, isto — o que fizeste — já serve para teres uma reputação de nadador nas ocas distantes. Adeus. Anhambaí."

Em seguida, o poeta Horácio, consagrado autor do poema "A minha estrela", recitou trovas inéditas do Bandarra.[53]

Após, o impermeável Veiga Filho, grande campeão de luta romana, propôs que a Academia votasse uma moção de aplauso, pelo fato de Fulano de Tal, brasileiro, andar sobre os dois pés.

Justificou isto com o fato de Homero contar na sua *Ilíada* que, quando Agamêmnon bateu Lord Clive, a Academia de Letras da Tessália enviou ao primeiro uma moção de aplauso.

Acabado este discurso, o visconde d'Emplois pediu a palavra e fez uma declaração de voto. Disse que estava de perfeito acordo com o seu colega, tanto assim que, da sua cátedra de astronomia, na Universidade de Cavation City,[54] sempre aconselhou essa posição perigosa, para melhor se observar as estrelas.

Seguiu-se a ele o jurisconsulto Jacarandá, que afirmou ter muito prazer em aprovar a moção, porquanto, tendo sido colega do Fulano de Tal, tinha tido ocasião de conversar com ele sobre os benefícios da homeopatia.

Por fim, o dr. Caboclo da Praia Grande foi ao piano e acompanhou ao som da Dalila o seu colega Budião de Escama, que recitou o "Baile das múmias".[55]

Esta poesia é muito apreciada na Academia.

A sessão foi levantada e cada acadêmico passou na tesouraria e recebeu uma pelega de cem.[56]

A notícia não continha mais nada; nós, porém, sabemos que o visconde d'Emplois zangou-se muito, por não ter podido receber também a sua pelega de cem. Corre que vai fazer todos os esforços, para ser membro efetivo. Só assim entrará no "jetom".[57]

Sua excelência, o sr. ministro[58]

Um cavalheiro espanhol achou em Marrocos, em casa de um *caid*,[59] o seguinte conto árabe, que traduziu e publicou na revista *Caramba*:

No tempo do sultão[60] Ab-del-Melek houve uma grave crise que trouxe o reino em grande aflição. Os partidários de Ben-Chuleh, filho espúrio do finado sultão e que disputava o trono com seu irmão, levantaram-se em armas e puseram várias cidades em cerco, mataram muitos habitantes, fizeram cativos os mancebos e agravaram de impostos as terras e as propriedades dos fiéis ao sultão legítimo. Este, para defender o trono e a vida, levantou também um exército, marchou contra o seu irmão e o venceu em batalha.

O reino, porém, sofreu muito com a guerra. Veio a fome, a peste também, e muitas outras desgraças afligiram as tribos dizimadas. Na capital, depois dessa guerra, deram-se casos inauditos de crimes, porque todos os que escaparam das lutas e outros que tomaram partido por um ou outro irmão se recolheram à cidade como foragidos e aventureiros, dobrando o número dos habitantes e enchendo as ruas e casas com suas misérias, seus apetites e suas más paixões. A situação tornou-se por demais desesperada.

No meio de tanta gente, não foi difícil ao sultão encontrar escravos para o serralho, porque a fome obrigava os desgraçados a vender a liberdade por uma côdea de pão.[61]

Os outros, que não conseguiam ter um senhor, mendigavam nas mesquitas e entregavam-se a vícios degradantes.

Ab-del-Melek, que antes da guerra era moderado e humano, tornou-se então arrogante, exigente, caprichoso e fanfarrão. O seu pior capricho era o da exibição de uma pompa exagerada, e para isso exigia do povo pesados tributos e louvores humildes. Os seus desvarios não sofriam crítica porque a sua guarda tinha direito de vida e morte sobre todos e exercia uma severa e constante vigilância, vendo e escutando o que se passava e o que se dizia.

Também o sultão tiranizava os seus servidores e os substituía constantemente, escolhendo os ministros não mais entre os homens sábios e prudentes, mas entre os bajuladores e os lacaios que mais se prestavam aos seus pendores para o despotismo e para a dissipação.

Um dia, tendo feito uma excursão pelas terras roxas, encontrou um muezim,[62] que venceu todos os outros em salamaleques[63] e zumbaias.[64] O sultão ficou encantado e recompensou-o, nomeando-o ministro de Estado. No dia da posse, um velho alfarrabista perguntou:

— Sabes que para ser ministro é preciso levar duas bofetadas?

— Sei — respondeu. — Eu estava disposto a levar quatro...

Uma lembrança[65]

Essas questões esportivas apaixonam todos os espíritos. Não há jornal que não tenha uma página a elas dedicada. Nem mesmo a guerra de 1914, nem mesmo o duelo Nilo-Bernardes,[66] nem mesmo uma catástrofe monstruosa no Japão merecem dos cotidianos a atenção que desperta um match de futebol na Inglaterra e nos Estados Unidos.

São gravuras, crônicas e considerações filosóficas.

À medida que os anos se passam, mais esse interesse cresce. Antigamente eu me irritava com isso; hoje, porém, tal não se dá. Gosto até dessa literatura esportiva que tem um sopro heroico de poema homérico. Eu só noto nela um defeito: é não ser escrita em estrofes camonianas. E o assunto o merecia. Não há nada mais importante na vida do que dar pontapés numa bola ou dar murros na cara do semelhante.

As proezas de Rolando[67] ou do terrível Albuquerque[68] são nada com os rounds dos *boxeurs* célebres ou gols de um campeão do nobre esporte bretão.

Quando Carpentier[69] se encontrou com um rival inglês e o venceu, toda a gente viu nisso a demonstração da superioridade da França sobre a Inglaterra; e, quando aquele foi batido por um americano morrudo, os filósofos esportivos fizeram considerações profundas sobre a grandeza dos Estados Unidos.

Todo este palavreado vem a pelo por ter sido aconselhado o boxe como esporte que devemos adotar.

Os motivos deste conselho vêm do fato de que um bom está sempre apto a defender-se com vantagem.

Acho muito justa a ideia, e é pena que não esteja em idade de aprendê-lo para segui-la em toda a linha.

Uma coisa, porém, me açode agora e é esta: melhor seria o adestramento no assassinato.

Novas análises[70]

O Laboratório Municipal de Análises,[71] depois de completamente reorganizado, vai iniciar uma série de análises em vários artigos de consumo.

Assim é que, a pedido do dr. David Campista, terá ocasião de examinar a composição do vestuário do senador Anísio de Abreu, do ilustrado dr. Capistrano de Abreu e de outras pessoas de posição e influência.

Ao contrário do que era de esperar, não será a seção de química a encarregada de tal prova, mas sim a de resistência de materiais.

Ao dr. Campista, que chega a ter um guarda-roupa no seu automóvel, causa pasmo a duração da sobrecasaca e do paletó do ilustre orador e do respeitável historiador brasileiro. O escovado ministro acredita, talvez com muita razão, que essas peças do vestuário dos dois conspícuos personagens são feitas de ferro e untadas de gordura, para evitar a oxidação. De outra forma, não se pode explicar que tenham podido durar os dois longos séculos, de que são testemunhas várias referências em documentos antigos.

A seção de química, a exigências dos jornais oposicionistas, vai submeter a análises quantitativa e qualitativa a reputação de alguns políticos. Afastarão a procura dos amargos, mesmo porque, já a existência de políticos supõe a de amargos em grande quantidade; toda a pesquisa química, tal qual como nas cervejas, terá por o fim isolamento e a pesada do quantum de ácido sulfuroso.

Conversando estes dias com um rapaz muito hábil nesses trabalhos, ele avaliou pela cor, pelo gesto, pelas aparências enfim, a quantidade que porventura se poderia conter em alguns personagens em evidência no nosso mundo político.

E, para que o leitor possa, sem dificuldade, colher os resultados dessa interessante estima química, transcrevo aqui, ao jeito de uma tabela, os resultados a que chegou.

Marcas	Quantidade analisada	Ácido sulfuroso
Pinheiro Machado	2 gotas	2,725 kg
General Glicério	1 gota	5,837 kg
Miguel Calmon	1 garrafa	0,18 g
Lauro Sodré	1 tonel	Impoluta!

Eu peço encarecidamente aos leitores que não acreditem totalmente no resultado dessa análise. Repito: foi um mero ensaio, uma avaliação estimativa, que, embora feita por pessoa muito capaz, é, como todas as estimas, muito grosseira, devendo ser aceita com restrições. O laboratório terá de proceder à nova análise em regra, com retortas, provetas, bastões, balanças etc., e então veremos.

A existência de alguns indivíduos vai ser afirmada pela seção de bacteriologia.

O dr. Ataulfo de Paiva será dos primeiros; e já foi, para isso, encomendado um fortíssimo microscópio Zeiss.

Também, ao que me consta, vão ser pesquisados, com generoso auxílio da objetiva desse aparelho, o sr. João Quintino e uma grande parte da Câmara e do Senado.

Pelo que vem, o laboratório, depois de reorganizado, empreenderá grandes e importantes trabalhos.

Esperem, pois que, já lá diz o refrão, o melhor da festa...

A filha do emir[72]

O célebre novelista turcomano Rerahabad publicou no século VII da Hégira[73] o seguinte conto que traduzimos diretamente para o dialeto português:

O emir[74] de Cabul nunca riu na sua mocidade. Quando os outros jovens o interrogavam sobre essa esquisita austeridade ele respondia que, devendo ser um dia rei de uma terra de imbecis desconfiados, não lhe ficava bem andar às gargalhadas por aí.

Então os outros admiravam-se e detestavam-no. Apenas um dos seus preceptores conhecia a causa profunda daquela seriedade e dizia em conselho privado:

— O futuro emir é um hipócrita. Um rapaz sem alegria é pior que um chacal esfomeado, ambos não riem e ambos são capazes das mais negras perversidades. Desconfiem desse príncipe mascarado de homem de bem, e lembrem-se de que em vez de estudar coisas úteis e honestas vive a se preocupar com as leis e com o direito. O emir é semidoido e tanto assim que confunde o direito com a justiça.

Assim julgava o preceptor do emir, justamente aquele que no dia de sua ascensão ao trono foi imolado. Mas os outros julgaram prudente amansar a fera, rendendo-lhe homenagens e cercando-o de poderes absolutos. É inútil dizer que o emir ria à socapa da covardia geral.

Quando o emir foi eleito pelo conselho dos trezentos já tinha quarenta e cinco anos, mulher e filha. Esse caso de infinita vulgaridade serviu ainda para granjear-lhe fama de moralidade, porque os pais não tinham que temer pelas suas filhas; estas não iriam para o harém do emir; se contentava com sua mulher, princesa exótica de um príncipe que ignorava o que era o amor.

A emirinha de Cabul era faceira, apesar de o pai ser beato; um dia todo o palácio soube de seu noivado; os cortesões regozijaram-se; seria ocasião do pai desenrugar a fronte de pedra e de dar ao povo um pouco de alegria e de folguedos. Mas qual...

Esse noivado foi funesto à nação, a emirinha precisava de dote e todo povo concorreu com suor, sangue e gemidos para encher de joias o cabaz da noiva. E o povo se lamentava pelas ruas:

— Alá... Alá... Tua justiça é grande, mas por que é que nos consentes amar a filha dos outros? Que cada um ame a sua e já é muito. — E Alá não respondia. Povo de sem-vergonhas...

A viagem de sua majestade[75]

Um sultão[76] da Turquia, cujo nome não me recordo agora, certa vez resolveu visitar os seus estados.
Não havia pretexto, e ele queria um para justificar as despesas com o fausto de sua viagem.
Embora todos os soberanos sejam faustosos e gastadores, este, no dizer geral, era dos mais faustosos e gastadores de que se tinha notícia no reino.
O motivo dessa sua mania de muito gastar, de muito ostentar, de muito dar na vista, vinha, na opinião geral, de não ser ele de raça real. Intrigas da corte, dessas que só se têm notícia por burgueses anônimos, haviam permitido que o filho de uma simples açafata[77] substituísse o herdeiro do trono.
Erguido a ele, fosse conscientemente, fosse inconscientemente, ele se sentiu como embriagado pela grandeza da posição que ocupava e quis dar mostras de que sabia ocupá-lo.
Não tratou de melhorar o país; não tratou de dar bem-estar aos súditos do seu império; não tratou de dar-lhes instrução, segurança, higiene; tratou, porém, de festas.
Como começassem a murmurar, ele procurou meios e modos de acalmar o ânimo do povo.
Arranjou todos os expedientes inócuos, como sejam: fogos de artifício; corridas de cavalos, cuja entrada era grátis; circos de cavalinhos gratuitos etc. etc.

Davas o *circenses*; mas de *panem*, nada.[78]

Vendo que o povo da sua capital não se iludia com isso, teve a ideia de uma viagem ao interior a um paxalique importante, onde ganhasse popularidade e com ela contrabalançasse a impopularidade que tinha na capital do sultanato.

Chamou o grão-vizir e lhe disse:

— Arranja-me aí um pretexto para viajar pelo Império.

O grão-vizir saiu e dias depois voltou dizendo:

— Vossa majestade vai inaugurar a estação telegráfica de Hytap'nema.

E, sob esse pretexto, o sultão pôde fazer a sua dispendiosa viagem.

Uma sessão da diretoria da Sociedade Nacional de Agricultura[79]

Quinta-feira, com as formalidades de praxe, reuniu-se, em sessão extraordinária, no respectivo edifício, grande número de membros da diretoria da Sociedade Nacional de Agricultura.[80] Estiveram presentes o dr. Calmon, o comprido; o dr. Lauro Müller, afiado que nem uma navalha; o meu amigo Beltrão, com a sua incipiente barriga de membro honorário do alto comércio; o dr. Sampaio,[81] com algodão nos ouvidos para não ouvir "a gritaria das picaretas do Castelo";[82] e o dr. Simões Lopes, com o binóculo de campanha do seu colega Kalogheras,[83] a fim de encarar com largo descortino as coisas e os problemas agrícolas.

O dr. Calmon, presidente, abriu a sessão e assim falou:

— Meus senhores. O honrado presidente da República, assim como o sr. Marinho das Malas, assim como o homem da Mansão Olímpica,[84] assim como o sábio dr. Jacarandá[85] e outras sumidades, só encontram meios de solucionar a presente crise, por que passa o país, na intensificação da produção agrícola e, também, na das indústrias diretamente derivadas da agricultura.

À vista disso, embora não tenhamos sido diretamente solicitados, julgo que é nosso dever ir ao encontro dos poderes públicos, lembrando-lhes alvitres proveitosos e fazendo-lhes as sugestões que o instante requer.

BELTRÃO: Muito bem! Muito bem, dr. Calmon!

Em seguida recitou:

"O talento é grande coisa.
Pode encher o mundo inteiro;
Não era à toa que os antigos
Chamavam talento, o dinheiro."
LAURO MÜLLER: Mas ele não disse nada de mais...
SIMÕES LOPES: Isso, porém, não impede de receber o seu aplausozinho...
SAMPAIO: Acho extemporâneo...
CALMON (*enciumado*): Se fosse para vossa excelência...
SAMPAIO (*apoplético*): Não admito insinuações...
Faz menção de erguer-se, mas o contínuo intervém dizendo:
— Calma, meus doutores. Tratemos de agricultura...
Volta a paz ao Cenáculo e Calmon continua:
— O nosso país, como é sabido de todos, produz tudo, menos azeitonas, goma arábica, cortiça...
SAMPAIO (*furioso*): E muitas outras coisas!
BELTRÃO: Vossa excelência não é patriota.
SIMÕES LOPES: É conveniente que os ânimos não se azedem. Trabalhemos pela paz. Se vossas excelências me dão licença, eu pediria que se acalmassem, a fim de fazer a vossas excelências uma interessante comunicação.
TODOS: Pois não; pois não.
SIMÕES LOPES: Como vossas excelências sabem, no Brasil, não se cultivava linho. O linho, como é universalmente sabido, é uma preciosa fibra têxtil que serve para confeccionar tecidos, largamente empregados no vestuário do homem, das mulheres e das crianças. Serve também para lençóis, toalhas etc. etc. Desde muito tempo, notava eu que a nossa importação de linho, em fibra, em tecido e em obra ascendia a uma soma fabulosa. Consultei o Cincinato, que, como vossas excelências sabem, é autoridade em cifras, e ele me disse que a economia nacional era desfalcada anualmente, com o pagamento do linho importado, em — número exato — 12625733$425 réis. O Mário Guedes, porém, achou essa cifra exagerada

e calculou em somente 4$525 réis. Seja como for, porém, o certo é que nós estávamos perdendo dinheiro com a importação do linho em vários estados. Resolvi tomar uma medida radical.

CALMON: Vossa excelência é um homem enérgico...
BELTRÃO: Tem dado sobejas provas disso...
SAMPAIO: Há muitos homens enérgicos no Brasil...
LAURO MÜLLER: Vossa excelência é um deles.
SIMÕES LOPES: Bem. Continuo. Resolvi tomar uma medida enérgica. Que fiz? Mandei redigir cem "avisos" que assinei, e dirigi-os a várias autoridades do país, aconselhando-as a incentivar a cultura do linho, nas regiões em que se fazia sentir o seu ascendente oficial.
LAURO MÜLLER: Obteve bons resultados?
SIMÕES LOPES: Magníficos. Hoje, pode-se dizer que o linho cobre um terço da superfície do Brasil.
TODOS: Maravilhoso! E nós que não sabíamos!
SIMÕES LOPES: É a pura verdade.
LAURO MÜLLER: À vista disso, proponho que fique o dr. Simões Lopes encarregado de pôr em eficácia as medidas que julgar convenientes para incentivar...

Nisto, o conselheiro Nuno de Andrade, que tinha entrado um pouco antes, diz:

— ... expedindo, não uma centena, mas um milhar de avisos.

BELTRÃO: Boa ideia!
CALMON: Será a salvação do país.
SAMPAIO: Julgo boa a medida, mas lembro que são precisos alguns decretos e algumas portarias.
NUNO: E o protocolo?
SIMÕES LOPES (*abstrato*): É verdade! O protocolo...

Beltrão redige a moção do general Lauro Müller; a redação é aprovada pela assembleia; oficia-se ao presidente da República, ao sr. Marinho das Malas, ao homem da Mansão Olímpica, ao dr. Jacarandá, comunicando o alvitre da sábia Sociedade de Agricultura; e a sessão é levantada. Beltrão vai para o chope; o conselheiro Nuno toma uma colher de xarope de tolu;[86] o dr. Lauro Müller engole uma gema de ovo; o dr. Sampaio emborcou uma "Pommery extra-dry",[87] que trazia no bolso do fraque; Calmon conta os níqueis e os vinténs que tem na algibeira; e o dr. Simões Lopes apanha o compêndio de agricultura do grande agrônomo americano Mark Twain[88] e sai apressado para o seu "campo de demonstração" na confeitaria Alvear.[89]

Eis aí.

Os precursores[90]

O sr. Frederico Vilar, o muito conhecido inspetor da Pesca, é um homem de excepcional competência que não está no seu devido lugar.

Os seus processos de governo são adoravelmente indígenas. Ele não conhece leis nem as garantias que estas dão aos cidadãos.

Meteu-se a bordo de um antigo iate de recreio, tem marinheiros e oficiais à sua disposição e resolveu "nacionalizar" a pesca com carabinas e baionetas. Nenhuma consideração o detém. Com tipos que, porventura, recalcitrem, o enérgico chefe da pescaria nacional não tem mais medidas: manda prendê-los em plena cidade, sem ser polícia nem ter mandado de juiz competente, e os mete no porão da sua belonave.

Os pescadores não lhe querem fornecer pescado para as suas feiras — que faz ele? Apreende-lhes as "marés" e as vende pelo preço que bem lhe parece. Faz isto tudo para baratear o preço das tainhas e corvinas e fazer com que o beijupirá seja acessível aos paladares mais modestos. Sábio administrador!

Dizia que não está no seu lugar porque o ocupado por ele só tem alçado sobre o preço das "tainhas", de siris e baiacus.

As suas teorias econômicas tão eloquentemente bororós mereciam e merecem uma aplicação mais ampla, e o sr. Vilar devia ser, nada mais, nada menos, presidente da República.

Para o ser com eficácia e lógico com as suas concepções comerciais, ele devia suprimir: Congresso, juízes, e tudo o mais.

Ele e os seus pescadores, incluindo os seus secretários, disporiam a seu bel-prazer das propriedades e fazendas de todos os habitantes do Brasil.

Esse atroz problema da carestia de habitações, o sr. Vilar resolveria com uma penada: tomaria conta das casas e alugá-las-ia por baixo preço, caridosamente.

Para baixar o preço da carne-seca, procederia da mesma forma; para o custo do açúcar e outros gêneros, empregaria o mesmo sistema.

Enfim, no intuito de completar a sua obra, o sr. Vilar mandaria queimar a Constituição, os tratados de economia política e os livros de história que narram a luta muitas vezes secular dos homens, para obter o estabelecimento da liberdade individual e as suas consequências e organizar um regime político em que haja o menos possível das truculências quarteleiras.

Depois disto, isto é, depois que o adiantado oficial conseguisse fazer tudo, essa obra de restabelecer, em plena civilização, a simplicidade comercial e industrial da maloca primitiva, era de todo cabível erguer no Pão de Açúcar não a estátua de Jesus, imagem do amor e da concórdia, mas um monumento a Tamerlão[91] ou Lênin,[92] cuja sabedoria política tem inspirado tantos reis, caciques e morubixabas, dos quais são legítimos precursores, e eu discípulo humilde.

Mais uma...[93]

São inúmeras as cartas que recebemos, abordando este ou aquele assunto, pedindo que publiquemos versos horrorosos, sem falar naquelas que se fazem acompanhar de crônicas desenxabidas ou insultuosas. Naturalmente, deixamos de publicá-las por todos os motivos e o principal encontramo-lo no desejo que temos de não enfadar os leitores.

Suponhamos que publicássemos, já não diremos a carta, mas o soneto que a acompanhava e tem os seguintes versos:

Pr'ao céu minha alma rasteira voa,
Como, na mata, a pomba-juriti,
Desdenhando o bem-te-vi que caçoa,
Só forte com o meu amor por ti.

Vejam só, os senhores, se nós fôssemos publicar essa produção do poeta Horácio[94] ou outro qualquer de sua academia, como iríamos desgostar os nossos leitores!

É essa a forte razão por que nos temos abstido de publicar as missivas que nos têm sido enviadas.

Hoje, porém, abrimos uma exceção, por se tratar de pessoa conspícua e muito em foco na nossa política. (Vide o *Dicionário dos contemporâneos brasileiros*).[95]

Eis a missiva:

"Sr. redator,

Tendo alguns jornais noticiado que ando embrulhando a sucessão presidencial ou governamental do estado do Espírito Santo, venho pedir agasalho na sua interessante revista, para produzir a minha defesa cabal e completa. Antes de tudo, convém notar que nada tenho com aquele estado. Represento-o no Senado; ele, porém, não me interessa absolutamente, pois lá não nasci. Se aceitei representá-lo na Câmara Alta, foi simplesmente por conveniência própria e de amigos políticos. Demais, sr. redator, eu estou de pernas quebradas e não iria meter-me em funduras.

O Pinheiro está morto e eu não seria tão tolo de procurar com as minhas próprias mãos motivos que desgostassem aquele que tudo pode e manda. Atualmente, estou no partido do presidente. Bobo é quem procura sarna para se coçar... Quando o Pinheiro era vivo, sim! Não havia absurdo que ele me pedisse que não fizesse. Estava sempre garantido.

Um dia ele me disse:

'João, vê se anulas a eleição do Cristiano, para o Beldroegas[96] entrar.'

Fiquei atrapalhado, mas descobri que o Cristiano era um pouco coxo. Dei-o como inválido e incapaz de exercer qualquer função pública. A eleição foi anulada, e o Beldroegas está no Senado.

Agora, as coisas são outras e penso como o meu amigo Melaço:[97] sou pela verdade eleitoral e não quero intrometer-me onde não sou chamado.

Eis aí, sr. redator, o que há. Repito ainda: bobo é quem procura sarna para se coçar.

Sem mais, sou etc. etc.

João Faz-Tudo."

Pela cópia.

Reconhecimento de poderes[98]

Instalada solenemente a 19ª comissão de inquérito da Câmara dos Deputados, foi escolhido relator das eleições do estado X o muito conspícuo deputado Hildebrando. Os candidatos foram ouvidos e afinal o relator deu o seu parecer.

Após um exórdio[99] em que mostrava a necessidade de uma nova lei eleitoral que tornasse uma verdade a expressão das urnas, Hildebrando organizou a lista dos candidatos que tinham obtido o maior numero de votos. Ei-la:

Fagundes	7254
Inácio	3725
Castro	1433
José	175
Antunes	122
Bastos	86
Gomes	74
Jagodes	62

Desses oito, dizia o eminente relator, temos que escolher os quatro deputados que o distrito dá.

Tudo estava a indicar que deviam ser os quatro primeiros, mas acontece que eles foram demasiadamente cumulados de votos, o que constitui uma espécie de quase monopólio que a Constituição proíbe.

De resto, Fagundes foi votado em número par e os outros três em numero ímpar — o que, no meu parecer, constitui grave incoerência.

A Constituição é curiosa em tal ponto, mas está no seu espírito que os candidatos deviam guardar, nas respectivas votações, uma certa uniformidade; sendo assim julgo que a lista deve ser invertida da forma seguinte:

Jagodes	62
Gomes	74
Bastos	86
Antunes	122
José	175
Castro	1433
Inácio	3725
Fagundes	7254

Organizada a lista da maneira acima, ficam respeitados os princípios de justiça e direito. Ainda mais: estabelecendo a Constituição que devam ser reconhecidos deputados os candidatos que tiverem obtido maioria de votos, julgo que devem ser reconhecidos e proclamados como tais os senhores: Jagodes, Gomes, Bastos e Antunes.

Lido, perante a comissão, tão luminoso trabalho, foi ele unanimemente apoiado, e a votação também unânime da Câmara homologou o substancioso julgamento da Comissão.

Eis um dos mais célebres casos deste último reconhecimento de poderes, mais fértil do que qualquer outro em casos célebres e complicados.

Uma contestação[100]

Um candidato contestante, lá de Minas, encarregou um sr. Gifoni,[101] italiano hábil em tricas eleitorais, doutor de Bolonha em atas falsas e esguichos rapadurescos,[102] de apresentar perante a comissão respectiva a sua contestação ao diploma que foi conferido ao seu adversário.

Foi um dos números mais desopilantes desse reconhecimento desopilante que se está desenvolvendo naquele "castelo" de casamento, manjar do céu, ou coisa que valha, a que chamam mais vulgarmente Palácio Monroe.[103]

Por um esforço de memória pudemos guardar alguns trechos da curiosa contestação, e trazemo-los a público penalizados por não podermos fazê-lo na íntegra, pois a peça merecia bem essa homenagem, tanto ela é cheia de riso e coisas portentosas.

O sr. Gifoni é um italiano pequeno, barbudo, tem os membros curtos, tórax forte e possui uma voz abaritonada com a qual começou assim a contestação:

— Signor ilustríssimo presidente... Eh... Tentar la fortuna in questa casa importantíssima io que não tenho oguno intellecto é bene admirável... Ma! Dr. Mello é mio amico mio cumpadre!... Sua sorella é mia cumadre... Ecco!... Dr. Mello é mio amico...

Bebeu água, enxugou o suor e continuou com emoção:

— Quando io fui amalato, dr. Mello há socorrido... Io no dovrei esquecer questo... Dr. Mello potrá guadagnar quanti eleiçon quizer... Per la madona! Dr. Mello é mio amico...

Por aí, o bom homem quase chorou; a tempo, porém, enxugou as lágrimas que começavam a brotar, e emendou:

— Voi non potete piú disporre que la sua eleiçon não é verdadeira... L'altro tem giuoco de elementi officiali... Não há dúvida, signor Presidente... Fra le due, não há duta... Ma... Per baccho!... Dr. Mello é mio amico... Eh! al eleiçon come alla macchie: o la borza o la vita — será verdade? Io ho sempre suscitoto que questa cosa não é possível... Vedete a verdade... Dr. Mello é mio amico, amico do peito, mio cumpadre e sua sorella é mia cumadre.

O sr. Gifoni continuou por aí, entrou pelos algarismos, citou leis nacionais, metade em português, metade em italiano; e, na peroração, pediu o reconhecimento do dr. Mello, não só por ser seu amigo, como também por lhe competir *il diritto di precedenza in questo luogo importantíssimo, a Câmara.*

Escola Normal[104]

"Atente-se bem para o que se está passando na 'Normal': trasanteontem, dois professores se engalfinharam; ontem, dois professores se engalfinharam etc." (dos jornais)

Lendo o noticiário dos cotidianos e ouvindo algumas narrações de alunas da Escola Normal, que são das relações da minha família, pude concluir, e vou proclamar, que a Escola Normal é um estabelecimento não só cheio de arrulhos, mas também perfeitamente moderno e, por isso, digno de imitação. Como se sabe, e os jornais buzinam por aí, a atenção de todos os que se interessam pelos destinos do nosso país deve ser encaminhada para a educação física da nossa mocidade.

O governo federal tem favorecido direta e indiretamente os clubes esportivos, com famas que não são de desprezar, e daí adveio o progresso fulminante deles, que se está revelando, aos domingos, aqui e fora daqui, em batalhas campais de socos, bengaladas, pontapés (pudera!), acompanhadas de verdadeiros hinos de chufas, vaias, descomposturas e injúrias.

O governo municipal, porém, não secundava de forma alguma a iniciativa do federal.

Os professores da Escola Normal, porém, observando a inércia do prefeito no que toca a semelhante matéria, resolveram, por sua espontânea vontade, corrigir essa falha do ensino municipal; decidiram instituir o ensino da educação física internamente.

Não há como elogiá-los por essa obra de civismo e de patriotismo em que se empenharam desinteressadamente. Até bem pouco, a Escola Normal era célebre pelo culto que lá se prestava à Mnemósine;[105] hoje, porém, o culto é a Hércules[106] e outros semideuses e deuses forçudos e brigões.

Os professores resolveram abandonar aquelas bobagens de gramática portuguesa, de geografia, história, aritmética e quejandas; e, em boa hora, enveredaram para o transcendente campo dos exercícios físicos.

Não há mais aulas; mas pugilatos e outras espécies de lutas corpo a corpo.

A escola não é mais um liceu, isto é, um estabelecimento de instrução secundária, para especial aplicação dela ao ensino primário; é um Coliseu, onde só faltam feras autênticas para reproduzir o seu modelo e outros circos dos tempos romanos.

Consideraram bem os professores da escola que tais espetáculos enricaram as almas das moças suas alunas; que era preciso que elas fossem de ânimo forte e o espetáculo de brigas não lhes causasse horror nem pavor para, quando chegassem a mestras, pudessem inocular nos seus discípulos coragem e destemor.

O tempo é de guerra e violência, diziam eles. Vejam só o que vai pelo mundo; vejam só o Vilar, com as suas precárias; e o Teófilo Torres e o Chagas a nos quererem dar saúde com multas, prisão e gritaria de feitor de fazenda. Não é para a violência que eles apelam? O viático para a nossa salvação, segundo as concepções modernas, é o chicote, o chanfalho e o xadrez. É preciso que todos se habituem aos espetáculos violentos, a fim de que sejam denominados por sentimentos violentos e empreguem a violência em proveito próprio e dos outros com suma sabedoria.

Depois de raciocinar assim, começaram eles a agir. Todo dia, dois são sorteados e se atracam em pugilato simples, num salão da escola.

Isto tem durado, há quase dois meses; mas, sendo uma luta elementar, com poucas situações empolgantes de golpes e enganos, a assistência de alunos e alunas se tem desinteressada de tais espetáculos, não tendo estes, ultimamente, senão reduzido número de espectadores.

O lente de história e seus substitutos propuseram, então, que se fizesse a coisa em regra, isto é, que se variassem as lutas, de acordo com os modelos romanos.

Esta proposta foi feita em sessão solene da congregação, há dias.

Não houve, a bem dizer, quem a combatesse; alguns lentes, porém, aceitando-a in totum,[107] pediram que houvesse também uma sessão de capoeiragem com a competente "navalha", e também uma de futebol. Cursos anexos...

Não foram aceitos esses acréscimos, porque, para mulheres, não eram jogos cômodos, devido às saias, e, na escola, há muitos lentes femininos.

De forma que, aprovada a proposição do lente catedrático de história universal, a Escola Normal já está transformada em verdadeiro circo romano, ao qual preside como grande pontífice, o respectivo diretor, não tendo havido, como era de prever, nenhuma dificuldade para ser organizado o indispensável "Colégio de Vestais".[108]

Por lá, agora, há "retiários",[109] "mirmilões",[110] "afitas" etc., lutando com toda a perfeição de antigos gladiadores consumados que tivessem passado pelas escolas adequadas a esse esporte antigo, as *ludus gladiatorius*, como diziam os latinos.

As vantagens desse ensino têm se mostrado tão grandes que há meninas sem conta que passam de ano nada sabendo do anterior; entretanto, sabem lutar à unha como qualquer malandro da Saúde.

A vida é de quem tem mais força, diz o evangelho do futebol; e as normalistas já estão convencidas perfeitamente dessa verdade, a que sacrificam as mais elementares regras de prosódia. Atualmente, quase não sabem os mais...

Consta que o Instituto de Música veio adotar o mesmo ensino. Já tem por lá havido várias tentativas...

Cooperativa ou estação telegráfica?[111]

A Liga Cooperativista Imperial, Republicana e Socialista, em obediência aos seus estatutos, resolveu, há dias, fundar afinal a sua Cooperativa de Consumo — coisa, aliás, que devia ter feito logo pelos primeiros dias de sua existência, pois era o fim primordial da associação.

Porém, as eleições federais para o Congresso Nacional impediram que os seus próceres assim procedessem, porquanto elas lhe tomaram todo o tempo disponível, quer antes, quer muito depois do pleito. Meteram, em certo domingo próximo passado, mãos à obra.

Convidaram para expor o programa da útil criação um técnico abalizado no assunto, o sr. José Vicente Carbajale, homem eloquente e lido nos mestres da matéria.

Ele, durante hora e meia, discorreu com proficiência sobre a natureza e fins das instituições dessa natureza; e, a traços largos, com a mais prática feição possível, delineou o plano daquela que a liga fundava.

O auditório, entretanto, não parecia interessar-se muito pela preleção do especialista.

Alguns ouvintes mesmo cochilavam; e, até, certos dormiam, causando admiração que não roncassem. Outros conversavam, cochichando, com os vizinhos, sobre política e a carestia da vida; as senhoras comunicavam às companheiras mais próximas os defeitos do vestuário de outras assistentes, que se tinham sentado mais longe.

O sr. Carbajale, porém, como um iluminado, librando-se numa região extra-humana, de sadias delícias e felicidades, não dava pela desatenção geral e expunha o seu sonho generoso.

Acabou em boa hora e foi muito aplaudido, sobretudo por aqueles que nada do seu discurso ouviram. Sentou-se. O presidente, então, indagou:

— Não há quem queira falar?

— Peço a palavra, sr. presidente.

— Tem a palavra o camarada Altamiro Calças Largas.

Altamiro diz, pondo-se de pé:

— Proponho que a mesa telegrafe ao senador Raposo Barriga Verde, pelo aparte, dado na sessão de terça-feira última, ao discurso de seu colega Bernoque, com o qual defendeu a honrada classe dos operários das oficinas federais. Tenho dito.

A proposta foi aprovada por aclamação, sob palmas gerais.

Passado o entusiasmo, um outro assistente, operário na Secretaria da Inspetoria de Viação Aérea, como escriturário de excelente caligrafia, aventou:

— Sr. presidente: proponho que se telegrafe ao sr. ministro dos Transportes, congratulando-se com sua excelência pela nossa fundação, visto as suas intenções e desejos manifestados terem sido sempre na orientação de melhorar as condições de vida do operariado e do proletariado em geral.

Como a antecedente, foi esta segunda proposta aprovada por aclamação. O proponente ficou certo de que, nas próximas promoções, o ministro se havia de lembrar dele e da sua proposta.

O sr. Xavier Inácio das Margaridas, proletário conceituado como subempreiteiro de "tarifas" de obras públicas, lançou a seguinte ideia:

— Penso que esta assembleia, por intermédio da competente mesa que, tão dignamente, rege os seus trabalhos, deve telegrafar ao nosso Imperador, d. Pechisbeque I, congratulando-se com sua majestade pela instalação da nossa cooperativa, para o que sua majestade tem concorrido com os seus paternos conselhos e palavras de animação.

Como as outras anteriores, foi também esta proposta aprovada, sem mais debate, por delirante aclamação.

Parecia que a série de propostas ia terminar aí; mas não foi assim.

O sr. Alexandre Bentevi ainda lembrou:

— Consulte a assembleia se a mesa pode enviar uma saudação ao Xá da Pérsia, visto...

— Por quê? — acudiu o orador.

— Porque esse soberano distribui as saborosas limas-de-umbigo dos pomares dos seus palácios pelos operários do seu império.

Houve um começo de rolo, que não tomou vulto, como os de futebol; mas que provocou alguns chiliques nas damas que assistiam à sessão.

A fundação da Cooperativa foi mais uma vez adiada; em compensação, porém, uma agência telegráfica foi inaugurada, para expedir despachos graciosos.

Gratidão política[112]

Quando o grande estadista Maneco, o sucessor de Vicente, este que foi grande benemérito da pátria, chegou à capital do Paxalique dos Bois, a máxima preocupação do respectivo paxá[113] foi dar um baile em honra ao grande.

Ele ia simplesmente visitar uns camaradas em certo país vizinho, tomar chá, vinhos generosos e fazer discursos, de modo que os seus compatriotas ficassem pensando que ele era mesmo um grande homem.

O paxá pouco entendia desse negócio de bailes, de festas, de tratar com damas e moças de danças. Era sem dúvida de uma religião do culto à mulher, consistindo esse culto em tê-las em casa, muito triste, a ler uns livros obsoletos e cacetes que só os eruditos podem compreender.

Como Maneco fosse importante e tivesse influência junto ao padixá,[114] o governador quis oferecer-lhe um baile, mas não sabia quem o pudesse organizar.

Pensou profundamente, como bom político que era, e descobriu que o seu correligionário René era rapaz sabido nessas coisas.

René era chefe da carta da província, mas, além dessa habilidade, tinha a de entender de bailes.

Ao chamado do paxá, veio ao palácio e foi recebido com estas palavras:

— René, preciso que tu me faças um favor.
— Excelência, qual é?

— Quero dar um baile ao Maneco que vem por aí e não entendo dessas coisas. Levei toda a minha vida a meditar sobre a "Princesa Magalona"[115] e sobre os "Doze Pares da França"[116] e não me entreguei a tais futilidades. Vais arranjar o baile e isto é serviço que este amigo te pede.

René tratou do negócio, encomendou convites, carnês, todo esse aparelhamento de grande baile, e foi um gosto vê-lo no dia a gritar na sala da província: *chaîne des dames, balancez tous.*[117]

Maneco, metido numa casaca amarfanhada, com dourados imponentes, fazia mesuras de cavalo de tílburi obrigado a passar por cavalo de cabo de cabeça luxuosa.

O baile correu, e tal foi o seu brilho que o paxá chamou René e disse-lhe:

— Estou muito contente e, breve, far-te-ei deputado ao conselho do sultão.[118]

Nesse meio-tempo, há uma vaga de tribuno no conselho imperial, e o candidato do paxá era de tal modo antipático que muitos partidários do paxá não quiseram votar nele.

Entre estes esteve René, que foi demitido de chefe da carta da Província, por indisciplina partidária.

Que governo![119]

Noticiam os jornais que, atualmente, o Amazonas é governado pelos meninos do sr. Pedrosa.[120]

Nós já temos tido todos os regimes de governo. Já tivemos os Acióli,[121] que eram legião; já tivemos os Rosa,[122] céticos das virtudes do governo; já tivemos as damas a governar atrás das cortinas; já tivemos o jangotismo;[123] e ainda há um resto de pinheirismo[124] disfarçado; mas esse de governo de crianças é que nos faltava.

Em casa mesmo, nunca os meninos de estimação governam. É papai ou é mamãe, mas nunca são os traquinas.

Não há dona de casa que admitisse tal coisa, e só o Amazonas, terra dos espantos e das surpresas, é que nos reservava tal novidade.

Que vai ser da Constituição do Amazonas?

Vai transformar-se em uma bandeja de balas.

Que vai ser do Código Penal? Vai ficar reduzido a um código de palmadas maternais.

O Amazonas está bem aviado com esse governo de infantes.

Aquilo vai ficar mesmo uma terra infantil, em que o Congresso há de se preocupar com a cabra-cega, e *saute-mouton* e outros brincos favoráveis ao desenvolvimento da fortuna pública e particular.

Certamente, no palácio, nas horas de despacho, o presidente e os ministros hão de brincar de roda e entoam com outros meninos e meninas o ciranda, cirandinha.

A SÃ POLÍTICA É FILHA DA MORAL E DA RAZÃO[1]

A sucessão[2]

Os nossos partidos políticos são a coisa mais engraçada que há. Eu lhes estudo os costumes com a curiosidade de bacteriologista. Vejo cindirem-se, aumentarem-se com um prazer infinito.

Há estados então em que a coisa é maravilhosa. Magalão briga com Benevente e forma um partido; Jagodes briga com Magalão e forma outro partido. Samuel briga com Jagodes e forma outro partido.

Quando chegam as eleições, cada um destes partidos apresenta candidatos, as brigas aumentam, formam-se outros partidos e são escolhidos aqueles que o poder quer. Já de si, essa coisa de eleições é misteriosa; é uma espécie de consulta às entranhas das vítimas, uso da antiguidade, como já disse alguém; mas, entre nós, elas deixam de ser misteriosas para serem cômicas.

Vou narrar-lhes um caso que não é bem atual, mas pode ser aplicado a casos atuais.

No estado X, governado por um cidadão muito influente e estimado, havia um partido muito coeso que o apoiava. Nada mais justo que haja sempre um partido coeso em todos os estados para apoiarem o governador.

Bem. Um belo dia, anunciou-se a sucessão desse governador.

Cunegundes subiu ao palácio e disse:

— Brochado, tu sabes; eu sou candidato ao teu lugar.

Brochado coçou a cabeleira, pelo que sujou um pouco os dedos, limpou-os e disse:
— Vocês me põem em cada dificuldade...
— Já tens candidato?
— Não.
Brochado bateu na perna de Cunegundes e disse:
— Vamos ver.
Nesse mesmo dia, Brochado recebeu a visita de Catulo, que lhe disse:
— Brochado, sabes tu de uma coisa: sou candidato a teu lugar.
Aquele fez o gesto da cena acima e disse:
— Vocês me põem em tais dificuldades...
— Sei bem que não tens candidato. Tens?
— Não.
Brochado bateu no ombro de Catulo e disse:
— Vamos ver.
Vieram ainda Osório, o Chico, o Juca, o Zeca etc.; e sempre Brochado não dissuadia nenhum deles.
No dia seguinte, apareceram nada menos de dez manifestos à sucessão de Brochado e todos os dez signatários dele eram do partido situacionista.

Colchetes[3]

O atual governo da República é dos mais paternais que o Brasil tem conhecido. Sem que eu seja erudito em coisas da administração nacional, entretanto, desde a das capitanias hereditárias até a do sr. Delfim Moreira, elas me chamaram a atenção.

Quando era amanuense de uma Secretaria de Estado[4] e não tinha que fazer, lia os volumes de alvarás, cartas régias etc. do tempo dos reis portugueses; e nelas encontrei muitos atos doces e paternais que denunciavam ainda a origem patriarcal do chefe de Estado.

Pouco a pouco, porém, o governo, isto é, o Executivo, perdeu esse caráter. Tornou-se impessoal e seco com a lei na mão.

O sr. Epitácio, porém, parece querer retomar o fio da tradição. Sua excelência, cujo desprezo pelo dinheiro é público e notório, vai para a Associação Comercial e aconselha aos mercadores que não sejam ávidos de lucros e que os distribuam também com os seus empregados, tal e qual ele faz com os seus muitos vencimentos pela famulagem[5] dos seus palácios.

Aos pais, ele, cujos nepotes são todos bacharéis, aconselha que não façam seus filhos "doutores", antes encaminhem-nos para o comércio, para a indústria e para a agricultura. O seu governo tem sido um governo de conselhos que devem ser observados pelos outros.

Não é, portanto, de estranhar que um seu ministro de Estado desça das altas regiões em que paira para se transformar em simples chefe de seção ou coisa menor.

Há dias o *Diário Oficial* publicou esta "circular" do ministro do Exterior, que não é possível deixar de transcrever, tão preciosa é ela:

"Determino aos funcionários desta Secretaria de Estado e dos corpos diplomático e consular o maior cuidado no arranjo dos papéis que constituem e instruem os diversos processos em andamento, de modo que sejam colocados nos respectivos maços em ordem cronológica e sempre presos por colchetes adequados para evitar a perda de papéis e as dificuldades no estudo dos negócios.

"Outrossim, as informações, ou notas das seções devem ser escritas, não em tiras de papel, mas sim em folhas ou meias folhas de papel, datadas e assinadas, deixando margem suficiente para a encadernação. Registre-se, cumpra-se e publique-se.

"Rio de Janeiro, 11 de maio de 1920.

Azevedo Marques"

Era preciso vir ter a República um governo paternal para que um ministro solenemente ensinasse aos amanuenses a fazer "puntadas" e a prender papéis com colchetes.

No tempo do Rio Branco, essas coisas se faziam mais discretamente. Se um escriba do seu ministério aparecia de barba por fazer, o barão chamava o diretor-geral e observava; este chamava o diretor da diretoria e transmitia a observação; por sua vez, este último diretor chamava o diretor de seção e fazia a respectiva comunicação; chegava, então, a ocasião do amanuense levar o "respe" ministerial.

Tudo seguia os canais competentes; hoje, porém, o ministro trata logo de colchetes...

O tempora! O mores![6]

O Cincinato e a sua estrada[7]

É deveras um prazer ler os discursos do sr. Cincinato Braga. Cincinato é aritmético, mas a sua aritmética é uma aritmética maravilhosa, uma aritmética Júlio Verne. Não há como ele para fantasiar algarismos; não há como ele para lidar com a casa dos milhares para cima quando... se trata de São Paulo (por hipótese) tem dez mil propriedades agrícolas, cada uma vale na média quinze contos, logo etc. etc. Mas, Cincinato, que dados tem você para tirar essa média?

Cincinato não responde e continua na sua mirabolância aritmética, com um entusiasmo de quem está fazendo versos à amada. Dali, ele salta para conhecimentos práticos e ergue hinos à maquinaria. Censura as nossas donas de casas, por não usarem máquinas para descascar batatas, como se faz na Alemanha. Calcula, então, quanto, com o método rotineiro até agora em uso entre nós, se perde em polpa útil; transforma isso em dinheiro e chega à conclusão de que, com o nosso processo antiquado da faca, desperdiçamos por ano, isto é, a economia nacional desperdiça anualmente, cerca de vinte mil contos com o mau modo de descascar batatas. A Câmara fica estupefata, e o deputado Fagundes pergunta de si para si: como é que esse homenzinho não foi ainda ministro da Fazenda?

Merecia-o, de fato, ele, Cincinato, ser tal coisa num país fantástico como o nosso.

Tão fantástico que há quem ache plausível o projeto de estrada de ferro que acaba de apresentar ao Congresso.

É uma espécie de via férrea de flanco que pretende ligar o sistema ferroviário paraguaio ao paulista, com uma extensão que Cincinato diz ser de seiscentos quilômetros à moda daquela que certo czar queria que se fizesse entre São Petersburgo e Moscou, isto é, em linha reta; mas que, se a lavoura nacional construir, terá setecentos ou mais. É coisa! Entretanto, se se obedecesse à natureza e ao bom senso, procurando escoar o Paraguai para o mar, ter-se--ia que procurar este no litoral de Santa Catarina ou do Paraná; e a estrada ia à metade do desenvolvimento da do Cincinato. Mas, Cincinato, que é o homem dos vinte por cento de acréscimo nas votações cincinistas, continua a ser o homem dos vinte por cento; e, com o seu físico atarracado de antigo merceeiro, sabe sempre servir bem os fregueses...

A conferência[8]

Como é do conhecimento de toda a gente, o sr. presidente da República reuniu no seu palácio, em dias da semana passada, várias personalidades republicanas, entendidas em finanças e coisas econômicas, e pediu-lhes o parecer para solver a crise em que nos debatemos.

Apesar de nada haver transpirado, pudemos, graças à nossa arguta reportagem, saber de alguma coisa do que lá se passou.

Sua excelência começou com solenidade:

— Meus senhores, o país está à beira de um abismo e espera das luzes de seus filhos a salvação. (*Pausa*) O déficit....

X. — Vossa excelência há de me permitir que o interrompa.

Ex. — Pois não.

X. — O déficit pode ser coberto com um imposto sobre a renda, seja esta...

Y. — Como?

X. — Um imposto sobre a renda.

Y. — Isto é um absurdo. Pois não vê vossa excelência que vamos desgostar os nossos amigos ricos. Por exemplo: o Castro fica zangado; o Faye aborrecido; o John não nos cavará mais empréstimos...

Z. — Tem toda a razão.

Ex. — Como há de ser, então?

A. — Podemos suprimir o lugar de subsecretário do Exterior, que é até inconstitucional.

Z. — Como? É lugar sempre à mão para servir aos camaradas.

Y. — Tem toda a razão.

Ex. — Como há de ser?

Y. — O melhor é taxarmos a carne-seca.

Z. — Tem toda a razão. É um imposto que vai render muito, pois os povos, que são o país, teimam em não comer outra coisa.

Ex. — Bem achado.

X. — *Hodie mihi...*[9]

As estátuas e o centenário[10]

A Exposição do Centenário da proclamação da Independência do Brasil,[11] que, provavelmente, se inaugurará este ano, no aterrado do Saco da Glória, promete ser um sucesso em toda a linha, não só no que toca a ela mesma exposição, como na atenção universal que vai chamar para o nosso país e, particularmente, para a nossa capital.

A Espanha presenteou a Argentina, se não nos falha a memória, com um magnífico monumento a Cristóvão Colombo;[12] Portugal vai presentear-nos com alguma coisa, mas, depois de acabado o certâmen, leva-a para lá.

Há, entre as crianças, ao brincar, um prolóquio, ou que outro nome tenha, que diz: quem dá e torna a tomar, no inferno vai parar...

Talvez não haja aplicação ao caso do nosso ilustre antepassado, mas...

Um jornal desta capital, de um dos dias próximos passados, anunciou que o México vai dar uma grande prova de amizade ao nosso país, por ocasião de festejarmos (?) o centenário do grito do Ipiranga.

"É perene", diz o sr. Torres Dias, ilustre embaixador mexicano, "obsequiam-nos com um monumento de arte que deverá ser elevado em qualquer praça pública desta capital."

Continua o ilustre diplomata:

"O monumento de que se trata será uma reprodução

da estátua de Cuauhtémoc,[13] último imperador asteca, que existe no passeio da Reforma, da cidade do México."

Desde que não vá para São Paulo, como aconteceu com a medalha comemorativa da fundação da Escola Politécnica de Paris, é caso de dar parabéns à avenida Beira-Mar ou à sempre parecível avenida Atlântica, uma das quais o receberá.

Enfim, muitos mimos vão nos ser oferecidos; e é pena que não possamos sempre fazer festejos faustosos, como o que se vai fazer, para recebê-los aos centos.

Os homens dos Estados Unidos, de Londres e da Palestina, ao que dizem, tencionam presentear-nos com a estátua do sr. Carlos Sampaio,[14] herói da City, de Wall Street, da "Melhoramentos" e do morro do Castelo,[15] à vista dos serviços que lhes tem prestado.[16] Que honra nossa!

É possível que os banqueiros de Amsterdam concorram.

Tudo isso, porém, será feito com protesto dos antigos, novos e novíssimos alunos seus da Escola Politécnica que não o conhecem nem conheceram.

A chanfradura eterna do morro de Estácio de Sá será o fundo do monumento imortal. *Eris perennis...*[17]

O monumento de bronze e mármore ao Augusto Epitácio será oferecido pelo Centro Paraibano, que, como se sabe, goza de extemporaneidade e é, portanto, equiparado a um Estado soberano.

Eis aí o que se sabe até agora ao certo sobre ofertas de monumentos de países estrangeiros ao Brasil.

A zanga dos edis[18]

Contam os cotidianos que o Conselho da Mãe do Bispo[19] anda zangado com o prefeito.

A maior parte dos habitantes do Rio de Janeiro passa anos e anos sem dar com a existência de semelhante assembleia.

Geralmente, mesmo quando elas são feitas pelo PRC[20] ou pelo borgismo[21] do Rio Grande do Sul, as assembleias se caracterizam pela disparidade de opiniões de seus membros.

Quando, por exemplo, todos estão de acordo em julgar Bastos,[22] o primeiro político do mundo, alguns discordam de outros sobre a melhor maneira de marcar os animais.

O Senado Romano estava de acordo em julgar Domiciano,[23] um imperador impiedoso, mas discutia com paixão a melhor maneira de lhe preparar as peixadas.

A unanimidade de opiniões, ou antes, um inteiro acordo entre elas nunca foi regra das assembleias. Entretanto, o nosso Conselho Municipal[24] passa sobre todos os assuntos da mesma forma. Perguntem ao sr. Zoroastro[25] se a tal respeito não tem a mesma opinião que o sr. Tavares, e este se não pensa da mesma forma que o sr. Alberico, que está de acordo com o sr. Getúlio etc. etc.

A característica do nosso Conselho é a unanimidade e uma assembleia em que não há debate perde a razão de ser e não merece interesse.

Mesmo quando os nossos edis tratam de coisas importantes, como a reforma da secretaria deles e a duplicação de empregados da casa, os ânimos não se azedam. O aumento de lugares é suficiente para contentar todos eles, e a reforma passa sem debate e quase sem emendas.

Agora, eles se zangaram com o prefeito; mas ainda aí a unanimidade continuou.

Enganei-me: um dos edis defendeu frouxamente o prefeito, por ser seu amigo particular.

É raro que, nas discussões parlamentares, se traga à tona semelhantes argumentos. O defensor cala a sua amizade e trata de argumentar sobre os bons motivos que levaram a autoridade a praticar o ato incriminado.

E deve ser assim, porque, senão, nós outros diremos: fulano defendeu sicrano dizendo só que era amigo deste — o que quer dizer que, se não fosse amigo, achava o ato dele mau.

O ato atacado é a criação de albergues nas estações da Limpeza Pública. Não sei quais foram as bases dos ataques, mas quero lembrar aqui que, segundo li no sr. Vieira Fazenda, o antigo Senado da Câmara devia ser composto dos homens bons da cidade, assim recomendavam várias cartas régias.

Se fosse naqueles tempos, os homens bons talvez não se insurgissem contra essa obra piedosa dos albergues; mas daí não concluam que estou afirmando que o Conselho atual se compõe de homens maus. Longe de mim tal pensamento.

Uma carta[26]

Em um dia destes, recebemos a seguinte carta:
"Sr. redator,
Saúde.
Acompanhamos com real e curioso interesse toda a evolução do hermismo. Vimos surgir nomes de notabilidades de uma hora para a outra, sem saber como, nem donde. Basta relembrar o do Arsênio Jouvin, o do Feliciano Sodré, os dos Tefés, os dos filhos do ex-s. ex.ª, o do Sogra[27] etc.
Entre estes surgiu o de um senhor louro, moço, portanto, moço louro, médico por sua profissão, que acudia pelo nome de Getúlio dos Santos. Esse senhor até o aparecimento do sr. Hermes era um simples médico, talvez de futuro e de talento, mas inteiramente desconhecido.
Dizem que ele curou o ex-presidente de um panarício e daí lhe veio o desejo de ser imediatamente governador. Lembrou-se de que tinha nascido no Espírito Santo e fez-se logo candidato a governador desse estado. Não o foi, apesar de toda a boa vontade do seu poderoso cliente, dos filhos deste, do Sogra e da guarda suíça do Catete. Fizeram-no afinal alguma coisa, depois de darem-lhe um passeiozinho a Buenos Aires, como ficha de consolação. Fizeram-no intendente municipal aí do Rio.
Houve agora a renovação da Câmara e do terço do Senado e não vejo este senhor como contestante ou contesta-

do de alguma cadeira da Câmara, nem mesmo do Senado, onde domina o sr. Pinheiro. Que fim levou ele, Getúlio? É possível que pessoa com tanta influência aqui, no Espírito Santo, em Cataguases, Guaratinguetá e Santo Antônio dos Tocos desapareça assim de uma hora para a outra do cenário político? Não é possível crer que tal se dê.

Um senhor de tanta pujança eleitoral não pode absolutamente, na flor da idade, abandonar a liça onde tantos louros ainda pode colher, embora os que já colheu não deem para adubar uma feijoada de casa de família média. Se o senhor conhece algum dos seus amigos íntimos, aconselhe este que tire o desânimo do peito do dr. Getúlio.

A sorte está lançada, e ele não pode absolutamente abandonar a política sem vir a sofrer muito, tanto física como moralmente.

Como não lhe vai ser aborrecido voltar ao Hospital do Jockey Club a tratar de soldados — ele que já quase regeu os destinos de um povo e contribuiu eficazmente para o progresso do Rio de Janeiro!

Um estadista do seu estofo, que tanto prometia, não deve ir mergulhar-se na obscuridade, honesta, é verdade, mas obscuridade de simples médico.

Nasceu com outra estrela, como lhe disseram as cartomantes do Catete passado, e deve cumprir o seu destino.

Jamais tive estima pelo hermismo, mas, dentre as figuras que ele trouxe à tona, era aquela com quem mais simpatizava.

Ao menos, dizia eu, este cura panarícios bem. Que coisa boa faz o Sogra? Nada, dizem por aí; e um conhecido dele já me disse que Sogra é da teoria: o bom-bocado não é para quem o faz, é para quem o come. Que fez o Jouvin? A linha de tiro 69, que ensurdecia a vizinhança com os seus tambores de latas de querosene.

Verdade é confessar; o sr. Getúlio sabia curar panarícios.

Não querendo abusar mais da sua bondade, sr. redator, peço que tome em consideração o meu pedido. Não quero, embora as circunstâncias não sejam iguais, que possa algum analista pôr mais tarde na boca do dr. Getúlio, quando ele descer de vez as escadas do Conselho da Mãe do Bispo, a famosa frase: *qualis artifex pereo*!²⁸

Não quero que tal aconteça e meu desejo sincero é que o moço continue na política para bem do povo e felicidade geral da nação.

Cachoeiro do Itapemirim, 24 de abril de 1915.

Lúcio Marcondes Monteiro."

Nada temos a acrescentar à missiva, que aí fica publicada para que o seu conteúdo chegue ao conhecimento dos amigos do famoso edil e procedam da forma que lhes parecer melhor.

Um bom diretor[29]

Estranhou naquela manhã o prefeito, ao ler a folha oficial, que o seu diretor de Instrução Pública tivesse designado um inspetor escolar para reger uma escola elementar em Campo Grande.

Estranhou, e não era possível que tal não se desse, mas quis atribuir o fato a injunções políticas. Em Campo Grande, no castelo feudal do Caroba,[30] cercado de cemitérios povoados, reside o poderoso senador Rapadura,[31] prócere do PRC[32] e dono da cidade e arredores.

Ele mesmo, o prefeito, tinha que lhe obedecer as ordens; e, certamente, o seu diretor da Instrução Pública designou um inspetor escolar para reger uma escola de ABC em obediência a pedidos do poderoso perturbador da paz dos campos-santos.[33]

Mas por que seria que Rapadura queria em Campo Grande um sábio inspetor escolar?

Vaidade de habitante do lugarejo que o desejava ver assim honrado e exaltado?

Não era possível. O profanador dos túmulos, o desinquietador do sono dos defuntos, não tinha nenhum amor pelo lugar que habitava. Não pedira para ele nenhum melhoramento, e isto há vinte anos. Como é, então, que tinha tido esse assomo de vaidade? Era inexplicável. Ah... Era isto. O senador era conhecido pelas suas poucas letras e tinha mesmo dificuldades em ler os jornais, de

modo que, ao crescer-lhe a idade, teve o capricho de aperfeiçoar a sua instrução primária.
Há trelas na velhice que bem parecem de menino. Os extremos tocam-se.
Sendo assim, não era decente que um senador, um legislador, fosse recapitular o quanto diz a aritmética de Trajano,[34] sob os olhos de uma moça.
O discípulo exigia um professor mais respeitável e graduador. Estava explicado o ato do seu diretor. O prefeito almoçou, tomou o automóvel que o esperava no portão e partiu célere para o palácio da prefeitura.
Quando chegou a seu gabinete, que a muito custo pôde alcançar, o seu mesureiro secretário adiantou-se e antes de mais nada foi dizendo:
— Doutor, o novo diretor da instrução quer provocar uma revolução.
— Como?
— Com a tal nomeação de um inspetor escolar para professor elementar em Campo Grande.
— Revolução?
— Sim. Vossa excelência não viu como as moças estão aí nos corredores amotinadas? Elas se dizem lesadas, e os outros inspetores estão magoados e as atiçam contra vossa excelência.
O prefeito pensou e disse:
— Vá chamar-me o dr. Café.
O secretário foi em pessoa, e em breve o diretor voltava tendo atravessado as antessalas entre alas de professoras, adjuntas, estagiárias, normalistas, quase debaixo de vaia.
O prefeito perguntou-lhe logo com o sobrecenho carregado:
— Dr. Café, como é que o senhor nomeia para uma escola elementar um inspetor escolar?
— Que tem isso?
— E o regulamento?

— Vossa excelência sabe perfeitamente que sou médico, entendo de patologia e algumas outras coisas mais...
— O Abel Parente já me havia dito.
— ... de instrução pública do município, pois, nada entendo.
— Como?
— Disse isto a vossa excelência no meu discurso de posse, não se lembra? Veio até nos jornais. Disse bem claro: não entendo de instrução pública no Distrito Federal.
— É verdade. Continue.

Limitação dos armamentos[35]

Há não sei quantos anos ouço falar nessa coisa, sob vários nomes. Ora, são conferências suntuosas e espalhafatosas, como a de Haia;[36] ora, são congressos, entendimentos particulares entre as chamadas grandes potências; entretanto, desse palavreado todo, só saem guerras e mais guerras. Por que isso? Porque todos esses diplomatas e ministros não levam para tais nenhum desejo sincero de paz e de concórdia. Cada um pretende desarmar o outro, para ficar mais bem armado; daí, desse embuste, o fracasso de tais reuniões.

Um diz para o outro: você diminua os seus navios e os seus batalhões, na esperança de que, assim, o seu país fique igual ou superior militarmente ao adversário provável.

Nós estamos vendo agora mesmo o que se está passando na Conferência de Washington.[37]

A preocupação principal dos Estados Unidos é que o Japão não aumente a sua esquadra; entretanto eles — Estados Unidos — não se comprometem a não aumentar a sua.

Não há nessas reuniões nenhuma sinceridade. O que há é embuste por parte de uns países que desejam obter dos outros aprovação de violências que premeditam.

É isto, e mais nada.

Convenções[38]

— Nas minhas teorias políticas — dizia-me a d. Deolinda Daltro —,[39] a base da escolha do presidente deve ser precedida de uma convenção.
— Mas, excelentíssima sra. d. Mubrijungaia, isso já está estabelecido há muito tempo.
— Não há tal sr. Isaías Caminha.[40] A minha convenção é mais completa.
— Como?
— Tudo figura nela.
— Não compreendo.
— Eu me faço compreender. Os bois do matadouro não são a base da nossa vida e do Honório Pimentel?[41]
— São, não há dúvida!
— Pois eles devem figurar também na convenção. E os burros?
— Certamente. Esses é que devem sempre figurar.
— Nada de irmãos! Falo dos burros de caminhões...
— Eu não aludo a outros... E quais outros personagens que devem figurar na convenção, segundo as ideias de vossa excelência?
— A máquina de lama do Carlos Sampaio.[42]
— Mas isso não é gente! — exclamei eu.
— Como não é? Você não está iniciado no transcendentalismo hindu, senão...
— Não estou...

— Se estivesse sabia que tudo que sai de mim não é diferente de mim; logo...

— Percebo. Agora; diga-me, vossa excelência, uma coisa: para que servem convenções?

— Explico. As convenções servem para saber qual o sujeito que presta menos para presidente da República. Entendeu?

— Perfeitamente.

Acabada esta conversa, fui procurar o João Sem Telha, para ele me explicar "as categorias do entendimento".

Um alvitre[43]

Fala-se em reformar a Constituição. Isto foi antes da estadia do rei.[44] Não se sabe bem para quê. A tal Magna Carta deste Brasil já está de fato reformada em muitos pontos.

Independência e harmonia de poderes, que ela estabelece, não existe e nunca existiu. Só há um poder soberano: o Executivo.

Só se faz o que o presidente da República quer — isto está na prática e aos olhos de todo o mundo.

A separação da Igreja do Estado, que ela estatue taxativamente, já foi diversas vezes revogada ostensivamente. Uma delas foi quando embarcaram um frade, com vencimentos e honras de capitão-tenente, a bordo da "Armada" que mandamos para guerra.[45]

A outra tem sido agora, quando toda a gente de responsabilidade no regime aceita condecorações honoríficas e não perde os direitos de cidadão brasileiro.[46]

Aos poucos, ela se está esfacelando e, sendo assim, parece que não há necessidade de reformá-la.

Liberdade de reunião não há também; as autoridades fecham sociedades quando lhes apraz fazê-lo.

Liberdade de pensamento é uma ficção, pois só é tolerado dizer o que o governo julga que pode ser dito.

Liberdade de profissão nunca houve. Para exercer a mais elementar, é preciso cartas, canudos, anéis e incompetência.

Podia ir por aí; mas para que cacetear o leitor e cansar-me?
São coisas comezinhas que estão na ciência de todos e não preciso repeti-las.

Os textos mais simples da nossa Carta são deturpados: os mais claros, como o das acumulações remuneradas, de acordo com os interesses dos poderosos.[47]

Portanto, para que reformá-la? Para quê? Já o está.

Entretanto, para homologar as modificações que têm sido introduzidas manhosamente nela, por intermédio de manhosas leis ordinárias, devemos substituir o estatuto de 24 de fevereiro por um outro mais adequado e próprio.[48]

Na minha modesta opinião, estava a calhar a Constituição da Prússia, no tempo de Guilherme II,[49] ou a da Rússia quando aí reinava o czar Nicolau Romanoff.[50]

Em breve...[51]

O Conselho Municipal[52] deu agora para artístico. Antigamente, os discursos consistiam em descomposturas mútuas; hoje, porém, versam sobre coisas suaves.

Eurípides, Sófocles, Shakespeare, Ibsen vêm à baila e as conferências sobre autores e coisas teatrais se sucedem.

O Conselho Municipal está teatral e no firme propósito de fundar o teatro brasileiro.

É caso de dar parabéns ao Brasil, porquanto essa assembleia, que tem tantas prerrogativas, que realiza as suas atribuições a contento, arrogou-se mais a essa alta missão.

Vejam só os senhores como a instrução pública municipal prospera.

Os edifícios escolares são maravilhas; as escolas normais são primores. Donde vem tudo isto? Do Conselho Municipal da cidade de São Sebastião do Rio de Janeiro, que não sei quais reis portugueses crismaram, por carta régia, de muito leal e heroica.[53]

Naturalmente os leitores conhecem a perfeição de estabelecimento que é o matadouro de Santa Cruz.[54] É um modelo de asseio e higiene. No mundo, não há outro igual. Pois bem; sabem donde provém tudo isto? Do Conselho Municipal desta cidade.

Toda a gente sabe como a nossa edilidade recompensa o esforço artístico, literário e científico dos naturais da cidade; toda a gente tem notícia de como os jardins do Rio de Janeiro estão cheios de mármores de escultores cariocas ou cariocas adotivos; toda a gente é sabedora como ela tem mandado ao estrangeiro cariocas pobres que revelaram aptidões nas artes e nas ciências, a fim de se aperfeiçoarem; todos sabem de tudo isto — não é verdade? Pois tão meritórios serviços são devidos à iniciativa do Conselho Municipal do Rio de Janeiro.

Sendo assim, desde que ele leve a peito a fundação do teatro brasileiro, a coisa está feita em breve.

Um diálogo[55]

O general Pinheiro Machado conversava outro dia com o seu dileto discípulo Anófeles,[56] aquele que estuda com sua excelência direito constitucional e a criação de galos de briga.

— Que acha vossa excelência da comissão dos cinco?
— Nada tenho a dizer contra ela.
— E a entrada de Pernambuco?
— Eu mesmo fiz sentir que era necessário essa entrada. Sempre foi meu parecer que a oposição devia ter os seus representantes. No rebanho, há novilhos de todas as cores.
— Lembro-me, porém, que vossa excelência já me disse que não se deve dar quartel a essa gente que quer estraçalhar os princípios republicanos de vossa excelência.
— Menino, é preciso separar o joio do trigo.
— Recordo-me ainda que vossa excelência disse-me que uma ovelha má põe o rebanho a perder.
— É verdade. Mas eu falava na intimidade e não para o público. Quando um macho empaca nem sempre as esporas são o melhor meio de tirá-lo do lugar. Compreende?
— Compreendo.
— A comissão não é totalmente do meu agrado... O macho empacou e eu estou lhe afagando o pescoço.
— Depois?
— Depois... havemos de ver se mudamos o eixo da política.

— Os princípios republicanos assim o exigem, e vossa excelência há de ter uma bela ocasião de fazê-lo.

— Elias me tem sempre aparecido e cada vez mais vou consolidando os princípios republicanos.

— Da última vez, então, vossa excelência fez prodígios. Só aquele estado de sítio de quase um ano foi uma maravilha.

— E a ilha das Cobras? E o *Satélite*?[57] Hein, menino?

— É verdade. Vossa excelência é extraordinário.

A conversa passava-se no jardim de sua excelência, que em rampa leva até o seu palácio.

Estavam em um caramanchão. O general acendeu o cigarro de palha e disse ao discípulo amado:

— Vamos jogar uma partida em cinquenta pontos.

E foram vagarosamente subindo a alameda principal.

O Primeiro Distrito[58]

Afinal houve o reconhecimento dos deputados do Primeiro Distrito.[59]

Era tal a dúvida que não podia afiançar que, quando os senhores lessem estas linhas, já tivesse resolvido o reconhecimento do Primeiro Distrito desta capital.

Eram tantas as idas e vindas, eram tantas as manobras que a coisa estava tomando a feição de ficar interminável.

Irineu vai para Pinheiro, este corre a Monteiro, que, por sua vez, dispara para o Guanabara[60] e daí chegam ordens ao Antônio Carlos e nada de novo.

Para usar de um termo corrente, este reconhecimento era o "expoente da situação".

Nunca se viu coisa tão embrulhada nem mesmo nos romances de capa e espada[61] ou no jogo da bolsa.

Uma hora Barbosa vai casar com a filha do conde, mais eis que chega um espadachim e dá-lhe uma estocada, o homem quase morre e o casamento não se efetua. Eis, porém, que Barbosa se restabelece e volta de novo ao namoro. O pai da diva, que é tenaz, usa dos meios: sequestra a filha, mas Barbosa etc. etc.

Foi assim o reconhecimento dos deputados do Primeiro Distrito desta capital, e não há quem afirme que a sua feição não se reproduza em outros.

É de admirar que tal se esteja dando na Câmara, que possui tão raros talentos, tantas erudições sólidas; que estas se vejam atrapalhadas para dar assento por exemplo no seu seio a uma figura como a do sr. Barbosa Lima.

Se fosse uma banca de exame, se fosse uma academia, creio que não haveria tanta hesitação; mas se trata de política, e esta senhora é a mais perfeita personificação da hesitação.

Hesitou nessa escolha, como hesita nos meios de consertar esta joça.

Uma hora quer dar surras; outra, meios brandos.

Eis aí as reflexões que este caso do distrito provoca.

A situação que ele desenha na política é da mais perfeita barafunda.

Agita ministros, deputados, senadores, presidentes de estado e nada de decisão.

Enfim, esperemos que a firmeza venha.

A fundação de um partido[62]

Graças à cativante obsequiosidade do dr. Torquato Moreira, gentil representante do Partido Contestação do estado do Espírito Santo, pudemos saber alguma coisa sobre o novo partido que se cogita de fundar.

A ideia nasceu de uma conferência que teve o sr. Irineu com o general Pinheiro. Como sabem, eles estão muito amigos e até, por sinal, o sr. Irineu ofereceu ao "Chefão" um florilégio dos seus discursos, formando a polianteia mais cheia de gabos que se pode imaginar, aos méritos, virtudes, talentos do homem do morro da Graça.

O partido não tem por fim rever nem conservar a Constituição; não se baterá pelo livre-câmbio, nem pelo protecionismo: não tem programa financeiro qualquer. O partido pretende unicamente agradar ao presidente da República e obter deste tudo o que os seus membros quiserem.

É tal e qual o Partido Republicano Conservador,[63] em que entrarão o sr. Nilo e o sr. Sodré, o sr. Seabra e o sr. Severino, o sr. Irineu e o sr. Pinheiro, o sr. Dantas e o sr. Rosa e assim por diante.

Disse-nos mais o sr. Torquato Moreira que todo o esforço do sr. Pinheiro é dar a presidência ao seu novel amigo Irineu, mas este não quer aceitar e já indicou o sr. Luiz Domingues para dirigi-lo.

Todos contam com a entrada do sr. Coelho Neto para

o partido. O sr. Neto é deputado, mas não tem ideais políticos. Sua excelência é um simples literato, e dos bons. Entrará, por certo.

Houve quem observasse, informou-nos o sr. Torquato, que o sr. Venceslau está apavorado com a tal história de partido.

Contam, ainda quem fala é o sr. Torquato, que o sr. Brás dissera:

— Estou aqui, estou reduzido a Dudu. Vou ficar sem saber para onde me virar e vou dar por pães e por pedras.

O sr. Gilberto é que anda muito contente: estará sempre orientado do modo que há de agradar a um tempo o Morro[64] e o Guanabara.[65]

No mais, fala-se muito no discurso de estreia do sr. Marcolino Barreto.

O jovem deputado paulista não tem deixado as bibliotecas. Não se sabe bem do que vai tratar, mas, com certeza, não será uma apologia ao talento do sr. Rodolfo de Miranda.

Parece que o sr. Miranda vai justificar um projeto do aproveitamento do mel-de-pau que sua excelência acaba de descobrir nos ninhos de coruja.

É um homem prático.

O grande orador[66]

A maior novidade da semana foi sem dúvida a reprise oratória do sr. Epitácio Pessoa.

Como sabem, este senhor estreou-se como grande orador, foi chamado "Patativa do Norte" e dizem que a sua oratória lhe valeu bons proventos.

Sua excelência, em breve tempo, porém, emudeceu, de modo que o país de há muito andava intrigado com essa transformação do sr. Epitácio em peixe.

Agora, porém, sua excelência falou, mas onde, meus senhores? Perante uma comissão de reconhecimento, onde falam o inefável! Gifoni, o gracioso Floriano e o *sportman, jockey* ou *lad* Metelo.

Contudo sua excelência fez o seu discurso e houve muita gente que, instintivamente, procurou a taça de champanhe.

Como sabem, o sr. Epitácio é do PRC,[67] Pinheiro Machado de quatro costados, mas combate monsenhor Walfredo, também Pinheiro Machado de quatro costados e também do PRC.

Que faz o Pinheiro, perguntarão, diante dessa briga de camaradas? Não faz nada, que é a parte principal do seu sistema político. Deixa-os brigar, arranjarem-se lá como puderem com o Astolfo e com o Nogueira; e, ao fim de tudo, tem sempre alguns minguados deputados para os pequenos serviços das recepções do morro da Graça.[68]

Não são só os pequenos presentes que entretêm as amizades; em política, os pequenos serviços podem mais que os proventos.

Para arranjar uma reeleição, não há nada como se ir buscar um copo d'água ou tomar o automóvel para comprar um xerez[69] de que o general gosta.

A falação do sr. Epitácio impressionou a assistência, não tanto como a do sr. Gifoni.[70] Este foi assim como um discurso de casamento da roça, feito pelo padrinho italiano rico; o do sr. Epitácio impressionou como um brinde em banquete de bodas de prata de figurão bem endossado.

Outra novidade é o cochicho zumbido de ouvido a ouvido de que o sr. Fonseca Hermes vai voltar deputado com a renúncia do sr. Ildefonso Pinto.

Quem anda espalhando tal coisa é o sr. Nicanor.

— Coitado do Jangote![71] — diz este. — É um homem pobre! Com a renda que tem, não pode nem custear o seu palacete. Precisa do lugar e deve tê-lo, pois é um republicano histórico e sobrinho do seu tio.

Nada ao certo poderemos adiantar, mas há quem diga que o sr. Ildefonso já se manifestou da seguinte forma:

— Pobre por pobre, eu sou muito mais! Só sou tenente e o Jangote já pode ser considerado general! Enfim, política é política.

As coisas estão neste pé e convém esperar, pois o melhor da festa é esperar por ela.

A política mineira[72]

Não nos arriscamos a vaticinar a organização da comissão dos cinco, porque ninguém se pode fiar bem na política mineira.

Ela está organizada e todos ficaram surpreendidos com a sua organização.

Não é carne, nem peixe.

Para dizer qualquer coisa dos deputados, a atrapalhação nossa é bem grande.

Há tanta gente com diploma, tanta gente sem diploma, mas convencido que está eleito, que citar uns e não citar outros pode trazer graves aborrecimentos para o cronista e sérios prejuízos para esta revista.

Indagar de Costa Rego, por exemplo, não há grande perigo.

Costa Rego tem diploma pelo governo e pela oposição.

Que pretende fazer, na Câmara? Pensamos que o jovem jornalista vai fazer os estudos preliminares de oratória.

Até agora ele só pôde fazer-se jornalista; de agora em diante ele se vai fazer orador.

Não é sem tempo.

Já não se dá o mesmo com o sr. Gilberto Amado, o homem da *Chave de Salomão*[73] e outras poesias.

O sr. Amado já tem prática de orador de sobremesa em casa de gente rica; e, de resto, já fez vários meetings em Sergipe.

Não é bem o Manoel Correia de lá, e isto porque a polícia do tempo teve a ousadia de lhe tirar a palavra, apesar da Constituição da República.

Queríamos falar de outros muitos, mas eles são tão mudos que não podemos arrancar-lhes coisa alguma.

Por hoje, basta. A sã política é filha da moral e da razão.[74]

O reconhecimento de poderes[75]

Com a aproximação do reconhecimento de poderes os vários candidatos a cem mil-réis por dia com o desconto de vinte por cento agitam-se e prometem fazer coisas portentosas e nunca vistas, de forma a obter o apoio e a simpatia da população, da imprensa e de pessoas influentes.

Metelo Júnior, o ultracapaz Licurgo,[76] que tantas provas de capacidade deu na legislatura passada, continuará a tratar de corridas de cavalos na Câmara, para felicidade pessoal e política do pessoal do PRC.[77]

Sua excelência já tem pronto um projeto de lei em que manda que sejam proibidas de correr nos prados as éguas que estiverem grávidas, desde o primeiro mês de gravidez.

O projeto cria um pessoal habilitado de veterinária e parteiras ad hoc para tornar efetiva tão útil providência.

Floriano de Brito pretende extinguir o Supremo Tribunal, a menos que os seus membros não se comprometam a dar sempre sentenças que lhe sejam agradáveis.

O sr. Pereira Braga está cuidando seriamente em não fazer coisa alguma. A palavra é prata, mas o silêncio é ouro.

Não pensa assim o sr. Nicanor do Nascimento.

Ele pretende uma reforma no Código Penal, extinguindo os artigos que cominam penas aos que perpetram mortes ou tentativas de mortes.

O jovem Flávio por enquanto não sabe bem o que irá

fazer. Cuida só em ser o deputado mais conhecido do Rio de Janeiro.

O nosso querido amigo Augusto de Vasconcelos[78] pretende melhorar a ventilação do edifício do Senado, pois nele já vai sendo mais que assado, com o calor que lá faz: está ficando torrado e não poderá decentemente figurar em batizados e casamentos.

Não estamos bem informados de que deseja fazer o sr. Tomás Delfino.

Parece, porém, que sua excelência é do mesmo parecer que o sr. Ferreira Braga.

Temos agora que falar do sr. Zeca Meireles. É pessoa de tal forma interessante, tão curiosa, tão cheia de aspectos vários, tão múltipla nas suas manifestações espirituais, que é bem difícil dizer, dentre as muitas coisas que ele promete fazer, aquela que de fato caracteriza a sua inteligência e o seu descortino parlamentar.

Cremos, porém, atinar com ela informando aos leitores de que o sr. Zeca tem ensaiado com cuidado — apoiados e muito bem.

O sr. Pedro Reis irá para a Câmara como tem ido sempre, não sabe por quê. Ele mesmo diz a toda gente que o faz obrigado, por isso não se julga no dever de prometer isto ou aquilo.

É o que sabemos a respeito de tão conspícuas pessoas e, do que soubermos sobre outras, iremos dizendo aos nossos leitores.

Eis aí.

A civilizadora[79]

Anda a cidade completamente esquecida de d. Deolinda Daltro.[80] Estamos a apostar que muita gente, ao ler estas linhas, há de perguntar de si para si: quem é? Não se lembram? É aquela dos caboclos, aquela que levava um bando de silvícolas em procissão, quando se faziam manifestações ao marechal; aquela do Partido Republicano Feminino...[81] Não se lembram? Pois bem. Estivemos um dia destes com ela e o seu fiel Tupini, que vinha garboso, cabeleira até a cintura, sapatos de bezerro mostrando os ossos, como se calçassem um esqueleto.
— Então, d. Deolinda, deixou a política?
— Não deixei. A política é que me deixou. O Pinheiro não quer saber mais de mim. Outro dia, fui à casa dele com os meus filhos, estes pobres filhos das selvas, e não pude entrar. O porteiro disse-me que o general não quer mais caboclos lá, porque estragam o jardim. O sr. Mário, que era tão meu amigo, logo que me avista foge desesperadamente. Ele pensa que eu como gente viva, pois ele deve se lembrar que lhe prestei bons serviços...
— E o marechal?
— Este é o único que ainda me atende; é o único, doutor, que está convencido de que lhe prestei grandes serviços. Os outros, quando o aconselhavam, faziam-no cair em coisas feias, como a do *Satélite* e a da ilha das Co-

bras;[82] provocavam choro; eu, doutor!, eu só provocava riso. Foi um serviço que lhe prestei.

Tupini olhava a sua preceptora com um olhar de cotia e mostrava alguma impaciência.

— Entretanto — continuou d. Deolinda —, não posso ir à casa dele.

— Por quê?

— O doutor sabe... Ninguém gosta de caboclos... Pois olhe, já foram muito apreciados.

Por aí, Tupini, subitamente, falou:

— Quelo bebê! Quelo bebê!

D. Deolinda retrucou:

— Anê batê cotê.

Tupini, com a maior desenvoltura, exclamou:

— Tá elado!... Isso não é guarani... Tu não sabe...

Procurando evitar uma lamentável discussão entre a civilizadora e seu pupilo, perguntamos:

— Não trabalhou nas últimas eleições?

— Não trabalhei, mas alguém trabalhou por mim.

— Quem foi?

— Ora, quem foi? O Rapadura.[83]

— Como? O Rapadura?

— Sim, ele mesmo! Foi buscar tudo quanto era caboclo que andava enterrado por aí, tirou-o das fúnebres igaçabas e fê-los votar.

— Que profanação!

— O pior é que eles foram todos parar lá em casa; e um tal de Cunhambebe[84] só leva a gritar-me aos ouvidos: quelo comê branco! Quelo comê branco!

— E que vai fazer?

— Não sei... É tão difícil arranjar esse petisco... Não sei... Vou ao necrotério.

E continuou o seu caminho completamente desolada.

Proeza policial[85]

Assim que se anunciou que o dr. Pinheiro Machado havia desafiado o eminente parlamentar Barbosa Lima para um duelo, o dr. Gabi,[86] cuja vocação policial é notória, farejou no caso mais uma glória para o rosário das que já tem na sua vida de alto Sherlock.

Para bem compreender a ação do dr. Gabi, no caso, é preciso que o público se lembre de que esse ativo e enérgico delegado já de uma feita surpreendeu subordinados seus de plácidas delegacias suburbanas a dormir e lhes carregou os tinteiros e as canetas e que a sua última proeza consistiu em partir para São Paulo, de óculos escuros, valise, agentes, identificadores, fotógrafos, repórteres, algemas, para prender um tal de Nicodemos, o que permitiu à hábil polícia paulista prender quatro, não sendo nenhum deles o tal de Nicodemos.

Essa proeza policial do dr. Gabi indicava-o naturalmente para vigiar os dois contendores e impedir o duelo.

Ainda não havia sido anunciado que o sr. Barbosa Lima não aceitava, tendo, portanto, o chefe de polícia tomado as providências necessárias e encarregado o dr. Gabi de agir da melhor forma no caso.

O jovem delegado auxiliar não quis dessa vez reunir todo o seu aparelho policial e resolveu-se a operar de maneira mais sutil e segura.

Pensou em um ardil bem imaginado e o achou.

Chamou um agente e disse-lhe:

— Você vai entrar na casa do dr. Barbosa Lima e ficar debaixo da cama dele. É ele sair, você logo atrás! Sabe?

O pobre policial obedeceu, porque a energia do dr. Gabi pede que as suas ordens sejam logo obedecidas.

Disfarçou-se e alta noite tentou escalar o jardim da residência daquele deputado.

O homem, apesar de ser formado em polícia científica e ter estudado todos os hábitos e truques dos ladrões, não dava para coisa; e, tanto assim era, que ao saltar o gradil ficou espetado em uma das lanças.

Foi preso pelo guarda-noturno mais próximo e ainda hoje a população de Niterói ri-se de tão cômico caso.

Eu também...[87]

Sou, por exemplo, candidato a vereador da cidade do Rio de Janeiro. Os títulos com que me apresento são simples e podem ser expostos em poucas palavras. Ei-los:
Nunca matei ninguém;
Sei ler e escrever, coisa que acontece a pouca gente neste mundo;
Publiquei cinco livros com algum sucesso;
Nunca fui eleitor do sr. Irineu Machado.
Não moro na "Favela".[88] Sendo assim me parece que estou apto a ser intendente municipal da cidade do Rio de Janeiro, com mais direitos do que o auxiliar Nestor Arêas, cujo único mérito consiste em morar no Méier e fazer paradas na estação do Mackenzie, que fica juntinho ao ponto dos bondes de Piedade.
Além do sr. Arêas, eu me julgo capaz para ser representante da minha cidade, porquanto conheci o Pio Dutra como pescador de "covo", na ilha do Governador. Daí em diante, o bravo Pio não se deu ao trabalho de ir a uma escola primária; mas se fez notabilidade da gestão municipal de uma grande cidade do mundo, como *é* o Rio de Janeiro.
Gente como essa, entre a qual não é possível esquecer o Brandão dos chapéus e o Jacinto da Lapa, eu sou cidadão da cidade carioca e reclamo que ela seja representada por gente que a estime, a ame e a conheça.
Sou candidato.

Palavras dele[89]

Fomos procurar o sr. Rodrigues, para saber os motivos de sua renúncia.

Como todo o país sabe, esse senhor não quis abiscoitar uma cadeira de senador, com os tais cem mil-réis por dia, que causam inveja a muita gente.

Sua excelência recebeu-nos amavelmente e foi logo dizendo:

— Não aceitei porque vou para a Alemanha.
— Como?
— Vou bater-me ao lado do kaiser.
— Em que região?
— Na Lorena.[90]
— Vossa excelência conhece o terreno?
— Muito bem. Não se recorda do discurso que fiz em Piquete?[91]
— Ah! É verdade!
— Pois bem; conheço perfeitamente a região e vou dar uma surra no Pau.
— E a política?
— Não quero saber dessa coisa. Se me meter nela, é para fazer como o Sodré: ser presidente da minha casa.
— Dizem, excelência, que o tenente ainda não abandonou o propósito de governar o estado do Rio.
— Qual! O Sodré está feito. Se ele quer fazer alguma

coisa, vá comigo para Alemanha. De lá, com auxílio do Guilherme...
— Que Guilherme? O de Araújo, que disparou com os cobres dos empregados do Estado-Maior?
— Você mesmo não parece saber quem sou. Guilherme II, o kaiser, meu amigo particular.
— Ah! Vossa excelência então?
— Sou amigo particular dele...
— Dele?
— Deixemo-nos de deboche...
— Mas, excelência...
— Homem! Você quer saber de uma coisa: suma-se, seu elefante!
— Elefante, excelência?
— Como é então?
— Sacripanta ou, talvez, sicofanta.
— Eu não li a coisa bem.
— Leu?
À vista disso, fui posto pela porta afora.

Conversas[92]

Um camarada meu, há tempos, perguntou-me:
— Este grande estadista, que morreu, fez alguma coisa de profícua para o bem do povo?
— Que eu saiba, nada.
— Então, por que ele é grande estadista?
— Por isso mesmo.

Passeava eu um dia destes com um estrangeiro e este me inquiriu:
— Então vocês vão fazer a *regie*[93] do fumo?
— Dizem...
— Os outros serviços industriais que o governo mantém têm dado lucro?
— Não.
— Então?
— É por isso mesmo que vamos fazer a *regie* do fumo.

— Por que motivo o governo só pensa em valorizar o café e não trata de valorizar também o fumo, o cacau etc.?
— Homem, filho! Isto é uma das minhas maiores cogitações e só o Cincinato poder-te-á explicar.

— Por que não fazes uma conferência?

— Eu! Porque não sei falar uma hora sobre o namoro ou sobre as modas femininas.

— É de admirar que esse delegado poeta tivesse espancado umas crianças. Poeta e homem de imprensa devia ter procedido de outra forma.
— Foi para servir à imprensa.

— O ministro X está fazendo economias.
— Quantos oficiais de gabinete já nomeou?
— Poucos: oito.

— Que tu achas desse movimento para o intercâmbio intelectual entre os países americanos?
— Julgo que foi exatamente assim que os outros câmbios se espalharam pelo mundo. Não foi?

O NOSSO TEMPO É EXTRAORDINÁRIO

Falsificações[1]

Por parte dos consumidores, o uso de gêneros perfeitamente puros tem encontrado séria resistência. O hábito é uma segunda natureza. Toda a gente sabe disso, e também que alguns viventes, para prova desse asserto, acostumaram-se a não comer e vão passando magnificamente como se ingerissem opíparos jantares.

Com os gêneros alimentícios, a sentença verificou-se absolutamente. Há dias, no Méier, jantando em uma casa amiga, frequentada por certa beleza, que não descrevo, porque os mais poetas ainda não se resolveram a catalogá-la — jantando no Méier, dizia, a filha do dono da casa observou:

— Papai, não gosto deste café. O senhor por que não traz o falsificado?

É o hábito, como veem, agindo como um ditador.

Um garçom de hotel, meu conhecido, cheio de pasmo, ontem contou-me a seguinte anedota, frisante:

O capitão Salgado, que se senta sempre a uma das minhas mesas, não há duas semanas, chamou-me:

— Adelino, venha cá.

— Sr. capitão?

— O leite com que se fez esta manteiga foi tirado pela teta da vaca?

— Não sei, meu capitão.

— Sábia ignorância.

E o capitão Salgado — contou-me ainda o Adelino — continuou a lambuzar a manteiga no pão, placidamente, indiferentemente, como se nada tivesse havido.

Eu cá por mim fiquei admirando este estoico paladar de homem. Se as falsificações imitam, no gosto e nas aparências, os gêneros puros, para que zangas, barulhos, incômodos?

É este o pensar de muita gente, por isso as adulterações têm ido longe.

Vejam só esta. Não há dois meses, no portão de minha casa, com um alto senhor de larga fronte, tive a seguinte conversa:

— Para que o senhor compra espinhas de bacalhau?
— Para fazê-lo.
— Fazer bacalhau! O senhor é o Padre Eterno?
— Não, senhor, mas o falsifico.
— Como?
— Possuo um processo termoelétrico, por meio do qual transformo a carne do gato em magnífico bacalhau. Ajeito-a nas espinhas exatamente, como no natural, pois conheço com firmeza a anatomia do...
— Por que não faz as espinhas?
— A indústria está muito atrasada... Sairiam caras e não iludiriam.
— E a carne?
— Perfeitamente. É fabricada segundo os mais modernos processos e obedece à psicologia da falsificação.

Durante vinte minutos, dissertou com proficiência sobre a fraqueza da evidência sensível, citando obras e nomes.

Fiquei maravilhado. O nosso tempo é extraordinário; parte-se da sabedoria para a falsificação!

Os gêneros alimentícios são os mais procurados para a contrafação[2] (permitam). Explica-se perfeitamente: envenenam...

Contudo, os artigos de luxo também o são. Nos arredores do Rio, há um curtume de peles de cães, as quais, depois de preparadas, são mandadas para as grandes fábricas de luvas da Europa.

Pouca gente talvez saiba que uma boa parte do aumento de renda da prefeitura, na gestão Passos, proveio da venda de cães apanhados pela carrocinha nas ruas. Não sabiam? Pois foi.

A tal respeito, conta-se que madame Z, num baile do Cassino, ao ter notícia disso, desmaiou...

Pobre senhora! Imaginou que as suas luvas podiam ter sido feitas com a pele de seu totó, que desaparecera.

Que coração!

É tal o terror das falsificações que o sr. Teixeira Mendes submete à análise as botas que calça. Por quê?, perguntarão.

É simples. O irrepreensível apóstolo, no sacrossanto intuito de mostrar a sua perfeita solidariedade com os animais, não come carne nem peixe, e usa botas de pano com solas de borracha. Entendem? Não quer concorrer de forma alguma para a morte dos bovinos etc., ato cruel e útil que o nosso egoísmo não positivista ainda admite.

E, porque lhe constasse que nos Estados Unidos se falsificavam artefato de borracha com a pele e tecidos dos pretos linchados, o altruístico vice-diretor submete à prova infalível da análise as sandálias (perdão! Isso era no tempo de são Paulo), as botinas que vai calçar.

Os falsificadores são terríveis.

Uma opinião de Catulo[3]

Conheço há muitos anos o poeta Catulo da Paixão Cearense.[4] Por esse tempo, ele ainda não era o nome nacional que é agora. Simplesmente trovador dos subúrbios e adjacências, a sua fama não passava do Campo de Santana. Onde acabam os trilhos da Central, acabava a fama de Catulo; se acontecia, porém, de um cidadão entrar num comboio de Cascadura, logo travava relações com a sua reputação. Eram os passageiros; era o pessoal do trem: todos por este ou aquele pretexto, na conversa, vinham a falar no estimado menestrel.

Vieram os anos, os espíritos mudaram, começamos todos nós a nos voltar para as coisas da nossa própria terra e a estima pela musa catulense tornou-se geral em todas as camadas da sociedade nacional. Passou a herói-poeta.

Catulo sempre foi cultor da modinha;[5] mas unicamente isto não lhe daria a reputação que tem, nem faria dele o intelectual inteiramente à parte no nosso movimento artístico que ele é. Há outras razões.

A modinha nas suas mãos transformou-se, enriqueceu-se de todo o travo popular; sintaxe, paródia, métrica, nas suas produções, são inteiramente caipiras, babaquaras, sem nenhuma mescla de cultura e disciplina estrangeiras das altas classes e daquelas que imitam os gestos destas.

Além de tudo, músico e exímio executor do violão, Catulo estava fadado a levar avante uma reforma radical na nossa poética e na música nacional, pois, como Wagner, é, além de músico, poeta também, como já vimos. Se o Rio de Janeiro reintegrou-se ao Brasil, deve-se isso a Catulo.

Como todos têm notícia, os seus últimos trabalhos receberam a consagração da Liga da Defesa Nacional[6] e de vários centros nacionalistas, para um dos quais até, o original poeta e singular músico que é Catulo, compôs um hino com a respectiva letra.

Esperei, como outros muitos que prezam a musa genuinamente brasileira do bravo Catulo, vê-lo cantado no Carnaval pelos nossos heroicos rapazes nacionalistas, que tão pressurosos se têm mostrado em atender aos editais do sorteio militar.

Entretanto, não me foi dado assistir tão lindo espetáculo e ouvir em coro de rapazes patrióticos e futebolescos entoando o hino do nosso legítimo Rouget de L'Isle.[7]

Por isso, quando há dias encontrei o poeta do "sertanejo", perguntei-lhe logo:

— Mestre Catulo, então os rapazes não quiseram cantar o teu hino nacionalista?

— Eles, não; fui eu quem não quis.

— Por quê? O Carnaval é a nossa verdadeira festa nacional... O momento era de calhar, perfeitamente adequado...

— Não há dúvida, mas o estão estragando...

— Como?

— Cantam agora coisas que têm significação, que têm sentido. Vi logo pelos ensaios; aborreci-me e proibi aos rapazes que profanassem o meu hino.

— Então?

— É isto! Eu só quero metáforas, imagens... Você já viu poesia assim como um ofício burocrático, pretendendo dizer alguma coisa!

Ora, bolas! O Rio de Janeiro está voltando a ser de novo estrangeiro. Bem me disse o Múcio da Paixão,[8] na última vez em que aqui esteve.

O pavilhão da Inglaterra[9]

O morro do Castelo vai indo abaixo, segundo me dizem.[10] Transformado em lama os in natura, lá vai a colina tradicional entupindo o Saco da Glória enquanto... o mar estiver pelos autos. Ele não irá todo, pelo menos até a tal exposição; irá o quantum satis,[11] para fazer o entupimento e dar dinheiro a ganhar aos empreiteiros da demolição. Depois, ficará o morro roído, no centro da cidade, e o sr. Sampaio[12] irá para Nova York, muito alegre e contente, dizendo com os seus botões: "quem vier depois de mim que feche a porta". Está aí o demolidor.

Quando se anunciou a demolição do Castelo, toda a cidade estremeceu; e tudo fazia crer que, à primeira enxadada no flanco do morro, se seguisse uma revolução. Esta não veio.

O sr. Aurélio Domingues, poeta pernambucano, que acaba de publicar um original poema — "D. Marcelo" — em que, cantando a genealogia, as proezas etc. desse nobre gato brasileiro, alude a feitos de outros de menor valia e conta nos seguintes versos, o que é uma revolução entre os nossos gatos:

Muitos deles são rebeldes
E mestres na alicantina,
Formando-se à disciplina
Convocam reunião:

Quebram telhas e vidraças!...
Ah, pela! Pouca vergonha
Pois há mesmo quem suponha
Que seja revolução.

Mais adiante, continua:

— Nesta terra rica e vasta
Brigam por coisas mesquinhas:
Escamas, ossos, espinhas,
Um rabo de bacalhau.

Aconselho aos leitores a leitura meditada do poema do sr. Aurélio Domingues. Nele, além do que citei acima, há mais coisas edificantes no que se refere a coisas nossas. Por exemplo: a narração das prosas do gato "Fuzilão", ladrão contumaz, mais que o seu inimigo hereditário o rato — e que:

Bem numerosas ninhadas
Por este país afora
Propagou em tão má hora
Este grande roubador!

De modo que:

No Brasil, um gato honesto
De pura fidelidade
Tornou-se uma raridade
Que se cita cada vez.

Continuemos, porém. Pois nem mesmo uma revolução de gatos os cariocas fizeram. Os cavadores do sr. Carlos Sampaio assestaram as suas baterias sobre o Castelo e toca a cavar que era um Deus nos acuda. O mar um dia insurgiu-se, arrebatou o aterro quase por completo;

daí a dias, repetiu a proeza; mas o sr. Sampaio e os seus mestres cavadores não se importaram: tinham mais que cavar, e o dinheiro estava no banco.

As coisas, porém, não tinham jeito de ficar prontas no dia 7 de setembro do corrente ano. Era preciso arranjar um protetor poderoso, sob cuja égide o trabalho se desenvolvesse vertiginosamente e o povo ficasse crente que a obra estava mesmo a acabar.

Ele, o povo, se lembrava ainda da quantidade de anos que levou a escavação do Senado; ele se lembrava ainda do número de anos empregados no aterro do cais do porto; entretanto, tanto no vão deixado por aquele como nos aterros do porto, os terrenos desocupados ainda são em chusma. Como é então que o prefeito esperava tirar tanto dinheiro dos terrenos que o Castelo demolido ia arrancar do chão?

Todos esses murmúrios da população mostravam bem a necessidade de convencer o povo por meio de fiadores idôneos ou atos equivalentes da realização da Exposição[13] na data marcada.

Mandou, o prefeito, buscar um hábil americano, entendido em mágicas, pelotas e sortilégios elétricos, que, em conferência pública, afiançou que a iluminação da futura "Feira Nacional de Disparates" seria um deslumbramento e deixaria longe todas as iluminações de todas as exposições passadas. O aterro continuava a correr moroso... Era preciso inocular fé no povo.

Tratou logo o chefão da feira de vender entradas, segundo o sistema "Jogo do Jardim", criado pelo saudoso barão de Drummond,[14] de gloriosa memória.

Apesar de lisonjear um gosto muito espalhado por todas as camadas, qual o do "jogo do bicho", a providência teve um médio ou sucessor.

O mágico da Exposição, em seis dias, pensou, pensou e viu um meio. Convidou os representantes da Inglaterra a lançarem a pedra fundamental do respectivo pavilhão.

Agora, diz ele, estou seguro de que a Inglaterra detém o império dos mares; o tridente de Netuno lhe obedece...; "Britannia Rules the Waves...".[15] O mar está aqui entre as minhas mãos e nas gavetas do Banco Holandês. No dia 7 de setembro de 1922, a coisa estará soberba... Ora, graças!

Origem do nacionalismo[16]

A fim de poupar ao historiador futuro o trabalho de procurar a origem do atual nacionalismo, vou com toda a isenção de ânimo dar aqui o meu depoimento pessoal do que sei a respeito. Assisti a tudo o que se segue e ouvi tudo o que aqui relato.

Todos os três de pulseirinha e paletó cintado estavam de pé, no bonde do passeio da avenida, em frente ao Clube de Engenharia.

Não sabiam o que dizer, pois muito parca era a atividade... verbal deles.

Um dos três, ao passar uma melindrosa, disse para os companheiros:

— Quem é esta "pequena"?

— É a filha do dr. Sizenando — respondeu um dos outros.

— Tem "arame"?[17]

— Algum.

— Muito?

— Não chega a quinhentos, mas anda próximo.

— Por que, Cacildas, perguntas isso? — inquiriu o terceiro, que até aí se mantivera calado.

— Porque desejava muito dançar com ela.

— Dançar só?

— Sim... dançar.

— Com ela ou com os quinhentos contos?

— Com ambos.

Além do Cacildas, cujo nome já sabemos, os dois outros chamavam-se Bretas e Anajaz.

Este último percebendo que havia verdadeira angústia no desejo do amigo, aconselhou-o:

— Faze-te apresentar ao pai.

Bretas acudiu:

— Não te adiantará nada. Ele não te convida para casa. É uma "fera"!

Cacildas, quase suspirando, perguntou lamentosamente:

— Como há de ser, então?

Nisto, passa o cortejo presidencial, seguido de toda a espécie de toma-larguras,[18] em automóveis.

Alguns cumprimentam, e todos ficam embasbacados com o poder sobrenatural que o automóvel da dianteira levava.

Bretas refletiu:

— Gosto muito deste Epitácio.

Cacildas observou:

— Pudera! Vais te formar...

— Não — disse Britas —, é porque ele é um presidente nacionalista.

A isto, como se uma voz sobrenatural lhe tivesse falado ao ouvido, Anajaz exclamou:

— Uma ideia!

— Qual é? — fizeram a um só tempo Bretas e Cacildas.

— Vamos fundar o "Centro Nacionalista".

— Que adianta isso? Ora!

— Muito — fez o autor da ideia. — Vou expor.

— Expõe lá!

— Fundando o "centro", tu, Bretas, te aproximas do presidente, sob o pretexto de convidá-lo para a inauguração e outras festas; tu, Cacildas, ficarás conhecendo a filha do Sizenando, pois convidarás o pai e a família para as festas. Que acham vocês?

— Muito bom — fez Cacildas.
— E a casa? — indagou o Bretas.
— Arranjamos de empréstimo uma sala, por aí; e as outras despesas serão feitas por subscrição entre os sócios. Está aí como são as coisas.
— Tudo é bem planejado, não há dúvida alguma! Mas tu, Anajaz, o que arranjas no negócio? O que levas nisso tudo?
— Eu? Meto medo ao alfaiate a quem estou devendo um terno.

Notas avulsas[19]

Uma tarde destas, não sei por quê, deu-me na telha tomar um bonde do Catete e ir até o largo do Machado.

Há muitos anos não ia eu por aquelas bandas, embora sejam as do meu nascimento.[20]

Tenho mesmo indiferença por elas, donde se pode inferir que a pátria pode ser muito bem o lugar em que nascemos, mas nem sempre é aquele que amamos.

Embarquei no bonde e fui desfrutando a paisagem urbana. Rua Senador Dantas! Como está mudada! Não tem mais a beleza ou as belezas de antigamente! Para onde foram? Voltaram para o cemitério? Quem sabe lá? Passeio Público. A mesma quietude. Lapa. A coluna das sogras lá está impávida a retesar fios e cabos. Tudo pouco mudado. Vamos adiante. Estamos em frente ao Palácio do Catete. Há na porta um vaivém de gentes e automóveis. Que há? É sua excelência, que vai para Petrópolis. Parece que embarcou no automóvel. Ao meu lado, um cidadão, olhando o telhado do palácio, pergunta a um amigo próximo:

— Por que é, Costa, que, quando ele sobe, a bandeira desce?

A Sociedade Nacional de Agricultura[21] tem andado sem que fazer. Ao que consta, os seus veneráveis sócios estão fatigados de dissertar proficientemente sobre coisas agrícolas. Sabe-se que, à vista disto, vários oradores consagrados vão ser convidados para fazer parte dela entre os quais está o sr. Manoel Correia da Silva, o professor Vicente Ferreira, o notável jurisconsulto dr. Jacarandá[22] e outras personalidades tribunícias que, desde muito, não se fazem ouvir na praça pública e nos comícios populares.

Segundo as tradições da casa, esses conspícuos cidadãos tratarão de todos os assuntos, exceto de Agricultura. Ainda bem.

O dr. Pires do Rio, que já foi uma autoridade em secas, num dos dias do mês passado, foi interpelado por um amigo que lhe disse:

— Pires, você não sabe que dizem por aí de você?
— Que é?
— Que você é um blefe e não sabe nada de secas.
— Quem é que diz isto?
— Muita gente por aí. O Bastos Tigre, na Colombo, disse até ao João Felipe que você é um rio que secou.
— Foi o Tigre?
— Foi. Por quê?
— Pensei que fosse o Felipe.
— E então?
— Por que então você podia dizer a ele que o Rio não secou de todo, mas vai se enchendo com cautela para não inundar os terrenos ribeirinhos.

Há dois anos não ia eu à confeitaria Colombo, depois das cinco. Ontem fui para ver.

— Que lá viste de novo?
— Caras muitas de novo, costumes os mesmos.
— E de velho, o que viste?
As mulheres e o João Felipe.

O polemasca Kalogheras,[23] após o seu sucesso na expedição da Bahia, vai requerer ao Congresso entrar para o quadro do Exército como Marechal de Segunda Linha.

— Sabe você, Margarida, o que tem essa coisa de presidente da República de aborrecido?
— O que é, Iaiá?
— É durar só quatro anos.
— Você devia dizer ao Pita que arranjasse isso para toda a vida.
— Já disse a ele, e até fiz ver que a Helena, da Itália, a Mary, da Inglaterra, a Victoria, da Espanha, não tinham de pensar em mudanças no fim de quatro anos.
— O que é que ele disse?
— Que ia falar com os seus amigos do Congresso.

As paradas da "Jardim"[24]

Em boa hora, seguindo o exemplo de cidades civilizadas, entre as quais Niterói, a Companhia Jardim Botânico resolveu estabelecer que seus bondes parassem em lugares determinados e certos.

Até o dia de hoje, obediente aos meus maus estudos de livros sábios, estava convicto de que a civilização não admitia paradas; entretanto, os teoristas das elegâncias e dos aperfeiçoamentos da cidade levam a exclamar: é uma grande medida, uma medida de civilização.

Está aí como são as coisas: os livros sábios dizem uma coisa e o saber dos elegantes diz outra. A infalível sabedoria!

Bem sei que é ingenuidade admirar-se dessa discordância no saber, quando ainda está na lembrança de todos uma briga de químicos que ultimamente houve. O laboratório da Alfândega dizia: o vermute é nocivo; o do Pedagogium[25] contestava: não é. E concluíam estas duas coisas tão aparentadas, depois de sábias análises de uma mesma coisa.

Eu não sei se o que ditou a contradita do Pedagogium foi a vizinhança das meninas... Eu não sei... O povo diz por aí que as mulheres gostam de contrariar. Quem sabe?... Enfim, não me alongo mais, mesmo porque a ciência é infalível pelo órgão dos seus cultores, não tem duas opiniões e não admite discussões sobre as suas bases.

Vou adiante, tomo o elétrico e sento-me no primeiro banco, banco das meditações vagabundas e que me dispensa de cerimonial quando entram damas. As paradas começam... Que diabo! Não para em frente à Imprensa Nacional![26] É um sacrilégio, uma afronta, um desaforo! Não há cordão, em dia de Carnaval, que não pare diante da imprensa, e não há ministro que não imite o cordão, quando encontra qualquer repórter do seu ministério.

A companhia vai se ver bamba; qualquer dia as folhas...

Mas a "Jardim" sabe fazer as coisas: anda metros e emenda a mão. Para diante do Lírico. Quem te viu e quem te vê! Ao nascer, eras um simples barracão de cavalinhos; hoje, montra sagrada das mundanidades urbanas, a receber a alta homenagem de ter parada, coisa que se negou à imprensa!...

Devia ser chique, alto bordo, casaca e decote, a parada do Lírico;[27] entretanto é igual às outras; uns lambuzões de alvaiade num poste pintado de piche... Que sarcasmo!

O portão do Passeio Público não tem parada. Com certeza a Companhia esqueceu-se de que diariamente aflui ao jardim mais de um milheiro de admiradores das curvas harmoniosas dos jacarés do mestre Valentim[28] e, talvez, uma parte deles viesse em seus bondes. Foi um esquecimento lastimável e julgo útil que o sr. A. V., da *Notícia*, deite a respeito um folhetim substancial.

Na reta que defronta o Passeio, a "Jardim", evitando o meio, o portão, parou nos extremos, Cassino, o das cançonetas, e Clube dos Diários. Os extremos tocam-se, dizem.

O bonde continua a andar...

A Academia de Letras[29] e as outras tiveram a sua paradinha. Quem vem do largo da Carioca, lugar ainda plebeu, não a distingue logo; mas quem vem de Botafogo, imediatamente.

Pode acontecer que, vindo da Carioca, um cidadão qualquer queira parar em frente às academias, e faça o sinal fora de tempo, por não ter bem avistado a parada imortal.

O motorneiro não obedece; o bonde desliza, corre e sacoleja e vai parar lá pelas bandas da Glória. É melhor, não há dúvida; mas o pobre homem tem que andar a pé, e para trás, se teima em entrar nas academias. Percalços para quem vem do largo da Carioca...

Depois da Glória, as outras paradas são pouco eloquentes. A do Catete fica um pouco longe do palácio presidencial. É um afastamento respeitoso...

Largo do Machado. Parada da ilha dos Prontos. Muito demorada. Afinal, saímos eu e o bonde, do lugar maldito. Pleno Botafogo, agora os lambuzões de alvaiade nada dizem.

Nacionalização de tabuletas[30]

Tive a honra de conversar com um respeitável cidadão que se dá ao estudo do português, nas suas transcendentes questões de vernaculismos, galicismos e barbarismos em geral.

Fui interrogá-lo sobre o negócio de tabuletas em línguas estrangeiras que tanto inquieta o nosso patriotismo de hoje, que se reforçou com as nossas vitórias militares, econômicas e políticas na guerra mundial, que é acusada de ter cessado.

Em tese, disse-me o gramático, sou pelo desejo dos nacionalistas que querem que os dísticos das casas comerciais e outras sejam escritos no nosso idioma; mas a verdade é que muitos jornais não o são. Quer ver? Veja só — *Jornal do Commercio* — é português?

— Como?!

— Jornal é galicismo e dos bons; e só foi admitido, como significando folha de papel impressa diariamente, depois de muita relutância dos sábios linguistas. Gazeta também não é?

— Que é?

— É veneziano. Era uma moeda de Veneza com a qual se comprava certo diário impresso. Mais ainda.

— Ainda mais!

— Temos. Em papéis oficiais você vê *contrôle*, *cahiers de charges*, *hinterland*, *self-government* e tantos outros que não custa catar por aí. Os jornais então abusam e abusam dos estrangeirismos, conforme a moda. Você viu aparecer, durante a guerra, *camouflage*, *poilus*, *tommies* etc.

Como é que você quer então que os particulares, ainda mais negociantes, sejam mais escrupulosos do que o Estado que chama de divisões as suas repartições — ou seções, o que deve ser um rematado galicismo.

Não tenho tempo para fornecer exemplos de que todos nós, nessa história de linguagem, somos tão nacionalistas como o comerciante que põe, na fachada de suas casas de negócio, este título que nada diz com o fito das suas mercadorias: *À la Ville de Brest*, quando o que ele vende são fazendas e artigos de armarinhos. De resto, é tradição do comércio essas denominações extravagantes para as suas casas. Você que é viajado e lido, sabe bem disso; e os comerciantes que se transportam dos seus países para aqui trazem esse hábito na massa do sangue.

Porque você queria que a "Notre-Dame", por exemplo, fosse chamada "Nossa Senhora de Paris"? Adiantava isso muito para a nacionalização do Brasil?!

Não acho lá grande a medida, porquanto o que primeiro devíamos fazer era nacionalizarmos a nós, depois os recém-chegados.

O prefeito em apuros[31]

Na quinta feira da semana passada, o dr. Sá Freire,[32] logo ao entrar no seu gabinete, no Paço Municipal, foi abordado por um dos seus inúmeros secretários, que lhe disse:
— Doutor, temos aqui um requerimento curioso.
— É da Daltro?[33]
— Não, doutor. Trata-se de Capelo & Cia., que querem iludir a lei da nacionalização das tabuletas
— Como?
— É melhor vossa excelência ler.

O dr. Freire refestelou-se na sua ampla cadeira diante do seu *bureau-ministre*, pejado de relatórios e outros exemplares dessa literatura que se destina a papel de embrulho, e pôs-se a ler:

"Ilmo. exmo. sr. dr. prefeito do Distrito Federal,

Capelo & Cia, estabelecidos com loja de modas, à rua do Ouvidor 1472, vem por meio deste perante vossa excelência pedir que sejam desonerados do imposto anual de um conto de réis, a que o orçamento municipal obriga a pagar todo o lojista que tenha o título de sua casa, em língua estrangeira; e isto pelos motivos que passam a expor.

Os suplicantes tinham a sua casa comercial girando sob o nome de — A Dama 'Chic'. Em vindo a lei referida, mudaram o título, em obediência à mesma lei, para a 'A Dama Chique'. Diz o agente que continuamos a ter termo estrangeiro, francês, no letreiro da nossa casa; entretanto, tal não acontece, porquanto não há dicionário francês que dê o vocábulo 'chique' entre as palavras francesas.

De resto, excelentíssimo senhor, é regra comezinha de gramática portuguesa que, desde que não se possa traduzir com propriedade, um termo de língua estranha, se o afeiçoe, segundo a sua prosódia, à nossa língua, no escrevê-lo. Cremos, excelentíssimo senhor doutor, não precisarmos citar autoridades, o que seria petulância da nossa parte, simples mercadores que somos, ao nos dirigirmos a um homem de comprovada ilustração como é vossa excelência pedindo deferimento."

Estando devidamente selado e assinado, a leitura desse requerimento fez o dr. Sá Freire coçar a cabeça. Procurou no verso as informações: o agente dizia que não entendia dessas questões de gramática, por isso não tinha opinião segura nos termos em que estava a questão; a Diretoria de Rendas opinava que se devia ouvir a Diretoria de Instrução; mas nenhum dos informantes alvitrava uma solução. O dr. Sá Freire coçava a cabeça, quando o seu auxiliar íntimo lhe perguntou:

— Vossa excelência, já leu? Que decide?

— Não sei. Esta história de gramática...

— Por que vossa excelência não manda chamar o dr. Leitão da Cunha?

— É verdade.

O dr. Leitão foi chamado e veio logo. Imediatamente após os cumprimentos, o dr. Sá Freire indagou do ortográfico esculápio:

— Dr. Leitão da Cunha, "chique" é português ou é francês?

O patologista ficou assustado e olhou com desconfiança para o seu superior, sem dizer palavra. Estará maluco, pensou ele.

O prefeito compreendeu o espanto e emendou:

— Perguntei-lhe isto porque há quem diga que, se variar a escrita, pode ser uma língua ou a outra?

— Nunca! — disse o dr. Leitão da Cunha.

— Leia este requerimento; faça o favor, dr. Leitão da Cunha — fez o dr. Sá Freire, passando ao notável operador a peça principal dessa questão glotológica.

O diretor da Instrução Pública Municipal leu e releu o requerimento, pensou um pouco e asseverou peremptoriamente:

— Seja *chic* ou *chique*, é sempre francês. A palavra *chic* escrita: *c, h, i,* — *chi; q, u, e* — *que* — não passa da pronúncia figurada do vocábulo francês e não se naturaliza por isso portuguesa.

O requerimento foi indeferido; mas Capelo & Cia. vão levar a questão para os tribunais.

As tabuletas da Avenida[34]

Durante muito tempo, nós, os do Rio, não soubemos ver a transcendental significação da tabuleta, hoje, porém, as coisas vão mudando.

Não tão rapidamente como era de esperar, pois que há na Avenida um Armazém Central. Ignóbil!

Nos atuais tempos de transformações radicais, é bom que as tabuletas obedeçam a todas as condições de elegância, brilho e novidade; é bom também que atendam à satisfação geral, ao abarrotamento de satisfação, que enche a cidade.

Café Jeremias,[35] por exemplo, inconveniente, desgracioso, perfeitamente desgracioso.

Evocar o nome do eminente profeta hebraico, mesmo no âmago da nossa alegria e da nossa felicidade!...

O governo, ao meu ver, devia proibir; tanto mais que uma tal tabuleta bem pode influir para que voltemos aos tempos do pessimismo, do "isto vai mal, Jeremias", na Avenida! Que gafe!

Há, entretanto, alguma coisa de *smart*. Felizmente, uma feliz reação se operou no seio dos nossos criadores de tabuleta. *Café Chic!* Eis aí a tabuleta que salva a nossa civilização. Todos os perigos internos e externos que porventura nos ameacem serão evitados se formos *chics*, extraordinariamente *chics*. Sejamos *chics*, *smarts*, *gentlemen*, das quatro em diante, quando saímos dos escritórios e das repartições... *Café Chic* é genial!

Junto ao *chic*, temos o *rosé* — *Maison Rosé*.

Rosé é o otimismo, é a satisfação de viver...

Chic e *Rosé* — é a expressão do anseio da nossa modernidade carioca.

Não quiseram os retrógrados que a coisa ficasse tão bem; puseram um Lira — Casa Lira — título romântico, conciso, a menos que não seja em honra ao ministro. Se o for, é moderno, *smart*, *gentleman*, XPTO,[36] London.

Num desvão de O *País*, deparamos com *Trust* — tabuleta soberbamente expressiva. Recorda milhões de Carnegie, de Vanderbilt; é uma tabuleta super-homem. Fascina, atrai, empolga... Por quê? É a obscuridade, é a não significação.

Ponham uma em hieróglifos e verão que sucesso! O Rio transforma-se — graças a Deus! — é de esperar que em breve tenhamos uma. Que doce esperança!...

Alfa e Ômega[37]

Dentre as instituições que mais concorrem para a prosperidade das finanças dos nossos funcionários públicos está essa de caixas, bancos, montepios etc.

Um funcionário de modestos vencimentos, graças a qualquer delas, pode-se ver, de uma hora para a outra, senhor de um conto, conto e meio e tirar naquele dia o seu ventre de miséria, gastar à vontade, dar dinheiro e esquecer um instante a feijoada familiar.

Um escriturário de uma das nossas repartições, boêmio, escritor nas horas vagas, uma tarde dessas se meteu em um conto de réis numa caixa destas por aí e tratou de meter-lhe o pão.

Andou por aqui e por ali, bebendo o que lhe vinha à cabeça.

Assim, semitonado, chegou ao centro da cidade, quase sem reparar onde estava, e entrou em uma confeitaria chique.

Esse escritor, esse boêmio, seguia o princípio de Lafargue[38] (creio eu): "o herói bebe aguardente". E ele assim fazia.

Sentou-se a uma das mesinhas, tão pequenas como a nossa fortuna e pediu:

— Traga-me um parati.

Houve susto em todas as mesas, e o caixeiro ficou estonteado. O rapaz repetiu:

— Traga-me uma cachaça.

As damas quase deram faniquitos e foram fugindo uma a uma.

O caixeiro explicou delicadamente:

— Meu caro senhor, nós não temos essa espécie de bebida.

— Pois bem — disse o boêmio —, traga-me uma garrafa de champanhe.

Mostrou ato contínuo a quantia a pagar.

Servido convenientemente, com toda a regra pegou na taça e começou a sorver o célebre vinho.

Entrou um colega e amigo que se abancou perto dele e, no calor do vinho, ele começou a recitar versos.

O milagre se operou, e ninguém teve mais medo do homem tão singularmente perigoso que parecia ser um facínora da Saúde.

O verso faz milagres, quando é seguido do champanhe.

Muito justa![39]

Deveras o que me comunicou o meu amigo Flores, naquela tarde, quando nos abancamos a uma mesa do Café dos Artistas, é a coisa mais justa deste mundo. Nunca se poderia imaginar que daquele doido cérebro de poeta parnasiano — simbolista — concertista saísse coisa tão lógica. A lógica, a bem dizer, não reside nos cérebros normais. O que estes possuem é a lógica dos malucos que já passaram; e cada dia se faz uma nova lógica na cabeça dos desequilibrados que fica como herança para gente vindoura de bom senso.

Esse Flores era tido como doido, extravagante, paradoxal, por todos; e péssimo poeta e burro por alguns, como grande poeta e gênio por muitos outros.

— Sabes, caro Ingênuo? Apresentei-me candidato a uma vaga da Academia de Medicina.[40]

— Medicina?

— Sim. Não sabes, então, que há uma vaga? Pois olha: os jornais todos os dias publicam editais chamando concorrentes. Lá não é como na de Letras, em que toda a gente sabe quando as há. É preciso jornal.

— É verdade! Quando se abre uma vaga nesta última, os médicos, os advogados, os engenheiros, os capitães, os almirantes, os diplomatas, os agiotas, os pedreiros, os amanuenses, a Casa de Detenção, as meninas de Botafogo e dos subúrbios se agitam; e cada um dos expoentes

dessas classes se julga com direito à vaga por serem expoentes... Não sabia absolutamente que havia tal vaga... És candidato, então?
— Sou.
— És médico?
— Nunca fui.
— Então?
— Sou homem de letras, como sabes. Já publiquei: *Flores esparsas*, versos; *No abismo*, romance; *A vida de João Fernandes*, história; e tenho muitos trabalhos inéditos.
— Mas isto é medicina?
— Não é. Por que perguntas?
— Porque queres fazer parte de uma Academia de Medicina.
— Vem cá: o dr. Afrânio Peixoto não é da Academia de Letras?
— E ele, porém, escreveu obras literárias.
— Depois que entrou para ela. O dr. Oswaldo Cruz não é também? Escreveu alguma coisa de literatura ou que com tal se pareça?
— Não.
— O dr. Austregésilo não é da Academia de Letras?
— É, mas escreveu livros de literatura.
— Em menino.
— Lá isso é verdade.
— Então, estou ou não estou apto, para ser da Academia de Medicina? Se eles sem literatura, são literatos; eu sem medicina, sou médico e candidato à Academia dos médicos.
— Mas tu não és expoente.
— É verdade; mas quem sabe como eles me julgarão. Os literatos não julgaram os três expoentes da medicina? Os médicos podem bem julgar-me expoente da literatura.
— Outra coisa: o sr. dr. Afrânio escreveu depois, e o sr. dr. Austregésilo prometeu escrever.

— Não seja essa a dúvida. Já medito grandes obras sobre questões médicas. Tenho um grande estudo sobre o tratamento do defluxo e um outro sobre as lombrigas nas crianças. Está aí.

Deixei o amigo, julgando que era justa a sua pretensão. Muito justa até.

Um romancista[41]

Domingo último, estando eu sem saber o que fazer da tarde, no alpendre do jardim, ali na Avenida, vi que desembarcava de um bonde o meu amigo Freitas Costa.

Freitas é um jovem romancista que se vem notando por fazer romances cheios de observação, muito naturais, lidos porque não têm o enfado dos arrebiques de um estilo procurado nem a preocupação de uma psicologia de gabinete. São de uma simplicidade de estontear todo o nosso pedantismo literário.

Gostava muito de Freitas, apreciava muito o seu talento e dirigi-me a ele. Vendo-me, veio logo Freitas ao meu encontro e foi dizendo sem mais preâmbulos:

— Vamos tomar um chope.

Não recusei e lá fomos ao bar mais próximo, onde nos abancamos. Ao sentarmo-nos, ele me disse:

— Sou uma besta.

— Como? Que diabo de desespero é este?

— Eu te conto.

Sorvemos alguns goles de cerveja e ele continuou:

— Eu me tinha na conta de observador, de analista; eu me sentia com capacidade para descobrir e explicar os sentimentos, entretanto tive hoje a prova de que não possuo tais qualidades.

— Vamos à prova — fiz eu rindo, pois conhecia bem esses desesperos.

— Vai ouvindo. Eu conheço uma dama...
— Quem é?
— Não precisas saber o nome.
— Continua então.
— Conheço uma dama há cerca de ano e pouco. Não sei bem como travei relações com ela. O certo é que, sempre que nos encontrávamos, conversávamos muito, falávamos de tudo e afinal ela me convidou a ir à casa dela. Fui e lá continuamos na mesma intimidade, fumando até os mesmos cigarros.
— Estavas apaixonado?
— Ouve. Nunca me passou pela ideia de que a dama nutrisse por mim outro sentimento que não o de uma deliciosa camaradagem. Mesmo a sua independência, pois é separada do marido e vive de suas rendas, encaminhava a minha convicção para essa explicação. Bem. Há dias ela me disse: Freitas, vai lá em casa domingo. Era hoje. Fui. Sabes o que aconteceu?
— Sei. Ela te chamou de burro.
— Não com essa brutalidade; mas, com outras palavras, disse a mesma coisa.
— Está desolado?
— Não tenho motivo, porque não nos aborrecemos. O que me apoquenta é que eu, observador, analista, psicólogo, romancista, o diabo, não tenha descoberto o verdadeiro sentimento dela; que fosse preciso que ela me o dissesse, para que eu o compreendesse. Somos muito tolos. Ninguém pode adivinhar os sentimentos dos outros, quanto mais explicá-los. Sou uma besta... Tomas mais chopes?
— Tomo.
Ainda bebemos silenciosos; e, quando saímos, pude dizer ao meu amigo desolado:
— Freitas, os médicos não se curam a eles mesmos. Chamam um colega... Consola-te.

Conversas[42]

Entrei no correio, um dia destes, para pôr uma carta. Como precisasse escrever o endereço, fui ter a uma das mesinhas, onde se encontram penas grossas e tinta rala.
Todas se achavam ocupadas; fiquei então à espera junto a uma delas.
Reparando melhor, verifiquei que o ocupante era Gonzaga de Sá,[43] meu amigo, homem maior de cinquenta anos, não obstante, brusco e paradoxal.
Não escrevia; olhava alguns selos espalhados sobre a mesa.
— Oh! Sr. Gonzaga de Sá, ande!
— Tu!
— À sua espera.
— Já viste os novos selos?
— Alguns.
— É bom ver. Tenho aqui de dez réis, de vinte, de quatrocentos, de cem, de cinquenta e duzentos.
— Faz coleção?
— Não. Amo os homens ilustres, e os selos trazem as efígies de alguns deles. Temos aqui: Aristides Lobo, Benjamin Constant, Pedro Álvares Cabral, Eduardo Wandenkolk, Deodoro da Fonseca e Prudente de Morais.
— Ideia feliz! — exclamei eu.
— Pena é que, ao lado, não tragam alguns dados biográficos e profundas sentenças morais.

— Por quê?

— Teríamos o Plutarco brasileiro em fórmulas de franquia postal. Entretanto, mesmo como estão, tem vantagens. Assim, quando olhas um Aristides Lobo, dez réis, dirás lá contigo: está aí um homem que nasceu para dez réis; o que não aconteceu com o Benjamin. Este, sim, chegou a vintém. Vá que recebas uma carta urbana. Lá te vem um Wandenkolk cor de tijolo, cem réis... Pensarás, de ti para ti: como foi longe! E não é tudo. Se, a um só tempo, tiveres um Deodoro, verdoengo, duzentos réis, um Prudente, acinzentado, quatrocentos réis, junto a um Álvares Cabral, cinquenta réis, refletirás maduramente sobre a injustiça das coisas humanas. Eis aí como estava eu a pensar sobre selos, e pensar sobre selos, concordarás, é das mais modestas pesquisas intelectuais. Não te parece?

— De fato.

— Bem. Escreve a tua carta. Adeus.

O servente da Caixa de Conversão,[44] a quem, num bonde, ouvi falar há dias, é pessoa de bons costumes, crédula e honesta. Recebi magníficas informações a seu respeito, e disseram-me que, se na praça a confiança de fato merecesse crédito, ele endossaria letras de milhares de contos. No bonde, ele contava a um camarada:

— Pois é isso: toda manhã, quando chego lá, é um zum-zum, um falatório de espantar. No primeiro dia, pensei que fosse gente. Mas qual! Não havia ninguém. Andei, remexi tudo... Nada! De tarde, quando todos saem, é a mesma coisa: um barulho de vozes, um bate-boca infernal... Eu quis mesmo contar o caso ao porteiro, mas ele poderia pensar que eu estava doido... calei-me. Já me tinham dito que os bichos — lá vinha um dia — falavam, mas coisa é... é que nunca ouvi dizer. Enfim, quanto mais se vive, mais se aprende... Anteontem de manhã, quando cheguei, ouvi a tal barulhada, o tal zum-zum de

vozes... Que fiz? Fui devagar, devagarzinho, e me pus a escutar um cofre... Sabe o que ouvi?
— Não — fez o companheiro.
— Isso: não se enxerga, sua nota de papel!? Veja lá se eu me troco por você.
— Naturalmente era uma libra quem falava.
— Eu pensei também. Há cada coisa...

O mapa[45]

Desde que a guerra rebentou, os amadores de geografia têm aumentado assustadoramente.

Na porta dos jornais que exibem mapas do teatro ou dos teatros das operações, humildes homens do povo, com os olhos fixados nas cartas, discutem calorosamente as manobras de Joffre[46] e Von Kluck.[47]

Há entre eles partidos extremados, e dizem as más línguas que alguns dos discutidores são subvencionados para levantar no ânimo popular a simpatia por certo partido, ou por outro: por certo país que não goza absolutamente da boa vontade da nossa população.

Toda a gente que se preza de instruída e se tem em conta de bem informada é obrigada todas as manhãs a ler os jornais e seguir a leitura dos telegramas com um mapa.

Nas salas, nos botequins, nos corredores dos teatros não se discute outra coisa; e, se um acontecimento interno de certa importância vem interromper essa preocupação, não tarda que ela volte alguns dias após.

É bem conhecido entre nós o senador Melaço.[48] Este senhor que dispõe de certa influência eleitoral no Caju, em São João Batista, em Inhaúma, em Catumbi, goza no Senado da fama de capacidade sem igual.[49]

Os seus discursos são maravilhosos, a questão, porém, é que nunca os pronunciou; os seus pareceres são sábios, a questão, porém, é que não os escreveu ainda.

Vendo Melaço que todos discutiam a guerra e verificando que ele não entendia nada das operações, tratou de suprir tão grande lacuna do seu bestunto.

Aconselhou-se com um colega e este lhe recomendou que comprasse uma carta do teatro das operações.

Acabada a sessão, Melaço desceu a pé até a rua do Ouvidor, e assim fez para poupar o tostão.

Chegando à rua do Ouvidor, foi a uma livraria e pediu ao caixeiro:

— Dê-me um mapa da zona da guerra.
— De que tamanho?
— Do tamanho natural.

A venda de armas[50]

Lembraram pessoas sensatas que se devia proibir a venda de armas, porque a facilidade com que são mercadas espalham assassinatos e suicídios.

Estou de acordo com essas pessoas prudentes, mas peço licença para lembrar-lhes que muitos assassinatos e suicídios se dão com instrumentos que não são propriamente armas.

O caso de Otelo é clássico. Ele matou Desdêmona com um travesseiro ou uma almofada. Vamos pedir a proibição da venda dos travesseiros?

Uma simples corda tem servido inúmeras vezes para consumação de homicídios e de suicídios. Estes então não têm conta, levados a efeito por esse meio; e para exemplificar aqueles, basta recordarmo-nos do caso dos irmãos Fuoco.[51] Vamos proibir a mercancia de cordas?

Já, neste caso, houve também a intervenção de um bote, o *Fé em Deus*. Neste último da Ponta da Areia em que o marido convidou a mulher para dar um passeio, no meio da Guanabara, e aí a matou atirando-a ao mar, um botão ficou no fato. Por isso, vamos impedir o comércio de botões?

Quantas vezes simples toalhas de rosto têm figurado em crimes? Quantos outros inocentes instrumentos de trabalho são transformados em armas homicidas?

A navalha é, em si, um instrumento útil e digno pelo auxílio que presta à elegância masculina; entretanto...

Quem não tem cão caça com gato. Se o sujeito que premeditou o assassinato pretende executá-lo mesmo, vai executá-lo com qualquer arma, por mais imprópria que ela pareça.

Raskólnikov[52] matou a velha onzenária e a irmã com uma machadinha de cozinha embotada. Matou-as assim por não ter dinheiro para comprar arma melhor; e nunca tinha matado ninguém.

O fiscal e o condutor[53]

Eu não me julgo totalmente besta, mas vejo cada coisa que me faz pensar maduramente. No entanto, são em geral coisas simples, nas quais, estou certo, os homens superiores não se deteriam.

Vou de bonde. Último banco. De repente, num salto, um homem agarra o balaústre, por onde estava eu alinhando visadas caprichosas na paisagem, pula à plataforma, estendendo imperiosamente o braço ao condutor. Folheia livros que este lhe dá e o diálogo começa:

— Tem vinte e nove.
— Não, senhor, vinte e oito.
— Houve duas folgas.
— Posso lhe garantir, sr. Elesbão...

É o fiscal, o fiscal do condutor, homem importante e respeitável unicamente para o condutor. Surpresas da importância em geral!

A cena é vulgar, não acham? Entretanto, provoca-me a meditação. Passo por altos palácios, cruzo com céleres automóveis e sempre fico a inquirir de mim para mim: — por que razão o fiscal merece mais crédito do que o condutor?

Há uma grande diferença de ordenados? Não. A essência de um é diversa da do outro? Não. Diferenças de educação e instrução estabelecendo um razoável desequilíbrio na natureza de ambos? Não. É pela idade? Também não.

Então por que é que todos os fiscais são honestos e todos os condutores são suspeitos? Não atino, e essa metafísica elementarmente interrogativa quase me põe doido.

Fatigado de pensar diretamente no fato, dou com um desvio conveniente, procurando estabelecer um método exato para a determinação do grau de inteligência e honestidade de cada um. Eu me explico. A saliva, o sangue e outros líquidos orgânicos, submetidos a agentes químicos, podiam revelar provas robustas do fundo moral e intelectual dos indivíduos.

A bacteriologia e outras sabenças modernas podiam também vir em auxílio das administrações, públicas e particulares, dando uma dosagem matemática dessas aliás qualidades individuais e impedindo que um cidadão como eu estivesse a perder o seu tempo com esta questão: por que razão o fiscal merece mais crédito que o condutor?

A viagem acaba. Desço a rua do Ouvidor, acotovelo-me com as primeiras pessoas da pátria, vejo a Garnier[54] e as ciências, letras e artes nacionais na montra sem vidro de sua porta e de sua sala, olho o Supremo Tribunal, depois a Câmara, chego aqui e ainda pergunto: por que razão o fiscal merece mais crédito que o condutor?

Uma petição curiosa[55]

No arquivo da Secretaria da Guerra,[56] há um velho e amarelecido papel, com a data de 2 de janeiro de 1839, que diz o seguinte, dirigindo-se a sua majestade imperial:
"Senhor. Diz o Chefe de divisão Teodoro de Beaurepaire, como testamenteiro do finado marechal de campo conde de Beaurepaire que, tendo-se verificado ter o mesmo marechal recebido por engano, em ajuste de contas a quantia de cento e dezesseis mil-réis de mais do que lhe devia, como ele declarara, pede a vossa majestade imperial o suplicante de dar as necessárias ordens para que entre para a Tesouraria com aquela quantia, passando-se-lhe disso as precisas cautelas."

Estou bem certo de que os senhores haviam de ficar admirados se fosse apresentado em algum ministério requerimento semelhante.

Atualmente o que se trata de fazer é o contrário. Ninguém quer entrar com o que recebeu a mais do Tesouro; todos querem tirar. Esse chefe de divisão, se ainda vivesse, havia de ficar bastante admirado com os nossos atuais costumes no que toca as nossas relações com o Tesouro; e, se mesmo aparece um que lhe siga o varonil exemplo, há de ser tomado por tolo.

— Ora, você! Isto é nosso! Guarde o cobre.

O sujeito ficará vexado e o empregado há de continuar a dizer-lhe:

— Você é tolo! Você não viu Fulano como se encheu; você não viu Beltrano que de pobretão que era, logo que o irmão se fez isto ou aquilo, ficou mais rico do que ouro. Você é tolo; guarde o cobre!
— Mas...
— Não tem mais, não tem nada. Você o que quer é dar-me trabalho. Guarde o cobre e não seja tolo. Já se passaram esses tempos, estamos em outros. Não quero aqui amolações; guarde o cobre.

O pobre homem honesto sairá da repartição e aprenderá que há tempos em que devemos ser honestos e outros em que devemos ser... como outros. Não seja tolo; guarde o cobre.

A questão da cerveja[57]

Procurava eu uma pessoa autorizada que me elucidasse certas dúvidas minhas sobre a questão da cerveja, quando me lembrei de consultar o dr. Telmo (doutor elevado à sexta potência). É este meu amigo engenheiro, advogado, médico, além do que é possuidor de outros diplomas com abatimento: é dentista, farmacêutico e agrimensor.

Lembrei-me do Telmo, porque era a única pessoa suficientemente científica que eu conhecia; e, como lhe soubesse os hábitos, me era fácil encontrá-lo. De manhã, das sete às oito, fazia a *toilette*, vagarosa por causa dos anéis; das oito e meia às dez arrancava dentes; e, em seguida ao almoço, sucessivamente, projetava estradas, tratava das gargantas do próximo, pleiteava causas e fabricava específicos contra a queda do cabelo.

Fui encontrá-lo em plena *toilette*; combinava os anéis nos dedos, quando entrei. Estava febril; é um suplício para o meu amigo essa delicada operação. Coloca a safira junto da turquesa; tira a turquesa e põe a granada; arrepende-se, puxa os cabelos; choraminga... Um inferno!

Longos minutos levou nessa dificultosa combinação científica, enquanto eu o inquiria:

— Que achas da cerveja?

— A cerveja! Ora, a cerveja! Uma fermentação de origem alterna, obtida com lúpulo e cevada... Que te parece, (mostrou-me a mão direita) a granada vai bem aqui, junto à esmeralda?

— Muito bem! Não é isso; pergunto-te o que pensas da cerveja envenenada?

— Conforme, os venenos são sempre perigosos, principalmente quando veiculados em substâncias de grande consumo. Que maldição! Este topázio é tão escuro que se parece com um rubi. Ninguém distinguira...

— A cerveja é deliciosa, por isso...

— Tem a cor do topázio. Tu sabes como amo as pedras preciosas?

— Sei. Leste que há um licor dos amantes venenoso?

— Deve ser, por força! Com certeza é um filtro.

— Oferece perigos?

— Como não? À saúde propriamente, talvez não; mas à moral e ao futuro da espécie, muitos.

— Por quê?

— Imagina tu que a dama Y não se incomoda com o cidadão X. Este que faz? Suborna um fâmulo da casa, que se encarrega de proporcionar à Y a tal beberagem...

— Daí?

— A dama apaixona-se por X.

— Que mal há?

— É que ela não ama de fato; os seus sentimentos são violentados e contrariados pelas mágicas virtudes do filtro.

— Impossível!

— Maganão! És hediondo! Quem sabe que...?

Telmo remirou mais uma vez os anéis e acrescentou:

— Perpetuar-se-iam defeitos que o livre amor inconscientemente afasta...

— Sempre houve filtros, dessa ou daquela natureza. Não achas?

— Pessimista!

— Não sou... E a cerveja?

— E tu a dares com a cerveja! Se tens medo, não a tomes; se não tens... Ora, que diabo!

— Não me compreendes?
— O que queres então?
— Um antídoto, para depois de quatro garrafas.
— Amoníaco.
— Obrigado.
Ao sair, ainda ele me perguntou:
— A Escola Normal dá anel?
— Não sei.

Fogos de artifício[58]

Não sei a origem dos fogos de artifício; creio, porém, que devem provir da China ou do Japão e terem sido introduzidos na Europa, há muito tempo.

A minha erudição a esse respeito, como em demais respeitos, é absolutamente nula.

Não gosto, nem desgosto deles; mas as multidões apreciam-nos sobremaneira.

Não lhes temem os perigos, porque eles os têm. Lembro-me ter lido não sei onde que, quando em Paris se festejava o enlace de Luís XVI com Maria Antonieta, armou-se em qualquer parte da capital da França um vistoso fogo de artifício. Anunciou-se que ia ser uma coisa portentosa, obra de um insigne fogueteiro. De toda parte, acorreu gente para assistir à maravilha com que se ia comemorar o casamento do delfim. Creio que ainda o era. A praça encheu-se e, em breve, o operador atiçou fogo à primeira peça. De repente, houve uma explosão, seguiram-se outras, a multidão tomou-se de pânico e, para encurtar razões, morreram centenas de pessoas. Dentro de menos de vinte anos, ambos, o delfim e a delfina, subiram ao cadafalso.

Tem ou não tem seus perigos os "fogos de artifícios"?

Entre nós, nas festas de Igreja, eram sempre um número de sucesso. Mesmo dentro da cidade, eram permitidos; mas sempre houve desastres e foram proibidos.

Quem não se lembra deles? Só os muito moços. Eram ingênuos e sempre tinham os mesmos números: "combates entre portugueses e mouros", "são Jorge fisgando o Dragão" etc. Pelo fim, então, queimava-se o retábulo em que estava a imagem da santa ou do santo festejado naquele dia.

Tão simples engenho de sarrafos, telas e pólvora fazia as delícias do povo que enchia as praças fronteiras às igrejas. Bons tempos, aqueles!

Escrevo isto depois de ter assistido um fogo de artifício da Exposição...[59]

A única[60]

Conquanto não possa parecer, houve quem ficasse descontente com as festas ao rei Alberto.[61]

Durante quase um mês, o Rio de Janeiro, São Paulo, Belo Horizonte e adjacências deliraram com a presença do soberano e respectivos festejos.

Nem todos foram aquinhoados com fitinhas e comendas; mas todos se deslumbraram com as luminárias, rojões, fogos de artifício, banhos marítimos do rei e outras coisas mais ou menos proveitosas.

Eu mesmo, que não sou dado a festas, quer sejam elas mundanas, quer sejam populares, gozei muito com elas, pois fiquei em casa retemperando-me. Foi o bem que me fez a visita de sua majestade real. E olhem que não é pouco, pois, em geral, das vinte e quatro horas do dia, eu passava catorze na rua; mas, como tenho um ar assim, assim bolchevista, resolvi prudentemente ficar em casa, com medo de a polícia do sr. Gemi,[62] que bem podia mandar-me para o inferno, sem um tostão no bolso.

Sem que saibam, o rei e o dr. Gemi me fizeram um grande benefício; e creiam essas duas conspícuas personagens que lhes sou infinitamente grato.

Sendo assim, não se pode acreditar que, neste vasto Rio de Janeiro, haja uma pessoa a quem a visita do rei e concomitantes festas e banquetes causassem desgosto.

Há e vou já dizer quem é, embora toda gente esteja a adivinhar quem seja.

Habituada a figurar sempre nessas coisas de festas, passeatas, fogos de vista, manifestações etc., quer com caboclos cabeludos, quer com batalhões de moças e senhoras crédulas, a sra. Deolinda Daltro[63] desta feita não apareceu, ficou no esquecimento.

É ela a pessoa que está desgostosa com a visita do rei e os festejos que a sua visita determinou. É a única.

A explosão da Armação[64]

Em dias do mês passado, durante uma terrível borrasca que desabou sobre esta cidade e arredores, uma faísca elétrica caiu sobre uma fábrica ou depósito de material bélico da Marinha, na Armação,[65] ocasionando incêndio e consequentes explosões de obuses, granadas, lanternetas, torpedos e não sei que mais coisas terríveis e mortíferas.

Não houve mortes a lamentar, o que já é uma vantagem, houve somente prejuízos materiais, o que também é uma vantagem para os fornecedores do governo e seus intermediários.

Muita gente se revoltou contra essa escolha do fogo celeste. Julgo que não têm razão. Para que foram feitos explosivos, granadas etc.? Para explodir, naturalmente. Ora, os que estavam na tal diretoria do armamento, do Ministério da Marinha, viviam lá muito quietos, como se fossem inofensivas balas de estalo ou saborosas jacas. Era uma coisa inconcebível que não podia continuar. Pode-se lá admitir que uma locomotiva, em bom estado, não seja destinada a puxar carros e fique no depósito como uma teteia? Não.

Concebe-se que o destino de uma moça forte seja outro que não o de ser mãe de robustos pimpolhos? Decerto, não. Compreende-se lá que um homem de talento tenha outro fim que não o de iluminar os seus semelhantes com os produtos de sua inteligência e do seu saber? Não há quem diga sim. Se um sujeito rico imobilizasse a sua riqueza, não a empregasse em negócios e empresas, o que se diria dele? Que era um inútil, uma peste e outras coisas piores.

Assim são os tais explosivos que viviam placidamente na Armação, sem explodir e sem fazer nada.

Não era possível que isso continuasse, e o céu, que é sempre justo, mandou-lhes uma centelha elétrica, e eles começaram a arrebentar a torto e a direito. Dizendo isto a um amigo, ele me observou:

— Mas, admitindo isso, os tais obuses falharam no seu fim principal.

— Qual?

— O de matar.

— Foi castigo do céu, pela sua indolência.

O meu amigo concordou.

Voto obrigatório[66]

Não é do meu gosto entrar em discussões de leis e outras coisas parlamentares, para as quais a Constituição me dá direito; mas que eu me abstenho de fazê-lo prudentemente. Não acredito em leis, nem na sua eficácia. A única lei que admito são aquelas das doze tábuas, para a execução das quais não há polícia, exércitos, juízes, nem tribunais.

Entretanto, sou obrigado a representar ao Congresso contra uma disposição de lei que lá se quer votar.

Quero falar do voto obrigatório. Senhores deputados e senadores, tenham pena de mim! Eu já sou soldado obrigatório, *malgré*[67] a Constituição. Sou medroso e tímido, como é que me posso meter em barulhos de guerra? Tenho medo de tiros de artilharia — como é que me posso meter em negócios de canhões? Não é só. Cavalo é bicho que me enche de pavor — como é que posso ser soldado de cavalaria? Vocês, senhores parlamentares, me obrigam a isto tudo, e eu suporto. Querem ainda mais?

Pois, apesar disto tudo, senhores deputados, vocês querem que eu seja obrigado a votar, para arranjar mais "encrencas" na minha vida?

Ora, bolas! Vocês não são deputados; vocês são uns demônios.

Por que será?[68]

Alguns cavalheiros, entre os quais está o Automóvel Clube,[69] que não é bem cavalheiro nem cavaleiro, porque é um simples clube que se preocupa com automóveis, têm pedido favores para estabelecer em Copacabana um estabelecimento balneário.

Louvo essa preocupação dos cavalheiros; é, pois, de estranhar que um clube de automóveis tenha semelhantes preocupações.

Julgo que o fim desse clube deva ser o de animar entre nós o gosto pelo automóvel; e tenho notado que ele vai conseguindo muito a tal respeito, pois vejo luxuosos *pozos*, *landaulets* chiques transformados em táxis a preço cômodo.

Paulo de Gardênia,[70] ou do Jasmim do Cabo, disse-me há dias que isso era devido à influência do meio.

Não creio muito nos conhecimentos sociológicos do Paulo de Gardênia, ou do Jasmim do Cabo.

Quem anda atracado às revistas de moda e à baronesa de Staffe[71] não pode absolutamente meditar sobre o complexo de uma sociedade.

Essa vitória eminentemente democrática do Automóvel Clube conseguindo fazer de carruagens de luxo autos *à bon marché* é demonstrativo de que ele alcançou um dos seus fins, dando ao povo quase de graça lindos Chassins, Pannards, Renaults etc.

Mas por que cargas-d'água irá o Automóvel Clube internar-se pelos banhos de mar?

Banho de mar é automóvel ou coisa que com ele se parece?

Creio que não. Se um clube de automóveis dá em fazer destas, o que irá fazer o de Engenharia, por exemplo? Certamente tratar de cavalos de corridas. É verdade que o dr. Frontin trata de ambas as coisas, mas em clubes diferentes.

O jovem Huron (lembrem-se de Voltaire),[72] se visse tal coisa do Automóvel Clube, talvez pedisse um banho de mar em automóvel.

Há quem os tome a cavalo, como dizem que fez durante muito tempo esse interessante sr. D'Annunzio;[73] mas é que o cavalo não se estraga com a água e o automóvel levaria a breca.

Não atino bem com os motivos por que o Automóvel Clube quer ser banhista da população do Rio de Janeiro.

Enfim, pode bem ser que os seus sócios, desgostosos com a diminuição dos automóveis oficiais, queiram empregar o tempo que deviam estar repimpados nas almofadas dos autos em coisas úteis, benéficas e práticas.

Paulo de Gardênia, ou do Jasmim do Cabo, talvez explique melhor o fato, como me explicou o de terem os *pozos* de luxo vindo para a rua com taxímetro bem à vista do freguês.

Assassinato profilático[74]

Decididamente, estamos no tempo que, com o auxílio dos neologismos médicos, podemos classificar "da profilaxia". As ultramodernas reformas da nossa inigualável repartição, departamento, ministério, reino ou o que seja, da Saúde Pública, puseram em moda o termo. Ele quer dizer, segundo os dicionários leigos, "parte da medicina que tem por objeto as precauções próprias para nos garantir contra as moléstias".

No começo, foi contra a febre amarela que apareceu a tal profilaxia; hoje, é para tudo, o que é louvável, pois, conforme diz a experiência dos velhos, é melhor prevenir do que curar. Há até uma repartição própria, embora pequena, para a profilaxia do suicídio. É um serviço de alta relevância religiosa, que demanda raras qualidades de psicólogo e observador nos que assumem a responsabilidade de exercê-lo. Foram mandados buscar profissionais alemães, práticos e teóricos, pois, na Alemanha, graças a um desenvolvido serviço idêntico que serviu de modelo ao nosso bem modesto, não há suicídios. Por ora, os profissionais estão estudando a psicoantroetnografia da nossa população, para depois aplicar o que os seus estudos e as suas observações aconselharem. Até lá, há mais ver!

O que nós não poderíamos imaginar é que surgisse em cabeça de brasileiro a ideia de que o assassinato podia ser também meio profilático contra o adultério. Até agora, os "matadores de mulheres" alegavam, quase sempre sem provar, que as suas mulheres prevaricavam; agora, vem um deles e diz simplesmente que a sua mulher pretendia traí-lo, por isso matou-a quando ela estava dormindo. Está nos jornais de 6 do corrente mês de janeiro; é só ler. Já se viu uma dessas? Que cabeça tem este homem que faz tal coisa?

De modo que uma dama casada só porque olha mais para um cavalheiro está arriscada a ser esfaqueada ou servir de alvo dos tiros do revólver furibundo do marido e isto em nome da... profilaxia do adultério.

Dessa forma, não há senhora que escape a esses revólveres moralizadores. Por da cá aquela palha, um perverso de marido despeja o trabuco na "cara-metade", chega à delegacia e diz: matei minha mulher, porque ela me ia trair com o seu João da Venda. Profilaxia...

Se ele for um tanto pernóstico e cínico acrescentará: "defendi minha honra e lavei provavelmente a da sociedade que ia ser vilipendiada".

Vamos ver se o júri consagra essa doutrina do sapateiro que, há dias, em São Cristóvão, matou a mulher por simples suspeitas de que ela o ia enganar. Se a respeitável e insubstituível instituição consagrá-la, como tem consagrado tacitamente o direito do marido matar a mulher que erra, convém não esquecer que esse infeliz sapateiro tinha um filho de nome Otelo. É de fazer pensar isso, quando nós sabemos que os ciumentos da natureza do "Mouro" e seus admiradores são legião... Este Brasil é formidável!

As divorciadas e o anel[75]

Noticia um jornal desta cidade que um joalheiro de Nova York inventou um anel para distintivo das divorciadas.

Nós aqui conhecemos e não conhecemos essa espécie de senhoras. O nosso direito admite que uma mulher se separe do marido; mas não permite que se case mais. Que faz ela? Arranja uma religião complacente e se casa por essa religião.

Toda a gente, inclusive a alta sociedade de Botafogo e Santa Teresa, tem isso como legal e recebe o casal como se fosse casado por um pretor qualquer; mas, quando se fala em divórcio completo, é um Deus nos acuda. Vêm os padres Bratuzzi, Veneza, Batalha a clamar que isso é uma desmoralização da família brasileira.

Lá, na América do Norte, a coisa é mais clara e mais completa. Não há necessidade do pastor Adamastor, nem do presbítero Matos para fingir que miss Allen está casada com o dr. Bastos.[76] Ela põe um anel de divorciada e — zás-trás nó-cego — arranja um novo marido, o referido dr. Bastos, recebendo as homenagens da família deste, depois de ir ao juiz da esquina.

O anel é o anúncio, e o casamento, a consequência. Não há assassinatos, não há revólveres, não há discussões nos "apedidos"[77] nem mais nada. Tudo se passa em par e a hipocrisia foge a quatro patas.

O futuro do feminismo[78]

Dentro de alguns anos, a emancipação da mulher será um fato nas terras brasileiras. No exercício de profissões, desaparecerá a distinção odiosa de sexos que hoje existe. As principais senhoras — benditas! —, que com tanto denodo e sacrifício, fazem atualmente a propaganda desse alto ideal, não ficarão esquecidas. No bar de Botafogo, em homenagens aos seus esforços, o agradecimento da massa feminina vindoura erguerá estátuas de biscuit, graciosas teteias, destinadas a lhes eternizar o vigor da fisionomia e a alta significação do trabalho que prestaram.

Biscuit perennis...

Não é de crer que as mulheres só procurem as posições cômodas: professoras, doutoras, jornalistas etc. Tudo leva a supor que as damas também abracem os duros misteres de que hoje se encarregam os homens.

As linhas de telégrafo e telefone empregarão com certeza guapas raparigas, para distender os fios por sobre os postes; e há de ser curioso ver pelas ruas grupos de basbaques masculinos, esquecidos dos serviços domésticos, fruindo o espetáculo surpreendente de uma simpática moçoila que se balança no cabeço de um alto poste e se desvencilha dos arames encaracolados.

As varredouras de rua (naturalmente também haverá) não poderão exercer com sossego o seu humilde ofício.

Fora de horas, o amor é terrível — o que há de obrigar o superintendente a requisitar força para guardá-las.

Tenho para mim que os soldados não resistirão aos encantos das garis, e portanto, pela madrugada, sob o terno olhar das estrelas, o lixo facilitará os mais singulares namoros que se possam imaginar.

À vista dos bustos despidos das carregadoras de estiva, adeus escultura, adeus artes plásticas!

Não permitindo as ideias democráticas vitoriosas que, nos batalhões e regimentos, as mulheres fiquem separadas dos homens, o Estado será obrigado a criar nos corpos de saúde, do Exército e da Armada, um subcorpo de parteiras.

Temo que muita batalha interessante venha a ser perdida, mas profetizo, em compensação, que muitas outras serão ganhas, pois que o vagido de milhares de recém-nascidos amedrontará o exército adversário. E quantas vezes não irá acontecer que os dois exércitos fiquem em frente um ao outro, obedecendo às prescrições do corpo de saúde em peso, médico, farmacêutico e parteira que lhes proíbe combater!

Quem sabe se daí não virá a paz universal?

Se a conferência de Haia[79] se lembrasse disso, talvez esclarecesse melhor o assunto?

Aqui, na minha mesa, tão cheia de velhos respeitos e depositária de enfadonhas tradições sentenciosas, fico a sonhar belas trabalhadoras na City, dedicadas calceteiras, lindas condutoras de bonde, fascinantes patrulhas...

Que venham estas já, já!

Há homem, criminoso ou não, que fuja à perseguição de uns belos olhos?

A Escola Normal[80]

Parecia que as surpresas administrativas da nossa terra tinham cessado com a presidência do sr. Dudu.[81]
Tudo que podia haver de inaudito nós vimos, e nada mais, era de crer, restava para ver.
Contudo, tal não se deu. Houve número novo: uma greve, uma revolução na Escola Normal, quase frequentada exclusivamente por moças.
Mas — com os diabos! — como é que elas se revoltaram? Como é que elas se zangaram com o governo e seus superiores?
Tivemos a revolta do sr. João Cândido,[82] tivemos as brigas do Contestado;[83] mas uma revolução de moças nunca se viu aqui nem em parte alguma. Perdão!
Oliveira Martins conta que houve uma num mosteiro de freiras de Portugal, e é a única revolução de mulheres de que tenho notícia.
Enfim tudo progride e as senhoras inglesas, se não fizeram revoluções, fizeram motins, para obter votos.
É difícil de compreender que haja neste mundo quem se aborreça, mova-se, brigue, faça rolos por causa de coisa tão insignificante, isto é, votar e ser votado.
Aqui está um cidadão masculino que tem todos os direitos a semelhante coisa e nunca tratou de ser eleitor ou coisa que o valha em política.
Não há nenhuma relação entre a revolução da Escola

Normal e os motins das sufragistas; mas... uma coisa puxa a outra.

O caso de mademoiselle Eli[84]

Chamo a moça do último sucesso doméstico, passado a tiros, mademoiselle como assim chamaria a Virgem Maria, se me fosse dado falar com esta e em... francês.

Sou igualitário, sobretudo em se tratando de damas, sejam elas duquesas ou mães de deuses.

Explicado isto, eu me animo a dizer qualquer coisa séria no que toca à heroína do drama do Hotel de França.

Os meus amigos dos jornais, com os seus depósitos mentais de fantasia moral em prosa, caíram em cima da pobre moça, cheios de um zelo sacerdotal pela pureza dos costumes, muito digno do padre Batalha.

Entretanto essa moça me aparece, não como uma corrompida, mas como um temperamento que quer dar conscientemente e curso a ele, para encontrar satisfação na vida.

A quem ela prejudica ou prejudicou? Ao marido? Não; porque o marido, segundo as concepções burguesas, era um péssimo marido.

De resto, todos os maridos que não agradam às respectivas mulheres são péssimos maridos. É o caso do marido da hoje milagrosamente mademoiselle Eli.

O primeiro dever de um cidadão macho ou fêmea, nesta vida, é governar a sua felicidade; e, desde que o caminho procurado não prejudique os bens e a vida dos outros, é lícito a todo e qualquer trilhá-lo.

Mademoiselle Eli gosta de letras, quer escrever, quer a sociedade de homens de letras. Não lhe gabo o gosto, mas não lhe nego o direito de satisfazer essa sua necessidade espiritual.

As letras são uma das grandes criações da sociedade. Na aparência inúteis, são entretanto no seu último destino, utilíssimos. Quando mademoiselle na nova educação que vai encetar puder estudar os estetas e filósofos que não forem os de futebol há de compreender isto. Em todos os tempos, épocas e sociedades, têm aparecido mulheres que nelas brilharam e quase todas na situação em que mademoiselle estava.

Pode ser que ela venha a ser aqui uma destas; mas senhorinha, como sempre, a questão é de homem.

A senhorinha não leu Balzac; ao que parece ainda está no Cesare Cantù[85] das musas graúdas da nossa alta administração.

Precisa deixá-las e procurar no Balzac aquela sentença que a grande e segunda educação, instrução e sugestão de altas coisas nas mulheres vem da influência do homem próximo, que pode ser para ela até, às vezes, o próprio marido.

Não sei onde está isto no mestre Honoré, mas está. Mademoiselle deve procurá-lo. Se não fosse ser levado a mal e, se não fosse querer desmentir os meus amigos que me chamam de misógino, eu diria que me interessava muito pelo destino de mademoiselle Eli, nas letras ou no teatro. Adivinho as lutas íntimas que a levaram a romper tão brilhante com a sociedade. Compreendo o seu drama psicológico.

A primeira libertação que tentou, para fugir da estreita ambiência espiritual da casa familiar, foi o casamento. É o que todos fazem, mas raras encontram o que querem nos matrimônios de que as revistas ilustradas todas as semanas nos dão vistas fotográficas, como se fossem grandes novidades ao grito de quem quer fazer aos nossos olhos coisa nova o Corcovado ou o Pão de Açúcar, que vemos todos os dias.

Depois das carantonhas recentemente trazidas à cena, seguem-se os dias de agrura e mágoa recalcada. O sonho aumenta, dilata-se, angustia-se, modifica-se e... lá vem aquele inoportuno objeto frio da narração da senhorita. Como seria horrorosamente álgido sobre uma quente pele, moça que queria viver a grande vida, total e completa, da liberdade e do sonho!

E ainda apareceu um cidadão que se impregna de espanto por não ter a rediviva Eli tido piedade do marido!

Ora, bolas! O destino quis pô-la à prova de fogo... Siga. Não se importe com os fariseus de toda sorte. A vida é ilusão, é sonho, em que tudo é mentira e tudo é verdade, no dizer de Calderón.[86] A ciência também, minha senhora, é um sonho. Deixai-os falar... Se não fossem os nossos sonhos, não teríamos saído das cavernas; e eu, ainda uma vez, milagrosa mademoiselle, não escreveria, apesar de ter saído delas estas linhas com toda a liberdade e estaria, a estas horas, no rabo da enxada, muito soturnamente no eito, se não fosse alguns homens generosos terem sonhado e imaginado *coisas* muito opostas ao tartufismo[87] de seu tempo.

Não há maus sonhos, deixe as "Madalenas", faça o Ibsen, ou senão materialize em obras o seu sonho. Pode fazer, pois, mademoiselle, "Se a tua dor te incomoda, faze dela um poema".[88] Não cito o autor por que atualmente sou suspeito de germanofilismo bolchevista.

O adiantamento do interior[89]

É vezo nosso, de nós habitantes de grandes cidades, julgar que os das pequenas do interior são atrasados. Não há tal. Se os senhores, lendo os jornais, refletirem um pouco, verão que, pelo menos no que toca ao sexo feminino, o adiantamento do interior é grande.

As senhoras, mais as moças do que as senhoras, estão em um avanço muito grande sobre as suas irmãs do Rio. Lembrem-se de que não há safarrascada entre Paraná e Santa Catarina que não provoque o ardor patriótico de paranaenses e das moças de Curitiba.

Imediatamente, elas se juntam, correm ao palácio e se oferecem para constituir batalhões patrióticos.

Em dias da semana passada, o sr. Silveira Brum, eleito e reconhecido deputado, foi recebido festivamente em São Paulo de Muriaé e, na praça principal da cidade, discursou ao manifestado uma moça, falando com todo o desembaraço das qualidades e virtudes do nobre deputado.

Veríamos coisa semelhante aqui, no Rio? Era possível assistir, no largo de São Francisco, ao discurso de mademoiselle X (vejam o nome no "Binóculo")[90] falando às massas sobre as virtudes do general Pinheiro?

Não há ninguém que julgue possível tal coisa. O Rio, no que toca ao feminismo, ainda está atrasado. No interior, sim, as coisas são outras e, de tal modo, que se as sufragistas inglesas, com a sua mania de voto e política, para lá fossem, nada teriam a fazer.

O sr. presidente da República anda escarmentado com os discursos que lhe fazem ouvir nas festas para as quais o convidam. Esse temor nasceu-lhe com o último que foi pronunciado em sua presença na festa do Clube Militar.

Um facundo capitão, já célebre em outras proezas oratórias, disse algumas coisas que não eram da mais estrita conveniência oficial.

Pois olhe, sr. dr. Venceslau, esse mesmo capitão já proferiu coisas de igual inconveniência, perante um ministro, e ninguém se zangou. Isto foi há cinco ou seis anos. Não está lembrado?

Expediente do sr. Sodré:

Por portaria de 27, foram concedidos sessenta dias de licença à sua cozinheira Maria da Conceição, para tratamento de saúde, onde convier à mesma.

Requerimentos despachados:

Álvaro, copeiro, pedindo roupas velhas. — Sim, na forma do costume.

Manoel Minhoto, jardineiro, pedindo um sacho novo e um ancinho. — Sim, quando receber os vencimentos de tenente.

Sabemos que o sr. Camilo de Holanda continua com o sr. Epitácio Pessoa, visto não se anunciar na política da Paraíba mais outra cisão.

A menina do telefone[91]

Os senhores nunca repararam que as pessoas que mais procuram o telefone são aquelas que nada têm que fazer?
 Digo por mim mesmo que é raro eu ter necessidade do telefone; mas daí não tiro nenhuma conclusão, porquanto é do meu hábito nada fazer. Glorio-me até disto. Nesta sociedade atarefada, eu sou absolutamente vagabundo e amo a vagabundagem, embora não deteste os que trabalham.
 Com esta disposição de espírito, eu observo, quando chego à qualquer casa de negócio, as meninas que logo procuram o telefone.
 — Diabo! — pergunto eu de mim para mim. — Por que esta moça precisa do telefone?
 Fico de moita e ouço o diálogo:
 Ei-lo aqui:
 — Judite! O Ernesto foi ontem ao mafuá dos padres?[92]
 Não ouço a resposta, mas compreendo, porque a que fala diz:
 — Desconfiei, porquanto Alice lá foi.
 E assim vão elas enchendo horas e horas, tomando o aparelho, cujo aluguel está custando tanto trabalho intelectual à ciência mineira do sr. Arrojado Lisboa.
 Não tenho nenhuma implicância com as moças. Hoje que já estou ficando velho posso dizer até que as amo.
 O que eu queria, entretanto, é que elas deixassem essa mania do telefone.

Todas elas devem saber que essa história de segredos só se diz no ouvido e, no telefone, há cruzamentos de fios que cruzam, às vezes, indiscrições pouco edificantes.

Espero que, em breve, não haja mais no Rio esse tipo curioso que é a Menina do Telefone. Vamos ver.

O motivo[93]

Mamãe amanheceu naquele dia de mau humor e tratou logo de fazer as maiores recomendações à filha, que se devia preparar para ir ao colégio.

Lúcia, assim se chamava a pequena, não era lá muito aplicada e, durante toda a semana, uma vez ou outra sabia a lição.

Isto aborrecia deveras aos pais e, sobretudo, à mãe, que cobiçava para a filha as boas notas que Irene, filha de uma amiga sua, tirava quase diariamente.

Lúcia recebeu a recomendação da mãe com a indiferença de sempre e mergulhou numa grande tigela de café com leite, atracando-se também a grande pedaço de pão com manteiga.

A mãe fazia na despensa a distribuição dos gêneros para o almoço, e a menina pôde gozar em paz a primeira refeição matinal.

Acabando de tomar o café, Lúcia dirigiu-se ao jardim, armada do competente *"diavolo"*, objeto de estudo que ela não largava nunca.

Sua mãe, porém, logo a chamou energicamente e a pôs estudando, preparando as lições.

Veio, finalmente, a hora de vestir-se para ir ao colégio, e a mãe pacientemente começou por penteá-la, falando-lhe com doçura, pois o mau humor havia passado:

— Minha filha, você deve estudar. É muito feio uma

moça que não sabe nada. Se você não aprender a ler direito, não pode estudar piano.

Lúcia ouvia calada as recomendações da mãe, que continuava cheia de mansidão:

— Olhe a Irene. Como ela estuda! Só tem boas notas... Os pais vivem contentes com ela. Você deve fazer o mesmo, minha filha. Ainda ontem, quando estive em casa dela, a mãe, a Margarida, mostrou-me as notas dela. É só boa e ótima... Você, no entanto, só tem sofrível e má, sendo raro uma boa...

— Mamãe, sabe por que é isto?

— Por quê?

— Porque os pais de Irene são muito inteligentes.

O PAÍS DAS VAIDADEZINHAS

Tabuletas salientes[1]

A prefeitura desta cidade pretendeu cobrar impostos maiores às casas comerciais que tiverem tabuletas salientes.
    Os comerciantes se insurgiram e foram aos tribunais, os quais, ao que parece, lhes deram ganho de causa.
    Quase nunca eu concordo com os julgados dos tribunais, como se diz em técnica jurídica; mas, desta vez, estou de pleno acordo com eles.
    A sociedade é feita de tabuletas salientes, e os mercadores têm razão em usá-las, pois obedecem a um preceito profundamente social, a uma lei tão imperativa que não sei como não figura no Decálogo de Moisés.
    A vida social é feita de tabuletas, e ela é mais perfeita quanto mais saliente.
    Vejam só aquele sujeito que vai ali, encasacado, todo cheio de si, empavesado.
    Viram-no. Pois bem. Ele não se contenta com o seu natural de peru. A sua vaidade pede mais; pede uma tabuleta saliente. Querem ver? Entrem com ele em uma confeitaria. Ele se senta, ao lado de uma mesa de damas chiques. As damas não o olham. Que faz o pedante? Torce os bigodes e mostra numa das mãos um anel de doutor. É a "tabuleta saliente", cujo efeito não se faz esperar, pois as damas começam a mirá-lo, como se dentro em qualquer coisa fosse um animal raro.
    Agora, nós estamos na rua do Ouvidor. É dia de sá-

bado. Grande movimento de damas do tom, ou que se querem assim, passam. Tagarelamos em grupo. Passa uma dama garbosa, ricamente vestida, braços mis, eólio nu, pernas à vista. Todos a olhamos. Por quê? É pelo seu eólio, é pelos seus braços? Não. É porque ela traz uma tabuleta saliente. Sabem o que é? É um reloginho de ouro, amarrado a uma pulseira, que a dama traz em um dos tornozelos.

O meu amigo dr. Jacome Batalha disse-me uma vez:

— Você não sabe com que dificuldades levo a família para Petrópolis. Eu me dou bem com o calor e, em Petrópolis, em geral, não faz muito menos do que aqui.

— Por que você vai então para lá?

— Por quê? Porque as filhas querem...

E tomou um talar de indefinida tristeza que sinceramente me compungiu.

Descobri então mais esta tabuleta saliente da sociedade: veranear em Petrópolis.

Não é à toa que o povo chama os vaidosos de salientes.

Se nós fôssemos tirar da vida as coisas, as tabuletas salientes boas ou más, honestas ou desonestas, úteis ou inúteis, a sociedade seria outra coisa, muito outra.

O comércio faz parte da sociedade e tem, portanto, todo o direito de usar as suas tabuletas salientes, sem pagar impostos maiores. A dama do reloginho paga? Paga o homem de Petrópolis?

Então...

Não dêxe, nhonhô![2]

Quando ele partiu do Rio de Janeiro, chamava-se simplesmente Frederico de Sousa Lancaster e levava nas algibeiras títulos, documentos e moedas que lhe davam direito a chegar na Europa e gastar uns dois mil contos.

Não tinha mesmo a preocupação de gastá-los de uma vez, mas somente a renda que lhe poderia dar um bom passadio.

Outra pretensão não tinha, e era de ver a modéstia de suas intenções e dos seus desejos.

O acaso, porém, tem ditames misteriosos; e Frederico Lancaster meteu-se em negociações felizes e decuplicou a fortuna em especulações de largo voo.

Conheceu a roda de finanças, o mundo, graças à sua fortuna; e teve tristeza de ser tratado simplesmente monsieur Lancaster. Certo dia, um cultivador de genealogias chegou-se ao nosso homem e disse:

— O senhor não se chama Lancaster, mas sim Lancastre.

— Como sabe isso?

— Cultivo a grande arte de Hozier[3] e tenho a especialidade de pesquisar os descendentes das famílias chamadas extintas. A família Lancastre que viveu na Inglaterra, segundo pesquisas que fiz, não está extinta e os seus mais autênticos descendentes acham-se na América do Sul. Suponho que o senhor é um deles. Se quiser fornecer-me documentos, isto é, certidões de nascimento do seu avô e pai, posso estabelecer a coisa de modo iniludível.

Frederico de Sousa não quis acreditar em tal coisa. Era demais: milionário e príncipe! Não quis acreditar, o que não impediu, entretanto, de assinar-se: Frederico de Sousa Lancastre.

Em certa ocasião, jantava no Paillard[4] com o duque de Biron,[5] quando este lhe disse:

— Mas tu és príncipe! Descendes da casa de Lancastre da Inglaterra. Toda a nobreza sabe disto.

Foi como se falassem as feiticeiras de *Macbeth*: Tu, Duncan! Tu serás rei!

O Sousa tratou logo de chamar o genealogista e estabelecer com auxílio de documentos a sua alta ascendência fidalga. Fornecido o dinheiro indispensável às pesquisas nos arquivos de França, Portugal, Espanha, sem esquecer os da Inglaterra, Sousa viu-se de posse de papéis velhos que o habilitavam ao tratamento de S. A. R. Frederico CIV, príncipe de Lancastre.

A prova tinha lhe custado um pouco caro, porém um tanto mais barato do que se se fizesse conde do Papa.

Construiu em Paris um palácio digno de seus avós e na grande cidade ficou vivendo como um príncipe que era.

Chegou a atual guerra, com todas as ameaças, e S. A. R. Frederico CIV, príncipe de Lancastre, aparentado com todas as casas reinantes da Europa, não podendo tomar partido na contenda por isso mesmo, largou-se para cá com toda a prudência que não era dos seus avós.

É fruto muito raro entre nós um príncipe, e todo Petrópolis alegrou-se com a presença de tão imponente fidalgo.

S. A. R. Frederico CIV, príncipe de Lancastre, ex-Frederico de Sousa Lancaster, não chegava para as encomendas e todas as salas requestavam-no de um modo terrível.

S. A., para descansar, resolveu-se a ir ver a fazenda em que havia nascido.

Não era bem o castelo ou o *manoir*,⁶ mas simples casa paterna.

Todos os seus antigos fâmulos e escravos vieram vê-lo e a todos recebeu afavelmente, tendo todos eles notícia da sua exaltação ao principado.

O octogenário Joaquim, africano, é que não acreditou nessa história de príncipe e um dia disse-lhe mesmo:

— Nhonhô, andam fazendo caçoada de vancê... Dizem que vancê é príncipe... Príncipe é filho de imperadô... Meu sinhô era imperadô? Querem fazê de vancê príncipe Ubá! Não dêxe, nhonhô!

O mal da "Central"[7]

Não é demais que, após tanto tempo, uma humilde pena diga a sua opinião sobre o que motiva os constantes desastres na principal via férrea do país, a isso provocada pelo último que se deu na serra do Mar.

Todos os filósofos do país, desde o senhor da "Mansão Olímpica"[8] até Miguel Calmon, desde o sr. A. Sergipe,[9] da "Nova Luz sobre o Passado", até o senador Raimundo Pontes de Miranda, enfim, todas as inteligências nacionais dadas a abstrações de quintessência, angélicas, sutis ou iluminadas, hão meditado sobre tão angustioso problema.

Mas atribuem ao fato de a Estrada[10] ser oficial, não ter um caráter industrial, mas burocrático, não havendo, portanto, a necessária disciplina no serviço. Tal opinião não tem fundamento, porquanto, se assim fosse, o governo não poderia manter outras repartições e muito menos Exército, polícia, Marinha e bombeiros, instituições em que a disciplina mais férrea precisa existir para que elas não se transformem em perigo permanente para o próprio governo.

Outros atribuem os desastres a não ter os dirigentes da Estrada o estímulo do lucro, por isso desleixando dos cuidados e da vigilância nos respectivos serviços, não os procurando acreditar no conceito público.

Todas essas opiniões e muitas outras, como acabo de mostrar, são sem assistência. O que mata a Estrada de Ferro Central é a vaidade de seus engenheiros. Eles todos têm uma grande ânsia de imortalidade. É um sentimento motor nos homens e que, para progresso da nossa triste humanidade, é preciso que não morra nos nossos corações.

Muita gente julga que obtém isso facilmente, comprando um fardão caro, bordado a ouro, fazendo longo discurso, na praia da Lapa, e entrando para a Academia de Letras.

Outros contentam-se com uma imortalidade de segunda classe e fazem parte da Academia de Niterói ou de São José dos Campos.

Ainda outras mandam fazer os seus retratos a óleo, na fotografia do A. Petit,[11] e os colocam no salão de honra da Beneficência Portuguesa[12] ou no da Ordem do Carmo,[13] morrendo após tão meritória obra, seguros de que serão sempre lembrados nesta Terra.

Há alguns que se suicidam de maneira extravagante, com bombas de dinamite na boca ou atirando-se do alto do Pão de Açúcar, para se libertarem da lei da morte, de que fala Camões.

Essa vaidadezinha de ser imortal, sem esforço, sem trabalho, executar obra que mereça a imortalidade, atingiu ultimamente os engenheiros da Central, e daí o desastre de forma lamentável e perigosa.

Explico-me.

Há, por exemplo, uma estação chamada Itatiba,[14] desde que a Estrada é estrada, desde quando ela estava nas mãos dos ingleses. O dr. José Pafúncio, engenheiro, manda colocar mais bem colocado, segundo o conselho do mestre de linha, um dormente, num trecho qualquer da linha. Nada mais banal, porque faz parte das coisas corriqueiras do seu ofício e, para fazê-lo, não se exige maior capacidade que a média da sua profissão possui. A diretoria da Central, porém, não julga assim. Acha a coisa excepcional e muda o nome de Itatiba para "doutor" ou "engenheiro" José Pafúncio.

Assim, aos poucos, as linhas da Central vão ficando desconhecidas das velhas locomotivas que as servem.

A locomotiva não é só uma criação da inteligência humana; é também uma inteligência autônoma, como a do filho é em relação à do pai. Tem hábitos e vícios intelectuais próprios. Um destes últimos é o não poder reter nomes novos de coisas antigas.

Com tal defeito mental, sendo as mudanças constantes e sucessivas e se fazendo em grande número e em várias paragens, é fácil de perceber que, apesar dos esforços que as máquinas da "Central" façam, ocasiões há de haver em que elas se desnorteiam por completo; daí os desastres. Esta foi a causa do último horrível que se deu pouco antes de Belém.

Se a "Central" quer que as suas locomotivas valetudinárias corram em paz sobre os seus trilhos, volte à nomenclatura de antanho, que tinha razão de ser e não atendia à vaidade de celebridades obscuras. É nisto que está o mal da Central e o seu remédio.

"Morro Agudo"[15]

Noticiam os jornais que os moradores de "morro Agudo", localidade situada à margem da Estrada de Ferro Auxiliar à Central, protestaram contra a mudança de nome da respectiva estação, mudança imposta pela diretoria da Estrada que precedeu à atual.

Vem a pelo lembrar de que forma horrorosa os mesmos engenheiros vão denominando as estações das estradas que constroem.

Podemos ver mesmo nos nossos subúrbios o espírito que preside tal nomenclatura.

É ele em geral da mais baixa adulação ou senão denuncia um tolo esforço para adquirir imortalidade à custa de uma placa de gare.

Cupertino e Praia Formosa, que eram nomes tradicionais e populares, foram mudados para dr. Frontin e Lauro Müller. Ora, o sr. Frontin, ao que nos consta, não precisa de tão anódino meio para se libertar da morte, como dizia Camões.

Sapopemba, um nome indígena, certamente que vinha dos primórdios da colonização do país. Em homenagem a Ele, foi substituída fabulosamente por Marechal Hermes.

Quando o sr. Calmon foi ministro, na época da febre de construção de ferrovias, surgiram por toda a parte com os seus inúmeros retratos Migueis Calmons à ufa.

Apesar de ter o sr. barão do Rio Branco recomendado

que se conservassem os nomes tradicionais, e sobretudo os indígenas, os padrinhos de estações e localidades não respeitaram a sua vontade e encheram este Brasil de Rios Brancos que te partam.

Os tais paraninfos não se esquecem nem dos títulos dos seus homenageados.

O Ministério da Marinha, invadindo atribuições das câmaras municipais, resolveu denominar a enseada da Tapera ou Angra dos Reis, de Almirante Batista das Neves.[16] Não se contentou só com o nome, adicionou-lhe o título do posto. A propósito, conto-lhes uma anedota.

Um funcionário público dos meus amigos, que estava no protocolo de uma Secretaria de Estado, recebeu certo dia a visita de um senhor.

— Que deseja?

— Quero saber o destino do requerimento do dr. R. C.

O burocrata olhou o teórico aeronauta e, em seguida, manuseou a letra D.

— Nada consta.

— Como?

— Do dr. R. C., não há lançamento algum.

— Não é possível. Eu entreguei o requerimento pessoalmente.

E foi ao chefe. Este veio apressado e falou com energia.

— Veja o requerimento do dr. R. C.

— Já vi. Do dr. R. C., nada consta.

O subdiretor pôs o pincenê e foi procurar simplesmente R. C., letra R.; e exclamou:

— Está aqui. Como nada consta?

— Sim, disse-lhe o meu amigo; é em R. C., letra R.; mas não em dr. R. C., letra D.

O doutor ficou com a cara à banda.

Nós somos o país das vaidadezinhas...

Um *five o'clock*[17]

As linhas que os leitores vão encontrar, mais abaixo, são de autoria do barão de Sumaret, que as destinava às suas "memórias". A presteza com que a morte o arrebatou não lhe permitiu coordená-las. Mas os apontamentos que deixou são interessantes e podendo ser publicados vou fazê--lo aos poucos.

Este barão de Sumaret era de nascença Alexandre Maria da Conceição, filho de um português que fora arrendatário do serviço dos "tigres", quando o Rio não tinha serviço de esgotos. Muito rico, o pai fê-lo doutor em qualquer coisa; ele se fez barão do Império. O seu título rezava que o era de Sumaraí, mais tarde, achando-o muito plebeu mudou para Sumaré, mais tarde, para fazê-lo francês, mudou o tupaico Sumaraí pelo afrancesado Sumaret. No fim da vida, fazia seções elegantes nas revistas de corridas etc.

Escusado é dizer que, assim, ele não era barão de coisa alguma; mas Petrópolis, que é uma das sedes da tolice e do clericalismo, respeitou-o sempre como tal. Ele, sobre as suas coisas, deixou observações curiosas. Vão algumas mais adiante. Leiam-nas.

A minha última croniqueta deu lugar a que eu fosse convidado para um *five o'clock*, em Petrópolis. Uma bela senhora, madame de Silvá, grande e esbelta, com umas mãos de estátua e um olhar pensativo de cegonha, por carta, intimou-me a ir verificar pessoalmente a injustiça das minhas apreciações.

Petrópolis tem história, dizia-me ela; é impossível que o senhor a ignore, barão que é.

Gostei do bilhete, que era róseo, perfumado, escrito num estilo nervoso e com a caligrafia irrepreensível das meninas de alta educação. Acedi — pudera não!

No sábado, fui dar em Petrópolis. Meti-me num hotel, cujo dono, a princípio, não me queria receber. Tinha muitos diplomatas... Obriguei-o, à força de lógica e grossas ameaças.

À hora que o convite marcava, encontrava-me no palacete dos Silvá, à rua ***.

Muito educada que é, madame de Silvá, quando me dei a conhecer, conteve o espanto; dentro de trinta minutos, porém, entendíamo-nos perfeitamente.

Achei-a uma senhora inteligente, muito arguta, afetuosa, mas ignorante das coisas do Brasil, a não ser da pura tradição numa dama.

Num dado momento, perguntei:

— Mr. de Silvá?

— Ah! O Frederico, coitado! É incansável! Está na loja... O barão sabe: a vida de importador...

— É afanosa, não há dúvida!

Os convidados iam chegando; a todos madame de Silvá me apresentava: o barão de Sumaret.

Houve espanto e logrei perceber no olhar de uma das senhoras um lampejo de censura à amiga. Madame de Silvá, com aquela coragem usual peculiar às mulheres, quando a faltar era unicamente seu sobrinho, acrescentou:

— O barão descende da mais pura nobreza francesa. O seu bisavô, barão também, tinha os domínios de Sumaret, no Dauphiné.

De Silvá veio com d. João VI para o Brasil. Escondeu os seus títulos e foi cabeleireiro da rainha d. Carlota e da imperatriz d. Leopoldina. Foi casado com uma austríaca e desse consórcio houve um filho, que foi músico no Provisório[18] e constituiu família. É deste último que é neto o nono Gustave-Marie-Xavier-Heliodore Le Brun, 37º barão de Sumaret, de acordo com a lei sálica,[19] a quem apontei os senhores.

— A nobreza sentenciou uma baronesa do Papa, sem nobreza e prioridade tem passado muitas agruras...

— Muito obrigado, por mim.

Apesar da explicação ter sido dada em voz enérgica e incisiva, só fiquei a jeito, quando chegou o seu sobrinho, meu antigo condiscípulo de preparatórios.

— Decididamente — disse o Livramento, logo ao entrar —, a titia dá sempre a nota... Convidar um boêmio! É parisiense, não há dúvida!

— Conhecem-se? — perguntou uma velha.

— Muito — disse cheio de simpatia por mim e em... de todos, o meu antigo colega Livramento, hoje dr. Livramento.

Então, pus-me mais à vontade e... olhando... todos com muito interesse, mas diversos ângulos. Para as senhoras, fui assim como um urso, um animal extraordinário; para os homens, um verme abjeto. Houve mesmo um diplomata do Peru que me olhou com algum desprezo, mas estremeceu quando eu firmei sobre ele o meu olhar severo. Creio que o peruano viu navalha...

Eu, que até ali fizera com muito receio algumas pilhérias, e "calembours"[20] ensinados pelo Raul Pederneiras, já tendo por isso ganho a confiança da companhia, ao ver o chique do *five o'clock* não escondi os meus modos de frequentador de café e exclamei:

— Magnífico! Puro Londres *upper ten thousand*!

Madame de Silvá sorriu com inteligência e o seu sobrinho disse-me em voz baixa:

— A titia tem muito gosto. Estudou seis meses nas revistas inglesas a maneira elegante de servir o *five o'clock*.

— É de artista.

— Titia — fez o meu ex-colega para madame de Silvá —, quanto tempo você levou lendo aquelas traduções do Fortunato?

— Dois meses... Ora que pergunta! — respondeu-lhe a tia, um tanto amuada.

— Ela não gostou — continuou o Livramento para mim — por causa de ter eu falado no Fortunato, um parente nosso, empregado numa casa inglesa; mas que mal há em não saber inglês? Nenhum, não acha?

— Decerto.

— Agora, francês é com ela. Andou no Sion... Só lê francês; até os jornais, depois que foi à Europa... você está vendo aquele jeito que ela dá no pescoço?

— Estou.

— Aprendeu em Paris, com madame de...

— Se ela só lê francês, Livramento, como leu o meu artiquete?

— Ora essa! Foi o copeiro que o mostrou ao tio Frederico.

Saí humilhado, porque verifiquei que Petrópolis tem história e vim mudar o meu título para Sumaraí.

Oh! Petrópolis!

A bordo do *Herschel*[21]

Há dias, a bordo de um paquete inglês *Herschel*, houve um grande charivari,[22] por causa do desembarque de um passageiro. A coisa vem contada nos jornais e é de um cômico irresistível. Houve um conflito de jurisdição entre os médicos da Saúde Pública e a polícia; e — coisa curiosa! — quem tinha razão era esta última.

O passageiro era paralítico; e, como a paralisia é moléstia contagiosa, a ditadura médica que, entre nós, se esboça, em Harvard, conforme os trabalhos profundos do cônsul Hélio Lobo,[23] determinou que o tal homem não desembarcasse.

Acontece que o pobre homem era casado, no Brasil, e tinha filhos brasileiros — coisa que ele, por seus procuradores, provou plenamente perante o chefe de polícia, a autoridade competente no assunto; mas como os médicos, especialmente os do Brasil, receberam o dom divino de possuírem as leis eternas e imutáveis que regem a vida e a morte, não podendo, por isso, se submeterem a "borra-botas" (sic) que não são médicos, os da Saúde Pública resolveram contrariar a ordem do chefe de polícia, não permitindo o desembarque do pobre homem. Houve chinfrim e bate-boca — coisa assaz edificante para a meditação do fleumático inglês que assistia àquela "guerra civil" entre autoridades brasileiras.

O homem embarcou e desembarcou várias vezes; os médicos e os policiais quase se engalfinharam.

É curioso isso, para revelar até a que excessivo ridículo pode levar a verdade profissional. Se fosse um militar que se quisesse sobrepor a uma ordem legal, já estaríamos nós a gritar contra o militarismo, a prepotência dos homens de farda etc. etc.; mas foi um médico e médico oficial, um simples médico da Saúde Pública que se arrogou possuir uma autoridade superior que nenhuma lei lhe dá. Ele partiu certamente do princípio de que, pelo simples fato de ser médico, é... um sábio.

Puro engano! Não basta ser médico, para ser sábio; é preciso mais alguma coisa, e essa mais alguma coisa é muito difícil.

Enquanto os nossos "doutores" não se convencerem de que eles são simples profissionais como quaisquer outros, e que a distinção que os cerca só é legítima quando partida do consenso geral, não ficando eles por isso acima das leis comuns, a nossa democracia é uma burla. Não existe quando há uma classe privilegiada, mesmo que essa seja a de "doutores".

Se o doutor da Saúde Pública fosse mesmo um sábio e não um estreito medicozinho confinado, não na medicina, que é tão vasta que ninguém nela se pode confinar, mas no diploma e no anel, saberia disso e não desprezaria a autoridade dos "borra-botas" que não "alisaram os bancos de uma Academia".

Nós, até no próprio Rio de Janeiro, estamos muito eivados dessa "superstição doutoral" que nos legou o Império. É preciso combatê-la, mesmo no interesse dos verdadeiros profissionais que para tais ofícios foram por vocação; e que são, entretanto, prejudicados por centenas de outras que a elas açodem, por mera vaidade do realce que o título, chamado científico, dá no nosso meio. Estes constituem uma espécie de guarda nacional doutoral...

Quando essa superstição desaparecer, o ensino superior subirá de nível e a mentalidade, em geral, dos brasileiros não terá só por fim receber, no Aloisio de Castro ou no Herculano de Freitas, a crisma enobrecedora do prenome "doutor". O título terá outra significação, muito mais útil e mais digna; e estou bem certo de que não se passarão mais ridículos espetáculos semelhantes a este de bordo ao *Herschel*, tendo por teatro a carinhosa e tranquila beleza da Guanabara que a antiquada das montanhas que a cercam, quase tão antigas quanto a Terra, ainda mais tranquila a torna, na sua convicção de imortalidade.

Um apelo[24]

Estamos habituados a favorecer os serviços públicos e por isso não nos furtamos ao prazer de publicar a seguinte carta do sr. J. Cocha, chefe de seção do Ministério dos Cultos,[25] que, ultimamente, foi encarregado de fazer uma estatística eclesiástica completa, desde a descoberta até hoje.

Era de esperar que o sr. Cocha procurasse por si os dados; e, com os seus auxiliares, os apurasse na devida forma; mas esse senhor é um funcionário moderno, e a primeira coisa que fez foi vir aos jornais proclamar que tinha sido encarregado de tão árduo trabalho. A exemplo do que tem feito vários colegas, publicamos a carta:

"Ministério de Estado dos Cultos, Superstições e Feitiçarias. Seção da Idolatria.

Sr. redator,

Tendo tido a honra de ver aprovado, pelo exmo. sr. ministro, o meu extraordinário plano de organização de uma estatística completa das coisas eclesiásticas da nossa terra, é o meu primeiro passo apelar para a vossa bondade, a fim de que toda a gente, por vosso intermédio, fique sabendo que sou chefe de seção e tenho a incumbência de serviço de tal magnitude. Podia bem determinar aos meus auxiliares que fizessem as necessárias pesquisas em tais e quais arquivos; podia mesmo eu fazer algumas e enviar questionários às autoridades eclesiásticas; isto tudo, porém, nada adianta. Os princípios republicanos exigem que o meu nome fique conhecido, porque, embora eu me haja sempre batido por eles, nos beija-mãos do morro da Graça,[26] não há meio do público guardar nem o meu sobrenome, quanto mais o nome inteiro.

Há homens muito tolos, como o Taine,[27] Burckhardt,[28] Buckle,[29] Southey[30] e outros, que, para fazer grandes e imortais obras, começaram por visitar arquivos e bibliotecas, colhendo e examinando milhares de documentos; mas semelhante espécie de gente não merece consideração nem respeito, senão daqueles que não comungam os grandes princípios da catedral do morro da Graça, onde sou uma espécie de sacristão a dizer amém, amém, amém.

O meu trabalho, que é obra de fôlego, como já disse em outro jornal, pode não ficar pronto. Tal não importa absolutamente. O meu escopo é outro; e ele ficará atingido se este merecer de vós a publicação que solicito.

Escusado é encarecer o alcance que ele teria, se fosse ultimado. Nós poderíamos saber por ele a prosperidade da indústria do açúcar, do cultivo do algodão, do café, da extração do ouro e diamantes, desde... 1500 até hoje.

Entretanto, não me atiro já ao trabalho, quem quiser que o faça, porque não sou de ferro e não estou disposto a amolar-me com pesquisas e exame de informações. O principal está feito, isto é, já todos sabem que estou encarregado de tal serviço, e é o bastante.

Sou de vós etc.

J. Cocha."

Não há dúvida alguma que o sr. Cocha é prático!...

A obra-prima[31]

Marco Aurélio de Jesus, dono de um grande talento e senhor de um sólido saber, resolveu certa vez escrever uma obra sobre filologia.

Seria, certo, a obra-prima ansiosamente esperada e que daria ao espírito inculto dos brasileiros as noções exatas da língua portuguesa. Trabalhou durante três anos, com esforço e sabiamente. Tinha preparado o seu livro que viria trazer à confusão, à dificuldade de hoje, o saber de amanhã. Era uma obra-prima pelas generalizações e pelos exemplos.

A quem dedicá-la? Como dedicá-la? E o prefácio?

E Marco Aurélio resolve meditar. Ao fim de igual tempo havia resolvido o difícil problema.

A obra seria, segundo o velho hábito, precedida de "duas palavras ao leitor" e levaria, como demonstração de sua submissão intelectual, uma dedicatória.

Mas "duas palavras", quando seriam centenas as que escreveria? Não. E Marco Aurélio contou as "duas palavras" uma a uma. Eram duzentas e uma e, em um lance único, genial, destacou em relevo, ao alto da página "duzentas e uma palavras ao leitor".

E a dedicatória? A dedicatória, como todas as dedicatórias, seria a "pálida homenagem" de seu talento ao espírito amigo que lhe ensinara a pensar...

Mas "pálida homenagem"... Professor, autor de um livro de filologia, cair na vulgaridade da expressão comum: "pálida homenagem"? Não. E pensou. E de sua grave meditação, de seu profundo pensamento, saiu a frase límpida, a grande frase que definia a sua ideia da expressão e, num gesto, sulcou o alto da página de oferta com a frase sublime: "lívida homenagem do autor"...

Está aí como um grande gramático faz uma obra-prima. Leiam-na e verão como a coisa é bela.

Atrações cariocas[32]

As últimas chuvas vieram demonstrar de que maneira brilhante vão decorrer as festas do centenário.[33] É hábito nas exposições internacionais — e nós, ao que se diz, vamos realizar uma — haver uma *great attraction*. Para cada uma delas, os encarregados de levá-las a efeito pedem o concurso dos homens de ideias. Ao que me conste, a não ser a tal rifa dos "bônus", ainda não se cogitou em uma "atração" original, na feira que se vai realizar no "murundu" que o dr. Sampaio[34] está criando no Saco da Glória; mas a Natureza — a sábia Natureza —, com as grossas chuvas dos fins de março, se encarregou de indicar uma bem geral, mostramos como podíamos, sem grande esforço, transformar o Rio de Janeiro em uma Veneza de... lama. Basta conservar o sr. Sampaio na prefeitura e derrubar, ou melhor, começar a derrubar mais alguns morros, para termos obra própria e supimpa, por ocasião das festas do centenário. O que é preciso é chover, e muito.

O espetáculo, então, será inédito e soberbo aos olhos dos excêntricos estrangeiros que nos visitarem. Eles dirão com os seus botões: "este país é maravilhoso e os seus dirigentes extraordinários!". Então... *enfonce*, Argentina!

Eles notarão que se os administradores municipais, até hoje, não se dispuseram a remediar esse mal das inundações da cidade, por ocasião das grandes chuvas, foi porque queriam conservar essa originalidade de espetáculo da cidade debaixo d'água, onde se desenrolam pantomimas tão hílares, como aquela do inolvidável Frank Brown,[35] que a anunciava pitorescamente:

— "O São Pedro debaixo d'água." Eu a vi, quando menino, no velho teatro do largo do Rocio; e, quando chove como choveu, nos fins do mês passado, me lembro da coisa e das boas risadas que dei.

A conclusão dos estrangeiros será fortemente lógica, porque, gastando como temos gastado, milhares de contos, para cobrir de asfalto os areais de Copacabana, deixando à mercê das águas meteóricas o núcleo da cidade, a razão deve ser encontrada na especialidade e raridade do espetáculo. Daí, não há para onde fugir.

Outro espetáculo que deve causar intenso gáudio aos estrangeiros será o da nossa limpeza pública. Então se eles forem à ilha de Sapucaia...

Há outros, como o morro da Favela[36] etc. etc., mas as páginas desta revista não são nem guia do Rio de Janeiro e muito menos da Exposição dos Bônus. Quem quiser que procure por si as demais atrações cariocas.

Programa do centenário[37]

A grande comissão encarregada de organizar as festas comemorativas do centenário da nossa independência, sob a presidência do preclaro ministro do Interior e Justiça, reuniu-se ontem, no salão nobre da Secretaria do largo do Rocio e, depois de ter examinado várias propostas que lhe foram apresentadas e relatadas convenientemente, resolveu organizar o programa definitivo dos festejos.

Sabemos, em linhas gerais, que ele consiste no seguinte:

a) construção de uma pirâmide de Gizé, no largo do Paço;

b) ampliação e prolongamento do canal do Mangue, de forma que ele possa levar o *Minas Gerais*[38] até a ponte dos Marinheiros;

c) grande formatura de cem mil homens, nos campos de Santa Cruz, sob o comando do *feld-marechal*[39] Kalogheras;[40]

d) inauguração da estátua de Afonso VII,[41] o saudoso imperador do Brasil;

e) inauguração do aumento do reservatório do Pedregulho até Cascadura;

f) concerto sinfônico de dois mil músicos na "Gruta da Imprensa";

g) continuação do arrasamento do morro do Castelo;[42]

h) lançamento ao mar do *"dreadnought"*[43] *Tamandaré*,[44] construído na ilha do Viana;

i) inauguração solene de novos uniformes de todas as Forças Armadas;

j) missa campal na Igreja da *** com a assistência de todos os reis da Terra;

k) estreia da ópera nacional, O *Guarani*, do maestro Carlos Gomes.

Há muitas outras coisas, como: subida ao Corcovado, ao Pão de Açúcar, à Tijuca, a Petrópolis etc.

Como, porém, esse programa é por demais vasto e pomposo, é bem de crer que seja executado unicamente na passagem do segundo centenário. É por isso que a comissão o tem discutido com toda a lentidão.

Antes assim...[45]

Na recente visita do sr. presidente da República a Teresópolis, ficou assentada, conforme noticiamos, a construção de uma estrada de rodagem que vai ligar aquela cidade serrana à sua irmã, Petrópolis.

Assim poderá o rei da Bélgica,[46] em sua já próxima visita ao nosso país, efetuar comodamente um maravilhoso passeio.

Esta notícia que *O Estado*, de Niterói, traz dá bem medida do espírito que preside os nossos melhoramentos famosos. Eles nunca são ditados pelas necessidades da nossa população e do seu progresso. São feitos para os estrangeiros ilustres ir se extasiarem e assistirem às maravilhas do nosso progresso. Quando se tratou da construção da avenida Central, um dos motivos que se deu ao seu traçado foi a necessidade de se fornecer um caminho condigno aos diplomatas que, de Petrópolis, se dirigissem ao Palácio do Catete e vice-versa.

Construiu-se a Avenida com todo o açodamento e a Leopoldina, que tinha a sua estação de barcas petropolitanas na praça Mauá, resolve suprimir esse serviço e transferiu o desembarque e embarque para a praia Formosa, donde se tirou a conclusão de que os diplomatas escaparam da prainha, mas caíram no mangue, pois este trecho da cidade é obrigatório, para quem vai ou vem da estação da praia Formosa da Leopoldina.

Agora que vem, segundo consta, por aí o rei dos belgas, o governo trata de organizar obras que, de há muito, já deviam ter sido encetadas, executadas e ultimadas.

Antes assim...

A brigada do entusiasmo[47]

As sucessivas e continuadas festas que o Rio de Janeiro tem dado a vários personagens nacionais e estrangeiros, nestes últimos tempos, sugerem a ideia de se organizar um corpo de dez mil homens, convenientemente fardados, armados e disciplinados, encarregados das aclamações, dos vivórios e todas as outras coisas que os jornais englobam sob o título "uma entusiasta recepção".

É conveniente que esse corpo tenha uma denominação e fique sujeito à suprema direção de um dos nossos ministérios, por intermédio de uma Diretoria-Geral de Manifestações e Festejos.

O Ministério das Relações Exteriores, atualmente tão catita, está naturalmente indicado para superintender os destinos superiores da brigada e da diretoria.

O aproveitamento da energia entusiástica desses dez mil homens obter-se-á com uma disciplina inteligente e uma hierarquia adequada.

Cada soldado, pelo menos, deverá dar dois vivas por minuto; os sargentos e mais inferiores, nos intervalos dos vivas, darão palmas, muitas palmas, seguidas e nervosas; o general fará unicamente os sinais da ordenança, de modo a graduar, a marcar a aclamação delirante.

Ter-se-á assim a canalização, a organização do entusiasmo; e a população do Rio, mediante um pequeno imposto, ficará desembaraçada do ônus manifestante.

O fardamento não custará lá grande coisa. Roupas usadas, velhos chapéus de funcionários sobrecarregados de família, botas acalcanhadas de empregados de advogados emprestarão aos soldados o aspecto mais popular possível.

O organizador de brigada, com certeza, não há de permitir que ela forme por completo, para toda e qualquer homenagem.

Um embaixador belíssimo terá direito à metade; um chefe de Estado feio, a toda ela.

O governo, como atualmente procede com as bandas de música, poderá alugar frações, ou mesmo a brigada toda, a particulares que pretendam realizar manifestações honestas; e, com isso, obterá uma segura fonte de renda para o erário nacional.

Tudo indica que nela também haja algumas centenas de praças e uma ou duas dúzias de oficiais conhecedores do entusiasmo inglês, francês, italiano, venezuelano, chileno etc.

Toda corporação congênere deve ser proibida pelo governo e, na brigada, é bom que o comandante admita algumas dezenas de homens robustos capazes de puxar carros. Às vezes, nós temos visto as manifestações exigirem esse glorioso serviço...

Se no mercado comum de homens robustos não se encontrarem músculos capazes para tal serviço, é bom que sejam contratados alguns lutadores de luta romana, mesmo porque, procurando dar às manifestações um cunho de novidade, pode haver quem proponha levantar-se a carruagem dos manifestados de sobre o vulgar chão de asfalto.

Quiromancia de salão[48]

Ultimamente, nas nossas salas mais finas, está em moda ler a *buena dicha*[49] pelas linhas das mãos.

A moda foi introduzida pelo jornalista Joaquim Sales, ex-deputado, que a usava nos seus tempos de "rapazidas" para dizer duras verdades aos conhecidos de que não gostava.

Feito deputado, mudando de roda, Sales propagou-a nos salões com grande sucesso, mas, aí, não empregou quiromancia para dizer desaforos; ao contrário: usou-a para dizer amabilidades que os nossos costumes não permitem sejam ditas às damas, senão em sonetos mais ou menos parnasianos.

Deixando a deputação, Joaquim Sales abandonou a *buena dicha*, tanto nas salas como nas confeitarias. Há quem diga que isso fez em virtude do desgosto que lhe veio por ter predito a morte violenta de uma senhora, cujo marido, em acesso de ciúme retardado, matou-a a tiros de revólver.

Fosse por isso ou por aquilo, o certo é que a coisa pegou e hoje, em falta de outra qualquer, está em moda esse passatempo entre a gente que não tem que fazer ou tem muito nas pessoas de seus maridos e pais.

Atualmente, um dos mais cotados ledores de mãos femininas, nos nossos meios elegantes, é o professor Pedro do Couto.[50]

Toda a gente, quer nesses meios, quer nos intelectuais, conhece o Pedro do Couto.

Não é preciso desenhar-lhe o retrato aqui. Basta, para relembrá-lo, dizer que é aquele frequentador da porta do Garnier[51] que usa uma sobrecasaca cujas lamentações são famosas na literatura pátria.

Couto, apesar de positivista, é deveras simpático e dá--se às ciências ocultas, às quais ele aplicou a matemática do antigo curso anexo.

Com tais conhecimentos, aperfeiçoou os processos de Joaquim Sales, de tal forma, que é tido como diabólico e demoníaco entre as senhoras e senhoritas da mais alta distinção, devido à segurança com que revela segredos os mais profundos da natureza física, moral e intelectual delas.

Há bem poucos dias, não sabemos se foi em Petrópolis ou na Barra do Piraí, mas foi numa dessas elegantes estações de verão, Pedro do Couto teve ocasião de mostrar em toda evidência o seu poder divinatório quase de mágico transcendentemente iluminado.

Uma senhora viúva, moça e bela ainda, audaciosamente pediu-lhe que lesse nas linhas de sua polpuda mão de dedos curtos o seu passado, o seu presente e o futuro.

Na sala, estavam diversas pessoas de consideração, entre as quais o sr. dr. Herbert Moses,[52] notável orador sacro, do rito adventista; o dr. Bastos Tigre, chefe da maior destilaria brasileira de licores nacionais; o acadêmico Humberto de Campos, cuja venerável velhice se retempera nesses espetáculos de mocidade; e o inevitável Peixoto Fortuna,[53] o presidente daquela liga muito famosa nos vários carnavais desta cidade.

Couto, como íamos dizendo, começou a ler a mão de madame Grace das Neves. Tudo ia muito bem quando o profeta doméstico estaca no meio da leitura um tanto atarantado, como que não querendo dizer certa coisa. A senhora pergunta:

— Que há, doutor?

— É que...
— Diga! Não faz mal!
— Posso dizer? — pergunta Couto.
— Pode! responde a dama com toda a segurança.
— A senhora tem uma mecha de cabelos no colo. Não é verdade?

Ela, sem nenhum desgosto, acudiu:
— É verdade.

Em seguida, ia abrir o corpete, a blusa, a basquinha ou que nome tenha, para confirmar a alta força adivinhatória de Couto, quando o dr. Peixoto Fortuna, o tal da liga, ergueu-se indignado e exclamou:
— Que é isto, nenê! Olhe que estou aqui!

É demais![54]

Encontrei há dias um amigo meu em quem senti haver no seu espírito algo de estranho.

Não era grande a minha surpresa, pois sempre, ou melhor, de quando em quando, eu topava com ele tendo no rosto esse ar estranho de espanto e incompreensão das coisas do mundo.

Conhecia-o há muitos anos, desde menino, e ele, de acordo com a época, tivera sempre semelhantes crises.

Uma hora se espantava que houvesse fiscais de bonde. Se estes, dizia ele, fiscalizam os condutores — quem os fiscalizará?

Outra hora enchia-se de assombro que houvesse tantos guardas, tantos policiais nas ruas: um para os malfeitores; outro para as carruagens; outro para as mercearias e animais vagabundos. Por que um só, ganhando o triplo, não fazia tão simples serviços e tão ligados entre si?

A esta como a outras indagações parecidas, eu não sabia responder, tanto mais que me acudia considerar que ele havia se esquecido dos guardas dos jardins, dos de caça e pesca etc. etc.

Há tempos morreu como se sabe o senador Honório Pistolas. Toda a gente está lembrada desse senador. Era um alentado senhor com um aspecto de robustez física que lhe vinha mais das enxúndias que dos músculos.

Nascera rico de um rico fazendeiro de café por aí, fizera-se mais rico ainda pelo casamento e pela política; e a sua vida correra sempre na máxima placidez e prosperidade, a ponto de meter inveja a quem não fosse capaz de tão feio sentimento.

Formado em bacharel por São Paulo, advogou por desfastio na comarca em que seu pai tinha fazendas; e, pouco depois de casado, fizeram-no deputado estadual, secretário de estado, logo depois, deputado federal, em seguida, ministro de Estado; deixando a pasta, ancorou em senador, à espera da presidência da República.

Tudo levava a crer que ele lá chegasse. Rico, simpatizado, medíocre de talento, com uma instrução muito estreita, o obsoleta de praxistas e comentadores estava indicado para ser um dia um candidato de reconciliação entre duas facções poderosas que disputassem os coxins e tapetes do Catete.

Não se pode dizer que, no ferver da política, ele se pusesse de fora para não se pelar; ao contrário, chegava até a queimar-se, mas eram só chamuscos, para bem dizer, que não interessavam profundamente a sua vida política.

Veio a adoecer, porém, e muito gravemente; os seus amigos encheram-se de pena e mandaram dizer missas votivas para o seu restabelecimento em todas as igrejas do Rio de Janeiro.

A sua moléstia durou cerca de dois meses, pois durante esses dois meses não houve igreja, capela, santuário em que não se oficiasse pelo restabelecimento do grande homem que ia ser fatalmente presidente da República.

Veio a morrer e, como toda aquela chusma de amigos não quisesse passar por hipócrita, foi obrigada a mandar dizer missas de sétimo dia.

Daí é que vinha o espanto do meu amigo. Disse-me ele:

— Você já viu essa gente do Pistolas, como quer tanta coisa para ele! Pois, além de toda a felicidade que ele desfrutou, querem ainda arranjar-lhe por cima o paraíso! É demais!

O astrônomo da Avenida[55]

Mediante a espórtula[56] insignificante de quinhentos réis, há dias, tive a grande satisfação de entrevistar o grave alemão que passeia o seu reluzente telescópio pelas ruas deste Rio de Janeiro transformado.

Hoje em dia, as coisas andam mudadas: por quaisquer quinhentos réis a gente fala a um sábio de alta envergadura. Falamos:

— E a Lua, que tal?
— Não há mais lugar, está cheíssima.
— De quê?
— De habitantes.
— Sim?
— É verdade. Só os congressos de todo o mundo, depois que no mundo vigora o sistema representativo, tomaram a quarta parte. Agora acrescente: os messias, os profetas, os inventores de religiões, os salvadores da humanidade.
— E Marte?
— O senhor sabe que os marcianos já invadiram a Terra?
— Sei, pela narração de Wells, *A guerra dos mundos*;[57] mas que também morreram todos, atacados pelos micróbios.
— Engano! Alguns voltaram e organizaram um jardim zoológico interessante, com coisas cá do nosso planeta.

— Alguns javalis, onças...
— Qual! Com homens, meu caro.
— Homens!?
— Sim. Há muitas jaulas, porém a curiosidade mais procurada no tal jardim é a gaiola em que está uma das belas damas da Inglaterra...
— É possível!
— Os marcianos também têm apreciado muito um sábio no meio dos seus livros, um raro exemplar de elegante, um homem de Estado etc. etc.
— De modo que o gênero humano passou a ser visto lá...
— Como jacarés, onças, hienas aqui.
— Mas não há um meio de se acabar com esta injúria?
— Só invadindo Marte... Eu cá por mim não me importo; tirei até algumas chapas do jardim zoológico dos marcianos, cheio de indiferença.
— Pode me dar algumas?
— Pois não.

Por estes dias irei buscá-las, e talvez a *Fon-Fon* possa dar aos seus leitores algumas vistas do jardim zoológico dos marcianos, em que o gênero humano figura em posição tão ridícula.

Empréstimos etc.[58]

O que mais admira na atual administração desta cidade é a facilidade em pedir dinheiro emprestado. Nunca se viu coisa assim parecida. De seis em seis meses, lá vai um empréstimo, e cada vez mais vultuoso.

Procuram-se as obras e melhoramentos municipais e veem-se coisas portentosas.

Só uma pessoa de maus bofes não vê como a nossa cidade melhora graças aos sacos de ouro que vão sendo fornecidos pela bondade dos prestamistas de todas as nacionalidades.

Basta a "Gruta" ou a "Grota" da imprensa para imortalizar um administrador. É um melhoramento útil que contribui para a felicidade dos munícipes e dá-lhes felicidades de locomoção e aperfeiçoamento nos institutos de instrução e educação de seus filhos.

À vista de um tal exemplo, agora que se anuncia estar a prefeitura disposta a contrair um novo empréstimo de não sei quantos milhões, é de esperar que a nossa edilidade meta mãos à obra em grandes empreendimentos.

Sabemos que ela está disposta, além de derrubar o Corcovado, a construir um rinque da patinação com gelo vindo da Groenlândia, no Leblon. Tudo isto será feito para edificação dos estrangeiros, porquanto os nacionais se podem contentar com as ruas esburacadas do resto da cidade.

A mais próxima[59]

Desde menino que Florêncio Augusto Babo tinha um ar melancólico e sonhador. O pai, um ativo taverneiro, desgostava-se sobremodo com as "fumaças" do pequeno.

— Este meu Florêncio — dizia ele aos fregueses de estimação — parece-me que anda nas nuvens. Vive distraído a olhar o céu como se quisesse voar. Não há meio de trabalhar.

Depois de uma pausa, acrescentava:

— Não há outro remédio: vou fazê-lo doutor. Se não dá para nada...

Florêncio foi posto no colégio e, a muito custo, conseguiu os preparatórios. Era dócil e bom; e a sua docilidade e bondade, ajudadas pelo tempo, supriram a inteligência que não lhe sonhara.

Formou-se, porque nessa questão de formar-se o indispensável é o matricular-se. Feito isto, o resto vai suavemente.

O sr. Florêncio continuou depois de rapaz a ter o mesmo temperamento de menino. Todo ele era sonho e timidez; todo ele se impressionava com o sofrimento dos outros, com as misérias, autênticas ou simuladas, que lhe caíam debaixo dos olhos.

As suas leituras mais lhe tinham acentuado esse pendor natural, e começou a pensar em uma reforma da sociedade.

Foi cair no positivismo que estava na moda por aquele tempo. Assistiu às fanhosas prédicas do reverendo Teixeira Mendes e veio a saber que são Paulo era um grande homem, porque estabeleceu que se comesse peixe às sextas-feiras. Seria mesmo são Paulo? Ele não duvidou; e não via, no mundo inteiro, saber, inteligência, virtude, senão no apóstolo da rua Benjamin Constant.

Um dia, Florêncio encontrou-se com o dr. Justus Sakennssem, filósofo, poeta, cientista, fundador da religião — a "heliologia" e seu Dalai M'Bulai Máximo, religião tão farta de adeptos que não permitia dar começo à contagem dos mesmos.

Em geral, principia-se a contar do número um; há, porém, quem julgue mais certo começar por zero.

Palavra puxa palavra, e Florêncio e Sakennssem tiveram uma longa discussão.

Por fim, citando megaforemas, efialas, microfísica, sinlisse, erostergia e a cinética transcendental juntos, afirmou:

— A vitória do positivismo, meu caro senhor, foi adiada para além mais cinquenta anos da data marcada pelo Comte, enquanto a minha regeneração inicial é para breve, dentro de três anos ela se realiza. Posso provar.

Florêncio, que já tinha entrado na fortuna paterna, julgou melhor concorrer para uma regeneração social próxima do que para uma que se iria verificar tão longinquamente. Meditou e foi correndo ao dr. Justus Sakennssem, hierofante máximo da heliologia católica.

— Doutor, resolvi-me a aderir à sua religião. Não quero morrer sem ver a regeneração da sociedade. A que o doutor prometeu é para breve...

Disponha de mim...

Quadro de guerra[60]

Não foi ou não é este extraído do livro de Castro Menezes,[61] um dos mais argutos espectadores da grande chacina mundial que, segundo dizem, já está finda.

Este quadro, eu ouvi narrado de viva voz num bonde.

Conversavam dois senhores respeitáveis, com ares assim de negociantes abastados, cheios de felicidade, não só a que vem da fortuna, como também do mais salutar provimento de quem possui sobre tudo e todos opiniões consolidadas e definitivas.

Dizia um deles:

— Foi-me um desapontamento a tal viagem, por causa da guerra.

— Acredito — fez o outro. — Com os tais de submarinos e minas, não podia ser de outra forma.

— Não foi bem por isso, Rodrigues. A coisa é outra.

— Como?

— Eu te conto. Parti daqui para Liverpool, e a viagem correu sem incidentes. Não houve submarinos, não houve nada; e creio mesmo que vou morrer sem conhecer esses tais navios que andam por debaixo d'água.

— Ias a negócios?

— Não; ia buscar um filho que estudava em Londres.

— Qual deles?

— O mais velho, o Alcides, o que fica logo abaixo da Iracema.

— Ah! é verdade! Havia muito tempo que não o via...
— Pois se ele já estava em Londres havia cinco anos!
— Não tinha acabado os estudos?
— Não. Escrevia-me sempre, dizendo que passava de ano; que já tinha a teoria; mas agora, isto ultimamente, faltava-lhe a prática numa grande usina de eletricidade, para o que precisava de mais umas quinze libras por mês.
— Naturalmente as mandaste?
— Mas, certamente!
— Fizeste bem, porque todos os gastos com a educação dos filhos não é só para proveito deles, como, indiretamente, para nós, os pais.
— Tens razão, mas te esqueceste de acrescentar isto: para os netos também.
— Ora, que dúvida! Isto, porém, é quando eles vierem a casar-se e quase nunca nós chegamos a ver...
— Os netos?
— Sim; os netos!
— Pois eu já vi os meus.
— Que me dizes, Rafael?
— É verdade! O pândego do meu rapaz, a quem mandei para a Inglaterra com dezenove anos a fim de estudar eletricidade ou outra qualquer coisa moderna, logo que lá chegou tratou de casar-se e...
— Casar-se mesmo?!
— Casar-se, segundo todas as leis e regras.
— Verificaste isso?
— Verifiquei. A princípio, julguei como tu estás a suspeitar, mas o filho mostrou-me os papéis e fiquei convencido. Não havia dúvida... Foi o diabo!
— Que fizeste?
— Que devia fazer?
— Abençoar os netos e abraçar a nora.
— Foi o que fiz.
— E onde estão?
— Aqui. Aluguei-lhes casa e o mais.

— O rapaz estudou?
— Aprendeu a falar o inglês e parece que foi só.
— Trata de empregá-lo.
— É o que estou fazendo. Ele não quer comércio nem indústria.
— O que quer?
— Um emprego público; e, na próxima reforma da prefeitura, o senador Braga prometeu-me arranjá-lo.

O outro pensou um pouco e disse para o condescendente pai:

— Está aí em que dão os estudos práticos.
— É verdade! É verdade!

Centro Paraibano[62]

Estando eu há dias com o meu amigo Mananés Cavalcanti Jupiraní, descendente da famosa família Cavalcanti, de Florença, que teve a honra de enviar um dos seus membros ao inferno, segundo Dante, e do antropófago Jupiraní, rei de gemistóricos[63] súditos de ambos os sexos e todas as idades, ele me contou:

— Não sei, meu caro Jonathan, o que vai ser de mim!
— O que há?
— Tenho que deixar o emprego do Centro e não sei como vou viver.

Tive pena daquele pobre rapaz de vinte e poucos anos que, muito obediente às superstições do nosso meio, gastava a sua mocidade e o seu esforço jovem para conseguir uma carta de bacharel, trabalhando coesamente no Centro Paraibano, extraindo recibos, fazendo expediente, a fim de ganhar com o que custeasse o seu curso e desse ainda margem para almoçar café com pão.

— Mas por que você o deixa?
— Não posso mais. Agora toda a gente é da Paraíba e quer fazer parte do "Centro". É um trabalho infernal...
— E não te deram um auxiliar?
— Qual! Ao contrário: aumentaram-me as horas de serviço, de modo...
— De modo que você não poderá ir às aulas.

— É verdade. Por ora, estamos em férias; mas as aulas vão se abrir e não sei como há de ser.
— Não pode você, meu Mananés, fazer exame na outra época.
— Posso, mas...
— Qual é o obstáculo?
— É o Pintoca. Todos os outros lentes do ano não se incomodam, mas o Pintoca fica aborrecido. Ele agora não faz mais mitingues e, tendo-se habituado a auditórios imensos, conta os alunos que vão e guarda o nome e a cara dos que faltam. Em março, ele não quer saber de desculpas e se a gente não tomar cuidado, leva bomba mesmo que é serviço.
— O presidente do "Centro" podia...
— Você não conhece como aquilo está. O presidente não é mau, mas a gente influente que o cerca está com a mania de energia e estraga-lhe a bondade.
— Por que essa mania de energia?
— Por causa do Pita.
— Quem é Pita?
— É o Epitácio, Jonathan; é assim que os paraibanos o tratam.
— Ele é enérgico?
— Dizem aí; eu, porém, não sei, porque não entendo de política. Além de me aumentarem as horas de trabalho, ainda me multam.
— Como?
— É simples. Muito malandro aí quer agora passar por paraibano e faz-se sócio do "Centro" para arranjar pistolões para o Pita. Descobriu-se que uma boa porção dos nossos associados era de outros estados. Não tenho certeza disso, mas...
— Quem tem culpa são os proponentes — disse eu.
— É verdade; mas, há dias, foi admitido um russo ou polaco, Jacob Striensky, e o secretário multou-me em cinco mil-réis, dez médias com pão e manteiga.

— Por quê?

— Porque eu não devia dar seguimento à proposta, porquanto, pelo nome, se tivesse mais cuidado com os próprios, descobriria logo que o homem não era de Areias. Não posso mais... Não posso mais — rematou num suspiro.

E foi-se curvado, avelhantado precocemente, olhando o chão. Pobre Mananés! Que triste destino para um rebento dos Cavalcantis e dos Jupiranís!

O pavilhão do "Distrito"[64]

Falando a um estrangeiro que visitou a "Exposição"[65] e não deixa de visitá-la um dia, porque este nosso grandioso "certâmen", como se diz, e como os romances-folhetim que os jornais publicam, isto é, tem sempre um "continua", pois todo o dia se inaugura isto ou aquilo; falando a um estrangeiro, ele me disse:

— Gostei muito do pavilhão da sua cidade.
— Por quê?
— É simples. Entro na barra, diviso uma enorme cidade, cheia de chaminés a fumegar. Desembarco, topo com um movimento que não esperava encontrar; ouço a estridência de múltiplos apitos, barulho de martelos; vejo montes de minério etc. etc. Digo cá comigo: estou dentro de uma cidade industrial. Olho as montanhas e noto as matas que as cobrem. Por aí, julgo que os seus arredores devem estar cobertos de pomares e hortas. Espero que se inaugure o respectivo pavilhão, para ver amostras de suas indústrias e da sua pomicultura. Afinal, ele se inaugura. Vou até lá cheio de curiosidade. Não tenho verdadeiramente uma decepção, mas uma deliciosa surpresa.
— Por quê?
— A razão é simples. Porque, além de uns peixinhos muito dignos da panela que lá vi, o que domina são os trabalhos das escolas primárias. A sua cidade é uma cida-

de infantil; é inocente, portanto. Por isso, gostei do pavilhão do "Distrito".[66]

A tal ciência[67]

Não há coisa mais controvertida do que a ciência.

Vejam só, os senhores, essa discussão que anda pelos jornais entre dois sábios doutores sobre a operação que um deles levou a efeito em uma senhora que ia dar à luz e morreu.

Um puxa uma porção de nomes difíceis e diz com toda a suficiência: eu fiz bem em deixar o guarda-chuva na barriga da parturiente. É processo meu que o dr. Costa vai explicar em tese de doutoramento.

O outro vem a campo e afirma que não há tratadista, Fabre, Willmann, Kaiser e outros, que aconselhem semelhante expediente. Guarda-chuva é guarda-chuva; e, quando não serve para resguardar-nos da chuva, serve para o mesmo fim do sol. É então guarda-sol.

Ninguém entende o que eles dizem; e nós que tínhamos a sua ciência como sendo uma coisa só ficamos admirados que possa haver dois pareceres tão divergentes sobre a mesma coisa.

A história não para aí. Entraram depois em cena os peritos do Gabinete Médico-Legal. Esses peritos são a coisa mais científica que há neste mundo. Já no caso do tenente Paulo, deram perfeita cópia de si; e quando se trata então de loucura a coisa é mais engraçada desta vida.

Chega-se a um deles um tipo qualquer com um ofício de um delegado qualquer, dizendo que o homem está louco. Ele que é perito não quer saber de nada: o delegado disse — o homem está louco e deve ser trancafiado no manicômio até que alguém o tire de lá.

Agora eles deram em fazer dos cadáveres exumados Maria de Macedo. É cortar daqui, é cortar de acolá; e lá fica o pobre morto em pedaços, tal e qual se passasse pelas mãos do Timóteo e do Sol Posto.

Os entendidos desinteressados dizem que tal coisa não é necessária, mas o gabinete médico é da polícia, e esta é infalível.

O que todos nós, porém, julgamos de tudo isto é que essa tal ciência não vale dois caracóis; e que se pode fazer ciência de acordo com as suas simpatias e antipatias.

De resto, há certas especialidades rendosas; e, quando esse aspecto se mete na ciência, adeus ciência! Fica-se com as ideias do açougueiro.

Eu, há bem dois séculos, desde que Voltaire me trouxe do Canadá, que tento civilizar-me, mas, quanto mais me esforço, mais fico um Huron[68] perfeito.

Essa complicação médico-científica que aí anda talvez nunca se deslinde; uma coisa, porém, é certa: quem morreu foi a tal pobre mulher. Nada lhe adiantou a ciência, como nada lhe adiantaria a "curiosidade".

Tinha que morrer, disse-me um médico, assim ou assado.

Ora, bolas!

P.S. — Pede-se o comparecimento do sr. Novaes Carvalho ao debate.

Diálogo singular[69]

Capela mortuária, eça, tocheiros, círios a espalhar uma luz amarelada. Dourados. Sobre a eça, o ataúde imperial, com a tampa virada. A não ser Pechisbeque, não há ninguém próximo dele.

IMPERADOR (*erguendo o busto do caixão*): Obrigado, Pechisbeque. Trouxeste-me, afinal, para a minha terra.

PECHISBEQUE: Alto lá com isso, majestade! Tenho tratamento especial.

IMPERADOR: Então, na República, há tratamentos especiais?

PECHISBEQUE: Há, majestade.

IMPERADOR: Qual é o teu?

PECHISBEQUE: Devo ser tratado por excelência, e vossa majestade teima com o plebeu tu.

IMPERADOR: Bem; vou emendar a mão. Vossa excelência tem papo de tucano?

PECHISBEQUE: Não; mas uso fraque preto, calça de fantasia e botinas de polimento, segundo o figurino do Deschanel.

IMPERADOR: Esse Deschanel foi presidente da França — não é?

PECHISBEQUE: Foi, majestade.

IMPERADOR: Se eu fosse vossa excelência, procurava outro figurino.

PECHISBEQUE: Por quê, majestade?

IMPERADOR: Porque é de mau agouro. Vossa excelência talvez se tenha esquecido de que ele não acabou o governo.

PECHISBEQUE: Qual, majestade! Eu tenho "sorte", toda a minha vida tem sido dominada pela "sorte".

IMPERADOR: Dou parabéns à vossa excelência. Onde fica o palácio de vossa excelência?

PECHISBEQUE: No Catete.

IMPERADOR: Não quis vossa excelência o meu?

PECHISBEQUE: Não o quis. Não era chique, ou por outra: não ficava em bairro elegante.

IMPERADOR: Por que não foi vossa excelência para o da minha filha? Fica em bairro de moradia de mercadores ricos e funcionários de avultados vencimentos — não é verdade?

PECHISBEQUE: O lugar era aristocrático, mas...

IMPERADOR: Aristocrático! Como?

PECHISBEQUE: É um modo de dizer, majestade. Sei bem que não temos, nem teremos aristocracia; mas o povo teima em chamar assim os doutores enriquecidos por qualquer modo, os negociantes abastados, os "cavadores" de comissões e outra gente, que tal.

IMPERADOR: Mas vossa excelência sabe perfeitamente que...

PECHISBEQUE: Eu sei, majestade; isso, porém, não vem ao caso. O que eu queria explicar é que o palácio da sereníssima filha de vossa majestade foi remodelado, para...

IMPERADOR: Remodelado? Como?

PECHISBEQUE: Sim, majestade. Mudei-lhe a fachada, comprei Gobelins,[70] fabricados em São Paulo, Sévres[71] de "Jerônimo Mesquita",[72] "Boules" do Moreira Santos...

IMPERADOR (*espantado*): O que é isso, excelência?

PECHISBEQUE: E não é tudo! Fiz construir um jardim à Le Nôtre,[73] em uma semana, onde há mangueiras estilizadas, jaqueiras estéreis, para não exibirem os seus monstruosos frutos.

IMPERADOR: E para que tudo isso, se vossa excelência não reside lá?
PECHISBEQUE: Esse palácio é destinado exclusivamente a hospedar os nossos primos, reis e imperadores.

O "Imperador" repousa a cabeça na almofada mortuária e dirige o olhar para o céu que o teto do aposento oculta. Parece pensar profundamente; por fim, como se sonhasse, diz desalentado:

IMPERADOR: Nossos primos...
PECHISBEQUE: O rei do Escalda, que ultimamente hospedei, não me chamava senão de primo...
IMPERADOR: Primo! Que horror, meu Deus! Antes não viesse... Ora, qual!

Pechisbeque, o reinante da Bruzundanga,[74] compreendendo o desprezo do defunto, afastou-se, dizendo entre os dentes:

— Velho caduco! Nem a morte curou-lhe a caduquice! Por que não primo dele? Não estou no lugar que ele ocupou? Enfim, já me foi de alguma serventia... Tenho o meu quarto de hora de popularidade.

Por força[75]

O meu amigo Políbio tem um petiz que não estuda nada.

É um pequenote de seus dezoito anos (bem bom pequenote) que anda no trinque, gasta à la gordaça, conquista, namora e foge dos livros que nem o diabo da cruz.

Políbio é doutor e quer fazer o filho doutor, para o que não tem poupado dinheiro com professores, tanto mais que se casou rico, e o dinheiro que gasta é da mulher.

Mas não há arame que meta na cabeça do pequeno as mais elementares noções.

Há dias encontrei-me com Políbio, que vinha a coçar a cabeça rua afora, que nem um doido.

— Que tens, Políbio?

— Não sabes, Huron[76] amigo, o meu pequeno foi reprovado em exame de admissão. Uma injustiça!

— Ele sabia alguma coisa?

— Qual! Não sabia nada de nada.

Tive pena da dor do pai e espanto de ele julgar injusta a reprovação do filho que não sabia nada de nada, como ele mesmo dizia. Fiz tolamente:

— Naturalmente os examinadores foram severos de mais.

— Não, não.

O meu espanto redobrou e, sem achar uma saída, perguntei:

— Que perguntas fizeram?

— Simples.
— Lembras-te de alguma?
— Lembro-me. Perguntaram quais eram as cidades principais do estado do Rio de Janeiro.
— Que é que o pequeno respondeu?
— Respondeu que eram Copacabana, Tijuca, Méier e Cascadura.
— Hás de concordar que a resposta...
— Sei bem, meu caro. Ele não sabe nada de nada.
— E em aritmética?
— Ah! meu caro, foi extraordinariamente feliz. Na prova escrita dividiu assim as frações: as frações se dividem em duas espécies, frações vagabundas e frações decentes.

Olhei com segurança o meu amigo e observei:
— Este teu filho é portentoso. E na prova oral?
— Perguntaram-lhe: como se dividem as grandezas?
— Que é que ele respondeu?
— As grandezas se dividem em grandes e pequenas.
— Tem muito talento este teu filho... Para quem não sabe nada de nada!...
— É muito, não achas? Em história, ele teve uma das respostas mais felizes de que tenho conhecimento.
— Qual foi?
— Perguntaram-lhe quem era Napoleão.
— Que é que ele respondeu?
— Respondeu com segurança: Napoleão era um homem pequeno, que montava a cavalo, vestia calças brancas e cruzava as mãos no peito. Não é boa?
— É.

Fiquei, apesar da resposta, assombrado com a admiração que o pai tinha por semelhante filho. Era possível tal coisa?

Pareceu-me a coisa uma troça, uma dessas ironias cruéis que fazemos de nós para nós, de nós para os nossos; e, para trazer afinal ao meu espírito a normalidade, disse com franqueza ao amigo:

— Tu esperas ainda que teu filho se forme, Políbio?
— Por força!
— Como? Depois de tais respostas?
— Por força, meu caro Huron. Eu não sou doutor, o avô não era? Há de se formar por força, seja como for.

Um figurão como padrinho[77]

Um engenhoso cidadão, noticiam os jornais, convidou, por telegrama, o imperador Guilherme II,[78] para padrinho de um filho.

Esse cidadão reside no interior de Minas, e é de admirar por isso que o fizesse.

Dizem que o imperador aceitou e já mandou procuração ao seu cônsul para representá-lo.

Mas, insisto: que ideia é essa em um homem da roça de convidar para padrinho um figurão que vive tão longe?

Por que não o fez ao presidente da Câmara Municipal, ao deputado do distrito, ao mais ricaço do lugar?

Estes ao menos ainda podiam fazer pelo compadre e pelo afilhado alguma coisa, mas o imperador — Santo Deus! —, este nunca lhes fará nada.

Vencido ou vencedor, há de esquecer-se do caso; e, mesmo que o afilhado um dia o procure, há de levar muitos dias para ir à presença do padrinho, se o for.

O compadresco é real e imperial, mas melhor seria que o roceiro o tivesse trocado com dr. Venceslau Brás ou com o coronel Bressane.

Tinha mais futuro...

"Le monde marche"...[79]

A inventiva burocrática, para festejar cordialmente os chefes, é sem limites. Em tempos de antanho, em tempos das comédias e folhetins de França Júnior,[80] era uso que, por ocasião do aniversário natalício ou outro acontecimento doméstico do diretor, os subordinados fossem incorporados, com charanga ou não à frente, envergando sobre casacas amarfanhadas, levar-lhe a grande surpresa do seu retrato a óleo. O sr. Petit[81] é desse tempo e dele tem saudades. Depois, vieram as manifestações nas próprias secretarias e repartições — o que era econômico, pois não se gastavam níqueis com bondes e não se pagava ao retratista.

Eram só alguns parcos mil-réis com ramos de flores, duas jarras de empréstimo na confeitaria vizinha e a coisa estava feita. Ao dia seguinte, os jornais noticiavam: "Tendo passado ontem o aniversário natalício do dr. Cunegundes Jaboatão, muito digno diretor da Diretoria dos Cultos,[82] os seus subordinados ofereceram-lhe uma linda palma de flores naturais, de cuja oferta foi encarregado o dr. Samuel Chapéu de Sol, funcionário da mesma secretaria, que pronunciou, por ocasião, algumas palavras. O dr. Jaboatão agradeceu muito comovido. A sua mesa de trabalho estava garridamente ornamentada com ramalhetes de crisântemos".

Mas, como dizia o outro, tudo evolui: e, hoje, a iniciativa burocrática, para homenagear os chefes que fazem promoções ou as propõe, encontrou novidade, embora com meios velhos. Deve-se isto ao advento do burocratismo feminino; e a novidade com meios velhos — sabem os senhores qual é? É a missa em ação de graças. Haja vista a que foi mandada rezar pelos funcionários da Repartição de Estatística, pelo êxito completo do recenseamento, em começos do corrente mês. Já é um contrassenso gabar-se uma repartição de ter feito o seu dever; maior contrassenso ainda é ir rezar por tê-lo feito.

Isto, porém, não nos interessa. O que nos interessa é ver a lista de nomes dos presentes. Predominam os de senhoras... Está bem!

Le monde marche...

O desfile dos pais da pátria[83]

Na galeria Cruzeiro,[84] onde habitualmente encontramos amigos, pudemos em um dia da semana passada assistir ao desfile dos pais da pátria, os velhos e os recentes; e tivemos a fortuna de poder-lhes observar as fisionomias esperançadas.

O sr. Alfredo Rui[85] vinha de braço com um dos srs. Mangabeira[86] e, a dar crédito pelo modo fraternal com que caminhavam, um dos srs. Mangabeira ensinava qualquer coisa ao sr. Ruizinho, assim no tom de quem explica um ponto difícil a um colega que não compreendeu bem a lição do lente. Vinham como dois estudantes bons camaradas.

O sr. Ubaldino de Assis passou só e convencido de que vai desta vez influir definitivamente para prosperidade da Bahia, em particular, e da pátria, em geral.

Quem estava deveras sorridente era o sr. Euzébio de Andrade.

Parou e centralizou uma palestra em um grupo de pais da pátria desconhecidos e certamente novatos.

Pensamos que sua excelência desse seguras informações do que deve fazer um deputado.

Sua excelência é antigo e há de naturalmente ensinar aos seus novos camaradas o caminho da Mère Louise, da Pensão Sapho,[87] o gosto pelo "Canadian", na Colombo,[88] às cinco, ouvindo o zum-zum das francesas mais ou menos autênticas.

Não houve quem escrevesse "A iniciação de um deputado", e não há mal algum que os velhos a ensinem aos novos.

Eles passavam sempre mais ou menos solenes. Os chapéus-panamá abundavam, e os fraques mais ou menos jeitosos, cortados em Aracaju, em Sobral, em Fortaleza, em Maceió, na Cachoeira, em Lençóis, em Itapemirim, embrulhavam coronéis e doutores.

Vimos um destes tão rigorosamente embrulhado em um fraque azulado, chapéu-panamá, pincenê, rubi no dedo, cabisbaixo, que logo dissemos com os nossos botões:

— Este pelo menos há de ter muito talento.

Uma confissão[89]

Conseguimos há dias conversar rapidamente com o sr. tenente Feliciano Sodré,[90] presidente *in partibus*[91] do estado do Rio.

Notamos que o ilustre político estava animado.

Esquecíamos de dizer uma coisa: os senhores conhecem porventura esse sr. Sodré?

Não deve haver estranheza na pergunta, porquanto até bem pouco ele era muito conhecido das pessoas de sua família e de alguns amigos e parentes; de repente, subitamente, os chefões perrecistas fizeram-no uma sumidade, de modo que pode bem acontecer que a sua personalidade não interesse o grosso público.

Contudo, como já se falou um pouco dele, é assim como uma celebridade efêmera, não é demais que informemos o público das suas opiniões. Dissemos:

— Tenente...
— Não sou tenente.
— Como? Disseram-me que o era até do Exército.
— Fui.
— Pediu demissão?
— Não. Quando sou político, não sou tenente; sou doutor.
— Então, doutor, quais são as suas esperanças?
— Não tenho nenhuma. Não quero mais saber dessas encrencas de presidência de estado. É coisa que dá muito

trabalho e não estou para atrapalhações. Quem me meteu nisto foi o Pinheiro e o Botelho.[92] Eu, por mim, só quero descanso.

— Então não se interessa mais pelo projeto de intervenção?

— Interesso-me, pois não.

— Como, se não quer saber dessas encrencas?

— Eu me explico. Não tenho nenhum gosto de voltar a tenente e não tenho nenhum gosto em ser presidente nem mesmo do Clube Flor do Abacate, como foi o meu amigo Rodolfo. Quero é descansar e ter o soldo...

— De modo quê?

— De modo que vou trabalhar para que o projeto não dê um único passo e fico assim durante alguns anos, sem fazer nada e sem incômodos de espécie alguma.

— Desapertou-se, bem, doutor?

— Para os dois lados: para a esquerda e para a direita.

O pergaminho ao alcance de todos[93]

O caso do contínuo de jornal que, sem mais aquela, se matriculou em uma faculdade livre levantou grande celeuma entre advogados, estudantes, professores, ministros, tabeliães.

Não merecia tanto e não devia ter ido provocar cizânia entre tanta gente notável.

Todo o nosso propósito atual é baratear todas as coisas. Por que só o doutor deve ficar caro? Quantos houver mais melhor, porque o doutor é artigo procurado até para casamentos e batizados.

De resto, está verificado que o doutor aqui é nobre, mais isto do que um profissional. Como é que se pode admitir, em uma democracia, uma nobreza qualquer?

Se ela existe, qual o meio de acabá-la, senão pondo o pergaminho ao alcance de todos?

Encaradas assim as coisas, o fato fica sendo natural e pouco passível de crítica.

O senador Pinheiro, contam os jornais, foi roubado em galinhas do seu quintal.

Não dizem em quantas, se eram de raça e se, entre as galinhas, havia galos de briga de que sua excelência é grande amador.

É um lamentável esquecimento que talvez faça com

que os amigos de fora não lhe mandem telegramas de condolências.

O sr. Rodolfo vai ficar abarbado para redigir a sua missiva, porque não poderá citar nela nenhum dos galos estimados pelo general, de forma a mostrar como tem sempre presente na memória os menores detalhes da vida do seu eminente e estimado chefe.

A viagem do sr. Lauro Müller deve estar causando entusiasmo, mas deve ser lá por fora.

Aqui nós nos preocupamos mais com as notícias da guerra do que com os trabalhos de aproximação pacífica do nosso chanceler.

Não se diga que os nossos jornais não deem notícias completas; todos eles vêm cheios delas, mas ninguém as lê.

Da mesma forma se deu quando sua excelência foi aos Estados Unidos.

É pena, pois o sr. Lauro é pessoa bem simpática e merecia despertar entusiasmo.

A moda e o vestuário[94]

Desde que me dei ao trabalho de escrever para este jornal, fiquei mais feio e... menos elegante.

Devia ser o contrário, penso eu, porquanto o meu amigo Elói Pontes,[95] que antigamente emparelhava comigo em *smartismo*, desde que deu para andar com o meu antigo colega Queirozinho, o do "Pé de Coluna", passou a ser o sujeito mais chique da Avenida, mais chique inclusive que o airoso Paulo Barreto.[96]

É das coisas que mais inveja tenho neste mundo: a elegância dos outros.

A fortuna do sr. Elói Pontes, a sua posição, não me metem medo, nem inveja; mas a sua elegância não me deixa dormir. Às vezes, por exemplo, preciso ir à Câmara, não por mim, porque a vida já me deu o que tinha de dar, mas pelos outros. Vejo, porém, o meu mau ajambramento e desisto. O amigo que me pediu o pistolão, não o dando eu por causa disso, zanga-se, e está aí como perco um amigo e arranjo um inimigo.

Todo esse meu relaxamento é uma dor sem nome, e eu luto contra ele com todas as forças da minha alma e da minha falta de dinheiro.

É, dos meus vícios, o pior; e, se há alguém que por aí me ame, peça a Deus que me risse dele. Podem imaginar quantos casamentos ricos tenho eu perdido por aí; é verdade, entretanto, que o Elói ainda não arranjou nenhum.

Em matéria de elegâncias, porém, quem vai na frente de todos nós é o Torres, o Antônio.[97]

Não há como ele para vestir um fraque. Fica-lhe tão lindo como uma batina de seda.

Tenho inveja do Torres por isso e, conquanto admire o seu talento, o que me admira nele é a sua elegância.

O Capistrano de Abreu, em matéria de vestuário, é quem mais se parece comigo, tanto assim que, para completar a parecença, vou dedicar-me à história.

O douto historiador, penso eu, é muito filósofo para não se zangar com essa rivalidade. Sendo de toda injusta essa nossa aproximação, junto havemos de passar à posteridade.

Colaborador do *Jornal das Moças*, eu devia essa explicação às suas gentis leitoras, para que não julgassem elas que o meu relaxamento, ou que outro nome tenha, traz um misoginismo irremediável.

Não lia nada disso e, como diz o capadócio, antes pelo contrário. Ultimamente até, com esses vestuários camisolas de crianças pobres, eu estou cheio de admiração pelas moças e, na rua, julgo-me estar em casa íntima e, em casa, nos aposentos reservados.

Os homens de juízo comum condenam tais vestuários; eu, porém, não os acho com razão.

Já os vi censurar a saia-balão e a *jupe-culotte*,[98] que, entretanto, eram perfeitamente decentes; e, amanhã, se vier a moda do véu turco, eles censurarão. Todas as modas são legítimas, menos aquela daquele passageiro da barca *Guanabara*, que, para torná-la mais positiva e propagá-la, atirou as próprias roupas ao mar. É o que me parece.

VIDA SUBURBANA

Meditem a respeito[1]

Todos nós, brasileiros, estamos sempre dispostos a esperar tudo o que nos interessa, nos é útil e agradável, da ação dos governos.

Fala-se em teatro, logo um Brederodes qualquer lavra a sua sentença: "o governo não cuida disso". Trata-se da escassez e ruindade de hotéis, imediatamente Zé Pafúncio assevera: "se o governo cuidasse dessas coisas úteis, nós não passaríamos por tais vergonhas diante dos estrangeiros, que se encontram nos nossos pseudo-hotéis, verdadeiros chiqueiros".

E assim em relação a tudo, de forma que, para nós, o governo não é um simples coordenador das atividades particulares da nação, mas tem de ser ele mesmo todas as iniciativas e atividades que a comunhão pede e reclama. À vista disso, que faz o governo? Toma o peão na unha e faz as "coisas"; mas, de que modo, santo Deus!

A seu jeito e a seu talante. Se se refere a teatro, gasta, como vem gastando a municipalidade, cerca de vinte mil contos, com aquela almanjarra do largo da Mãe do Bispo, onde o remediado não vai — que acontecerá com o povo?

Aproveitou-se das reclamações e dos queixumes das atrizes, e edificou uma casa de espetáculos, luxuosa, suntuosa, que só pode ser frequentada pelos magnatas da política, da bolsa, da indústria, do comércio, do caftismo doméstico e da ladroeira. Eis aí! Zé Povo, continua a divertir-se nos barracões do falecido Segreto,[2] com peças em postas.

Com os hotéis, foi a mesma coisa. Estribou-se a prefeitura na campanha feita, nos jornais e fora deles, em prol da construção de hospedarias modelares; e, sem autorização regular, despendendo a respeitável quantia de oito mil contos, mandou construir, nas fraldas do morro da Viúva, um albergue de truz, que, de uma hora para a outra, pode ser transformado em casa de jogo montecarlesca. Fê-lo com tal luxo e pompa, que só príncipes, altos ricaços e "*scrocs di primo cartello*" poderão nele se hospedar. Que ganhamos nós outros, pobres, remediados e pequenos rendeiros com tal preço de *Mil e uma noites*?[3] Nada.

Eis aí em que dá estarmos sempre a delegar ao Estado funções que não lhe competem. O nosso Estado, este ou aquele, é composto de aventureiros e parvenus, que a bandalheira política e a dobrez de caráter ergueram alto. Não têm eles, além de educação, e quase sempre apoucada instrução, nenhuma convicção íntima da grandeza da missão de que estão investidos.

Chegados aos altos cargos, pensam logo piamente em gozar e fingir que são entendidos em coisas finas, suntuosas e suntuárias. Quando a opinião lhes reclama, ou eles provocam a opinião reclamar-lhes, qualquer aperfeiçoamento, melhoramento, ou que quer que seja, desde que possam, eles realizam a coisa gastando o máximo, a fim de permitir que os amigos ganhem bastante, e revestem-na de tal aparato de luxo grosseiro e opulência, brutal, que acabam afastando dela o comum dos cidadãos.

Morando nos subúrbios, e até num único há cerca de vinte anos, tenho notado que a maioria dos seus moradores está sempre a esperar da municipalidade e do governo federal os melhoramentos de que essa parte da cidade carece.

Não há dúvida alguma de que a maior parte deles deve provir dessas fontes; mas, sem considerar como é perigoso — como já mostrei — apelar para eles, muitos toques e retoques podiam eles, os subúrbios, receber sem a intervenção, quase sempre daninha, dos poderes públicos. A iniciativa particular seria capaz de fazer muito, e até de obrigar moralmente o governo a secundá-la. Exemplifiquemos:

A construção nos subúrbios se ressente de uma lamentável fealdade e de uma total incongruência com o local. As casas não são construídas com o aspecto de graciosas casas de subúrbios, garridas e louças. São hediondos, soturnos e pesadíssimos monstrengos, sem caráter próprio e relação com o local; verdadeiros paralelepípedos de alvenaria, com um puxadito ao fundo e uma varanda ao lado, compoteiras na cimalha e um horrendo porão com mezaninos, tendo grades de cadeia. Quando não são desse tipo, são os velhos chalés, que hoje estão fora de moda, e foram substituídos pelos tais paralelepípedos de alvenaria de tijolo, em cuja fachada se ostenta uma *baie*[4] de vila europeia.

Ora, a iniciativa particular já podia, sem consultar nem pedir auxílio aos governos, procurar um tipo de construção que fosse adequado aos nossos subúrbios; isto dar-lhes-ia mais graça, mais atrativo, e havia de torná-los lugar de passeios atraentes de gente poderosa e vagabunda, o que obrigaria a municipalidade a cuidar mais dele. A Estrada Real, hoje avenida Suburbana,[5] está quase toda por edificar e era bom que, por toda a extensão dela, os ricaços semeassem, de um lado e de outro, *cottages* graciosas, engrinaldadas em jasmineiros.

Os particulares que dispõem de posses deviam ter jardins floridos e amplos, o que modificaria o insólito aspecto urbano que atualmente têm os nossos subúrbios — coisa que não se espera topar em paragens de tal nome.

De resto, os particulares, não lhes dando nada em troca, contribuem fortemente para tirar o aspecto gracioso de bosque, a atmosfera de natureza, o verdor de selva que os subúrbios deviam possuir e lembrar. Não plantam, mas devastam as velhas chácaras que lá existiam. Anosas mangueiras são derrubadas, não se sabe por que razão.

Quem passar pela rua Barão de Bom Retiro verá isso. As palmeiras, que levaram dezenas de anos a lançar o seu elegante espique para os céus azuis, vêm abaixo. Para que isto tudo? Esta selvageria? Porventura, proprietários que isso fazem podem ter força para impor aos "rastas" da municipalidade a satisfação de suas exigências legítimas? Decididamente, não!

Se não me falha a memória, era dom Casmurro, de Machado de Assis, que estava escrevendo a *História dos subúrbios*. Creio mesmo que ele morava no Engenho Novo, numa chácara. No tempo dele, esse subúrbio devia estar crivado delas, trescalantes do aroma próprio ao arredor, e cheia de sombra e doçura amiga. Hoje... passem lá e vejam o que há. Meditem a respeito...

A propósito[6]

De Botafogo, sem intermediários, as coisas finas passam aos subúrbios. Nos bondes da Jardim, não se fuma em três bancos; nos trens de subúrbios, em todo um carro de sessenta lugares. O discípulo é sempre pior do que o mestre...

Da diretoria da Central, as damas de Sapopemba e Rocha acabam de receber uma tocante homenagem: têm um carro inteiro, onde não se fuma, onde não há cheiro de carvão de pedra, onde não há poeira, macio que nem um coxim e inodoro que nem a água da fonte... Uma delícia!

Embora o Campo de Santana e o largo da Carioca tenham sido sempre os desaguadouros dos requintes da nossa vida carioca, o cumprimento da Central à população daquelas longínquas bandas não se ajusta muito com o temperamento suburbano, pelo menos não vai ao encontro dos seus ideais de bom gosto.

O subúrbio é a terra do sonho, sonho de outras vidas, sonhos de outras idades.

O subúrbio é espiritista, quando não é medieval. Se requinta, é de modo diferente de Botafogo. Este tem a visão do boulevard, enquanto aquele tem a dos mistérios da morte ou das justas medievais. A elegância em Todos os Santos, a suprema elegância, seria andar de mortalha, chocalhando ossos, ou senão a cavalo ajaezado e protegido, cavalo e cavaleiro, com ferragens pesadas. Ambos requintam, mas de modos diferentes.

No largo da Carioca, a gente vê um canto de Paris atual, na estação Central, Paris de 1830. Aí, as moças são vaporosas ingênuas, de olhar circunvagante; os rapazes, galantes apaixonados e impetuosos, porque no subúrbio, acima da própria sessão espírita, fica o teatro, que é quase uma arte familiar.

Pelos trens, pelas salas, só se fala naquela grandiosa língua do teatro romântico, pautando-se a vida superior pela imagem que ele encerra. É um gênero de elegância como outro qualquer, e não há razões que façam preferir uma a outra.

Eu conheci um moço, rico e fidalgo de recente nobreza, que só frequentava três salões: um em Petrópolis, outro nas Laranjeiras e o terceiro no Encantado.

Vocês não conhecem, dizia-me ele; não têm notícia do gosto que preside as soirées do Encantado, do imprevisto que nelas há...

Outro dia (isto ele me contou há mais de um ano), outro dia estava em delicioso flerte com uma dama, numa das salas mais chiques da rua Muriquipari, quando alguém me bateu às costas e me disse: Cavalheiro! As leis da galanteria não me permitem tratá-lo de outra forma; entretanto — louvado seja Deus! — consentem que o desafie para o campo da honra, onde a pé ou a cavalo, com lança, adaga, montante ou outra qualquer arma, disputaremos o coração desta dama bem-amada.

Soberba, continuou o meu conhecido, aquela visão de cavalaria ali, no Encantado, que ainda tresandava a Tamoio. E não foi só: o meu adversário recuou três passos, empinou-se todo e gritou: Cavalheiro, um de nós é de mais no mundo. Vim a saber que o meu contendor era amador dramático de Jacarepaguá, e que, naquele dia mesmo, tinha acabado de ensaiar um drama heroico em cinco atos.

Por essas e outras, é meu parecer que se deve dar aos subúrbios cemitérios bonitos e cortes de amor, conforme o gosto medieval.

Não se admirem; nos subúrbios, como em outra qualquer parte, o amor é irmão da morte.

Um contraste[7]

Os senhores já foram à Inhaúma? Estou certo que não, e muitos nem sabem qual é o caminho que lá os pode levar. Também não o ensino; não sou guia do Rio de Janeiro, nem me atreveria a convidar *touristes* para ir a esse subúrbio afastado do Rio de Janeiro. É lugar antigo e feio. Foi, segundo cronistas autorizados, em priscas eras, um aldeamento de índios. Ao depois, foi lugar de engenhos de açúcar; e, hoje, é um subúrbio pobre, ou antes: uma freguesia rural pobre, com algumas casitas catitas.

Não convido *touristes* elegantes a ir ver aquela "bacia" cercada de colinas escalavradas e peladas, olhando para o sul as montanhas da Tijuca e Andaraí; mas convido os curiosos e os arqueólogos de tempos próximos a visitá-lo.

Logo, no ponto dos bondes, há o que admirar. Imaginem o que seja? Não atinam? É um cemitério em abandono.[8] Há tíbias, há fêmures, há rótulas e há crânios esparsos sobre um pequeno cômoro de barro que a prefeitura andou desmontando, mas veio a esquecer de acabar semelhante tarefa, porque a sua atividade de desmontar morros se voltou para o Castelo graúdo. Todas essas peças ósseas são humanas e devem ser de velhas inumações, porque já se estão desfazendo em pó, não só pela ação do tempo, como também pelas constantes bicadas dos galináceos que as visitam seguida e amiudadamente.

Eu mesmo já agarrei uma calota craneana e quase como Salvini,[9] Emanuel,[10] Novelli[11] e outras celebridades teatrais quis exclamar, ao gesto de um Hamlet rural, mas em inglês, como convinha, para espantar o burguesito de Inhaúma: *To be or not to be...* Felizmente, pois, tive o bom senso de não dizer nada e atirei o crânio fora, para que as galinhas o debicassem. Fiz bem.

Sabem o que fica defronte, bem perto desse cemitério abandonado; e por isso constitui não só uma curiosidade, mas também faz ressaltar um contraste flagrante — sabem o que fica? A igreja da Freguesia de Inhaúma, uma piedosa igreja católica, que olha aqueles restos mortais, aí atirados como lixo, despudoradamente, paternalisticamente, sem queixumes, nem preces, por aqueles desditosos mortos, cujos despojos sagrados sofrem todas as profanações dos bicos das aves, das patas das alimárias e da impiedade dos homens.

Para eles, ela se esqueceu do *Requiescat in pace*.[12]

Os enterros de Inhaúma[13]

Sempre tive uma curiosidade pelo culto dos mortos em todas as suas manifestações; em várias partes da Terra. Não deixo de ver nunca nelas senão a denúncia da nossa eternidade.

Moro há quase vinte anos em Todos os Santos, subúrbio pacífico e conselheiral, cujos botequins frequento e tenho crédito. Os leitores hão de desculpar esta confissão; mas, se atenderem que tudo o que escrevo são páginas das minhas memórias, terão que considerar como justa a confidência que faço.

Pela manhã saio de casa e vou ao botequim mais próximo. Compro um jornal e ponho-me a lê-lo.

Dentro em pouco passa um enterro. Olho a rua. Quem é? É uma criança.

O forro é encarnado. Carregam-no meninas de todas as cores. Tiro o chapéu e gosto que a morte — a sagrada Deusa de nós todos — tenha feito a comunhão de tanta gente diversa.

Continuo, depois de passar o enterro, a ler placidamente meu jornal. Daqui a pouco, atravessa um outro. Vem de automóvel e cheio de grinaldas. Acho graça que um sujeito seja levado para o cemitério com tal velocidade; mas, bem depressa, vejo que ele é acompanhado por um "elétrico" tardio, cheio de cavalheiros alegres. Ainda bem. A morte não é o maior mal. Todos sabem disso.

Continuo a leitura do jornal; mas, subitamente, ela é interrompida. Qual é o motivo? Outro enterro. Que houve? É que os amigos do morto deixaram o caixão mortuário na calçada e vieram beber um "trago".

Muito bem. As festas da Vida e da Morte sempre mereceram libações em toda a face do globo.

Vendo tudo isto, esses enterros em que há coisas tão cômicas, fico a pensar se é a vida que faz a morte, ou esta que faz aquela.

O gambá[14]

Eram muito amigos, o Jaime e o Pena. Jaime morava nos fundos da chácara de um tio, num barracão de madeira; e ambos trabalhavam, como operários, em uma mesma oficina suburbana.

Saíam juntos, e era raro o dia em que não se encontrassem, após o jantar, no botequim do Marques, para beber alguma coisa, indo, certas vezes, mesmo, mais além.

Eram bem-comportados, e as suas "festanças" acabavam sempre em ordem.

Pena morava perto de Jaime, mas, naquele dia, este convidou o amigo para ir dormir no seu barracão, ou melhor: barraco, como se vai agora chamando tais "palacetes" da nossa opulenta pobreza de país opulento.

A coisa deu-se da maneira que vai ser aqui contada.

Era sábado, começo de mês e dia de "mafuá".[15]

Chama-se isto, nos subúrbios, uma nova edição das "barraquinhas" de santo Antônio, que, antigamente, em frente ao Quartel-General, se armavam, para vender "sortes" de leitões, perus etc., e cujo lucro era em favor de não sei que irmandade religiosa. Tinham as antigas "barraquinhas" uma época marcada — era em junho; os "mafuás", porém, funcionam todo o ano, em dias santificados, feriados, sábados e domingos.

Naquele sábado, dia, portanto, de "mafuá", após jantarem "à la gordaça" numa casa de pasto, os dois amigos andaram perambulando pelos "mafuás". Já haviam tratado dormir juntos, para caçar, na chácara do tio de Jaime, um gambá que teimava em dar cabo dos pintos e frangos.

Às armadilhas de toda a ordem, o bicho tinha resistido. Não havia meio de cair em laço, em alçapão, em coisa alguma.

Pena aventou a ideia da "cachaça".

— Gambá — dizia ele — é ávido por parati. Nós compramos um litro da "branquinha", deitamo-lo numa vasilha, numa cumbuca qualquer; o gambá vem atraído pelo cheiro da "pinga". Bebe à beça e cai numa bebedeira de não poder voltar para o ninho. De manhã, logo cedo, um de nós vai até o lugar e temos o petisco para almoçar domingo.

O outro concordou e só pôs uma dúvida:

— Tu sabes moquear "elas"?

— Como não sei! Vais ver...

Assim fizeram. No sábado, logo depois de deixarem a oficina, compraram um litro de aguardente, levaram-no para o barraco, jantaram na casa de pasto e puseram-se a passear.

Andaram de botequim para "mafuá" e de "mafuá" para botequim.

No começo, foram "lambadas"; mas, ao chegar a hora da virtuosa temperança policial, entraram pela cerveja afora.

Ambos tinham recebido a quinzena; o sacrifício, portanto, não era grande para cada um.

Jaime, aí pelas onze horas, propôs irem para casa; Pena acedeu. Aquele já estava bem "trincado", mas, assim mesmo, ao chegar em casa, não se esqueceu de deitar o litro de "cachaça" num longo prato, pouco fundo, de barro vidrado, para, com ela, deitar mão no gambá. Pena estava em melhor estado.

Solveu um pouco de "malavo" e os dois ainda rebateram o que já haviam bebido por aí, com duas "talagadas" boas.

Jaime deitou-se e pegou no sono logo. Pena, porém, estranhando a cama, não conciliou o sono imediatamente.

Num dado momento, teve vontade de beber. Correu ao litro; mas estava totalmente vazio.

Como havia de ser? Acudiu-lhe uma ideia: ir tirar uma "golada" do recipiente destinado a apanhar o animalejo, pela embriaguez.

Agarrou numa xícara pequena, saiu mansamente e foi até o lugar em que estava o prato com aguardente.

Se bem que não fosse de luar, a noite estava linda, segura e profusamente estrelada.

Pena despediu-se do parati com grande desgosto.

Daí a minutos, voltava com a tal xicarazinha.

Tomou outro gole, furtado ao gambá.

Em meio do caminho, deu-lhe de novo vontade de beber a insidiosa cachaça.

Voltou a terceira vez e pôs-se a pensar: para que gambá?

É um bicho imundo, fedorento. Demais, podemos pegá-lo a cacete.

Fico aqui e dou cabo desta deliciosa "branquinha".

Assim fez.

No dia seguinte, Jaime deu por falta do amigo no barracão. Talvez tivesse ido embora, imaginou.

Lembrou-se do gambá e da cachaça. Correu até lá; e — oh! surpresa — encontrou um enorme gambá de dois pés e duas mãos, roncando ao sol alto. Era o Pena.

O homem das mangas[16]

Sempre conheci Felisberto Bastos com a mania de agricultura. Comprava livros especiais, assinava revistas, inclusive a da Sociedade Nacional de Agricultura,[17] em que brilha o experimentado saber agrícola dos srs. Miguel Calmon, Lauro Müller, Carlos Sampaio, Nuno de Andrade, Heitor Beltrão etc.

A sua tenção, em matéria de coisas agrícolas, era modesta. Não queria uma fazenda com um arsenal de máquinas complicadas para trabalhar a terra, semear, colher etc. Ele queria ter um sítio nos arredores da cidade em que cultivasse frutas, legumes e criasse aves domésticas. Era empregado público e solteirão. Obediente à sua ideia, fizera-se econômico e juntava dinheiro, com o qual, depois de aposentar-se, compraria a propriedade agrícola sonhada.

Antes, porém, de completar o tempo necessário para aposentar-se com todos os vencimentos, uma moléstia grave e minaz obrigou-o a pedir precipitadamente a aposentação.

Gastou muito dinheiro com o seu tratamento e veio a melhorar, ficando quase curado; mas, quando deu o balanço nos capitais, viu bem que os remanescentes não davam para comprar um sítio. Tornou mais modesto o seu sonho agrícola, reduzido a uma chácara, onde cultivasse e houvesse já fruteiras.

Achou uma nas condições em Jacarepaguá que comprou. Ultimada a compra, tratou de limpar a propriedade, que se apresentava maltratada e abandonada. As mangueiras, os abieiros, as laranjeiras etc. estavam cheios de ervas parasitas e mesmo abafadas, não só por elas, como também pelo capim e pela tiririca que lhes asfixiavam as raízes.

Felisberto gastou um bom cobre, alugando camaradas que as limpassem e podassem.

No fim do primeiro ano, nada deram; mas, no fim do segundo, encontrei Felisberto, que me disse alegre e entusiástico:

— Não sabes como estou contente. As minhas mangueiras estão cobertas de "filhotes". Espero fazer mais de quinhentos mil-réis com elas. São de várias qualidades. Tenho rosa, espada, Carlota e até uma raridade que é a manga maçã. Vai até lá.

Não fui porque tenho medo de sair da rua do Ouvidor e da Avenida. Fora destas duas vias públicas, é minha convicção de que o resto do Brasil é uma verdadeira Calábria: mata-se, a torto e a direito, por política ou por coisa nenhuma.

Nos fins do mês passado, topei com Felisberto muito diferente. Vinha triste e sorumbático, cheio de desgosto no olhar. Disse-lhe:

— Então, Homem das Mangas, como vai isto?

— Mal. A tal história das mangas quase me põe doido. As minhas mangueiras carregaram extraordinariamente, mas os vizinhos me furtaram à grande. Os da esquerda arrombaram a cerca e toda a manhã, quando ainda estava dormindo, carregaram-nas aos cestos. Dei em despertar cedo e vir para a chácara armado de revólver. Eles deixaram de ir de manhã, para fazer a razia durante o dia, enquanto jantava e almoçava. Pus-me à coca e afugentei-os a revólver. Enfim, para defender as minhas mangas, muitos dias inteiros passei, sentado embaixo das árvores, de sentinela e com revólver em punho. O da direita era um tal Bayres que lá morava com a mulher e a sogra. Andavam na "pindaíba", e as mangas vendidas auxiliariam muito o seu desfalcado orçamento doméstico. Algumas das minhas mangueiras deitavam galhos para o terreno dele; e Bayres se julgou com o direito de colhê-las no pé. Nada lhe disse; mas, quando se acabaram os frutos do lado dele, ele armou uma gerigonça feita com um balaio e um toco de faca, acionado num barbante que vinha ter às suas mãos, e pôs-se a colher as minhas. Esse Bayres era muito idiota, mas entendia de escamoteações de telegrafia com fios ou sem fios. Um dia em que o vi colhendo as minhas mangas, com o seu balaio trapaceiro, disse-lhe: sr. Bayres, escusa ter tanto trabalho; venha para o meu terreno que é mais fácil a coisa. Nisto intervém a mulher, que me diz desaforos, e ele, animado pela "cara-metade", reforça-os. Galgo a cerca dou-lhe uma surra enquanto a mulher põe-se a berrar que nem um bezerro desmamado. Está aí em que deram as mangas. Um suplício!

Divertiram-se, mas... (conto de cinzas)[18]

Fulgêncio Benício da Conceição era casado e morava pelas bandas da estrada real de Santa Cruz,[19] nas alturas da Piedade, com a mulher, três filhas e um filho pequeno.

Desde muitos anos que se habituara a passar todo o Carnaval em casa, sem vir mesmo à repartição, onde era contínuo, na segunda-feira. Deixava, entretanto, que as filhas, acompanhadas da mulher, gozassem o Carnaval dos subúrbios, que não é muito inferior ao da cidade nem mais edificante e moralizado.

Ficava em casa lendo com paciência os jornais ou os outros espíritas de sua predileção.

Este ano, porém, na expectativa do aumento de cinquenta por cento nos seus vencimentos módicos, a mulher, as filhas e o berreiro do Cazuza, o filho menino, fizeram que ele quebrasse tão salutar hábito e trouxesse toda a família para ver o Carnaval no centro da cidade, e os competentes préstitos das sociedades que fascinam subúrbios e bairros *chics*.

Arranjaram crédito no seu Jorge das prestações, compraram fazendas e aviamentos e, durante toda a semana anterior ao Carnaval, a casa de Fulgêncio não foi mais do que um ateliê de costuras.

As filhas quiseram vir fantasiadas de ciganas, mas o pai se opôs tenazmente a semelhante pouca-vergonha, embora a mãe consentisse. Só o Cazuza veio de Pierrô.

Foi um trabalho enorme para chegar a caravana familiar à cidade, à praça Mauá, donde pretendiam ver os préstitos.

Os bondes, os trens subiam e desciam cheios.

Afinal, o bando chegou à cidade. Logo as moças, Adélia, Maricota e Clarisse, puseram a funcionar os seus lança-perfumes, com toda a precaução e economia.

— Não dou outro — recomendou Fulgêncio ao dar-lhes. — As coisas estão pela hora da morte...

A mais moça objetou:

— Qual o quê! Papai vai ser aumentado...

— É — respondia ele a Clarisse —, mas os cinquenta por cento não são de borracha. Não hão de dar para tudo...

O que se passou, durante a espera das sociedades e depois, é fácil de adivinhar.

O certo é que chegaram em casa quase ao clarear do dia, estropiados e bêbados de sono.

As meninas foram logo se acomodando, o pequeno estendeu-se no sofá da sala de visitas, a mulher foi para o quarto dar só uma "pestana", pois tinha que se levantar cedo, para preparar o almoço de Fulgêncio, que devia chegar no Ministério da Agricultura, na praia Vermelha, no outro extremo da cidade, às nove horas em ponto, senão seria descontado, conforme ameaça do chefe.

Não quis ele deitar-se e ficou a cochilar em uma cadeira. Logo que o dia clareou, foi à cozinha preparar o café.

Procurou a chaleira, não estava. Prestou mais atenção nas prateleiras e não viu nem panelas, nem frigideiras, nem nada!

Gritou assustado para a mulher:

— Miloca! Miloca!

A mulher não atendeu imediatamente. Ele correu ao quarto, pálido, transtornado:

— Miloca! Miloca! Acuda! Acuda!

A mulher despertou assustada e perguntou:

— Que houve, Fulgêncio?

— Não temos mais xícaras, nem panelas, nem frigideiras, nem nada!

Despertaram todos e verificaram que os ladrões suburbanos tinham roubado aqueles utensílios, mais pratos, garfos, sopeiras, toda a roupa, só deixando as malas e baús vazios e os lençóis que havia nas camas.

Houve um bate-boca do diabo, entre a mulher e o velho Fulgêncio: foi tua a culpa! A culpa é tua! As meninas rogaram pragas aos gatunos e Cazuza chorou. O certo e o verdadeiro, porém, é que Fulgêncio, se não chegou a amaldiçoar os tais cinquenta por cento, prometeu não mais pactuar com badernas familiares de Carnaval.

Divertiram-se, mas...

Antolhos[20]

Nos subúrbios, apesar da indiferença e maldade dos jornalistas, que só cuidam de coisas da cidade e de Botafogo, existem, também, tipos curiosos, mais ou menos obscuros, por essa falta de atenção, mas que, deslocados para arrabaldes mais elegantes e mais em foco, seriam objeto de crônicas e, talvez, heróis populares.

No Méier, que é o centro, temos diversos, e alguns dão margem para crônicas seguidas.

O de hoje, que, se não é o maior, entretanto é o que mais se destaca, não só pela sua inconfundível maneira de trajar como, especialmente, pela sua atitude intelectual que é ostensivamente agressiva e violenta, é o Antolhos. Ele é baixo, de rosto anguloso, lábios grossos a que uma boca sem dentes empresta um ar devorador, e com os grandes antolhos de tartaruga a sua face fica macabra e assusta.

Insatisfeito, Antolhos completa essa sua feição estranha com um traje esquisito em que predominam cores diferentes e as suas polainas brancas, a forma fúnebre de seu chapéu de abas largas e a sua gravata "arco-íris".

Antolhos fica, assim, no Méier, entre o Novidades e o camelô do Café Camões.

Esse herói, que podia viver a sua vida tranquila como funcionário público, pelo contato exterior que tem tido com os livros da "Editora", inutilizou a sua existência e, como compensação, tenta inutilizar a dos que lhe permitem a presença. Uma dessas vítimas é o autor destas linhas.

Mas vamos ao caso: há tempos, sem me conhecer, Antolhos viu-me no Café e sentiu mais uma vítima para o seu apetite intelectual. De surpresa, apesar da impropriedade da hora, a hora do café da manhã, Antolhos, que não respeita considerações, num gesto de homem ilustre, perguntou-me:

— O cavalheiro gosta de versos?

Fiz ver-lhe que nunca tinha tido essa preocupação na vida, que não entendia de semelhante coisa e que, além da minha função pública, só havia em mim a preocupação da família.

Mas Antolhos, que é difícil, insistiu:

— Pois, o meu caro não sabe o que é bom. A poesia. Grandiosa! Sublime!

Eu sempre tive, por instinto, pavor dos poetas de café, que me parecem diferentes das outras castas de intelectuais e que são mais ou menos ferozes.

Li o soneto, apavorado, e restituí-lhe convencido de que tinha cumprido o meu dever.

Mas Antolhos parece que não ficou satisfeito, porque bruscamente disse:

— Leia este poema. Não houve em mim, garanto, nenhum desejo de cometer crime ou coisa que o valha.

Li o poema. Eram duzentos versos. No fim, pois Antolhos acompanhava os meus olhos para verificar se eu cumpria a sua intimação, pediu-me a impressão.

Sou católico, obedeço às leis. Não me revoltei e disse-lhe calmo, como quem confia na polícia:

— Nenhuma. Mesmo porque não entendo e nunca me dei a esses trabalhos de inteligência.

Aí Antolhos ficou audacioso.

— Mas Petrarca, Dante...

Eu pedi-lhe piedade. Tivesse dó de mim, que tinha família.

Mas Antolhos era cruel.

— Veja este livro — disse-me, superiormente.

Segurei o livro, trêmulo.

Abri-o.

Na primeira página casavam-se, entre sonetos publicados nas revistas, sentenças e máximas de filósofos... Nas outras, frases soltas, algumas traçadas à mão, misturavam-se com listas de nomes de sábios e pensamentos arrancados de folhinhas.

E assim se sucediam as páginas desse livro que, como o tipo de Antolhos, tinha polainas, cachimbo etc.

Fiquei calmo. Li-o, inteiramente.

— Pois é isso, meu caro, estude. Faça como eu... — disse-me com escândalo e, passeando os seus antolhos por sobre o meu tipo abatido e humilhado, o monstro repetiu: — Estude. Estude, meu caro. O mundo não é para os imbecis.

E saiu, satisfeito, solene, superior.

Eu, que por princípio respeito toda a gente, desde esse dia passei a venerar Antolhos. É herói.

O sr. Diabo[21]

O meu velho amigo Otávio Augusto,[22] poeta e engenheiro, homem entendido em lendas e mitos, muitas vezes me disse que o diabo tal qual aparece, nos dias de hoje, no Carnaval e nas estampas populares, é a representação do Diabo segundo a concepção da Idade Média e começo da atual; que nós devíamos fazer do Diabo uma representação nossa, de acordo com o nosso tempo e a nossa indumentária. As suas preleções a respeito eram sempre sérias e, sem descanso, recheadas de filosofia e erudição. O eloquente autor de *Fausto e Asvérus*, nelas, me fazia tal descrição do diabo moderno, que logo se me apresentou aos olhos, o perfil de um qualquer "almofadinha" passador de moedas falsas ou de um *irreprochable gentleman* tocador de "guitarra".

E não é que o Diabo gosta de "guitarra"?

O que Otávio Augusto "viu" com seu olhar de vidente poético, eu vi com esses olhos materiais que a terra há de comer. Foi há dias. Estava eu em um botequim, nos arredores da minha casa, pela manhã, lendo os jornais e tomando cerveja preta da marca a que antigamente se dava o nome de barbante. Não me lembro bem que jornal tinha debaixo dos olhos, quando, virando-me, topei com um companheiro na mesa em que estava. Era um tipo simpático, vestido com certo apuro, mas sem demasias almofadinhas. Tinha, na gravata escarlate, um rubi bem grande, cercado de brilhantes. Era o único indício de luxo nele. Percebendo que eu me havia espantado, disse com segurança e mansuetude:

— Continue a sua leitura, sr. Isaías. Quando acabar, quero dar-lhe duas palavras.

A voz, embora me causasse certa estranheza, pareceu-me que não a ouvia pela primeira vez. Não continuei a leitura e respondi-lhe assim:

— Não é preciso... Já vi o que tinha que ver e estou a seu dispor.

— Se *é* assim, meu caro senhor, vou importuná-lo um pouco. O senhor conhece o sr. Afonso de Carvalho?

— Por carta, unicamente.

— Pois então, o senhor vai se encarregar de lhe agradecer as cartas que ele me tem dirigido e eu não tenho respondido.

— Ah! — fiz um tanto assustado. — O senhor é o Diabo!

— Sou eu mesmo. Não tenha medo. O sr. Carvalho[23] acaba de publicar em volume... O senhor tem?

— Tenho, pois não. *Cartas ao senhor Diabo*, não é?

— Isto mesmo. Diga-lhe, já que o senhor tem relações com ele, que gostei muito das missivas dele, principalmente agora, que estão em volume. Aquela das "Estátuas pernósticas" é maravilhosa! E a sobre a "Mocidade dos reis". A do "Amor-punhal" gostei muito, sobretudo por ter ele lembrado aquele mandamento de um "Código de amor," do século XII, que diz: "A alegação de casamento não constitui nenhuma desculpa legítima contra o Amor". A ironia do sr. Carvalho não *é* profunda, não *é* amarga, mas é amável e civilizada. Demais, ele escreve com muita fluência e naturalidade; sabe bem encarar os assuntos e troçá-los sem se indignar. Diga-lhe isto que eu lhe disse e mais...

— O quê?

— Que ele está enganado.

— Como?

— Está enganado, porque eu não sou mais o Diabo, o espírito do mal etc. etc.

— Quem é, então?

— Os homens, meu caro senhor; os financeiros, os industriais, os políticos, os guerreiros e os diplomatas que desencadearam a guerra de 1914 e a prepararam pacientemente. Eu não seria capaz de fazer tanto mal, fique certo.

— De modo quê?

— De modo que eu aconselhava ao sr. Carvalho que se dirigisse a esses sujeitos, antes de se dirigir a mim. Eles me tomaram o trono, é evidente. Até vocês, na sua casa, isto é, na sua terra, tem gente pior do que eu, pois a podem arrastar a irremediáveis desgraças que a mim, Diabo, apavoram só em as conjecturas.

— Quem são eles?

— Esses tais da tal história de candidaturas: Bernardes, Nilo, Borges, Seabra e, sobretudo, Raul Soares, tenebrosa bruxa de Macbeth. A esses é que o sr. Afonso de Carvalho se deve dirigir, e não a mim, que sou, agora, como o senhor está vendo, um pobre-diabo de Diabo, destronado pela malvadez maior que a minha, de homens de diversas raças e países. Adeus.

Sumiu-se sem eu saber como. Fiquei atônito, mas não perdi de memória as suas palavras. Vou transmiti-las, por carta, ao meu distinto confrade Afonso de Carvalho, autor das *Cartas ao senhor Diabo*.

Joias e carne-seca[24]

É deveras surpreendente, para o observador mais superficial que seja, o que se passa no comércio desta cidade.

Homens como eu, que nunca deram atenção a essas coisas privativas do comércio, as quais segundo opiniões de pessoas autorizadas são conjugadas com as da indústria e da lavoura, a base da prosperidade das nações; tais homens veem-se, entretanto, obrigados agora a prestar atenção aos acontecimentos referentes aos devotos de Mercúrio, pois estes não cessam de fazer uma barulheira nos jornais, de queixar-se por todos os modos e meios dos poderes constitucionais.

Não há dia em que os jornais importantes não tragam quadros negros da situação da nossa praça.

E não é da nossa só; é de todas do país.

Quero bem crer que tudo isso seja verdade; que as falências se sucedam, e muitas casas sólidas estejam ameaçadas de semelhante desastre.

É evidente que, para que haja um comércio próspero, é necessário que ele se efetue no seio de uma população próspera.

Não é preciso ter frequentado nem a Academia de Comércio, nem a de Sete Estudos, nem a de Eletrotécnica, nem a de Beleza, para afirmar tal coisa.

Vejo eu isso na venda dos subúrbios em que vou ler diariamente o *Jornal do Commercio*. Quando é começo de mês, época dos pagamentos, a venda tem um grande movimento, que me distrai da leitura predileta dos "apedidos"[25] do velho órgão. Chega porém o meado do mês, aquilo é um tal silêncio, uma tal quietude que posso sem dificuldade tirar da minha leitura de eleição as mais profundas e raras reflexões filosóficas, sociais, econômicas e morais, com as quais ilustrarei o meu próximo estudo sobre a original seção do velho órgão cotidiano.

É que, no começo do mês, todos, menos eu, têm dinheiro devido aos pagamentos que os estados federal e municipal fazem; no meado, a coisa é outra: tudo está na "pindaíba".

A época de prosperidade passa, e a do meu amigo dono do armazém sofre um colapso.

Isto que se dá, num pequeno armazém dos subúrbios, deve-se passar, em grande, no monstruoso comerciar de uma enorme cidade como a nossa.

Andam atualmente todos na "disga".[26] Isto sei por mim, pelos meus e pelos meus amigos e parentes. Sendo assim pouco se há de comprar e, portanto, pouco se há de vender. Demais, os impostos e outras tributações fiscais hão de concorrer com aquele fator para que a situação do comércio em geral não seja das mais prósperas.

Como é, então, que as casas de joias progridem?

Não há dia, de uns tempos a esta parte, em que uma delas não inaugure instalações luxuosíssimas.

Não tenho joias como gênero de primeira necessidade. Eu, que não prescindo de um par de botinas de bezerro, nunca senti necessidade de uma joia, de um simples relógio, mesmo de níquel.

Não só não sinto necessidade, como nunca usei uma, nem usarei, por mais dinheiro que tenha, ou venha a ter.

Quando passo por uma casa de joias e, por curiosidade, paro a vê-las, pergunto de mim para mim: para que serve isto?

E não sei como responder-me; e notem que não sou nenhum ermitão, nem candidato ao *Flos Sanctorum*.[27]

Sou um homem como os outros e cheio de defeitos e rugosidades; mas nunca pude atinar para que servem as tais joias.

Vou ler de novo o meu Anatole France,[28] para ver se ele, com aquela história do persa ou árabe,[29] que dizem ser de Montesquieu,[30] me ensina qual o destino de tão faiscantes objetos.

Uma coisa, porém, eu sei de fonte limpa: é para que serve a carne-seca; entretanto ela está a três mil-réis, e mais, o quilo.

A lei agradecida[31]

O bom negociante do lugar notava sempre com tristeza que a estrada que lhe passava nas portas estava cheia de buracos, inconveniente fácil de remediar.

Pediu a um amigo que se dava nos jornais o favor de chamar a atenção das autoridades competentes para fato tão escandaloso. Os jornais falaram, mas as tais autoridades competentes, muito interessadas em dotar Botafogo de mais um "refúgio", não se incomodaram com os buracos da Estrada Real.[32]

Entretanto, essa velha azinhaga presta imensos serviços. Por ela se faz um trânsito intenso da lenha, do carvão, dos produtos hortícolas que os arredores do Rio produzem.

O bom negociante olhava os buracos e tinha pena. Arranjou um abaixo-assinado e levou-o às autoridades competentes. Elas não se moveram, e ele continuou a considerar com tristeza o lamentável estado da via pública.

Foi ainda ao amigo e pediu que reclamasse pelos jornais. Não houve nada.

Certo dia, o seu aborrecimento foi imenso ao ver que um dos burros de uma carroça de carvão quebrara as pernas e ficara a arquejar na margem da estrada, à espera de ser abatido.

Pensou em fazer gratuitamente os reparos; e teve até aquela ideia luminosamente feudal dos legisladores de

São Paulo: achou de boa ideia que o governo tornasse obrigatório, em certos dias da semana, para os habitantes de certas localidades, prestarem gratuitamente determinados serviços públicos. Era a *corvée*[33] medieval, mas ele não sabia disso.

Pôs mãos à obra e alugou trabalhadores, carroças, barro etc.

Aplainou aqui, aterrou ali, e o trecho que lhe passava às portas ia ficando uma lindeza.

Quando ia acabando o serviço, apareceu uma "autoridade competente" e intimou o benfeitor:

— Está multado.
— Por quê?
— Não pode escavar a via pública.

E o bom negociante pagou a multa sem tugir nem mugir, travando conhecimento com a gratidão da lei.

A agonia do burro[34]

Ele vinha puxando de sota uma carroça qualquer. Vinha pacientemente, como pacientemente o fazia desde muito por aquelas regiões agrestes dos subúrbios. Ele conhecia o velho Engenho Novo, que já foi lugar de luxo, de chácaras de mangueiras cheias de grandeza e força; ele conhecia agora o Méier catita, com os seus ares de pequena cidade; ele conhecia Inhaúma, o refúgio dos pobres: ele conhecia, enfim, toda aquela grande região da cidade que o sr. Carlos Sampaio,[35] com o seu ideal de concentração urbana, em pombais de sete andares, quer extinguir. Mas, estava escrito; ele teria um triste fim.

Vinha puxando a sua carroça muito pacientemente, quando um bonde elétrico, desses monstruosos, dá-lhe um tranco, na rua José Bonifácio, em Todos os Santos, entre a padaria São João e a barbearia do Jorge. Não morre, mas fica aleijado. Há o "lêlê" de sempre que há por essas ocasiões.

O motorneiro discute com o cocheiro. Os passageiros do bonde reclamam que o bonde siga; os populares se aglomeram. A pacata rua suburbana toma excepcionalmente um ar de agitação. Aparece providencialmente uma autoridade, na pessoa de um soldado de polícia. Harmoniza as coisas. O cocheiro pedirá indenização à Light, e o trânsito continuará normalmente. O burro jaz na rua desenvencilhado dos arreios. Ele não tem um gemido, olha todo aquele chinfrim com seus grandes olhos cheios de resignação e sofrimento contido. Populares e o cocheiro removem-no para uma rua transversal, onde não passam bondes fatais. Ele vai ficar aí cerca de quatro dias, deitado, erguendo às vezes a cabeça e recebendo a visita curiosa dos garotos da vizinhança. Passam autoridades federais e municipais; todas elas veem o pobre burro que agoniza; mas nenhuma delas toma a mínima providência para removê-lo daí; mesmo que fosse para a Sapucaia.

Ao fim de dois dias, o Liró, que gosta muito de animais, manda buscar um feixe de capim e um balde d'água.

A pobre alimária mal tem jeito de beber uns goles d'água e tocar nas folhas do capim de planta.

Enfim, vai vivendo, conforme Deus é servido. Vou vê-lo também. Encontro a contemplá-lo o meu velho amigo sr. Silveira, que me pergunta:

— Que me diz, disto, sr. Jonathan?

— Que lhe hei dizer, sr. Silveira? Nada.

— Pois eu lhe digo que "ele" morre assim abandonado porque muito trabalhou.

Velha queixa[36]

O sr. dr. Carlos Sampaio[37] é um prefeito extraordinário que anda por toda parte deste Rio de Janeiro e quer arrasar todos os morros desta cidade; mas esquece de muitas coisas que merecem a atenção de tão conspícua pessoa. É preciso que sua excelência saiba que o Rio de Janeiro não é Botafogo e Tijuca. Há mais alguma coisa.

Eu já contei aqui, nesta *Careta*, como aconteceu uma ressurreição de um defunto que, vindo do Méier, ao passar pela rua José Bonifácio, em caminho do cemitério de Inhaúma, foi posto fora do caixão e, devido aos trompaços originados pelo mau calçamento, foi ao chão e voltou à vida.

É incrível que a municipalidade do Rio de Janeiro queira de algum modo perturbar a paz dos mortos.

A morte, como diz o outro, é sagrada, e só Deus pode modificar a sua ação; mas um simples prefeito não tem esse direito sacrílego.

Sendo assim, o sr. dr. Sampaio, mortal como eu, que até fui seu discípulo, deve mandar recalcar a rua Conselheiro José Bonifácio, a fim de que não aconteça tais casos macabros, os quais podem gerar para sua excelência uma maldição eterna.

A peça de morim[38]

Contou-me esta um meu vizinho, que é contínuo de uma repartição. Ele vive com a sua mãe, pela qual tem desvelos verdadeiramente filiais.

Com os seus parcos vencimentos, ainda sofrendo o pesado desconto de oito por cento, igualzinho ao que sofre o sr. Urbano dos Santos,[39] vice-presidente da República, com os seus três contos de réis — ele faz verdadeiros milagres domésticos.

Nessa taxação de vencimentos, a coisa mais singela é essa exceção para o sr. vice-presidente da República. Enquanto um empregado que ganha quinhentos mil-réis, por exemplo, paga dez por cento, aquele senhor feliz é taxado unicamente com oito por cento, quando o seu subsídio é quatro vezes maior.

A República é verdadeiramente igual para todos e não quis, por isso, que o presidente eventual fosse taxado como um amanuense qualquer.

O meu vizinho contínuo, como ia contando, vive com a sua mãe e a sustenta da melhor forma com os seus vencimentos modestos, mais modestos ainda depois da taxação.

Lá volta a história...

Contou-me ele há dias que, tendo a sua mãe necessidade de roupa branca e ele também, resolveu comprar morim. Certamente, disse-me ele, procurei comprar uma peça que fosse ao mesmo tempo barata e boa.

Foi o nosso contínuo a uma loja e informou-se com o caixeiro. Disse-lhe este as marcas que tinha e os preços. Examinou as amostras, apalpou-as bem entre o indicador e o polegar e acreditou que, dentre todas, a melhor, aquela que reunia as condições impostas às suas necessidades, era a que tinha por marca — "Presidente".

Mandou embrulhá-la, pagou-a, dezessete mil-réis, e saiu muito ancho para a sua casa.

Chegou e, como é bem de esperar, o contentamento da "velha" foi grande e agradeceu muito a Deus, lá no seu íntimo, por possuir um bom filho.

Imaginou cortá-lo no dia seguinte em boas peças de roupa e costurá-las depressa para que a roupa branca nova fosse prazer para o filho.

Isto aconteceu à tarde, quase à noitinha, de forma que, mal recebeu a peça, tomou chá e deitou-se.

No dia seguinte, amanhecia com uma dolorosa erisipela[40] que veio a prostrá-la de cama oito dias.

O filho, verificando mais tarde a cinta de papel da peça que havia comprado, deu com o retrato dele.

Estava explicado o azar.

Um caso[41]

Nas minhas vizinhanças, como velho morador do lugar, eu conheço todo mundo e todo mundo me conhece. É um bem. Saio de manhã a passear e corro a coxia a ver os meus camaradas de vendas, botequins, padarias e barbeiros.

Um dia destes fui surpreendido com as modificações levadas a efeito na padaria da minha zona.

Os proprietários chamaram um artista "fingidor", e ele lá pintou um painel onde há, de mistura, caboclos, tigres, leões etc.

Achei semelhante familiaridade um pouco imprópria, mas nada disse, à vista de uma reprodução do Theatro Municipal, em cuja frente o padeiro meu amigo vendia o seu suculento produto.

Depois de ver esse Vaticano panificador, fui ao meu amigo barbeiro, o Jorge, que é de gloriosa memória.

Na cadeira, havia um almofadinha suburbano, contando muitas proezas e conquistas.

Lia eu os jornais, mas, em dado momento, fui obrigado a dar-lhe atenção.

O cidadão era maximalista de quatro costados e, conquanto não goste dessa espécie de linguarudos, conversei com o rapaz sobre o assunto.

Até aí, as coisas iam bem; mas o rapaz acaba de fazer a barba e chega a hora do pagamento.

Considerando esse momento, ele tratou de atar a gravata diante do espelho com o máximo cuidado. Nó daqui, nó dacolá, bem cerca de vinte minutos.

Afinal passa um bonde e ele corre atrás do veículo com a máxima agilidade.

Esqueceu-se de pagar o barbeiro.

O fio de linha[42]

A polícia dos subúrbios lavrou um tento: pegou gatunos com um fio de linha.

A linha era da melhor fábrica, porque, se não o fosse, teria arrebentado com certeza. Os meliantes eram quatro ou cinco e, para que um fio de linha os tivesse posto em custódia, é preciso que fosse de ferro — era uma linha férrea, eis aí! Dessa maneira, a nova polícia acaba de descobrir um novo processo de agarrar ladrões: o fio de linha férrea.

Todos os agentes, de hoje em diante, quando se dispuserem a pegar malfeitores, não têm outra coisa que fazer: munam-se de um fio de linha, com certeza férrea, ou de um novelo, mesmo porque — *quod abundat...*[43]

Não há gatuno que possa escapar ao maravilhoso poder da linha policial, e o temor dela há de ser de tal ordem que se refletirá na gíria.

Exemplifiquemos:

Preso: dirão — estamos na linha.
Polícia: alinhavado.
Delegado: carretel.
Comissário: novelo.
Xadrez: crochê.
Chefe: máquina de costura.
Soldado: fiapo.
Inquérito: costura.

O abalo deve ser grande na população que vive fora da lei, e as modificações na gíria deverão corresponder à grandeza desse abalo. Os exemplos que dou servem unicamente para ilustrar a ideia, pois serão em número cem vezes maior as inovações no vocabulário de tão conspícuas pessoas.

É possível que os puristas lá deles protestem contra essa violenta introdução de neologismos; mas, como tal gente não possui Senado e Código Civil, o protesto não tomará importância, não passando de uma insignificante impertinência de gramáticos.

A sociedade que rouba, naturalmente, procurará salvaguardar-se dos perigos que, contra a sua existência, vem oferecer essa moderna descoberta policial.

Gatuno algum deixará mais em suas vestes ou em seu corpo furo ou orifício por onde se possa introduzir a linha policial. Vão ter corpos hermeticamente fechados...

E se à coletividade de malfeitores o novo expediente policial vai levar essas modificações, à que só faz bem, isto é, a uma, normal, também trará desarranjo.

No mínimo, o que poderá acontecer será o emaranhamento das linhas férreas policiais com as de telefone, telégrafo e as de estrada de ferro, causando desarranjo ao comércio e à indústria.

PISTOLÕES E COSTUMES ADMINISTRATIVOS

O pistolão[1]

Quando o dr. Café foi nomeado diretor do Serviço de Construção de Albergues e Hospedarias, anunciou aos quatro ventos que não atenderia a pistolões.

Sabe toda a gente em que consiste o pistolão ou o cartucho. É uma carta ou cartão de pessoa influente, de amigo ou amiga, de chefão político que faz as altas autoridades torcerem a justiça e o direito.

Café tinha anunciado que não atenderia absolutamente aos tais "cartuchos"; que ia decidir por si todos os casos e questões.

Firme em tal propósito, ele se trancara no gabinete e lia os regulamentos que inteiramente desconhecia, sobretudo os da sua repartição.

Naquele dia, o doutor teve notícia de que um moço o procurava.

Deu ordem a um contínuo que o fizesse entrar.

— Que deseja?

— Vossa excelência há de perdoar-me o incômodo. Eu desejava ser nomeado porteiro do albergue da ilha do Governador.

— Há albergue lá?

— Há sim, senhor.

Café pensou um tempo e disse com rapidez:

— Não conheço bem o senhor. Quem me garante a sua idoneidade para o cargo?

— Vossa excelência disse que não admitia empenhos...
— É verdade...
— Mas saberá vossa excelência que eu...
— É, é... O senhor deve fazer-se recomendar.
— Tenho mesmo já a recomendação.
— De quem é?
— Do senador Xisto.
— Deixe-me ver.
Café leu a carta e lembrou-se de que esse senador tinha concorrido muito para a nomeação dele.
Leu e respondeu:
— Pode ir. Amanhã estará nomeado.

O último "rodolfinho"[2]

Todo o Rio de Janeiro e o Brasil também estão lembrados da famosa instituição dos "rodolfinhos", que fez a alegria de muito homem de talento e de muita dama sedutora.

Quando Xandu foi ministro, era fazer-se uma revistinha, era publicar-se um jornaleco, estampando-lhe o retrato, contando-lhe os números de decretos, comentando-lhe os regulamentos inócuos, e logo o dono do jornaleco ou da revista recebia das mãos dadivosas do grande ministro uma espécie de cheque, um "reservado", um aviso, por intermédio do qual recebia o felizardo uma grossa maquia.

Uma instituição dessas não podia deixar de arraigar-se nos nossos costumes administrativos e manter-se neles como uma necessidade.

O governo passado, apesar de ser um governo de "viver às claras" em todas as irregularidades, continuou a cultivar a instituição, e não houve cidadão prestante que não recebesse dele, na hora que quisesse, um "rodolfinho", coisa sempre mais certa que uma certeza no bicho.

Quem escreve estas linhas não teve nunca a felicidade de receber um "reservado", mas pode afiançar, sem falso orgulho, como toda a gente, que o não recebeu porque não quis.

O governo atual, austero e econômico, parecia não estar disposto a continuar na sementeira de "reservados";

entretanto, sabemos, e já foi publicado, que um dos seus ministros não foi estranho à tentação de emiti-los.

Com um dos que ele expediu, deu-se até um fato bem cômico.

Contemos o caso como o caso foi.

Trata-se de um ilustre publicista persa que, em um periódico que deve aparecer em Teerã, mas que, de fato, aparece aqui, elogiou os méritos da última reforma da Instrução Pública.

O respectivo ministro, comovido por ter sido elogiado na Pérsia do Rio de Janeiro, determinou à sua respectiva secretaria que expedisse um aviso reservado, um "rodolfinho" ao Tesouro, rogando ao colega da Fazenda que pagasse a Nazim-Edin, diretor do *Kazim*, a quantia de 500$000.

O empregado que redigiu o aviso, enganou-se e, em vez de 500$000, pôs por extenso quinhentos réis, e, assim, o ato foi assinado e expedido. Chegou a coisa ao Tesouro e Nazim-Edin recebeu um "rodolfinho" de quinhentos réis.

Um requerimento curioso[3]

Há dias, um dos protocolistas dos muitos protocolos do Ministério da Fazenda teve ocasião de receber de uma "parte", conforme se diz na gíria burocrática, uma petição do teor seguinte:

"Exmo. sr. ministro da Fazenda. Diz Floduardo de Melo Valença que, a exemplo de muita gente e à vista da abundância de nomeações, deseja ser por vossa excelência provido no lugar de fiscal de banco. Alega o requerente, em favor de sua pretensão, o seguinte:

a) O peticionário é funcionário público aposentado e a sua aposentadoria é exígua, portanto, precisa de um reforço nos seus vencimentos; e não podendo ele exercer cargo público, a menos que não prove os vencimentos de sua aposentadoria, a não ser os de presidente da República, ministro de Estado, prefeito, senador, deputado e intendente — coisas que estão fora do seu alcance e poder, só pode obter o reforço a que aludiu, exercendo uma comissão, qual a de fiscal de bancos.

b) Não conhece ele nada do mecanismo bancário; e, de aritmética, nem mesmo sabe as coisas do conhecido Viana, embora as tenha estudado há cerca de vinte e cinco anos;

c) Ele faz parte do Centro do Ideal Nacionalista, do qual é 25º secretário;

d) É republicano histórico, brasileiro nato e em seus avós, por mais longe que se suba na sua ascendência, só encontram brasileiros natos, de um e de outro sexo.

e) A fortuna que herdou de seus pais, ele a gastou em poucos anos — o que demonstra a sua capacidade de economista e financeiro.

Por estas razões e outras, ele julga a sua pretensão bem amparada, tanto mais que, como vossa excelência sabe, ele não pode ser aproveitado como astrônomo do Observatório Astronômico, na última reforma desse estabelecimento científico. Por ser de justiça, pede e espera deferimento.

Rio de Janeiro, 24 de agosto de 1921.

Floduardo de Melo Valença.

(Estava colada uma estampilha de seiscentos réis, devidamente inutilizada)."

Por cópia, confirmo.

O culto da competência[4]

Como dizem várias "pessoas" por aí e o lirismo de certos jornais, o sr. Epitácio Pessoa, na presidência da República, veio inaugurar costumes novos na nossa administração, desconhecidos até então e que só ele, anunciado pelos oráculos e inspirado pelos deuses, podia pôr em prática. Até agora, os nossos governantes tinham desdenhado as competências para os cargos. Sua excelência, abrindo uma exceção, foi buscar para os altos lugares de sua governança "pessoas" que conhecessem de sobra o mister que iam exercer.

O Brasil tem muitos generais, de brigada e de divisão, até marechais há de sobra, no pressuposto de que venha a ter ele um grande conflito armado e precise pôr em pé de guerra duzentos ou mais mil homens. Apesar de tê-los assim aos montes, em nenhum dos oficiais-generais existentes na atividade sua excelência encontrou o que fosse capaz de comandar a Brigada Policial ou Divisão Policial ou Corpo Policial.

Meditou sua excelência muito no caso, obediente ao seu transcendente princípio de competência, e foi encontrá-lo num velho marechal, que fora reformado havia alguns anos e vivia retirado, criando galinhas de raça e pombos-correios. Um deputado amigo apresentou um projeto, fazendo-o reverter à ativa e, num instante, Câmara, Senado e ele mesmo, presidente, trouxeram o Cincinato das galinhas e dos pombos para as narcóticas funções de comandar a legião do chanfalho policial. Esse general, convém não esquecer, é irmão do presidente; e — dizer — se ele não o tivesse encontrado reformado, mas, sim, já de viagem para o outro mundo, talvez se socorresse dos poderes sobrenaturais de que dispõe para ir buscar o chefe da sua guarda pretória entre os mortos.

Outra manifestação do culto da competência, que guia o atual presidente em todos os seus atos, é a escolha do sr. Raul Soares para ministro da Marinha.

Este senhor é uma das maiores sumidades em coisas de náutica e naves de guerra que têm existido no Brasil.

Nasceu em Minas, província central; mas, devido a uma tenaz moléstia na sua infância, a família dele teve de deslocar-se no seu estado natal, para dar-lhe banhos salgados. A família e ele foram para uma risonha praia de Mar de Espanha, no mesmo estado, onde o futuro bacharel Soares fez os seus primeiros conhecimentos com o salso elemento, como diziam os antigos poetas.

Curou-se, continuou os seus estudos e tudo fazia crer que ele viesse para a Escola Naval. Tal não aconteceu.

O futuramente sua excelência foi para São Paulo estudar direito, onde continuou o seu namoro com o mar distante. O amor vence não só a morte, mas também a ausência...

O resto da carreira é a comum dos bacharéis que se destinam à política: promotoreco, juizinho, himeneuzinho[5] estadual etc. etc.

Enfim, Epitácio vem...

Sabendo como o dr. Raul gostava do mar, que só vira em menino numa praia de Mar de Espanha, em Minas; e, a sua ação decisiva para que fosse ele o candidato escolhido à presidência, o sr. Epitácio deu-lhe a pasta do cais dos mineiros que lhe foi a calhar, não só pelo que nela o sr. Soares ia gerir, como também pelo local em que o ministério está colocado.

É verdade que, hoje, os mineiros que saltam no Rio de Janeiro são vítimas do conto do vigário, no Campo de Santana, mas, há cinquenta ou mais anos passados, o eram naquele cais que olha para a ilha das Cobras e recebeu o nome deles.

Tudo isso não vem ao caso e são puras digressões. O que se pode afiançar é que o sr. Raul Soares, com o seu fraque sabarense e o seu cigarro de Araxá, mostrou-se desde logo uma competência em coisas de Marinha e hoje está completamente afiado na atividade mecânica do departamento naval.

Já travou conhecimento com a bússola; já sabe que o mar é maior que o Paraíba; não confunde mais um *dreadnought*[6] com um *scout*[7] etc. etc.

O que lhe tem custado muito é compreender como os navios de ferro não vão ao fundo. O comandante Tancredo Burlamaqui[8] está encarregado de explicar-lhe este mistério. Não tardará muito que ele se desfaça na cabeça do dr. Raul Soares.

Alta política[9]

No estado dos Caranguejos, com todo o cerimonial usado nessas ocasiões, se havia organizado o Partido Republicano Radical, cujo programa consistia em obedecer ao poderoso chefe Ananias.

O resto das ideias que o partido ia defender ninguém sabia; às vezes, um ou outro membro afirmava que eles defendiam a República. Havia, entretanto, outro partido — o Partido Republicano Social — que tinha o mesmo programa: obedecer à orientação de um chefe poderoso e defender a República.

Ambos, porém, brigavam e disputavam-se ferozmente os lugares da representação nacional e estadual.

O chefe do PRR era o senador federal Costa, e os membros mais proeminentes eram os deputados Xisto, Jucá e Sanches, além do coronel Bernardo, grande influência eleitoral no estado, onde dispunha de grande parentela, hábil no manejo das atas.

O partido era coeso e forte pela obediência que prestava ao chefe.

Veio um caso transcendente que provocou a cisão no partido, mais do que cisão: a sua subdivisão em quatro.

O caso foi este: houve uma vaga de senador na Capitania do Porto.

O senador Costa tinha como candidato um parente

padre; Xisto, um contraparente; Jucá, um primo; e Bernardo, um eleitor influente.

Cada qual pôs em campo os seus empenhos e as suas influências.

Os telegramas do Rio para os Caranguejos e dos Caranguejos para o Rio choviam.

O capitão do porto não sabia a quem entender e consultou o ministro da Marinha. Este, assediado de pedidos, foi ao presidente da República. Fosse porque fosse, o certo é que o chefe de Estado mandou que fosse nomeado o candidato Xisto.

Costa agastou-se e disse que Xisto não era mais do partido. Este não se zangou e fundou outro.

Jucá separou-se dos dois e criou uma nova agremiação política no Estado.

Bernardo, afirmando que só ele tinha influência eleitoral, deu o desespero e fez o seu partido.

Eis aí o que se pode chamar alta política.

Eles falam...[10]

A diminuição do subsídio (projeto apresentado pelo senador Lopes Gonçalves) teve duração efêmera, mas causou grande celeuma entre os deputados e senadores.
 Resolvemos ouvir alguns dos conspícuos pais da pátria.
 Foi opinião do senador Jacinto que o projeto era inviável. Podemos, disse-nos sua excelência, diminuir o vencimento dos outros, mas o nosso? Mateus, primeiro os teus...
 O senador Fagundes não foi tão explícito, sua excelência afirmou que o projeto era inconstitucional.
 O deputado Álvaro explicou-se assim:
 — O subsídio ainda é pequeno. Gasta-se consigo e tem-se que gastar com outros. Um estudante pobre, lá do estado, pede; um antigo colega que está pobre, pede... Que resta?
 A mais saborosa opinião que ouvimos foi a do deputado Salvador:
 — Você quer saber de uma coisa? Eu não me fiz deputado para ganhar ninharias...
 O deputado X disse-nos com franqueza:
 — Diminuir! Pois só de automóvel eu gasto mais do que o subsídio!
 Não sabemos se os senhores conhecem o deputado Pancrácio. É um belo homem, pai de seis filhos, que só pensa neles.

Perguntamos-lhe:

— Que pensa vossa excelência da diminuição do subsídio?

— Que hei de pensar? Querem tirar o pão da boca dos meus filhos.

O janota do deputado Z respondeu assim:

— Não me incomodava, mas agora ficaria atrapalhado... Devo tanto ao alfaiate!

As outras opiniões variaram pouco das que aí ficam e, por elas, podemos fazer uma ideia dos nossos legisladores.

São francos, ao menos.

E é só[11]

Até hoje, ninguém pode explicar cabalmente o estranho pendor, *béguin*, que o sr. Urbano dos Santos tem pelo sr. Luiz Domingues.

A muitos sempre pareceu que tal coisa se dava devido ao singular estômago do sr. Domingues, que possui a curiosa propriedade de devorar jardins zoológicos; outros julgam que as ternuras do sr. Urbano pelo sr. Domingues procedem da competência que este tem em coisas de cinematógrafo, tanto assim que, logo que eleito, instalou um Ministério de Fitas e Cinemas, para auxiliar a sua presidência.

Os alvitres eram inteiramente desencontrados, e julgamos de boa ideia ir procurar o vice-presidente da República em sua residência.

Pelas declarações que sua excelência fez ao sr. Erasmo (brasileiro) e este publicou-as no *O País*, sabíamos que o sr. Urbano era pessoa pobre e de hábitos modestos. Não tivemos, portanto, dúvida alguma em ir procurá-lo. Fomos então à rua Voluntários da Pátria e encontramos logo a casa de residência de pessoa tão principal.

Espantamo-nos, e não era para menos, pois demos de cara com uma grande casa burguesa, altos e baixos, jardim, piscinas, viveiros etc. Não deve ser aqui, pensamos; logo, porém, nos acudiu outra ideia: talvez seja uma casa de pensão e sua excelência ocupe nela alguns aposentos.

Mal havíamos formulado este pensamento, apareceu o jardineiro, empunhando uma espécie de foice da morte que serve para aparar a grama em vastos canteiros. O jardim da casa era bem grande. Falamos ao homem:

— O dr. Urbano.

— Chamarei o copeiro e ele há de atendê-lo. — Tocou em uma campainha que havia no muro e não tardou em vir o outro serviçal de sua excelência. Bem, pensamos nós, a casa parece que é do homem... Chegado que foi o rapaz, perguntamos de novo:

— O dr. Urbano mora aqui?

— Pois não sabe... Mora há muitos anos.

Fomos introduzidos, depois de uma pequena espera em uma das salas da biblioteca de sua excelência, porque o dr. Urbano (vide Erasmo) tem setenta mil volumes.

Não contivemos a nossa admiração diante dessa Alexandria[12] particular.

— O doutor, fizemos nós, deve ter alguns empregados para tratar de tanto livro.

— Nenhum. Eu mesmo trato deles todos quase diariamente.

— Pois olhe, doutor, se o governo tivesse quatro pessoas como o senhor podia fazer grandes economias na Biblioteca Nacional.

Sua excelência sorriu, fez-nos sentar mais junto dele e perguntou:

— Que ordena?

— A questão é simples, doutor. Nós queríamos saber por que vossa excelência fez tanto empenho em pôr o Domingues na Câmara.

— É simples.

— Pode-se saber?

— Pois não. A minha tenção era fazê-lo diretor do povoamento do solo, mas o lugar está ocupado. Demais, ganha-se lá pouco. Fi-lo deputado, e ele vai colaborar eficazmente para o progresso daquela repartição, graças ao subsídio. É só.

Ainda falou em outras coisas e nos despedimos certos de que a explicação vai contentar os nossos leitores.

O prêmio[13]

Naquele dia o poderoso chefe Bastos[14] jogava bilhar com Anófeles,[15] o tal que estuda com aquele papão político direito constitucional e a criação de galos de briga. Campelo, ventrudo, roupa esticada, bochechas enfunadas, olhava por detrás do pincenê as mirabolantes carambolas do minhocão político. De onde em onde, exclamava cheio de entusiasmo e admiração:

— Vossa excelência, general, joga maravilhosamente. Nunca vi jogar assim.

Bastos perdia a tacada e voltava as costas ao seu admirador, olhando o jogo do parceiro. Campelo, porém, não se dava por achado e procurava melhor posição, para queimar incenso ao manipanso. Bastos irritava-se e ordenava:

— Sai daí que não posso ver o jogo.

— Desculpe-me, vossa excelência, fazia com toda a humildade o enxundioso parlamentar. Não tinha notado que tirava a vista de vossa excelência.

O cigarro de Bastos se havia apagado. Ninguém tinha fósforos, e o chefão ordenou com toda a autoridade:

— Campelo, vai lá dentro e traga uma caixa de fósforos.

II

O deputado Cardoso tinha apresentado um requerimento de informações sobre uns assassinatos praticados pelo presidente da República, o sr. Dudu. Foram cercados de tal crueldade, a opinião estava tão exacerbada, que os dominantes tiveram medo que a Câmara aprovasse a petição. Bastos, apesar de sua couraça de "Negrita" e outros ingredientes ponderáveis e imponderáveis, tremeu pela sua sorte ligada à de Dudu. Chamou Campelo e disse:

— Menino, você vai justificar a medida do governo e atacar o requerimento.

Campelo, derretendo os untos e a consciência, acudiu pressuroso:

— Pois não, general. Já estudei a questão e o governo tem toda a razão.

No dia seguinte, subiu à tribuna da Câmara e falou com voz de soprano, melíflua de romanza: sr. presidente, o requerimento do nobre deputado Cardoso não tem razão de ser. Há nele oculto uma censura ao governo. Em face da Constituição, poder executivo pode matar quem quiser, quando e bem quiser.

III

Tendo prestado esses e outros serviços de igual natureza ao poderoso chefe Bastos, Campelo julgou-se com toda a certeza reeleito.

Vieram as eleições, e o acólito da catedral dos princípios republicanos, para não perder o hábito, andou pela cidade à frente de capangas, arrebatando urnas e atas.

Desta feita, não mataram ninguém. Chegou o dia do reconhecimento, e Campelo, forte no seu monte de atas falsas, julgou-se seguro, tanto mais que tinha a proteção de Bastos. A comissão, porém, não esteve para histórias e cedeu a outras injunções e aceitou outras atas falsas.

Campelo, doido, correu à casa de Bastos:

— General! E o meu reconhecimento?

O "chefão" acendeu o cigarro de palha e disse:

— Menino, quem muito se abaixa, cai no chão.

Uma entrevista[16]

O sr. Rodolfo de Miranda, que foi o ministro dos três milhões de decretos e escapou de ser presidente de São Paulo, acaba de deixar a presidência do Clube Flor de Abacate daquela cidade, para entrar de novo em funções políticas, sob a chefia do sr. Pinheiro Machado.

Um nosso companheiro pôde conversar com ele e trouxe a mais agradável impressão das suas ideias e dos processos políticos que vai empregar, para a próxima vitória.

Sua excelência, apesar de ter democraticamente aceitado a governança do Flor de Abacate, de São Paulo, ainda se veste como baronete ou como qualquer empregado bem pago do banco inglês. Continua a usar monóculo e foi o colocando melhor na cavidade orbitária quando disse:

— Ganhei muita experiência no cargo que acabo de exercer e a que fui elevado pelos meus altos méritos. Vim organizar o meu partido em ranchos, grupos e cordões, e todos eles terão as suas cantorias especiais, de modo que façam vibrar o povo, o verdadeiro povo. Foi uma experiência carnavalesca a que me submeti.

— Vossa excelência podia dizer-nos algum dos seus hinos?

— São muitos e só me lembro do grupo que vai agitar Lorena.

— Como se chama?

— Grupo do Manacá do Mato. O hino é este:

Seu Rodolfo de Miranda
É pessoa poderosa
Quase ficou ministro
Da criatura cheirosa.

Ele pode quase tudo
Com o seu general Pinheiro
Vai conseguir com ele
Do governo ter o cheiro.

E por aí vai, sendo tudo acompanhado de chocalho, reco-reco, pandeiros, adufes etc. Não acha boa a ideia?
— Magnífica, doutor.
— Já não sou mais doutor.
— Resignou?
— Abandonei o título.
— Fez bem. Com ranchos etc. conseguirá ferir a imaginação popular e atrair a simpatia para a sua causa?
— Consigo. De resto, tenho outras mais infalíveis. Tenho um batalhão de calígrafos capazes de imitar a letra dos mais analfabetos.
— Por que não adota o método do Rapadura?[17]
— Nada, meu caro! Os defuntos de São Paulo são teimosos. Não saem, nem à mão de Deus Padre, da sepultura; e isto desde que o Múcio andou com eles em dança macabra no Araçá.
— E que ideias pretende aplicar no seu governo?
— São bem conhecidas, meu caro. Já as expus ao sr. Bogóloff;[18] e não tenho outras mais senão a de aproveitar as areias monazíticas como adubo do café.

Julgando que aborrecíamos o ilustre estadista, despedimo-nos e fomos atenciosamente trazidos até a porta do seu palácio pelo grande homem, que arrastava o passo como se sofresse de reumatismo.

O motivo[19]

O sr. Zeca Meireles, saliente parlamentar, que, na legislatura passada, tanto se notabilizou pelos seus projetos e pareceres, teve a bondade de nos explicar por que pôs nas suas atas os nomes de mortos ilustres.

É uma delícia conversar com o sr. Zeca. Falta-lhe o vocabulário pitoresco e entremeado de português do coronel Gifoni;[20] mas, de sobra, tem o sr. Zeca o fraseado dos bons rapazes, aqueles bons rapazes dedicados que fazem as eleições do distrito sob a direção imediata do sr. Nicanor e Augusto de Vasconcelos.[21]

Demais, o sr. Meireles tem a ciência curiosa das donas de casa. Ele sabe a aplicação da malva, da água boricada, conhece o modo de encanar o braço com clara de ovo, mas desconhece inteiramente a utilidade do cipó-chumbo e da erva-cidreira.

Este é o seu saber médico e farmacológico. Em aritmética, dada a sua condição de funcionário municipal, conhece bem a conta de juros.

Em literatura, os seus conhecimentos são limitados. Não leu o "Rocambole",[22] mas já chorou com a "Morta virgem".[23]

Ele é de uma acessibilidade toda sua, e isto lhe vem do hábito de cabalar, principalmente entre os mortos.

Disse-nos:

— Quando entro no cemitério, não me posso mover.

Saem todos os defuntos das covas e é abraço que te parta.
— Não tem medo?
— Qual! Dou-lhes até cigarros, falo na gíria e não tenho medo algum. Como eu, só o Augusto.[24]
— E o Floriano?
— Qual, Floriano! Isto é só na escrita. É homem de gabinete e, demais, só fala latim, e esta língua os defuntos não entendem.
— Latim?
— Sim, latim!
Parou um instante e acrescentou:
— Se não é latim, é língua que não entendo.
— Nem quando escreve?
— Nem assim. O Augusto então é que não pesca nada.
— Dizem por aí, entretanto, que ele até gaba muito os escritos do Floriano.
— Você vai atrás do Rapadura. Ele é matreiro... Quando não entende, diz que está muito bom.
— E quando entende?
— Isso... Isso... Homem, quer que lhe diga uma coisa: ele só entende a língua dos defuntos.
— Uma coisa, sr. Zeca: por que os senhores puseram tanto defunto conhecido nas atas?
— O motivo é muito simples.
— Qual é?
— Não dizem que o nosso partido é composto de cafajestes e vagabundos?
— Dizem.
— Pois bem: quisemos mostrar que não é verdade. Nomes por nomes, nós temos dos melhores.
— Não há dúvida! No cemitério...
— Quer melhores?
— Certamente que não. Ficam até mais claraividentes.

O Rapadura[25]

Os senhores certamente conhecem o cidadão Floriano de Brito. É um moço amável, com umas lunetas de 420, entendido em latim, cujos autores gosta de parodiar, quando deixa os seus afazeres de professor de meninos, de engenheiro e fabricante de atas do PRC.[26]

É assíduo no morro da Graça[27] e, com Anófeles,[28] estuda com o general Pinheiro direito constitucional. Já tem, com as lições recebidas, dado bem boas ao Rui, sobretudo no que toca à competência do Supremo, e estas foram de tal ordem que o eminente jurisconsulto disse a alguém:

— Se fosse mais moço, ia repetir os meus estudos com o Floriano. Que homem original! Safa!

Isto tudo é bem sabido, mas, ultimamente, o sr. Britto (dois *tt*) deu em exaltar o Rapadura.[29] É um homem grato e audaz. Até aqui ninguém exaltava semelhante fóssil. Esse *pithecanthropus*[30] fabricava atas para eleger este ou aquele e os agradecimentos dos servidos por ele ficavam em particular; Florianno (dois *nn*), porém, tomou-se de audácia e anda a proclamar as virtudes excepcionais do caçoar eleitoral. Diz ele que o tal senador de Campo Grande, o *aepyornis*[31] parlamentar, é um homem cheio de serviços. Nós não conhecíamos de semelhante *ictiossauro*[32] senão o mérito de encher a prefeitura de apaniguados seus e pouco tratar dos interesses da cidade. Portanto fomos ouvir o sr. Florianno de Britto.

— Vocês se admiram de que eu fale nos méritos do Augusto?
— Admiramo-nos. Não sabemos quais são...
— Pois saibam vocês que são muitos.
— Exemplo.
— O Augusto transformou as eleições em coisa cômoda.
— Explique-se.
— Como vocês devem saber, quase sempre elas caem em domingo ou senão o dia é feriado. Todos querem ficar em casa, e o Augusto, que sabe disso, não incomoda os eleitores. Leva os livros para a sua casa ou para a de outro amigo e faz as eleições. Eis aí.
— É um serviço prestado à verdade eleitoral. Outro?
— Augusto sabe perfeitamente que o presente é a soma do passado, que só este existe e, portanto, não devemos afastar os mortos das nossas cogitações. Que faz? Os mortos votam sempre na chapa dele.
— É filosófico.
— Outro. O Augusto conhece perfeitamente que o progresso é um mal, cria necessidades a que não atende.
— Que faz?
— Não trata de arranjar melhoramentos para o distrito, cuja política domina. De resto, o Augusto é anarquista.
— Que diz?
— Pois não. Não gosta de pagar impostos à municipalidade de suas indústrias de Campo Grande.
— Ele, porém, não fala, não diz nada...
— Para quê? Basta que o Pinheiro diga: Rapa, faz isto, faz aquilo; e ele vai fazendo. Precisa falar? Precisa pensar?
— Mas isto não são serviços à República.
— São qualidades. Mas o máximo serviço que ele está fazendo à República é mostrar que ela não precisa de senadores nem deputados com opinião. É uma vantagem.
Agradecemos etc. etc.

Governada pelos mortos[33]

O reconhecimento na Câmara continua hilariante. A gente do Rapadura[34] cada vez mais se mostra governada pelos mortos. Não há mais paz nos cemitérios e, se neles não há, onde haverá, meu Deus? Esse tal de Rapadura é um flagelo, mas que espécie de flagelo, minha Nossa Senhora! Flagelo dos mortos, necrófilo, vampiro, hiena, chacal — as coisas mais amaldiçoadas em toda e qualquer consciência. Vejam só, os senhores, como ele é mau. Retirou da cova o pobre coronel Rodolfo Brasil, aquele boníssimo e gordo militar, que vivia atracado com os livros... nas livrarias, falava com todos e se fez fortaleza para prender o não menos doce e boníssimo militar Lauro Sodré.

É de crer que a morte trouxesse a tão boa pessoa mais bondade, senão não é fácil imaginar o que faria o coronel Brasil ao saber que o nigromante Rapadura ia tirá-lo do túmulo para votar no Floriano de Brito e — que blasfêmia! — no Nicanor.

É possível lá conceber que, se o gordo coronel não ficasse santo, permitisse tal coisa!

Barbosa Lima diz que os seus amigos, depois de mortos, ficaram seus inimigos. Não ficaram não, caro dr. Barbosa Lima. O que eles não querem é que o senhor se meta com tão más companhias. Que vai fazer o dr. Barbosa Lima junto do Zeca Meireles? Do Nicanor? Ainda juntinho do Flávio — que promessa! —, o dr. Barbosa

Lima, que foi professor, poderá ensinar-lhe alguma coisa proveitosa de aritmética, de ciências naturais, de história, de direito. Flávio ainda é muito moço e pode aprender, mesmo na Câmara dos Deputados. Mas Zeca — Deus dos Céus! —, o que pode aprender agora? Papagaio velho não aprende a falar.

Com o Nica, porém, a companhia é perniciosa. Pode acontecer bem que o eminente tribuno torne-lhe os maus hábitos, isto é, aprenda a furtar urnas, a se fazer seguir por malta de capangas, a advogar no júri os piores bandidos, a fim de receber-lhes a dedicação em hipoteca para futuras proezas eleitorais.

Fique certo, dr. Barbosa, que eles não são seus inimigos. São seus amigos e não querem pô-lo a perder com a frequência de tão más companhias, temendo até que o senhor desaprenda ao tomar conhecimento das sentenças do Deraldo, das anedotas do Marcolino, da concepção política do Luiz Domingues e das variações do Gilberto.

Alongamo-nos muito sobre essa feição do reconhecimento e não trouxemos nenhuma novidade aos leitores.

Fomos procurá-las aos alfaiates e a várias pensões chiques.

Disseram-nos nas alfaiatarias que as encomendas têm sido insignificantes.

Unicamente o Auto de Sá encomendou uma sobrecasaca para contestar com toda a solenidade o diploma do Carlos Peixoto.

Nas pensões há, porém, um movimento mais intenso. Diplomados, contestantes, asseclas etc., lá não têm faltado. Nada de champanhe; a coisa vai mesmo a vinho. *Homo sum*...[35]

Uma eleição de intendente[36]

Pelo que se lê nos jornais, vai haver uma eleição de intendente. Tudo faz crer que ela será renhida, não só porque o número de candidatos se multiplica como também porque os partidos se cindem de um modo pasmoso. Parece mais natural que, em vésperas de eleição, os partidos se deviam mais agregar, para obter a vitória dos seus candidatos; mas, entre nós, é o contrário.

Quando se anuncia uma eleição aqui, logo as agremiações partidárias se subdividem ao infinito. Cada chefe tem um candidato e, quando o "chefão" não quer incluí-lo na chapa, logo um daqueles declara cisão e funda um novo partido.

O primitivo chamava-se "Concentração Republicana", o derivado chamar-se-á "Consolidação Carioca". Nenhum deles diz por que se separaram, quais as ideias de ambos que estão em antagonismo. Declaram-se separados e apresentam os seus respectivos candidatos.

Chamam isto política a que alguém já chamou de arte de governar os povos e procurar o bem e a felicidade de cada um.

Quanto à última parte, a seu modo, é bem possível que os nossos chefes políticos tenham razão, porquanto o que eles procuram é o bem e felicidade de cada um... dos seus apaniguados.

Não há nenhum que não fique feliz com um gordo

subsídio e, em boa lógica, a sua ação entra na definição dada por alguém de política, isto é, na segunda parte. No que toca à segunda, não sei se eles terão razão; mas não é a parte essencial dela. O povo prescinde muito bem do seu governo e o faz por si mesmo.

Os políticos sabem muito bem disto e pouco se importam com ele.

Têm eles toda a razão e agem com sabedoria. Se fossem eles meter-se a guiá-lo, talvez lhe trouxessem a infelicidade. Tem-se visto muitas vezes, e eu não quero exemplificar.

Seria transformar as páginas desta revista, que deve ser leve e risonha, em sisuda publicação de sabedoria e erudição.

Deus escreve direito por linhas; acho, portanto, de bom alvitre que os políticos pouco se incomodem com os seus jurisdicionados.

É melhor que as coisas corram naturalmente do que sejam perturbadas intempestivamente.

Os partidos e os candidatos que se multipliquem à vontade, que, talvez, seja coisa excelente e útil...

As reformas[37]

A política não tem andado muito agitada, mas outras questões andam no ar, das quais é bom tratar. Todo fim de ano, quando se apressa a votação dos orçamentos, os interessados começam a ficar esperançados com as autorizações de reformas que as leis dos meios sempre trazem no bojo.

Afilhados e netos, primos e compadres, genros e cunhados, filhos e mulheres, conhecidos e amigos, tudo isto — de figurões e pessoas importantes esperam abiscoitar nas tais reformas um aumento de despesa, lugares e boas sinecuras.

É a época das esperanças loucas, dos desejos desde muito acariciados de obter tal e qual coisa.

O que, porém, essa reforma traz de absurdo não é o absurdo de interpretar a ideia assim dessa forma; é a tenção de dar emolumentos aos delegados de polícia.

Por que cargas-d'água?

Os juízes as recebem devido à tradição, uma tradição obsoleta, que, aos poucos, vai morrendo. É verdade que os delegados sempre tiveram as manias de juízes, mas isso é lá com eles. Cada louco tem a sua mania.

O delegado é um funcionário público como outro qualquer e só deve ter direito aos vencimentos que a lei lhe marca. O mais é gravar de mais impostos à nossa esfolada população. Dizem que os amanuenses vão pedir também emolumentos...

Economias[38]

Como o país precisasse fazer economias, o novo titular da pasta dos Cultos[39] resolveu fazer uma reforma completa no seu ministério.

Possuía autorização lata na lei de orçamento e pôs logo mãos à obra.

Ele tinha que suprimir lugares; apanhou um lápis vermelho e foi emendando nos quadros do pessoal das repartições o número dos empregados. Onde tinha dez amanuenses, ele punha cinco; onde tinha sete escriturários, ele punha dois; onde tinha três chefes de seção, ele punha dois.

Depois, com todo o método, começou a ver a economia que ia fazer. Somou bem e viu que a coisa ia poupar ao Tesouro cerca de mil contos.

Ficou extremamente satisfeito e logo determinou que fosse publicado o seu espantoso plano de economias.

Estava salva a pátria; o país ia nadar em ouro, graças ao tino e à providência do dr. Galvas, ministro de Estado dos Negócios dos Cultos.

Nesse meio-tempo, chega-lhe uma carta:

"Caro Galvas. Peço-te com todo o empenho colocares aí o meu sobrinho Homero, portador deste. Sou sempre o teu — Bernardo."

Era do chefão. Que havia de fazer? Mandou que o rapaz entrasse e perguntou-lhe logo:

— Que lugar deseja?
— Qualquer me serve, doutor.
— Bem. Estou fazendo economias, cortando lugares, mas não posso deixar de servir ao meu amigo Bernardo. Volte amanhã.

Chamou o diretor de contabilidade e perguntou:

— Sr. Bentes, não há um meio de colocar por aqui um sobrinho do Bernardo? Estou fazendo economias, mas não posso deixar de servi-lo.

O chefe da contabilidade era prático nessas coisas e deu o seu alvitre:

— Vossa excelência pode colocá-lo no seu gabinete e dar-lhe uma gratificação de quinhentos mil-réis.

— Por que verba?
— Pela de eventuais.

Assim foi feito, e o Homero foi colocado.

A ECONOMIA
E A CARESTIA DA VIDA

O nacionalismo[1]

De uns tempos a esta parte, vejo em todo o lugar falar-se em nacionalismo.

Não leio nunca o que os jornais trazem encabeçados com este título ou outro aparentado e só suspeito o que seja pelo que dizem os adversários dos tais nacionalistas.

A coisa me chamou a atenção quando se tratou do tal negócio dos navios; eu, porém, tinha uma opinião a respeito, tão antinacionalista e tão nacionalista que nem dessa feita fiquei sabendo só certo do que se tratava com tal palavra.

Uma coisa, porém, vi logo: que entrava no novo jacobinismo: a política.

Ora, nada tendo eu com semelhante senhora, não era da minha conta meter o bedelho onde não era chamado.

Entretanto, não pude continuar nessa atitude, pois não abro um jornal que não venha um artigo, um tópico, uma alusão ao nacionalismo.

Vejo-me obrigado a ter uma opinião a respeito e, como os próceres da ideia não a definam por palavras ou por atos, vejo-me na contingência de fazer suposições.

Em certas ocasiões, penso que os nacionalistas desejem a proibição da entrada de estrangeiros no Brasil; mas, imediatamente, acho isto um absurdo. Não é possível tal coisa hoje, em que a concepção de humanidade vai cada vez mais dominando a de pátria.

A princípio, a serviço das religiões com tendências universais, aproveitada pelos exploradores políticos e comerciais, com auxílio de filantropos e missionários desinteressados da ideia de humanidade, tende a se purificar, ficar leiga acima de seitas e religiões, para ligar todos os homens na Terra e, em qualquer parte desta, não separá--los, consequentemente, por este ou aquele acidente secundário.

Ora, sendo assim, o Brasil sendo ainda um grande deserto, o nosso nacionalismo de não querer entrada de estrangeiros era uma estreiteza e um regresso.

Pensei mais dias após que bem podia ser que não fosse isto; que eles, os nacionalistas, admitissem a entrada de imigrantes, mas não os quisessem em cargos públicos.

Era outro absurdo, porquanto a própria lei, mediante regras que estabelece, consente que os naturalizados possam chegar até a senador da República.

Imaginei em seguida que os nacionalistas não quisessem os estrangeiros no comércio ou na indústria, mas era antiliberal tentar impedir ou cercear a atividade de um dado cidadão numa profissão, em que nada entra de secreto e onde não se precisa nenhuma manifestação misteriosa de ancestralidade nacional.

Julguei ainda que eles pretendessem impedir que os estranhos mandassem as suas economias para a Europa. Era outro absurdo, porque todos os governos do Brasil, federal, estaduais, municipais, orgulham-se em anunciar que vão pagar tantos e tantos milhares de francos ou libras aos seus credores na Europa.

Outros nacionalistas há que gritam contra a carestia da vida e a atribuem aos estrangeiros, mais aos humildes, isto é, aos vendeiros açougueiros.

Era também essa suposição que me fazia descrer do tal nacionalismo. Esses humildes negociantes querem ganhar dinheiro, e muito, o que está nos moldes das pequenas crenças do nosso tempo, em que se prega explícita ou implicitamente o amor do lucro, do ganho, da fortuna, devendo se alcançar esta seja como for. O vendeiro, o açougueiro etc. são tão criminosos como os nossos patrícios que encarecem o açúcar quando o vendem em grosso, e outros artigos de produção nacional.

Aí, não há brasileiro, nem chinês, há o espírito da nossa época, que *é* o de domínio da cobiça e da cupidez. É preciso extraí-lo da nossa inteligência como da dos demais povos e, então, a vida será outra.

A bem dizer, a carestia atual entre nós é fabricada por aquela gente que de há muito se pôs além e acima do ideal de pátria, é a gente da finança que vai até as funestas guerras para ganhar dinheiro e todo o nosso nacionalismo contra ela é vão e ridículo. Para derrubá-la é preciso abalar e modificar ideais e sentimentos; e é coisa que nunca foi obtida por clubes de meninotes mais ou menos eloquentes e elegantes.

O nacionalismo pode ser literário e artístico, isto é, consistir na cultura da língua, das antiguidades, das tradições, das lendas, da história, do folclore, das manifestações intelectuais passadas, mas este, que *é* obra de estudiosos e artistas, não pede clubes de piqueniques, nem se incomoda que os navios dos outros sejam vendidos a este ou àquele.

Trabalha em silêncio e apresenta a quem gostar os seus estudos e as suas produções, pouco se importando com quem *é* ou deixa de ser presidente da República.

O mal-estar da nossa vida não vem da massa geral de estrangeiros, tão necessitada como a maioria dos nacionais; vem da injustiça das relações econômicas entre pobres e ricos.

Cessem elas, que o mundo será um paraíso e a pátria ficará quase sempre sendo para cada qual o lugar em que nasceu.

Lamentável esquecimento[2]

Esta nossa República que já é "trintona" começou com grandes propósitos de economia. Os primeiros vinténs que ela mandou cunhar na Casa da Moeda traziam gravados motes eloquentes, aconselhando a poupança, o "pé de meia", que muita gente supôs terem saído de *A ciência do bom homem Ricardo*.[3]

Creio que todos estão lembrados dele: "a economia já faz prosperidade; vintém poupado, vintém ganho". Lembro isto porque "vintém" não é moeda que se veja, neste país pobretão.

Esta sabedoria era aconselhada nas moedas de bronze, de vinte e quarenta réis; mas, quando chegava a cem réis, já níquel, a República esquecia-se dela e como que aconselhava, por esquecê-la, que gastássemos os nossos "nicolaus" à beça.

O que ela queria era que poupássemos os vinténs; mas "queimássemos" a valer os níqueis e as pratas.

Não há duvida de que a República tinha razão e estava de acordo com a moral dos economistas mais adiantados.

Os pobres devem poupar, mas os ricos devem gastar, para, no mínimo, *faire marcher le commerce*.

Isto já sustentou, em uma sentença célebre, o famoso juiz de Château-Thierry, o notável e inesquecível juiz Magnaud.[4]

Quem lhes leu as sentenças deve lembrar-se da que deu

em um processo movido por parentes a um perdulário, a um pródigo para o qual aqueles pediam a legal interdição. Nesta sentença, recusando decretar a interdição, o "bom juiz" achava de toda a conveniência social que os ricos gastassem a mais não poder, para fazer a prosperidade do comércio, da indústria, diretamente; e, indiretamente, a de toda a comunhão social.

Não se lembrou disto o carteiro dos correios que se apossou, há dias, violando uma carta, de um bilhete de loteria premiado com dez contos de réis.

Subitamente rico, pois tal coisa representa dez pacotes em mãos tão humildes, ele não se aconselhou com os níqueis e as pratas da República e seguiu os ditames sábios que vêm nos vinténs; pôs-se a poupar.

Descoberta a marosca, quando todos pensavam que o homenzinho tinha gasto o dinheiro de qualquer jeito, o ingênuo do entregador de cartas tinha-o quase intacto na Caixa Econômica.

Apreenderam-lhe a caderneta, demitiram-lhe do lugar e vão metê-lo na cadeia. É a desgraça completa, ainda por cima a desonra. Se ele não tivesse poupado, ao menos podia refletir na Detenção: "estou aqui, na verdade; mas, pelo menos, um dia na minha vida comi do bom e do melhor". Mas, como fez, nem mesmo esse consolo poderá ter quando, cheio de fome e de remorsos, tiver de tragar a brisa ignominiosa da "pensão Meira Lima".[5]

Pobre homem! Foi atrás do que dizem os vinténs, esquecido de que quem nasceu para dez réis não chega a vintém — o que, com o atual câmbio, se pode transformar em — "quem nasceu para vintém, não chega a tostão".

Lamentável esquecimento!

Pedra & Moskowa[6]

Os dois boêmios de tempos já distantes, H. Pedra e Pedro Moskowa, um dia se encontraram e foram tomar café — uma infâmia, verdadeira perfumaria!
   Puseram-se, no botequim, a conversar e a palestrar.
   Veio a conversa recair sobre a arte de "morder".
   Pedro, que era o mais inteligente, disse, num dado momento, ao H. Pedra:
   — Pedra, nós somos uns tolos.
   — Por quê?
   — Não sabemos "morder" cientificamente.
   — Não te compreendo.
   — Eu te explico.
   — Vá lá.
   — Nós dispersamos os nossos esforços, quando tudo nos ensina que devemos conjugá-los, articulá-los, encadeá-los em benefício comum.
   — Como é então?
   — Olha: vamos organizar uma lista das pessoas "mordíveis". Tu ficas com uma e eu com a outra. Num dia. mordo eu; noutro dia, tu. Antes do almoço, dividimos a féria; e, antes do jantar, também. Queres?
   — Aceito. Mas no domingo?
   — Cada um tem liberdade de ação, mas o melhor é não morder nenhuma pessoa da lista.
   — Por quê?

— Pode acontecer que nós ambos mordamos, num mesmo domingo, uma delas; e, no dia seguinte, tanto eu como tu estaremos atrapalhados para fazê-la "sangrar". Aceitas?

— Está feito.

Combinado isto, os dois organizaram a relação das pessoas conspícuas que podiam merecer a honra das suas "facadas" e puseram em prática os fins de sua curiosa associação, que, se fosse registrada na Junta Comercial, teria de girar sob a firma Pedra & Moskowa.

Pedra "mordia" nas segundas, e Moskowa, nas terças; e assim por diante, alternando-se.

Nas horas marcadas, dividiam irmãmente a féria, sem que nenhum "refundisse" um níquel, isto é, sonegasse-o ao outro.

Um dia, porém, em uma confeitaria, Pedra viu que o dr. F. C. era da lista, puxava uma nota graúda, para pagar um vermute que tomara no balcão. Não era o seu dia, mas não se conteve e deu o bote. A vítima sangrou e H. Pedra, que recebera uma "forquilha" (2$000), tratou de refestelar-se num angu do Bernardino; no largo da Sé.

Moskowa, que não sabia da coisa, quando encontrou o dr. F. C. foi cumprir a sua obrigação; qual não foi o seu espanto, porém, quando ele lhe disse:

— "Seu" Moskowa, hoje não é seu dia, pois já dei ao Pedra.

Estado de sítio[7]

Os dois amigos Fagundes e Nepomuceno viviam afastados de todas as modalidades da vida mundana. Fagundes tinha algumas apólices de cujo rendimento vivia; Nepomuceno era aposentado de qualquer repartição pública, para a qual entrara a fim de socorrer os seus parentes, logo, porém, que eles se estabeleceram solidamente na vida, Nepomuceno tratou de fugir ao ambiente deletério da burocracia: aposentou-se.

Solteiros, porque Fagundes gastara a mocidade sonhando com o Amor (com a grande); e Nepomuceno porque entretivera a sua com o encaminhamento dos irmãos.

Aborrecidos da vida, mas gostando dela — coisa que parece contraditória, mas que acontece muitas vezes —, resolveram morar juntos num arrabalde afastado da cidade, vivendo melancolicamente a contemplar as montanhas do Rio de Janeiro e a ter piedade da gente pobre que lá residia.

Não tinham nenhum escrúpulo nas suas relações. Davam-se com Deus e todo o mundo. Com isso, eles gozavam e viviam uma vida intensa de maravilhas, originada pela análise da forte tristeza nas existências dos nossos semelhantes, aos quais os embates da nossa sociedade transformam, deformam e degradam, não só na economia doméstica, como na fisionomia e aspecto físico.

Eles eram tristes e conversavam tristemente num botequim de subúrbio. Fagundes dizia, diante de uma garrafa de cerveja barata:

— Julgo que todas essas revoluções só servem para prestigiar os governos.

— Você tem toda a razão, meu caro Fagundes. Prudente, como você se lembra, estava quase deposto, quando se deu o caso do Marcelino Bispo.[8] O que houve?

— Prudente — respondeu Fagundes — ficou mais firme e mais forte no governo. O povo o aclamou. Não é verdade?

— Exato. Você não se lembra também do que se deu com Rodrigues Alves?

— Como?

— Quando foi o levante do Travassos com a Escola Militar.[9]

— Ah! sim! Rodrigues Alves estava impopular e ficou sendo estimado por toca a população. Você se deve recordar disto, não é?

— Ora esta! É coisa de ontem. Com Floriano aconteceu a mesma coisa. Ninguém gostava dele; veio, porém, o Custódio[10] com a sua revolta da esquadra e o homem ficou sendo um herói nacional, Marechal de Ferro e outras coisas, até estátua teve.

— Que não é grande coisa, acrescento.

— Isto não vem ao caso. A verdade é que a estátua está lá.

— Não tenho nenhuma pretensão a crítico de arte; e todas as estátuas me aborrecem. A única que estimo é a de Marco Aurélio,[11] não só porque gosto deste imperador-filósofo, como porque ela, a estátua, já passou por ser de Constantino.[12]

— Homessa!

— Donde vem o espanto de você?

— É de você admirar a estátua de Marco Aurélio por ter passado por ser a de Constantino.

— Aí é que está o motivo. Admiro porque uma estátua não vale nada. Com o tempo, apesar de ser bronze eterno, Marco Aurélio passa a ser Constantino e vice-versa.

Ambos riram-se um pouco e sorveram alguns tragos da humilde cerveja que lhes enfeitava a mesa de um pobre botequim suburbano. Olharam um instante o longínquo horizonte dos Órgãos e Nepomuceno disse:

— Você sabe, Fagundes, de uma coisa?
— Qual?
— Não estou contente com este "estado de sítio".
— Por quê?
— Pela razão muito simples de que ainda não fui preso.
— Diabo! Que mania é esta de você! A prisão *é* sempre desagradável, mesmo por motivos políticos e você...
— Nunca fui político, nem compreendo política, mas queria ser preso.
— Para quê?
— É simples. Estou cheio de dívidas que não sei como saldar.
— Daí?
— É que sendo preso...
— Pagava?
— Não. Adiava o pagamento e desculpava-me com os credores.
— Tens cada uma!
— Pois é isso. Está porque estou descontente com o estado de sítio.

Credo![13]

Constâncio Macedo, residente em Pitangui, onde vivia como modesto notário de pequena cidade, logo que começou a falar-se no marechal, descobriu que havia sido, antes da República, colega estimado do sr. Jangote,[14] no magistério primário de um lugarejo do interior do estado. Lembrou-se até de que fora o primeiro a lhe dar notícia da extraordinária fortuna do tio, fortuna que havia de dar ao colega, muitas outras, entre as quais a de jurista e parlamentar. Para demonstrar a primeira das citadas qualidades do sr. Jangote, basta lembrar como foi procurada a sua opinião de jurisconsulto na questão do arrendamento das cachoeiras de Paulo Afonso: e, para a segunda, o brilho de sua ação na legislatura passada.

Lembrou-se Constâncio do caso e correu ao Rio para aproveitar a maré.

O seu antigo colega, apesar de importante, reconheceu-o e recebeu-o do modo mais prazenteiro; e, fosse por simples amizade ou fosse para não ter futuros encargos, tratou logo de arranjar-lhe um emprego.

— Não quero coisa grossa — disse-lhe Constâncio. — Aí qualquer coisa de quinhentos a seiscentos mil-réis me serve.

Habituado a viver no interior, em Minas, Constâncio julgava um ordenadão, dando-lhe para passar como um nababo, e não pediu mais.

O Ministério da Agricultura estava em fundação, e não foi difícil ao seu poderoso mano arranjar um lugar de segundo oficial na sua respectiva secretaria para o seu antigo camarada.

Macedo ficou muito contente, agradeceu ao amigo, mas danou-se logo no começo do segundo mês, quando não recebeu ceitil[15] de seus vencimentos.

— Diabo de governo é este! Promete e não paga. Parece até que tem pena...

Assim, mesmo sem vencimentos, ordenou à mulher que apurasse o que tinham em Pitangui e viesse para o Rio, com os dois filhos e a Ana, a preta de estimação.

Desabituados com o oceano, todos a um parecer escolheram para residência Copacabana; e Macedo, muito seguro na grandeza de seus vencimentos, alugou lá uma casa de cerca do terço deles.

Passaram-se alguns anos e sempre Constâncio em Copacabana, maravilhado com o mar e as extraordinárias medidas do irmão do seu protetor.

Passando pela rua do Ouvidor um dia destes, encontrou-se com o seu amigo Sebastião Lobo, mineiro como ele, que havia muito não via.

— Por aqui, Bastião?

— É verdade. Sou primo do Venceslau, cunhado do primo do Junqueira, primo carnal de uma prima segunda do Dutra e joguei gamão com o José Bonifácio, além de conhecer o Chico; estou, portanto, tratando de arranjar alguma coisa. Mineiro não deixa patrício na mão...

— Deputado?

— Não. Não quero tanto.

— Onde moras?

— Em Jacarepaguá, na praça Seca. Não gosto de morar na cidade.

— Onde é?

O outro ensinou a Constâncio e este prometeu visitá-lo.

Domingo, saiu ele com a mulher e os dois filhos de Copacabana a pagar bondes.

Eis a conta das quatro passagens de ida:

Copacabana à Lapa:	1600 réis.
Lapa à Estrada:	400 réis.
Estrada:	2000 réis.
Cascadura à Praça:	800 réis.
Soma:	4800 réis.

Como fizeram o trajeto pela primeira vez, não deram pelo gasto e muito se divertiram na casa do amigo.

Na volta, Constâncio, fazendo o balanço dos níqueis, disse para a mulher:

— Sabes, Miloca, quanto pagamos de passagens?

— Quanto? Oito "patacas"?

— Oito "patacas"? Pagamos 9600!!!

— Credo! Neste Rio não se pode fazer visitas. Nunca mais! Credo!

Troféus de guerra[16]

Era costume, religioso até, que aos generais romanos, quando vitoriosos, o Senado, a seu alvedrio, lhes concedesse as honras do triunfo. Sabe-se como foi difícil a Emílio Paulo,[17] o vencedor perseu e conquistador da Grécia, obter o seu. Foi um dos mais belos de Roma, e Plutarco[18] nos dá, na sua prosa cheia de natural e clareza, uma descrição minuciosa dele. São espectadores de branco nas arquibancadas, erguidas pelas ruas; nelas, houve queima de perfumes caros; uma chusma de carros cheios de estátuas, quadros, armas de preço, joias etc. Atrás do cortejo, que desfilou três dias, marchavam três mil homens, levando prata amoedada, em jarrões, alguns contendo trezentos talentos e carregados por quatro escravos. Enfim, não se precisou mais detalhar e copiar o Plutarco, para dar a ideia de que fosse um triunfo romano.

Com a nossa vitória sobre os alemães, também vamos tendo o nosso e a nosso jeito.

O nosso almirante voltou da Europa, comboiando, com a sua esquadra de guerra, a frota mercante, que tínhamos emprestado à França, para as necessidades de seu abastecimento. Ela está aí.

Não contentes com isso, os nossos aliados resolveram ceder, para prova do triunfo das nossas armas, seis torpedeiros de alto-mar.

Dúvida não pode existir de que a prova de consideração à nossa eficiência na guerra é grande.

Ninguém há de achar o contrário, porquanto a oferta é valiosa, podendo até ser transformada em ouro, que valerá — estou certo — muito mais que o maravilhoso e inesperado saldo que o governo espera, no fim deste ano, obter no balanço entre as verbas orçamentárias da receita e despesa.

Entretanto, um jornal diz que eles, os torpedeiros, virão desarmados parcialmente.

Fala o *Correio da Manhã* textualmente:

"A sua defesa limita-se a uma peça de 201 mm, para cada unidade."

Está aí um presente de gregos: monstros desdentados! Homessa!

Ultimamente, li no *O Estado* de Niterói, em cabeçalho de telegrama, isto:

"Os Estados Unidos resolveram ceder ao Brasil dez toneladas de carvão de pedra."

Dez! Nem para um hotel de segunda ordem!, exclamei.

Enfim, refleti com os meus botões, estamos na miséria e, de vintém em vintém, como a galinha faz com o grão e o papo, o miserável enche a bolsa com vinténs.

Continuei a ler e vi que se tratavam de dez mil. Antes assim! Ao menos esse troféu de vitória não nos chega mutilado, nem nos é negado. Salve, Brasil!

O meu consolo[19]

Os debates financeiros e econômicos cessaram na tribuna da Câmara e nas colunas dos jornais.

Foi um regalo este debate, com o qual muito gozei, ao apreciar a dança de apaches dos algarismos.

Apareciam tantos que me estonteavam; eu, porém, teimava em ler os discursos e os artigos.

Falava-se de dinheiro, de libras, de francos, de dólares e as cifras enormes, fantásticas, de todas as moedas do mundo, só com a leitura delas, eu me sentia um pouco rico.

Tenho esse mau hábito de sonhar, de representar nitidamente o que me sugere a leitura; de modo que, vendo falar em milhões, em milhares de contos, eu apalpava, eu acariciava montões de libras nas minhas algibeiras ou as fazia escachoar lentamente das minhas mãos para cima da minha mesa de trabalho.

Nunca vi ronda tão inverossímil de dinheiro como nessa discussão.

O Brasil é assim tão rico, pensei eu; e eu sou brasileiro, devo ser também alguma coisa rico. Convenci-me de tal fato, que já me havia ensinado um preto velho que tinha em casa. Muitas vezes ele me disse:

— Seu F.!
— Que é?
— O senhor por que não compra uma casa?

— Porque não tenho dinheiro.
— Quá! O senhor tem?
— Onde?
— No Banco do Brasil.
— Como?
— O senhor é brasileiro; o banco é do Brasil; o senhor chega lá e tira o dinheiro. Está aí — rematava o velho africano.

Não segui o conselho dele. Não fui ao Banco do Brasil; mas, cada vez que me sinto mais pobre, mais me extasio com os algarismos das discussões financeiras. É o meu consolo.

Parecer abalizado[20]

Em dias da semana passada, cremos nós, o sr. Pinheiro Machado, com grande espanto de todos, falou do alto das colunas do *Jornal do Commercio* e mostrou sabença de muitas coisas entre as quais finanças.

Andamos como muitos outros, a indagar: quem foi que lhe ensinou tais coisas? Perguntamos a um e a outro e nada adiantamos. Ninguém sabia.

Inquirimos se havia por aqui uma daquelas agências enciclopédicas que se encarregam de fazer para outros qualquer trabalho de natureza intelectual. Não havia. Quem seria, então, que lhe tinha inspirado aquela sabença em finanças? Foi quando demos de cara com Anófeles.[21]

É este Anófeles aquele que estuda com o poderoso político direito constitucional e a criação de galos de briga. Diz Anófeles isto a toda a gente, mas estamos certos de que o que ele quer é passar de auxiliar de escrita da Imprensa Nacional a deputado federal por qualquer desses estados aí. Isto de direito não lhe cabe muito na cachola, ainda briga de galos, vá, porque não há sujeito que não seja capaz de amá-las e compreendê-las.

Anófeles vinha radiante, e radiante falou-nos:

— Como vais? Viste o Pinheiro? Aquilo é que é homem!... Tudo faz bem... É capaz de acertar, com revólver, em uma moeda de cem réis a cinquenta passos... Que político!

— Anófeles, aquele negócio de finanças é dele?
— Não; é do Felisbelo.

Estávamos informados e tratamos logo de procurar o sr. Felisbelo Freire, no seu escritório. O sr. Felisbelo é médico que descobriu a cura dos diabetes e hoje não os cura mais; o sr. Felisbelo é historiador, ao jeito do senhor Fazenda, mas deixou a história; o sr. Felisbelo é constitucionalista que, em face da nossa Magna Carta, é capaz de justificar os mais tirânicos *irades* do Grão-Turco; o sr. Felisbelo é também financeiro e economista.

Fomos procurá-lo, para saber ao certo a sua opinião, isto é, se concordava ou não com o sr. Pinheiro.

— Emissão! Está doido! Nunca foi essa minha opinião. Sou radicalmente contrário... Se o Pinheiro é desse parecer, é porque não é um especialista. Não concordo...

— Então vossa excelência julga que...

— Julgo, meu caro senhor, que, quando não há dinheiro, não se deve pagar. Onde não há, el-rey o perde. Isto é antigo...

— Vossa excelência permita uma observação?

— Pois não.

— Isto se dá com os particulares, mas com um país?

— Não vejo diferença.

— Vossa excelência já foi ministro da Fazenda e...

— Fui.

— E já era dessa opinião?

— Não me lembro bem. Entretanto, hoje, se o fosse de novo, assim procederia.

— E a cobrança compulsória por parte dos países estrangeiros lesados?

— Qual! Eles vêm cá e nós vamos logo dizendo: estamos à nênê, que é que os amigos querem que façamos? Paciência!... Eis aí, caro senhor.

Estávamos informados e deixamos o profundo financista em paz.

A lição[22]

Todos os transeuntes e habitantes desta nossa cidade do Rio de Janeiro estão fartos de observar a proliferação da mendicidade que vai por ela.

Não há bairro, não há esquina, não há rua, não há praça, em que não se topem às dezenas com mendigos de todas as nacionalidades, de todos os sexos, de todas as idades.

Um coração piedoso que desse as esmolas pedidas diariamente teria que ter a fortuna de um milionário para não arrebentar as finanças ao fim de um mês.

Eu não sou de todo coração duro, de modo que, às vezes, me rendo aos pedidos que me fazem os pobres na rua.

Recebi, porém, em um dia destes uma lição que quase me tornou insensível perante às misérias dos outros.

Estava eu em um restaurante dos subúrbios, quando se acercou de mim uma criança, dizendo:

— Moço, o senhor me dá um tostão para comprar um pão? Não comi nada hoje etc. etc.

Olhei a criança bem e perguntei:

— Você quer mesmo o pão?

— Quero, sim, moço. Não comi nada hoje.

Pensei que o melhor modo de beneficiar a criança era comprar o pão e dar-lhe.

Exultei com o alvitre e fiquei contente com a minha consciência. Exercia a caridade e não corromperia o infante.

Chamei o caixeiro, pedi um tostão de pão, que foi embrulhado, e entreguei ao menino.

Ele recebeu com muita humildade, agradeceu até, e encaminhou-se com o embrulho para a porta.

Tive satisfação com a coisa e julguei que a comida que ingeria tinha um sabor melhor.

Quando o pequeno chegou à porta da rua, voltou-se e gritou:

— Seu besta! Eu não queria pão; queria dinheiro.

Fiquei zonzo e quase arrependido da minha caridade.

Percalços da farda[23]

O coronel M. morava em uma rua transversal à dos Voluntários há tempos e, durante muitos anos, foi pessoa conceituada no lugar pela sua lisura e ainda por cima por ser coronel da briosa, que naquelas épocas era muito honrada e respeitada,

Tinha boa casa, vasta e antiga, habitação de outros tempos, um jardim na frente e uns restos de chácara nos fundos.

Esquecia-me de dizer que era negociante não sei de quê; mas era negociante forte. Além das criadas de interior, cozinheira, arrumadeira, copeira, tinha também empregados para o jardim e para a chácara.

Aqueles nacionais; e estes eram espanhóis ou portugueses. Durante muito tempo, ele foi o mais exato dos patrões; e todos os começos de mês ele satisfazia os salários dos seus fâmulos com a máxima pontualidade e sem o menor desconto. Era o melhor dos patrões; e as raparigas quebravam a louça e perdiam peças de roupa impunemente, enquanto os homens da chácara e jardim perdiam ferramentas e vendiam os produtos respectivos como se deles fossem donos. Esta fartura comera muito; mas vieram negócios, e M. perdeu muito arriscando até o negócio, que ficou sob o regime da concordata.

Esperava que, com o tempo, solvesse os seus compromissos e voltasse à fartura antiga. Reduziu as despesas, mas não o pôde fazer totalmente, porquanto perderia de todo o crédito; é preciso sempre aparentar e conservar alguns disfarces, entre os quais o chacareiro, pois a chácara era a menina dos seus olhos.

Enquanto foi o antigo, ele se atrasava alguns meses, não causando a menor ira ao velho serviçal; mas, adoecendo este, despediu-se para ir para a terra. Estava velho e queria lá morrer. M. despediu-se do velho Manuel cheio de mágoa, mas não havia remédio.

Admitiu em substituição um espanhol a quem durante alguns meses pagou pontualmente. Um mês, porém, não pôde pagar; no seguinte, também não, mas pelo terceiro o espanhol não continuou e despediu-se amuado. Voltou ao mês seguinte, e o Iglesias não se conteve com a negativa:

— Ou tu me dás ou por *Dios*...

E fechou a mão cerrada de raiva. Vendo a atitude do espanhol, o coronel disse:

— Espera aí que já volto.

O campeador esperou enquanto M. dirigia-se ao interior da casa.

Não tardou muito que de novo visse-o, fardado de ponto em branco de coronel, brandindo um espadagão:

— Então, seu cão?

O espanhol, não esperando por essa, recuou, tirou um revólver, despejou sobre M., que quase morreu dos ferimentos.

12252:637$871 — só?![24]

Quando a malevolência nacional andou espalhando que o atual presidente da República gastava com a recepção dos reis belgas,[25] as minas de Potosí[26] e da Califórnia,[27] deixando ainda, na pagadoria do Tesouro Federal, centenas de contas a pagar, não acreditei.

Conheço o dr. Epitácio Pessoa desde menino e sei como ele é parcimonioso e econômico nos seus gastos. Quando fui seu colega, na Faculdade de Direito do Recife, observei várias vezes esses traços do seu sistema de viver. Um dia fiz-lhe este reparo:

— Pita, tu, em certas ocasiões, fumas; entretanto, leva dias e dias que não te vejo fumar.

— Fumar é um vício que só serve para pesar nas nossas algibeiras. Contudo, gosto de um cigarro; mas não gosto de comprá-los. Quando vou à casa do Barão, peço alguns aos filhos e, enquanto os tenho, fumo, quando se acabam, ainda preparo cigarros com as "baratas". Logo que se acabam, não fumo mais, porque não estou para gastar dinheiro inutilmente.

Outra vez, fomos, com várias famílias, a um piquenique, nos arredores do Recife. No caminho, comprei um cacho de bananas, bem maduras. O meu colega, ao ver-me comprar, exclamou:

— Que bela ideia tiveste!
— Por quê?

— Tu verás mais tarde.

Fomos todos até o lugar do convescote, alegres, sorrindo. As moças muito contentes, a falar sempre, e a rir, e a correr. Chegados ao lugar, embaixo de uma majestosa mangueira, um pouco afastada da praia, mas donde se via o mar esmeraldino e ligeiramente encrespado, sentamo-nos na relva e começamos a desembrulhar a carname e os vinhos. Comemos maravilhosamente e, quando chegamos à sobremesa, as minhas bananas receberam todas as honras. O meu Pita, porém, não se serviu logo delas. Pôs-se de pé, correndo a roda de um em um, pedindo as cascas.

Perguntaram-lhe:

— Para que tu as queres?

— Para engraxar as botinas. Poupo meia lata de graxa.

Não ficam nesses os traços profundos de economia e poupança que há na personalidade do atual presidente. Conto um outro. Certo dia, fomos pela manhã ao mercado passear; e vimos, num tabuleiro, umas lindas maçãs. O meu colega ficou enfeitiçado; eu, porém, não tinha dinheiro. Sabia, entretanto, que ele tinha e, por consequência, esperei que comprasse uma meia dúzia. Foi com alegria que o vi aproximar-se do tabuleiro do mercador.

— Quanto é cada maçã? — ele pergunta.

O vendedor respondeu; ele tomou o fruto do bem e do mal, pôs-se a olhá-lo, a apalpá-lo e, em seguida, cheirou-o sofregamente. Sempre perguntava nervosamente:

— Quanto é? Quanto é mesmo?

Assim fez com diversas. A pantomima me aborreceu, e eu me afastei. Ele correu atrás de mim, dizendo:

— Que magníficas maçãs!

— Por que não compraste meia dúzia?

— Para quê? Cheirei-as à vontade... Fiquei satisfeito.

Com esses hábitos de poupança e economia, não era possível que ele gastasse tesouros inacreditáveis com a recepção dos reis belgas. É verdade que o dinheiro não era dele e que sempre teve o conhecimento liberal com o dinheiro dos outros. Assim mesmo, porém, com a minúcia das cifras que vão até o real, ele mostra o seu fundo de economia e o seu culto pelos quebrados.

A quantia não é grande e não podia ser empregada em qualquer coisa útil à conectividade. Tão pouco dinheiro — todos pensam assim — só tem uma serventia: "Queimá--lo" em festejos e bródios. Foi o que o meu antigo colega fez, com o cobre do Tesouro. Se fosse dele, fazia-lhe falta; mas, sendo do Erário Público, é de admirar que fosse tão pouco. É isso de causar admiração: 12252:637$871— só?! Que boa governante de casa modesta não dava o nosso atual presidente!

Com o casamento das princesas, Isabel e Leopoldina, gastou-se muito menos; mas o Pedro II era um forreta que nem o dinheiro dos outros sabia "queimar". *Noblesse obli-ge*, como diz o dr. Epitácio nas entrelinhas da sua mensagem. Pedro II — Habsburgo, Bragança, Bourbon — não rezava pela mesma cartilha; era um trouxa, um pascácio.

A "greve" de fome[28]

Em *A Noite* de dias passado, vem este curioso telegrama: "Manaus, 18 (serviço especial da *A Noite*).

Causou sensação a notícia publicada em 14 do corrente, pela *Gazeta*, anunciando que Dornelas Câmara, escrivão de polícia, resolveu jejuar até que o governo pague ao funcionalismo, estando disposto a morrer."

Diz o mesmo jornal que esse funcionário está seguindo o exemplo do prefeito de Cork, o famoso MacSwiney,[29] que jejuou mais tempo do que Nosso Senhor Jesus Cristo.

Pode ser que o jornal tenha razão; mas julgo que não. Como toda a gente sabe, o funcionalismo do Amazonas não recebe vencimentos há muitos meses. É de supor que, após alguns, os seus fornecedores lhes suspendessem o crédito.

Portanto, são eles que jejuam mais tempo do que o prefeito jejuou.

Tenho, para mim, que esse processo do governo de Manaus tratar os seus empregados é dos mais úteis nestes tempos que correm.

Não há dia em que os preços da carne-seca, do feijão e do arroz não subam desesperadamente. Hoje até não se pode passar a café com pão, porque o açúcar está caríssimo e o pão é invisível.

O que todos devemos fazer é aprender a jejuar. Mesmo gafanhotos não podemos comer, como são João Batista fazia, porque não os há; e, se os houvesse, já estariam pela hora da morte.

De resto, a Igreja aconselha, como meio de purificação, o jejum. Sendo assim, seguimos um ditame sagrado e deixamos de enriquecer os açambarcadores.

O prefeito de Cork e, agora, esse escrivão de Manaus ensinaram-nos o caminho a seguir para vencer a carestia da vida: é a "greve" de fome.

Não seria mau que os pobres e remediados a experimentassem.

Estou com vontade de fazê-lo.

Um pedido[30]

Este sr. Alfredo Ellis tem cada lembrança. Vejam só, os senhores, para que havia de dar o homenzinho!

Outro dia, no Senado, com aquela sua ênfase habitual, falando na baixa do café, afirmou que nós já havíamos perdido com ela cerca de cento e cinquenta mil contos. Ora esta!

Ele diz "nós" referindo-se aos brasileiros. Eu o sou, mas não perdi nada com a tal baixa, como não ganho coisa alguma com a alta. Tanto faz que ele (o tal de café) se venda a dez mil-réis a arroba ou a cinquenta mil, a minha prontidão é sempre a mesma. Como é então que o sr. Ellis vem dizer que eu perdi alguma coisa nessa história de baixar?

Com o que tenho perdido é com valorizações, defesas do dito café, porque me esfolam de impostos para fazer mais ricos uns senhores já de si ricos, como é um exemplar o sr. Ellis.

Este negócio de café é pior do que as secas do Ceará. Para a sua valorização, defesa ou quer que seja, geme todo o Brasil, de quando em quando, sem que nunca ele acabe ficando valorizado ou defendido.

Com o respeito que me merecem a sua idade e sua posição, eu peço ao sr. Ellis para extrair daquele "nós" a humilde pessoa do autor destas linhas, que não perdeu até agora um vintém com a baixa do café.

É, além de favor, uma homenagem à verdade.

Creio que não sou, por isso, inconveniente.

Discussões rocambolescas[31]

Os nossos financeiros e economistas são deveras interessantes, porque são médicos que não curam e vivem a discutir, enquanto o doente agoniza, sobre as virtudes do ópio.

Agora anda à baila a questão da emissão do papel-moeda, e não há meio de eles se entenderem.

Nós não queremos entrar no debate, porque seria mais uma voz a anarquizar os espíritos.

Outra questão em que eles não se entendem é nessa da proibição de exportar certos gêneros. Uns propõem que se proíba a saída do ferro-velho e metais inservíveis, mas deixam de lado a questão do açúcar, que, por estar sendo procurado pelos países em guerra, vai subindo de preço assustadoramente. E é um gênero alimentício! Por que essa diferença no tratar os produtos de exportação, senhores economistas?

Este caso do naufrágio ou desaparecimento do *Petrel*[32] andou nos jornais como um romance folhetim.

Eram colunas abertas, "clichês", insinuações, entrevistas, considerações sobre a má execução das leis marítimas etc. etc.

Das duas, uma: ou o navio foi a pique ou aprisionado. Se os ingleses não acusaram o aprisionamento do navio, como suspeito, é que ele desapareceu muito naturalmente, perdeu-se.

A Inglaterra não tinha nenhuma necessidade de ocultar que aprisionara o navio, mesmo em nossas águas, porque ela ainda tem uma esquadra um pouco maior do que a nossa. Dar-nos-ia todas as satisfações e ficava a coisa nisso.

Sendo assim, esse romance marítimo não tem razão de ser.

O rapto do filho do ministro argentino, ou antes a tentativa de rapto, dava mais margem a romance a Ponson,[33] entretanto, não foi feito.

O que há a admirar no caso é que, sendo Petrópolis uma cidade pequena, o autor principal não tenha sido até hoje preso.

Petrópolis terá também a sua polícia científica?

Economia[34]

Nos nossos trens de subúrbios passam-se às vezes coisas bem divertidas. Já não se fala das altercações entre os auxiliares e os passageiros por causa de passagens, passes etc. Os regulamentos são tão exigentes, e o público está tão disposto a lesar o Estado, que esses atritos hão de se dar sempre.

Há também as conversas que são interessantes.

Um companheiro de banco volta-se para nós e diz, depois de ler o seu jornal:

— Veja só, o senhor, como vai este país. Ladroeira sobre ladroeira. Não há governo que conserte isto. Eu endireitava isto em oito dias... Não querem emissão de papel-moeda... Que querem? Ouro. Nunca vi disto aqui desde que me conheço... E são financeiros?

Um outro, logo que se senta, pergunta:

— O senhor é empregado público?

Afirmamos que o somos e dizemos de que repartição. Ele continua:

— É uma boa repartição. A minha não presta para nada. Estou lá há vinte anos e ainda não tive uma promoção. Se estivesse na sua, talvez já fosse chefe de seção. Demais, na minha, há uns tantos que não fazem nada, mas não deixam nós sermos chefes. No comércio, eu já estava rico, mas quis casar-me cedo, foi essa desgraça...

Como essas muitas outras que não contamos para não

enfadar. Entretanto, vamos narrar esta pequena anedota bem cômica.

Um dia destes, viajando num carro de segunda classe, havia um passageiro que trazia cuidadosamente um embrulho.

Chegou a hora da cobrança das passagens, e ele colocou com cuidado no colo, preso às pernas, o volume. Pôs-se a procurar pelas algibeiras o bilhete de passagem.

Chega o condutor, ele faz um movimento qualquer, o embrulho move-se, abre-se, salta uma galinha a cantar:

— Cocorococó! Cocorococó!

O passageiro corre atrás do bicho e o condutor atrás:

— Pague a multa! Pague a multa!

A galinha corre pelo carro todo e o passageiro atrás. O condutor continua correndo atrás do passageiro:

— Pague a multa!

O passageiro, atrás sempre do bicho, contesta:

— Espere! Espere! Deixe-me apanhar a minha galinha, primeiro.

Esta voou pela janela, e o homem teve que entrar com alguns níqueis para os cofres do Estado.

Feminário[1]

Tenho para mim, para a minha humilde opinião, que um sociólogo ou um simples estudioso de coisas sociais deve ter com o vulgo pobre, ignaro e mal-educado, o ponto de contato de ler as notícias de crimes sensacionais; e com o vulgo rico, bem-educado, elegante e também ignaro, o ponto de contato de ler as seções mundanas e as revistas chiques.

Por elas, podemos chegar à determinação certa e exata da mentalidade de ambos; e, conhecendo bem a desses extremos da sociedade, a alta e a baixa, é fácil inferir com bastante aproximação o estado moral e intelectual da média.

Sem deixar de ler a graciosa seção do Humberto de Campos, que trouxe para o Rio de Janeiro não exatamente a ironia do jovem Huron,[2] de Voltaire, mas o humor helenizante, transcendente, e cuçaresco de um pajé mundurucu, é minha leitura predileta no que toca a coisas de mundanismo, o "Binóculo"[3] da *Gazeta de Notícias*.

Leio em êxtase, leio-o hoje, sonhando lateralmente como em menino lia Júlio Verne, percorrendo mentalmente todas as regiões do globo, vendo-lhe todas as raças de linhas, de plantas e de homens, saindo da fatalidade da Terra e vagabundando pelos espaços interplanetários...

É assim que leio o "Binóculo", porque assim me habituei a lê-lo desde que comecei a fazê-lo, já lá vão vinte anos.

Ele tem mudado de redator, de estilo, ele tem abandonado deidades favoritas, para lançar outros; mas eu sempre leio o "Binóculo" com os mesmos sonhos que, sem querer, o malogrado Figueiredo Pimentel me sugeria, há quatro lustros, com a sua brandura e cética erudição nos livros da baronesa Staffe.[4]

Um dia fiz-lhe uma observação a respeito desses livros; ele me disse então:

— Que quer que faça? São livros conhecidíssimos, meu caro; mas as nossas famílias elegantes e ricas chegam tão depressa à elegância e à riqueza, que não têm tempo no caminho de ler essas pinoias. De resto, o médico deve procurar o melhor meio de propinar aos seus doentes, as drogas. Aos meus, eu o faço na fórmula de pílulas, em português familiar.

Ele me disse isto num trem de subúrbios que corria também, mas, nem por isso, esqueci-me de suas palavras, apesar de não me terem sido de nenhuma utilidade, porquanto, apesar dos estrondosos melhoramentos por que tem passado a cidade, ainda não consegui enriquecer, para verificar-lhe a utilidade.

Leio, porém, o "Binóculo", sem desanimar e com saudades profundas do Figueiredo e dos seus conselhos.

Atualmente há nele, "Binóculo", uma subseção que se intitula "Feminário". É donairosa e leve como plumas dos antigos chapéus femininos. Não devia ter o nome que tem; devia ser "Plumário". Ela é bem isso na sua imaterialidade espontânea, na sua vitória sobre a gravidade, no seu elã para os céus diáfanos.

A minha grosseria nativa se sente atraída para ela, cerro os penteados do sr. Júlio Dantas[5] ou do sr. Malheiro Dias[6] para as toucas "das donas de outrora" que iluminam os ricos cancioneiros de Portugal. Atualmente, leio a famosa seção num extremo povoado do sertão do Brasil. Às vezes, no meio da leitura, levanto os olhos e dou com um vasto horizonte sem fim, que vultos de perobeiros, semicontrastes pelas recentes queimadas, se erguem tristemente, mas corajosamente. Quando saio dessa contemplação lá se vão "Binóculo", Júlio Dantas, livro de horas e tudo. O vento carregou-o para bem longe. Vou apanhá-lo e volto ao "Feminário".

Um dia destes, li aí um comentário curioso que não deixou de me espantar, pela sua agudeza e profundeza de pensamento. Trata-se do costume bramânico que determina à viúva queimar-se na mesma pira funerária em que é incinerado o cadáver do marido.

É um costume religioso da religião daquelas bandas, que um rajá qualquer resolveu proibir que continuasse — noticia o "Binóculo".

O cronista mundano, em nome de Farrère[7] e Lotti,[8] lastima que o tal decreto do rei do Nepal, o tal rajá venha a contribuir para extinção de tão cruel hábito ou imposição religiosa. E sabem por quê? Demos a palavra ao esteta:

"Na opinião de um grande jornalista francês, Pierre Lotti e Claude Farrère atravessam atualmente uma forte crise da mais profunda desolação: o mundo se banaliza lamentavelmente. Até um costume antiquíssimo e dos mais cruéis da Índia. Dos mais cruéis principalmente para aquelas das mulheres que eram suas vítimas. Mas que colorido! Que pitoresco de sensação! E, em particular, que fonte prodigiosa de inspiração para os romancistas sempre ávidos de assuntos emocionantes."

Farrère e Lotti que agradeçam ter-lhes atribuído tão transcendente ideal de Arte!

Há cada amigo nosso, neste mundo, meu Deus!

A colocação[9]

Dizem os franceses que a imprensa leva a tudo, a questão é sair dela. Felizmino Silva, jovem plumitivo, desde os seus tempos de serviço, tinha guardado bem essa sentença francesa e dela não se esqueceu quando foi feito repórter de polícia do jornal em que começara tão modestamente.

Sempre que podia, nas suas notícias de polícia gabava esta ou aquela autoridade, na esperança de ser feito, pelo menos, escrevente de uma delegacia.

Aconteceu que o rapaz era esperto e, embora a sua instrução fosse sumária e descuidada, a sua natural inteligência junto à sua solércia davam-lhe certa superioridade sobre os companheiros.

Não foi feito escrevente, mas passou a redator do jornal. Feito que foi redator, comprou uns fraques, umas bengalas no trinque, uns charutos e tratou de impor-se, como convinha a um homem que havia vencido.

É verdade que só era lido porque escrevia em um jornal afamado, e ele mesmo estava certo de que se fosse escrever em outro qualquer jornal ninguém notaria os seus escritos.

Mas tinha vencido...

Não se esqueceu, na sua radiante posição, da sentença francesa: a imprensa leva a tudo, a questão é sair dela.

Tratou, portanto, de sair dela, mas para um grande e bem remunerado lugar do Estado.

Havia, por esse tempo no ministério, um célebre ministro que estimava muito o gabo dos jornais. Era dizer-se que ele tinha os talentos de Colbert[10] e a energia de Pombal, logo o homem mandava chamar o jornalista e agradecia-lhe muito, oferecendo-lhe os préstimos.

Felizmino sabia disto e certo dia afirmou em artigo: "O sr. Bandeira (o tal ministro) foi quem descobriu a pólvora".

Dias depois aquele foi apresentado ao ministro que lhe disse, ao despedir-se:

— Disponha de mim.

Felizmino precisava de um lugar, mas o queria bom: diretor... zelador... chefe tabelião etc.

Tratou de ir até ao poderoso Bandeira e pediu uma colocação.

— Pois não, disse-lhe este; vou nomeá-lo já amanuense da minha secretaria.

A futura capital[11]

Os senhores naturalmente não leram que uma comissão nomeada pelo governo foi aos confins de Goiás e colocou um marco que servirá de "pedra fundamental" da futura capital do Brasil. Pois foi; e, a 7 de setembro, a comissão enterrou o tal marco, diante de quinze ou vinte pessoas, falando o chefe e todos os seus companheiros, sem excetuar o condutor das mulas de cangalhas.[12]

De forma que a futura capital nasceu bem, com o seu batismo de sangue apropriado, isto é, com um batismo copioso de discursos.

Antigamente, segundo tudo faz crer, fundavam-se cidades, mas sem discursos. Na fundação do Rio de janeiro, conforme vi num quadro de Firmino Monteiro[13] que está no Conselho Municipal, quando Mem de Sá definitivamente erigiu a incipiente povoação em cidade real, aí, no Castelo, não fez nenhum discurso. A coisa foi modesta. Depois não sei de que cerimônias religiosas e militares, entregou as chaves da cidade ao seu governador, que era o seu sobrinho Salvador, tal e qual está no quadro.

Modernamente, não há nada sem abundantes discursos e hino nacional no gramofone. Não sei se a comissão que foi "inaugurar" a nova capital federal levou um; mas não podia deixar de levar. Impunha-se, essa bagagem!

Estive com um amigo goiano que, tendo lido a notícia, ficou radiante.

Disse-me ele:

— Agora, sim, Jonathan, é que Goiás vai para a frente.

— Mas que pode fazer uma cidade improvisada, perdida num sertão despovoado, pela prosperidade do teu estado?

— Muito.

— Goiás é que há de fazer por ela, por mais pobre que seja. Ela nada fará por ele, meu caro.

— Uma vantagem, por força ela trará certamente, para nós, goianos

— Qual é?

— Quando quisermos empregos no governo federal, não teremos que andar milhares de léguas, para vir ao Rio de Janeiro. Os ministérios, as câmaras estão pertinho de nós.

— Não há dúvida! É uma vantagem.

O meu amigo goiano despediu-se, e eu fiquei sentado no café, imaginando o que se fará pela futura capital do Brasil daqui a cem anos. Pensei e concluí que havia de consistir no trabalho de procurar, no seio da floresta, o marco implantado em 7 de setembro de 1922.

Circular que atrapalha[14]
(ao jeito de resposta a um amigo agente
do Correio, em Minas)

O meu amigo Januário da Costa é agente do Correio, numa localidade próxima a Ouro Fino. Quando lá passei uns deliciosos meses, há um par de anos, muito conversei com ele e aprendi esplêndidas coisas de sua vida roceira.

Ficamos amigos, embora, como carioca da gema, me agastasse a sua insistência em citar sempre São Paulo como a cidade maravilhosa do Brasil. Depois de São Paulo, Campinas e Rio, na sua imaginação, eram quase assim uma tapera infecta.

No norte, a cidade — maravilha — dizem os que sabem, é a Bahia, que, na imaginação do matuto, se segue logo uma fantástica "Orópa"; no sul, ao que parece, é São Paulo que perturba a imaginação dos roceiros que sonham com estupendas coisas urbanas.

Apesar do hábito de Januário de estar sempre, por dá cá aquela palha, a falar-me de São Paulo a mim que era do Rio de Janeiro e dele vinha, ficamos amigos, muito amigos. Não sou jogador de futebol...

Há dias recebi dele uma carta, pedindo-me instruções para cumprir os dispositivos de uma circular de seu chefe. Ele me mandou uma cópia da tal circular. Há um tópico que determina sejam retiradas (divertido!) das repartições postais "todos os jornais e revistas" que pregarem doutrinas anarquistas.

Januário, na carta, me perguntava quais esses jornais,

quais essas revistas e quais aqueles e aquelas que inseriam artigos de autores anarquistas e os nomes destes.

Confesso que fiquei atarantado. Não era possível a um ignorante e pobretão como eu conhecer todas as revistas externadas do mundo todo. Precisava, para isso, ler todas as línguas do universo, o que será impossível a mim, que paro ali no alemão. E a despesa?

Considerando isto, enchi-me de pena pelo Januário e seus colegas de ofício.

Como é que se haviam de haver para executar a circular?

Se, ao menos, eles soubessem tantas línguas, como o Carlos Reis e o auxiliar Nascimento, ainda vá! Mas — tão humildes homens! — como podiam ter eles a sabença do Pico della Mirandola e do dr. Epitácio Pessoa e seus parentes?

Que coisa horrível deve ser a necessidade de um desgraçado mortal ser agente ou qualquer empregado do Correio! É preciso ser um *drogman*,[15] um Berlitz[16] ambulante, e isso mais do que é o nosso Azevedo Marques, ministro da República para todos os estrangeiros, a fim de bem executar os seus deveres! Horrível!

No que toca a autores, as minhas perplexidades eram ainda maiores. Deixando de parte os grandes, cuja força moral, no mundo inteiro, os põe a coberto das delirantes firmas de qualquer padixá republicano, há tantos menores e estimáveis sem leiva de anarquismo que eu não me abalancei a nomear um sequer ao meu amigo Januário. Demais — continua —, eu não posso ler todas as línguas e conhecer todos os autores avançados que nelas escrevem. Como havia de ser, meu pobre Januário?

Revi enternecido você, na sua casinha de agente do Correio de uma colônia cosmopolita, fulo, nervoso, com a sua barbicha, o seu capote inevitável, a decifrar a correspondência dos colonos alemães, polacos, russos, italianos, que você, Januário, recebe diariamente, aí, pelas sete horas da noite, lá, em Ouro Fino. Revi enternecido você a adivinhar nos jornais e revistas, para os Kauffman, os Beriskine, os Stropisky, os Picolomini, se havia heresias anarquistas.

Que tortura, meu doce Januário! Que tortura para você que, quando lá estive, não era capaz de traduzir o simples francês de uma tabuleta de casa de modas!

Quando Deus quer perder os homens, tira-lhe primeiro a cabeça.

Ponha, Januário, "governos" em vez de "homens" e você verá como a velha sentença tem todo o cabimento. Tudo isto é o medo, Januário; medo da injustiça.

Não posso responder a contento a carta que você me mandou; mas antes de você consultar a respeito o Clodomiro, o Pires do Rio, o Epitácio, faça uma coisa: retire da circulação o *Diário do Congresso* e, sobretudo, o *Diário Oficial*, que forem ter às mãos de você.

Não há revista, jornal, folheto oprimido que mais lograsse o atual regime, não só o político, mas o social, do que esses dois arquivos de sem-vergonhices e opressões mal disfarçadas. Cumprirá você desse modo a circular.

O uniforme branco[17]

A 24 de maio, a guarda imperial, ou que outro nome tenha, da rua dos Barbonos, formou reluzente de branco, perneiras negras, baioneta faiscante e o nosso cesariano presidente, tendo a seu lado o pontífice máximo de seu culto do Grão-Arrocho, o sr. Adolfo Gordo, veio à janela do palácio assistir ao desfile.

A coisa contentou a todos os magnatas desta nossa curiosa e, por hipótese, libérrima república que quer instituir crimes de pensamento e de opinião, criminando-lhes penalidades nos códigos e nas leis.

O prefeito do Pretório, Papiniano Pinto, vulgo ministro do Interior e Justiça, felicitou o comandante da guarda de corpo do Soberano, nestes calorosos termos:

— Felicito-vos pela evidência dos resultados, que, em período tão breve, pode o vosso comando oferecer ao governo como demonstração do acerto e de eficácia traduzidos nos seu atos.

Vamos ver em que consiste a evidência dos tais resultados.

O jornal de que transcrevo este trecho tem uma seção que se intitula "O Rio está repleto de ladrões" e, como se sabe, essa guarda luzidia tem por destino primordial vigiar a propriedade dos cidadãos honestos. Cabe-nos avaliar a evidência dos resultados do "uniforme branco" pelo número de assaltos que houve, ou daqueles que os poucos noticiaram, ao dia seguinte do dessa soberba passeata.

Nada menos de oito informações sobre assaltos e roubos traz a tal seção.

É verdade que aí a polícia agadanhou os larápios; mas, um pouco adiante, no mesmo jornal, sob a rubrica — "O que a polícia ignora" — há quatro notícias de espancamentos e agressões.

Além destas, há quatro ou cinco de atropelamentos por vários veículos, um caso dos quais atingiu uma pessoa de certa consideração social.

Nos subúrbios e arrabaldes, como é público e notório, não há galinha que consiga dormir uma semana nos poleiros que os donos constroem para ela. Logo é furtada. E anda-se pelas ruas, horas e horas, à noite, sem encontrar um guarda. Em Dona Clara, os retardatários são assaltados, dentro dos próprios trens etc. etc.

Não ficam só aí as maravilhas do "uniforme branco".

Há ainda no mesmo jornal a notícia do arrombamento de um xadrez policial e consequente fuga de presos ou preso.

Tudo isto está mostrando como o luzidio "uniforme branco" concorre para que a força policial mostre até a evidência os resultados eficazes do exercício de suas funções primordiais.

A "Guarda" da rua dos Barbonos delata com todos esses fatos que extraí de um jornal, publicado no dia seguinte ao do seu triunfo, como ela vigia a propriedade alheia; como fiscaliza a carreira dos veículos, como muito vigilantemente guarda as delegacias de polícia.

À vista de tão extraordinários resultados do "uniforme branco", penso que, para acabar com os vários crimes que se dão diariamente, os comissários, agentes, delegados, chefe de polícia, todo o pessoal da chefatura e aquele outro que funcionou sob a jurisdição dela, mesmo fins da rua da Relação, deviam vestir-se não de zuarte, como vai ser, entre nós, moda de inverno, mas de brim branco, cujos magníficos resultados para a profilaxia do crime e acidente o marechal rebaixado Pessoa demonstrou com o desfile de 24 de maio e o cinematógrafo vai comprovar.

Um foco de insurreição[18]

O maravilhoso nessa política do estado do Rio é que algum dia eles se entenderam. Vem um briga com outro e faz um banzé de todos os diabos, correm ao Supremo, às Forças Armadas e consegue um repimpar-se no governo.

Mas ficam sempre em briga, em zanga, de forma que mesmo aqueles que apoiam o presidente não se entendem, não dizem coisa com coisa, não sabem o que querem.

Agora fala-se em acordo, e uns situacionistas querem, outros não querem.

Na oposição o barulho é grande por causa do preenchimento de uma vaga de senador. Vá a gente tomar partido entre semelhantes políticos tão versáteis e engraçados. Deus nos livre!

O "Contestado"[19] continua em foco, e todos os dias os jornais anunciam que por lá ainda aparecem bandos armados em atitude ameaçadora. Coisa curiosa! Esse "Contestado" já foi pacificado duas vezes. A primeira foi pelo sr. general Mesquita.[20] Os senhores estão lembrados disso, não?

Pois eu me lembro bem que li a sua solene comunicação nos jornais.

Vieram meses, e o "Contestado" voltou a ser conflagrador. O governo mandou tropas, houve brigas e daí a tempos o sr. general Setembrino, tal qual novo Caxias, anunciava que tinha acabado de pacificar aquele foco de insurreição.

Agora, voltam os jornais a dizer que lá ainda há barulho. Como se deve entender tal coisa?

Comunicam-nos[21]

"Exmo. sr. redator,
Como vossa excelência não ignora há tempos fundei uma 'liga' feminina, a que dei o nome de 'Liga pela Elevação da Mulher'. Não obtive sócias, mas obtive conhecimentos nos jornais, onde consegui colocar 'comunicados' diários que me valeram certa notoriedade, sem esforço próprio, nem trabalho algum. Foi tomada por um paladino dessa santa Cruzada, graças às amabilidades de noticiaristas amáveis... do belo sexo.
Tiveram-me na conta de Mrs. Pankrust[22] ou que nome tenha aquela sufragista inglesa que, de quando em quando, ia parar à cadeia, debaixo de murro dos policiais.
A mim, porém, nunca me aconteceu isto; ao contrário: vivi sempre nas casas de chás, nas recepções elegantes e arranjei um bom lugar que cabia a um homem por lei. Isto, porém, não impediu que os jornais me fizessem heroína do feminismo, estivesse sofrendo por ele necessidades e vexames sem conta.
Tudo isto vossa excelência sabe; mas não sabia vossa excelência que fui nomeada representante da República dos Estados Unidos da Bruzundanga,[23] no Congresso Pan-Americano Molieresco de Mulheres Sábias.
Parto em breve com boa ajuda de custo, passagem de ida e volta, de primeira classe especial, com vencimentos em ouro.

Peço a vossa excelência que dê notícia disso, para que o feminismo aumente nesta sábia República da Bruzundanga, onde nasci, e tem amor às novidades quando gentilmente lançadas.

Sou de vossa excelência etc. etc.

Ana de Gerolstein."[24]

Superintendência da alimentação[25]

É atualmente o maior barulho nos jornais. Em todos eles, há ineditoriais e editoriais contra o tal sucedâneo do comissariado. Os "apedidos",[26] então, vêm pejados e, quando isto se dá, é que a coisa é importante.

Eu quero crer que assim seja, porquanto esse negócio de alimentação é de todos o mais vital para a vida de todos os mortais, segundo várias opiniões.

Apesar de dizerem que não é só de pão que vive o homem, estou disposto a crer que é dele só que nós vivemos. Outra opinião profunda.

Essas coisas, porém, não vêm ao caso e julgo que a guerra que se faz a tal "Superintendência" deve ter motivo numa superfetação no aparelho governamental.

O governo deve cuidar de tudo. Deve cuidar de escolas de música, de teatros, de modas etc.; mas cuidar da alimentação do povo não é de sua competência. Cada um que coma conforme puder e quiser. Quem não tem cão, caça com gato; isto é, quem não pode comer carne-seca, coma ratos.

Creio que foi Maria Antonieta que disse: se o povo não tem pão, coma brioche.

É verdade que ela pagou caro semelhante opinião, mas que se há de fazer?

Todas as opiniões profundas como essa levam os seus adeptos a fins tristes e dolorosos.

O povo tem, pela Constituição e as leis, todos os direitos, menos o de comer.

Não há artigo de lei, texto de regulamento, aviso, portaria, que isso estabeleça.

Então, como é que o governo foi se meter nesse negócio de alimentação?

A grita tem toda a razão, e não há jurisconsulto que não encontre vastos argumentos para demonstrar sua razão.

É invadir seara estranha falar nessas coisas dessa maneira.

Uma coisa, porém, é-me permitido dizer. Trata-se de um conselho ingênuo que não fará mal a ninguém, sendo perfeitamente inócuo e podendo ser expresso pelo sujeito mais néscio.

Eu o digo já:

Em vez de "Superintendência de Alimentação", o governo deve criar "A Superintendência da Fome".

Movimentos estratégicos[27]

A memória do Marechal Floriano Peixoto sempre foi muito querida e venerada pela nossa população.

Houve ano que, por ocasião do aniversário do seu passamento, os préstitos se faziam de um modo brilhante, tocante, e a peregrinação se fazia a pé até o cemitério longínquo. Vieram os anos e, como crescesse nos peitos dos admiradores a veneração por tão glorioso estadista, a romaria deixou de ser feita a pé e ficou sendo a bonde.

Foi um progresso, não há dúvida alguma, que redundou em grande comodidade.

Este ano, tive ocasião de encontrar o nosso amigo Lucrécio, que me disse prazenteiramente:

— Vou aproveitar! Vou até Botafogo de "carona" nos bondes do préstito.

Lendo os jornais, e lendo neles a notícia da saída do sr. João Lage de *O País*, a impressão que se tem é de desconfiança. Então, um homem que estava a batalhar em um jornal tão conhecido e fecundo deixa a governança de uma hora para a outra? Que diabo de história é essa?

Nestes últimos dias em que a velha Europa anda metida em grandes guerras, e nós lemos telegramas belicosos e crônicas militares, todos nós vemos no momento mais ou menos grandes generais e mostramos manobras napoleônicas. Sendo assim, ao ver o caso do sr. Lage, pensa-se logo:

— Que diabo! Isto não será uma retirada estratégica?

O sr. Venceslau, assim como o sr. Pinheiro, já tem a sua oposição nos jornais.

Era de esperar tal coisa desde que acabou, bem ou mal, o reconhecimento de poderes da Câmara. O que é muito tocante é que a oposição conjugue os dois paredros: o sr. Venceslau e o sr. Pinheiro. Por quê? Sabe-se lá a razão do emparelhamento...

A questão é que ele se está dando, e os leitores devem observar o caso para ensinamento e estudo.

Quanto à explicação, havemos de procurá-la mais tarde.

Por decreto de anteontem, o sr. Sodré nomeou seu cozinheiro, o cidadão Feliciano da Conceição.

Polícias...[28]

Os senhores devem estar lembrados do fato doloroso de um aspirante de Marinha que desapareceu.

A família aflita apelou para a polícia daqui. Esta, depois de muitas investigações, informou que o rapaz tinha sido visto com uma moça em Niterói.

Todos arquitetaram um romance de amor etc. etc.

Teve então a palavra a polícia do estado do Rio, que não se fez esperar.

Trabalhou com afinco, pondo em campo os seus melhores agentes, que, seguindo as pegadas do casal fugitivo, assinalaram a sua passagem por Maricá, Campos, Barra do Piraí e outros lugares próximos.

Por fim, disseram de Vitória, Espírito Santo, que o rapaz fora visto lá.

Três policiais estavam no encalço do fugitivo ou fugitivos; mas o casal teimava em não se deixar apanhar.

Eram mesmo invisíveis para toda e qualquer polícia o aspirante e a tal senhorinha; entretanto, para os outros, não eram, tanto assim que todos os viam e por toda a parte.

Visto em Niterói, em Maricá, em Macaé, em Teresópolis, entretanto o aspirante nunca estivera nessas localidades. Fora simplesmente para São Paulo, sem companhia alguma. Hospedara-se num hotel, em cujo quarto que habitara deixou uma carta de suicídio.

A polícia de lá pôs-se em campo para a sua descoberta. Estava escrito, porém, que ele devia lograr todas as polícias destes Brasis.

A de São Paulo também não o encontrou; e ele voltou para a casa em estado de causar pena.

Ah! As polícias...

A "gruta da imprensa"[29]

O sr. Carlos Sampaio,[30] o famoso futuro derrubador de morros, entre os grandes e notáveis melhoramentos que já inaugurou para festejar o centenário da independência do Brasil, figura uma gruta lá pelas bandas de Copacabana, a que ele denominou pomposamente "Gruta da Imprensa".[31] Nunca lá fui, nem lá irei, embora me condene, apesar de muito obscuro, membro da imprensa. Conheço bem essas zombarias das pessoas importantes ao jornalismo. Quase todos têm lembranças delicadas, blandiciosas. O sr. Sampaio teve a de um buraco, um flanco de um morro granítico, no qual mandou fazer alguma coisa e dedicou-a aos jornalistas.

Posso falar de cadeira: pelo lugar em que está e pelo que é a coisa não é muito de lisonjear os rapazes que mourejam nos jornais, como se diz em estilo da "casa".

Aquelas bandas de Copacabana não têm fama muito honesta e pôr aquele recanto recatado sob a proteção deles é lembrança que só podia acudir a um perfeito gentleman como é o nosso atual prefeito, cuja educação em Londres muita falta fez aos seus alunos da Escola Politécnica.[32]

Mas o dr. Sampaio, que é também artista e literato nas horas vagas, enquanto não realizava os seus prodigiosos melhoramentos que aumentavam a cidade e enfeavam a baía, executou o melhoramento e pô-lo sobre os ombros da imprensa. Muito bem. Vai um dia deste e, por isto ou aquilo, o portento de urbanismo moderno aparece avariado. Estamos nos tempos de bombas a explodir misteriosamente por toda a parte; por isso, logo atribuíram a coisa a dinamiteiros reivindicadores etc. etc.

A polícia nomeou dois modestos peritos, e os dois engenheiros deram a causa do fato como sendo natural, devido à natureza do terreno.

Estava a coisa acabada e parecia que não havia necessidade de mais nada.

O sr. Sampaio, porém, que é um grande engenheiro e sabe tratar com capitalistas ingleses, quis encaminhar a coisa para si.

Antes, mandou os seus engenheiros, que afirmaram a um representante da *Gazeta de Notícias* que a causa indireta do desmoronamento tinha sido a explosão de uma carga de dinamite.

Temos já duas abalizadas opiniões de engenheiros competentes, que devem ser verdadeiras, por partirem das provas de que partiram.

Chega, afinal, o sr. Sampaio, fotógrafo, cavouqueiros, um paiol de rupturita e mais apetrechos bélicos. As minas estavam abertas, são carregadas e o fotógrafo bate a chapa.

O sr. Sampaio examina os escombros com um olhar de quem furou o São Gotardo;[33] e solta uma frase histórica que não escrevo por brevidade; mas em que se afirma que não houve desmoronamento natural. A "Gruta" tinha sido dinamitada. Destas opiniões contrárias de pessoas tão conspícuas e sábias, duas coisas se podem concluir com rara certeza: a engenharia é uma arte sem dúvidas, e o dr. Sampaio ganha uma fotografia nos jornais.

O homem da barca[34]

Noticiaram os jornais que certo sujeito, tendo embarcado na barca da Praia Grande, em dado momento cismou, tirou as vestes e pô-las ao mar.

Os jornais vêm cheios de indignação contra o homem; eu, porém, não o posso julgar assim.

Desde Juliano[35] e Cortés,[36] o conquistador do México, que é hábito dos homens queimarem os seus navios, para não obrigar as retiradas.

Semelhante sujeito que fez, atirando ao mar as vestes, foi mais ou menos isso: ele quis impedir a sua retirada da liça.

Dizem que ele se abraçou com uma moça.

Não vejo mal por isso; ele já tinha coberto a retirada.

Sem todas essas coisas não há mal senão na nudez; porque pode haver um sujeito malfeito de corpo que se ponha em trajes indecentes, o que não é espetáculo agradável.

Se todos nós fossemos bem-feitos de corpo, nada seria de admirar.

Nos tempos atuais, isso porém não se dá, e nós pedimos a semelhantes maníacos que abracem as raparigas, mas fiquem vestidos.

Apontamentos[37]

Alto destino

"O Binóculo",[38] da *Gazeta*, encerrou há dias um concurso de beleza em que a moça mais votada recebeu a homenagem de 21 478 admiradores.

Está aí uma moça que é deveras conhecida. A sua votação mostra de que maneira é mais popular do que o sr. Irineu, por exemplo, que nunca conseguiu ter uma votação dessas.

Se algum dia forem concedidos às mulheres direitos políticos, auguro para esta senhora um alto destino na política nacional.

Quem já dispõe de uma votação dessas pode bem chegar à presidência da República com os quatrocentos mil redondos famosos.

Já temos jornais da oposição. São dois ou três, mas já os temos. Depois que acabou o reconhecimento de poderes, eles começaram a mudar a casaca.

Não há mal nenhum nisso. A sabedoria parlamentar diz que a oposição é uma necessidade ao próprio governo, pois o orienta para o bem, fiscalizando os seus atos.

Vamos ver se, desta feita, ela terá razão...

Os acontecimentos políticos da última semana fizeram esquecer-nos de certos fatos policiais. Por exemplo: que fim levou esse caso da falsificação das "sabinas"? Saboreávamos diariamente três, quatro colunas sobre esse caso altamente escandaloso. A toda a hora, estávamos à espera da prisão do famoso e misterioso Nicodemos Roseli. Em Santos, chegaram a prender quatro, e nenhum era o Nicodemos, sendo que este é um homem honesto.

Foi o diabo essa complicação de reconhecimentos, senão ainda estaríamos em pleno Rocambole.

Esta seção não é propriamente um jornal; é formada de notas apanhadas nos jornais; entretanto hoje, fazendo uma exceção, abre a sua coluna e pouco para uma pequena queixa do povo. É que os meus vizinhos, desde que souberam que eu andava metido nos jornais, levam a pedir-me que rogue ao exmo. sr. Prefeito um novo calçamento para a rua José Bonifácio, em Todos os Santos. Se sua excelência quiser ler toda esta revista, há de ver o que de pasmoso tem causado a ruim pavimentação da rua. A história é nas suas linhas gerais autêntica, e é contada por todos os velhos moradores daquela parte da cidade. Aí fica a queixa.

Notas

1 INTRODUÇÃO [pp. 11-75]

1. Beatriz Resende descobriu a foto de 1919, e Daniela Birman, a de 1914, ambas na biblioteca do Instituto de Psiquiatria da Universidade Federal do Rio de Janeiro.
2. "Negócio de maximalismo", *Careta*, n. 587, 20 set. 1919.
3. O tipo de tradição satírica que está mais próximo daquilo que Lima Barreto produziu é a sátira menipeia, que procura ridicularizar atitudes e práticas e tende a ser ácida, corrosiva e subversiva, passando longe da injúria e da invectiva. Para uma análise mais detalhada da sátira de Lima Barreto, ver os ensaios: "Ácida? Amarga? O gosto da sátira em Lima Barreto", de Élide Valarini Oliver, e "Lima Barreto's Menippean Satire *Numa e a ninfa* in Its Historical Context", de Robert Oakley.
4. Por modernismo, entendemos não só a produção do movimento marcado pela Semana de Arte Moderna de 1922 em São Paulo, mas também um período de expressão de grandes transformações da sociedade entre o final do século XIX e a década de 1930, principalmente através de revistas. Nesse sentido, o modernismo do Rio de Janeiro a que nos referimos, que muitas vezes é referido pela infeliz expressão "pré-modernismo", não é um fenômeno exclusivo do Brasil, mas práticas artísticas que expressaram as profundas mudanças que afetaram as grandes cidades da Europa, da América do

Norte e da América Latina. Para saber mais sobre humor e modernismo especificamente no Rio de Janeiro, ver Monica Pimenta Velloso, *Modernismo no Rio de Janeiro: Turunas e quixotes*. Rio de Janeiro: Fundação Getulio Vargas, 1996.

5. James Scobie, *Buenos Aires, del centro a los barrios, 1870-1910*. Buenos Aires: Solar/ Hachette, 1977, p. 192.
6. Revista popular ilustrada criada em Paris por Felix Juven. Foi editada semanalmente entre 1894 e 1950.
7. Revista popular ilustrada criada em Munique em 1896 por Albert Langen e editada até 1967, com um hiato entre 1944 e 1954. Publicou textos de escritores como Thomas Mann e Rainer Maria Rilke.
8. Lima Barreto, *Obras de Lima Barreto*. São Paulo: Brasiliense, 1956. v. 14, p. 72.
9. A tiragem de cada número da exitosa revista argentina era registrada em suas capas semanalmente. Em 1910, por exemplo, todas as tiragens passaram de 100 mil exemplares semanais, com picos que chegaram a 109 700 cópias. Uma análise mais detalhada da abrangência dessas revistas no Brasil está publicada em "The Readership of Caricatures in the Brazilian Belle Époque (1908--1922)", *Patrimônio e Memória*, São Paulo, Unesp, v. 8, n. 1, pp. 71-97, 2012.
10. *Careta*, 29 nov. 1919.
11. Lima Barreto, *Obras de Lima Barreto*. São Paulo: Brasiliense, 1956. v. 6, p. 35. Esse compromisso, que aparece repetidas vezes em sua obra, inclusive em seu ensaio "O destino da literatura", de 1921, é um dos pilares de seu projeto intelectual de se tornar um escritor popular, acessível a toda a classe de leitores. Para ele, "a arte literária se apresenta com um verdadeiro poder de contágio que a faz facilmente passar de simples capricho individual para traço de união, em força de ligação entre os homens".
12. Jorge Schmidt tinha uma editora e gráfica que imprimia seus próprios periódicos (*Kósmos, Careta, O Jornal, Filhote da Careta*), mas também oferecia seu maquinário

para imprimir cartões-postais e outras revistas, como foi o caso da *Fon-Fon* em seu primeiro ano.
13. *Floreal*, 25 out. 1907.
14. Um dado interessante sobre a recepção de *Numa e a Ninfa* em 1915 é a sua grande repercussão popular, que gerou até um quadro no espetáculo de teatro de revista *Mar de rosas*, escrito por Candido de Castro. O quadro foi assim descrito no jornal *O Imparcial*: "Êxito completo da delicada filigrana artística que é o quadro *Numa e a Ninfa*. Numa, o pierrô, Salles Ribeiro; A Ninfa, Irene Gomes" (11 abr. 1915).
15. Arquivo Lima Barreto, MS 884.
16. *Careta* é um dos exemplos mais relevantes do surto de revistas populares ilustradas no começo do século XX. Produzida desde início de forma comercial, a revista conseguiu se manter viva por mais de cinco décadas, sobrevivendo à competição com o rádio a partir da década de 1920 e às instabilidades políticas e econômicas do país. Negócio familiar, *Careta* fechou as portas em 1960 com a morte de Roberto Schmidt, filho do fundador. A data coincide com a mudança da capital do país para Brasília e com a expansão da televisão a partir na década de 1950. Esses foram alguns dos fatores que fizeram com que as revistas ilustradas surgidas no começo do século deixassem de ser as principais transmissoras de imagens em território nacional a partir daquele momento.
17. Professor de língua e literatura na Escola Normal Superior de Paris e membro da Academia Francesa. Sua obra consiste em artigos e palestras reunidos em livros. Entre os principais estão *Études critiques* (1880-98), sobre história e literatura francesas; *Le Roman naturaliste* (1883); uma monografia sobre Honoré de Balzac (1906), e vários artigos sobre educação, ciência e religião compilados em *Discours de combat* (1900), *L'Action sociale du Christianisme* (1904), e *Sur Les Chemins de la croyance* (1905).
18. As obras de Guyau analisam principalmente a filosofia moral moderna. Lima Barreto menciona em vários mo-

mentos de sua obra sua admiração pela ideia de que a arte tem o potencial transformador de criar simpatia e união entre os membros de uma sociedade, como Guyau argumenta em obras como *Essai sur la morale littéraire* (1873), *Problèmes de l'esthétique contemporaine* (1884) e *L'Art au point de vue sociologique* (1889).

19. Além de ser lembrado por romances realistas como *Bel Ami* (1903), Guy de Maupassant foi notável como pioneiro do conto moderno que trata de situações psicológicas e de crítica social.

20. Hippolyte Taine foi um crítico e historiador francês, considerado o principal teórico do naturalismo e um dos primeiros praticantes da crítica historicista que analisa obras de arte através de seus contextos, concentrando-se principalmente na experiência acumulada do autor, na nação em que foi produzida e no meio particular em que circulou. Entre suas obras principais estão *Essais de critique et d'histoire* (1858), *Histoire de la littérature anglaise* (1864) e *Philosophie de l'art* (1865 e 1882).

21. Esses nomes aparecem em várias partes da obra de Lima Barreto, principalmente em "O destino da literatura", em *Obras de Lima Barreto*. São Paulo: Brasiliense, 1956. v. 13, pp. 51-69.

22. Lima Barreto, *Obras de Lima Barreto*. São Paulo: Brasiliense, 1956. v. 10, p. 156.

23. Ibid. v. 6, p. 35.

24. Arquivo Lima Barreto, MS 884.

25. Lima Barreto, "Mansão Olímpica e os apedidos", *Careta*, 8 jan. 1921.

26. Id., *Obras de Lima Barreto*. São Paulo: Brasiliense, 1956. v. 12, p. 32

27. Manuel Bandeira, "Alencar e a linguagem brasileira", *A Província*, 12 maio 1929.

28. Bandeira comenta que Lima Barreto era admirável por seu uso das "formas e dicções da nossa gente", "formas correntes na linguagem falada da boa sociedade". "A linguagem literária entre nós divorciou-se da vida. Falamos com singeleza e escrevemos com afetação."

Manuel Bandeira, "O verdadeiro idioma nacional", *A Província*, 6 set. 1929.
29. Lima Barreto, *Obras de Lima Barreto*. São Paulo: Brasiliense, 1956. v. 15, p. 138.
30. Carlos Drummond de Andrade, *Tempo, vida, poesia*. Rio de Janeiro: Record, 1986. p. 17.
31. *Careta* publicou o texto "Feliz", de um ainda desconhecido Carlos Drummond, na edição de número 712, 11 fev. 1922.
32. Francisco de Assis Barbosa, *A vida de Lima Barreto*. 3ª ed. Rio de Janeiro: José Olympio, 1964. p. 267.
33. Ibid. 1ª ed. Rio de Janeiro: José Olympio, 1952. p. 271.
34 Ibid. 9ª ed. Rio de Janeiro: José Olympio, 2003. p. 303.
35. Sérgio Buarque de Holanda, prefácio de *Clara dos Anjos*. In: Lima Barreto, *Obras de Lima Barreto*. São Paulo: Brasiliense, 1956. v. 5, pp. 9-19.
36. Antonio Candido, "Os olhos, a barca e o espelho". In: Lima Barreto, *Triste fim de Policarpo Quaresma*. Ed. crítica. Ed. de Antônio Houaiss e Carmem Lúcia Negreiros. São Paulo: ALLCA XX, 1997. pp. 549-58. (Coleção Archivos)
37. Lima Barreto, *Obras de Lima Barreto*. São Paulo: Brasiliense, 1956. v. 10, p. 38.
38. Os três textos já conhecidos do público são "Os quatro filhos de Aimon" (*Careta*, n. 356, 17 abr. 1915); "Os outros" (*Careta*, n. 390, 11 dez. 1915); e "O congraçamento" (*Careta*, n. 391, 18 dez. 1915).
39. Série que está localizada num país longínquo chamado Al-Patak. Trata-se de uma cômica alegoria no mesmo estilo de "Reino do Jambon" e "Bruzundanga", que aparecem em outras obras de Lima Barreto.
40. O próprio Drummond, em seu dicionário, identifica Puck como sendo Mário Brant. A informação foi confirmada por Drummond junto a Abgar Renault, genro de Mário Brant, em 26 de dezembro de 1955. Mário Brant era casado com Alice Brant, que teve seu diário de infância em Diamantina, *Minha vida de menina*, publicado sob o pseudônimo de Helena Morley.
41. *Careta*, n. 380, 2 out. 1915.

42. *Careta*, n. 367, 3 jul. 1915.
43. *Careta*, n. 384, 30 out. 1915.
44. Gustave Vapereau, *Dictionnaire universel des contemporaines*. Paris: Hachette, 1893. p. 1690.
45. *Careta*, n. 372, 7 ago. 1915.
46. *Careta*, n. 691, 17 set. 1921.
47. *Careta*, n. 355, 10 abr. 1915.
48. *Careta*, n. 358, 1 maio 1915.
49. *Careta*, n. 360, 15 maio 1915.
50. *Careta*, n. 363, 5 jun. 1915.
51. *Careta*, n. 373, 14 ago. 1915.
52. *Careta*, n. 383, 23 out. 1915.
53. *Careta*, n. 374, 21 ago. 1915.
54. *Careta*, n. 373, 14 ago. 1915.
55. *Careta*, n. 377, 11 set. 1915.
56. *Careta*, n. 369, 17 jul. 1915.
57. *Careta*, n. 370, 24 jul. 1915.
58. *Careta*, n. 375, 28 ago. 1915.
59. *Careta*, n. 362, 29 maio 1915.
60. Ibid.
61. *Careta*, n. 369, 17 jul. 1915.
62. "O muambeiro", *Careta*, n. 372, 7 ago. 1915.
63. *Careta*, n. 362, 29 maio 1915.
64. Lima Barreto, *Obras de Lima Barreto*. São Paulo: Brasiliense, 1956. v. 12, p. 32.
65. Ibid. v. 4, p. 35.
66. *Careta*, n. 361, 22 maio 1915.
67. *Careta*, n. 362, 29 maio 1915.
68. *Careta*, n. 355, 10 abr. 1915.
69. *Careta*, n. 384, 30 out. 1915.
70. *Careta*, n. 385, 6 nov. 1915.
71. Ibid.
72. *Careta*, n. 362, 29 maio 1915.
73. Lima Barreto, *Obras de Lima Barreto*. São Paulo: Brasiliense, 1956. v. 4, p. 143.
74. Ver mais sobre o assunto em José Roberto Teixeira Leite, *A China no Brasil: Influências, marcas, ecos e sobrevivências chinesas na sociedade e na arte brasileiras*. Campinas: Ed. da Unicamp, 1999.

75. "A civilizadora", *Careta*, n. 361, 22 maio 1915.
76. Ibid.
77. Lima Barreto, *Obras de Lima Barreto*. São Paulo: Brasiliense, 1956. v. 3, p. 221.
78. Eliane Vasconcellos, *Entre a agulha e a caneta: Uma leitura da obra de Lima Barreto*. Rio de Janeiro: UFRJ, 1999. p. 258.
79. Lima Barreto, *Toda crônica*. Org. de Beatriz Resende e Rachel Valença. Rio de Janeiro: Agir, 2004. v. 1, p. 295.
80. *Careta*, n. 369, 17 jul. 1915.
81. *A Época*, 18 fev. 1916.
82. Lima Barreto, *Obras de Lima Barreto*. São Paulo: Brasiliense, 1956. v. 3, p. 29.
83. Ibid. v. 3, p. 75.
84. "Boatos e novidades", *Careta*, n. 359, 8 maio 1915.
85. *Careta*, n. 354, 3 abr. 1915.
86. Ibid.
87. *Careta*, n. 356, 17 abr. 1915.
88. Francisco de Assis Barbosa, *A vida de Lima Barreto*. 9ª ed. Rio de Janeiro: José Olympio, 2003. p. 217.
89. Lima Barreto, *Obras de Lima Barreto*. São Paulo: Brasiliense, 1956. v. 3, p. 149.
90. Ibid. v. 3, p. 151.
91. *Careta*, 27 mar. 1915.
92. "O cultivo do jerimum", *Careta*, n. 656, 15 jan. 1921.
93. *Careta*, n. 647, 13 nov. 1920.
94. *Careta*, n. 613, 20 mar. 1920.
95. Ibid.
96. *Careta*, n. 605, 24 jan. 1920.
97. Mark Twain, *The Complete Short Stories of Mark Twain*. Stilwell: Digireads, 2008. p. 39.
98. *Careta*, n. 603, 10 jan. 1920.
99. *Careta*, n. 619, 1 maio 1920.
100. "Hortas e capinzais", *Careta*, n. 603, 10 jan. 1920.
101. Ibid.
102. *Careta*, n. 591, 18 out. 1919.
103. "Palavras de um simples", *Hoje*, 22 jul. 1922.
104. Lima Barreto, *Toda crônica*. Org. de Beatriz Resende e Rachel Valença. Rio de Janeiro: Agir, 2004. v. 1, p. 170.

105   *Careta*, n. 613, 20 mar. 1920.
106   Ibid.
107   *Careta*, n. 700, 19 nov. 1921.
108.   *Careta*, n. 752, 18 nov. 1922.
109.   *Careta*, n. 614, 27 mar. 1920.
110.   Os "Contos argelinos" foram reunidos por Mauro Rosso em 2010 sob o título *Lima Barreto e a política: Os "contos argelinos" e outros textos recuperados* (São Paulo: Loyola).
111.   A frase é de José Bonifácio de Andrada e Silva (1763- -1838), um dos protagonistas do processo de independência do Brasil. A frase original aparece na Representação à Assembleia Geral Constituinte sobre a escravatura em 1825: "Ouvi [...] os gemidos da cara Pátria, que implora socorro e patrocínio: pelejemos denodadamente a favor da razão e humanidade, e a favor de nossos próprios interesses. Embora contra nós uive e ronque o egoísmo e a vil cobiça; sua perversa indignação, e seus desentoados gritos sejam para nós novos estímulos de triunfo, seguindo a estrada limpa da verdadeira política, que é filha da Razão e da Moral". Cf. José Bonifácio de Andrada e Silva, *Representação à Assembleia Geral Constituinte e Legislativa do Império do Brasil sobre a escravatura*. Rio de Janeiro: Tipografia de J. E. S. Cabral, 1840.
112.   "Meditem a respeito", *Revista Suburbana*, 3 set. 1922.
113.   Lançado em 1914 por Agostinho de Menezes, o *Jornal das Moças* teve circulação nacional até 1965 com o objetivo de "cultivar, ilustrando, e ao mesmo tempo deleitando o espírito encantador da mulher brasileira". Cf. *Jornal das Moças*, 21 maio 1914.

PARA FAZER O PAÍS FELIZ, PRECISAMOS
DESPOVOÁ-LO PELA MISÉRIA [pp. 81-141]

1.   Assinado por Jonathan. Publicado em *Careta*, n. 657, 22 jan. 1921.
2.   Homem da Lagoa Santa foi o nome dado ao crânio descoberto em 1840 pelo naturalista dinamarquês Pe-

ter Wilhelm Lund na gruta do Sumidouro, em Minas Gerais. Estima-se que o fóssil humano tenha participado das primeiras ondas migratórias que chegaram à América do Sul, há cerca de 14 mil anos.

3. A estação de trens de Honório Gurgel, na cidade do Rio de Janeiro, foi originalmente inaugurada com o nome do rio Munguengue (atual rio Sapopemba).
4. Assinado por Jonathan. Publicado em *Careta*, n. 658, 29 jan. 1921.
5. Símbolo de imortalidade e ressurreição, as abelhas merovíngias foram escolhidas por Napoleão Bonaparte para compor o brasão de armas da França quando foi proclamado imperador, em 1804, rompendo assim com o símbolo da flor-de-lis usada a partir do reinado de Hugo Capeto, no século X.
6. Referência à palmatória de madeira formada por um círculo e uma haste, conhecida também por férula ou "menina dos cinco olhos". Algumas palmatórias continham cinco furos no círculo para vencer a resistência do ar e aumentar a velocidade do golpe. Foi muito usada por professores para castigar alunos.
7. Pacóvia significa aquilo que é considerado ignorante, pouco inteligente ou se deixa facilmente enganar.
8. Nova Zembla (ou Nova Zemlia) é um arquipélago localizado próximo ao continente ao norte da Rússia. Em russo, significa "terra nova".
9. Expressão em latim que, em tradução livre, significa que as ações falem mais alto que as palavras.
10. Assinado por Amil. Publicado em *Fon-Fon*, n. 4, 4 maio 1907. Uma versão modificada desse texto foi publicada no capítulo XVII de *Os bruzundangas*, com o título de "Ensino prático". As ilustrações que aqui aparecem são de Calixto, e acompanharam o texto que foi publicado na *Fon-Fon*.
11. O mesmo que chinês.
12. Tecido muito fino de linho ou de algodão.
13. Assinado por Jonathan. Publicado em *Careta*, n. 618, 24 abr. 1920.
14. A Batalha do Riachuelo travou-se a 11 de junho de

1865 às margens do arroio Riachuelo, um afluente do rio Paraguai, na província de Corrientes, na Argentina. É considerada uma das mais importantes batalhas vencidas pelo Brasil na Guerra do Paraguai (1864-70).

15. A Batalha de Lepanto foi um conflito naval travado na Grécia entre uma esquadra da Liga Santa e o Império Otomano em 1571. Essa batalha representou o fim da expansão islâmica no Mediterrâneo.

16. A Batalha Naval de Trafalgar foi vencida pelo Reino Unido contra a França de Napoleão Bonaparte em 21 de outubro 1805, ao largo do cabo de Trafalgar, na costa espanhola.

17. João Pandiá Calógeras (1870-1934) foi um engenheiro, geólogo e político brasileiro. Foi deputado federal por Minas Gerais, ministro da Agricultura, Comércio e Indústria (1914) e da Fazenda (1916) durante o governo de Venceslau Brás. Foi o primeiro civil a exercer o cargo de ministro da Guerra (1919-22), no governo de Epitácio Pessoa. Lima Barreto costumava referir-se a ele como Kalogheras. Há um texto em *Histórias e sonhos* ("Os Kalogheras") em que Lima Barreto, por ocasião do envio de tropas federais para intervir na Bahia em 1920, satiriza as virtudes guerreiras de uma suposta família Kalogheras, em referência ao ministro da Guerra da época.

18. Plutarco foi um historiador, biógrafo, ensaísta e filósofo grego, conhecido principalmente por suas obras *Vidas paralelas* e *Moralia*.

19. A Batalha de Leuctra, 371 a.C., foi uma surpreendente vitória da cidade-Estado grega de Tebas, liderada por Epaminondas, sobre o exército Espartano. A batalha marcou o início da hegemonia tebana e o definitivo declínio de Esparta.

20. A Batalha de Austerlitz resultou numa das maiores vitórias de Napoleão Bonaparte, quando derrotou o Exército austro-russo, liderado pelo czar Alexandre I da Rússia e pelo imperador austríaco Francisco II em 1805.

21. Nascido em Brotas de Macaúbas, Bahia, Horácio de Queirós Matos (1882-1931) foi político e chefe de um

exército de jagunços, que se envolveu em diversas lutas armadas ao longo da vida, logrando ter o domínio da região da Chapada Diamantina.
22. Anton Ludwig August von Mackensen (1849-1945) foi um marechal de campo da Prússia. Ele comandou as tropas alemãs durante a Primeira Guerra Mundial na frente oriental.
23. Bula de Ouro ou Bula Dourada refere-se a decretos que receberam selos dourados e foram emitidos por monarcas na Europa e no Império Bizantino durante a Idade Média e o Renascimento. O termo é frequentemente usado com referência à Bula Dourada de 1356, emitida em Nuremberg, que fixou a estrutura do Sacro Império Romano-Germânico por cerca de quatrocentos anos.
24. Referência à Dieta Imperial, denominação dada à assembleia geral dos Estados Imperiais do Sacro Império Romano.
25. Assinado por Jonathan. Publicado em *Careta*, n. 652, 18 dez. 1920.
26. *Dreadnought* foi o tipo predominante de navio de guerra encouraçado no início do século XX. O nome vem do inovador navio *HMS Dreadnought*, da Marinha Real Britânica, que surgiu em 1906. Os *super-dreadnoughts* são versões posteriores com maior capacidade militar.
27. Navio de combate, de tamanho médio, de grande velocidade e tiro rápido, destinado a efetuar explorações, coberturas, escoltas de comboios e bombardeios de costa.
28. Conhecido em português como contratorpedeiro, esse tipo de navio de guerra é rápido e de fácil manobra. Foi concebido para escoltar navios maiores numa esquadra naval e defendê-los contra agressores menores.
29. Expressão latina que em tradução livre significa "a quantidade que for necessária".
30. Brigues são embarcações a vela com dois ou três mastros. Notabilizou-se nas Guerras de Independência dos Estados Unidos da América. Dado o seu menor porte, o brigue dispunha usualmente de uma vantagem de velocidade ante os navios de linha.

31. A Brigada do Corpo de Camelos Imperial foi criada pelo Império Britânico em 1916 durante a Primeira Guerra Mundial para servir no Oriente Médio. Pouco tempo depois, tornou-se parte do corpo expedicionário egípcio e lutou em diversas batalhas na região. A brigada foi extinta em 1919, após o fim da guerra.
32. A Brazil Railway Company foi uma empresa ferroviária brasileira criada em 1906, expandindo-se a ponto de controlar 47% da malha ferroviária brasileira até entrar em regime de concordata, em 1917. Nesse momento, suas atividades são encampadas e passam ao controle do Estado, exceto a Southern Brazil Lumber & Colonization Company, que sobrevive até 1938, quando é estatizada no governo de Getúlio Vargas.
33. Publicado originalmente em 1915, este livro foi um sucesso de vendas na época.
34. Expressão antiga para criado do paço real, espécie de funcionário público humilde. Lima Barreto talvez esteja fazendo uma referência ao personagem de mesmo nome que aparece no livro *Memórias de um sargento de milícias*, de Manuel Antônio de Almeida, publicado originalmente em 1854.
35. Assinado por Aquele. Publicado em *Careta*, n. 374, 21 ago. 1915.
36. Personagem protagonista da sátira *Aventuras do dr. Bogóloff*, de Lima Barreto.
37. Local para alimentação de animais.
38. Assinado por Aquele. Publicado em *Careta*, n. 369, 17 jul. 1915.
39. Pequeno cofre para guardar joias.
40. Diminutivo de saco; saquinho.
41. Assinado por J. Hurê. Publicado em *Careta*, n. 369, 17 jul. 1915.
42. Cf. nota 14 da seção "Pistolões e costumes administrativos".
43. Cf. nota 15 da seção "Pistolões e costumes administrativos".
44. Referência a um motim de fuzileiros navais presos no quartel da ilha das Cobras, no Rio de Janeiro, em 9 de

dezembro de 1910. Entre os amotinados, havia dezenas de participantes da Revolta da Chibata, ocorrida em novembro daquele ano. O motim foi reprimido com um bombardeio e serviu de justificativa para o presidente Hermes da Fonseca demandar e obter do Senado aprovação do estado de sítio. Centenas de marinheiros foram deportados para o Pará nos porões do navio *Satélite*. A viagem, contudo, terminaria no Acre, onde foram oferecidos para o trabalho nos seringais e na abertura da ferrovia Madeira-Mamoré. Porém, antes de chegarem ao destino, alguns marinheiros foram fuzilados sob a acusação de estarem tramando uma revolta a bordo do *Satélite*.

45. Assinado por Jonathan. Publicado em *Careta*, n. 635, 21 ago. 1920.

46. Fuão Duarte Bodião, conhecido como Bodião de Escama, era um tipo que vagava pelas ruas do Recife e fazia as delícias dos estudantes da Faculdade de Direito com seus discursos cheios de improvisos disparatados, mas espirituosos. Seu apelido acabou por se tornar sinônimo de indivíduo que profere discursos empolados e pernósticos. Ver Rodolfo Garcia, "Dicionário de brasileirismos". *Revista do IHGB*, v. LXXVI, 1913.

47. Francisco Gomes de Freitas, conhecido como Mal das Vinhas, foi um comerciante que, nascido em Portugal, estabeleceu-se no Rio de Janeiro, na rua da Carioca. Quando não estava trabalhando em seu bazar, dedicava-se a fazer invenções de remédios milagrosos. Em 1854, chegou a uma fórmula que, segundo ele, curaria todos as doenças que atacavam vinhedos. Logo depois, expandiu a abrangência do remédio, declarando em informes publicitários que circulavam em periódicos da época sob o título de "Mal das vinhas" que o remédio podia ser aplicado em todos os "vegetais universais". Nessas publicidades, ele desenvolvia espantosas teorias relativas à cura dos referidos vegetais. Lima Barreto, em seu texto "Mansão Olímpica e os apedidos", expressa sua curiosidade sobre essa figura: "Biografarei o Mal das Vinhas, tão curioso e tão ignorado pela geração atual, audacioso

inventor de tantas coisas curiosas, entre as quais a da fecundação artificial das vacas com auxílio de injeção de uma solução forte de sulfato de cobre".

48. Cândido da Fonseca Galvão (1845-90) foi uma figura popular nos tempos de d. Pedro II. Filho de africanos forros, e neto do obá (rei) Abiodun, governante do Império de Oyo, era também conhecido por Obá II d'África, ou simplesmente d. Obá. Alistou-se voluntariamente para lutar na Guerra do Paraguai e foi condecorado como oficial honorário do Exército brasileiro. Foi defensor da monarquia brasileira, atuou na campanha abolicionista e no combate ao racismo. Ver mais informações sobre esse personagem em Eduardo Silva, *O dom Obá II d'África, príncipe do povo: Vida, tempo e pensamento de um homem livre de cor.* São Paulo: Companhia das Letras, 1997.

49. Referência a Augusto dos Anjos (1884-1914), que era criticado por Lima Barreto por sua temática dominada por simbolismos do etéreo e do sublime, que se afastam das questões que a vida social coloca.

50. Manoel Vicente Alves, mais conhecido como dr. Jacarandá, foi um advogado brasileiro. Negro alto, de cavanhaque grisalho dividido em duas pontas, usava um paletó empoeirado com cravo vermelho na lapela, e era conhecido no foro da cidade do Rio de Janeiro por maltratar o vernáculo jurídico.

51. Curandeiro espírita que atuava na rua São Lourenço, na Praia Grande, em Niterói.

52. Veiga Filho é um personagem de *Recordações do escrivão Isaías Caminha*, primeiro romance de Lima Barreto publicado em livro. Trata-se de um escritor de destaque, que pronunciava conferências e escrevia artigos para as páginas literárias. Assim o descreve Isaías Caminha: "grande romancista de luxuoso vocabulário, o fecundo *conteur*, o enfático escritor a que eu me tinha habituado a admirar desde os catorze anos... Era aquele o homem extraordinário que a gente tinha que ler com um dicionário na mão".

53. Gonçalo Annes Bandarra (1500-56) foi um sapateiro e

profeta português, autor de trovas messiânicas que estão ligadas ao sebastianismo e ao milenarismo português. Bandarra produzia trovas com base no Antigo Testamento, falando da vinda de um salvador e do futuro de um Portugal como reino universal. Suas trovas circularam em diversas cópias manuscritas até sua primeira edição em livro em 1603, por d. João de Castro, denominada *Paráfrase e concordância de algumas profecias de Bandarra*.

54. Referência à "cavação", que em linguagem popular significa negócio ou emprego obtido por proteção; negócio ilícito; negociata, arranjo.
55. "O baile das múmias: impressão da meia-noite" é um poema de Carlos Augusto Ferreira (1844-1913), poeta que foi membro da Sociedade Pártenon Literário, sediada em Porto Alegre, Rio Grande do Sul.
56. O mesmo que cédula de dinheiro.
57. Gratificação em dinheiro que se dá aos membros de uma Assembleia Legislativa pelo comparecimento a sessões ou reuniões extraordinárias. No âmbito federal, tal gratificação está proibida desde 2006.
58. Assinado por Tradittore. Publicado em *Careta*, n. 694, 8 out. 1921.
59. *Caid* era uma posição de chefia política, militar ou tribal. No norte da África, o *caid* designava um indivíduo que acumulava funções administrativas, judiciárias, financeiras e de chefe tribal. Os *caides* norte-africanos pertenciam geralmente a famílias ricas e influentes, que compravam o título ou o recebiam em troca de favores.
60. Cf. nota 76 desta seção.
61. Parte exterior, casca.
62. Muezim, também conhecido como almuadem, é, no islã, o encarregado de anunciar, do alto dos minaretes, o momento das cinco preces diárias.
63. Saudações, entre os muçulmanos, que significa "a paz esteja contigo".
64. Fazer zumbaias a alguém significa lisonjear, bajular, adular, cortejar.
65. Assinado por Jonathan. Publicado em *Careta*, n. 687, 20 ago. 1921.

66. Referência à eleição presidencial brasileira de 1922, em que concorriam os candidatos Nilo Peçanha e Artur Bernardes.
67. Rolando é um personagem da literatura medieval e renascentista europeia inspirado no conde Hruodland, que viveu no século VIII. Segundo a lenda, Rolando foi sobrinho e paladino do imperador franco Carlos Magno e morreu heroicamente lutando contra os mouros da Península Ibérica.
68. Afonso de Albuquerque (1453-1515), nomeado o Grande, o César do Oriente, o Leão dos Mares e o Terrível, foi um fidalgo, militar e o 2º vice-rei e governador da Índia Portuguesa, cujas ações militares e políticas foram determinantes para o estabelecimento do Império Português no oceano Índico.
69. Georges Carpentier (1894-1975) foi um pugilista francês que deteve o título de campeão mundial em sua categoria entre 1920 e 1922.
70. Assinado por Amil. Publicado em *Fon-Fon*, n. 7, 25 maio 1907.
71. As atividades do Laboratório Municipal de Análises, órgão de saúde pública, começaram em 1906. Atualmente chama-se Laboratório Central de Saúde Pública Noel Nutels.
72. Assinado por Tradittore. Publicado em *Careta*, n. 699, 12 nov. 1921.
73. Hégira foi o nome dado à fuga de Maomé de Meca para Medina, que marca o ano inicial do calendário islâmico. O século VII da Hégira corresponde ao século XIII da Era Comum do calendário gregoriano.
74. Emir, termo que significa comandante em árabe, é uma espécie de título de nobreza, historicamente usado nas nações islâmicas do Oriente Médio e do norte da África. Originalmente, foi um título de honra atribuído aos descendentes de Maomé. No Império Otomano era utilizado para se referir a chefes e nobres.
75. Assinado por Jonathan. Publicado em *Careta*, n. 688, 27 ago. 1921.
76. Sultão é um título de alguns governantes muçulmanos

que, na prática, reivindicam quase total soberania mas que não chegam a considerar-se califas (sucessores à autoridade política do profeta Maomé).
77. Antiga função feminina do paço, pela qual uma fidalga conduzia em um cesto (açafate) as roupas e objetos de uso pessoal das senhoras da família real.
78. *Panem et circenses* é a forma acusativa da expressão latina *panis et circenses*, que significa "pão e jogos circenses", mais popularmente citada como pão e circo. Essa política, criada pelos antigos romanos, procurava oferecer comida e diversão ao povo, com o objetivo de diminuir a insatisfação popular contra os governantes.
79. Assinado por Jonathan. Publicado em *Careta*, n. 686, 13 ago. 1921.
80. A Sociedade Nacional de Agricultura é uma organização fundada no Rio de Janeiro em 1897. Foi articuladora do surgimento do Ministério da Agricultura, Indústria e Comércio, que foi criado por decreto em 1906, e cujas atividades se iniciaram em 1909.
81. Cf. nota 14 da seção "A sã política é filha da moral e da razão".
82. Referência à derrubada do morro do Castelo, levada a cabo durante as reformas urbanas do governo de Carlos Sampaio. O morro foi um dos pontos de fundação da cidade no século XVI e abrigou edifícios históricos de grande importância.
83. Cf. nota 17 desta seção.
84. Referência a textos de autoria de Isidro Gonçalves que foram publicados nas seções "apedidos" dos jornais da época sob o título de "Mansão Olímpica". Os "apedidos" são textos publicados em jornais como matéria paga, sem responsabilidade da direção ou redação do periódico. Lima Barreto fala sobre esse caso específico no texto "Mansão Olímpica e os apedidos", que foi coletado em *Vida urbana*.
85. Cf. nota 50 desta seção.
86. O bálsamo-de-tolu é usado há séculos como fragrância e preparações farmacêuticas, como xaropes e expectorantes.

87. Pommery é uma produtora francesa de champanhe fundada em 1858.
88. Referência ao texto sátirico "How I Edited an Agricultural Paper", de Mark Twain, publicado na revista *Galaxy* em 1870. No texto, o narrador assume interinamente a edição de uma revista sobre agricultura sem saber nada sobre o assunto. Com a ambição de aumentar as vendas, resolve tornar a revista interessante para todas as classes de leitores. Passa então a escrever artigos com comentários escalafobéticos e absurdos sobre agricultura, provando que não sabia nada do assunto, e acabando com a reputação da revista.
89. Situada na avenida Rio Branco, ao lado da Associação dos Empregados do Comércio, a Confeitaria Alvear foi ponto de encontro da elite da época.
90. Assinado por Jonathan. Publicado em *Careta*, n. 665, 19 mar. 1921.
91. Tamerlão (1336-1405) foi o último dos grandes conquistadores nômades da Ásia Central de origem turco-mongol, constituindo em torno de si o Império Timúrida. A característica pela qual Tamerlão tornou-se mais conhecido e temido em todo o Ocidente foi sua crueldade e a brutalidade com que tratava os povos conquistados.
92. Vladimir Ilitch Lênin (1870-1924) foi um revolucionário e chefe de Estado russo, responsável em grande parte pela execução da Revolução Russa de 1917, líder do Partido Comunista e primeiro presidente do Conselho dos Comissários do Povo da União Soviética. Influenciou teoricamente os partidos comunistas de todo o mundo, e suas contribuições resultaram na criação de uma corrente teórica denominada leninismo.
93. Assinado por Inácio Costa. Publicado em *Careta*, n. 384, 30 out. 1915.
94. Cf. nota 49 desta seção.
95. Dicionário biográfico fictício que Lima Barreto diz estar escrevendo. O dicionário seria uma versão brasileira do *Dictionnaire universel des contemporains*, de Gustave Vapereau.

96. O mesmo que "joão-ninguém".
97. Augusto de Vasconcelos (1853-1915) foi um médico e político brasileiro. Era conhecido por seus adversários políticos como senador Rapadura, em alusão à sua origem humilde. Vasconcelos se projetou na política carioca ao integrar o grupo composto de chefias políticas de Campo Grande, Santa Cruz e Guaratiba, consideradas áreas rurais da cidade do Rio de Janeiro. Em 1906, após a morte de Barata Ribeiro, tornou-se chefe do Partido Republicano do Distrito Federal, que seria convertido em Partido Republicano Conservador do Distrito Federal em 1910, liderado por Pinheiro Machado. Augusto de Vasconcelos era chamado por Lima Barreto de Rapadura, Melaço ou Augusto Rapa Leitão Assado, frequentemente associando o senador à prática de corrupção eleitoral, afirmando que o grupo de Rapadura usava o nome de falecidos para fraudar as eleições.
98. Assinado por Xim. Publicado em *Careta*, n. 362, 29 maio 1915.
99. O começo de um discurso; preâmbulo.
100. Assinado por J. Hurê. Publicado em *Careta*, n. 357, 24 abr. 1915.
101. Em notícias de jornal da época, Gifoni é tratado como protagonista de uma sessão hilária da verificação dos poderes dos parlamentares que haviam sido eleitos. Ele esteve na sessão como procurador de João Baptista de Mello Peixoto, que falecera naquele ano.
102. Cf. nota 97 desta seção.
103. O Palácio Monroe foi projetado para ser o Pavilhão do Brasil na Exposição Universal de Saint Louis em 1904. Desmontado ao fim do evento, a estrutura foi transportada para a Cinelândia, no centro da capital, para sediar a III Conferência Pan-Americana. O nome foi uma homenagem ao presidente norte-americano James Monroe, criador do Pan-Americanismo. Entre 1914 e 1922, o Palácio Monroe foi sede provisória da Câmara dos Deputados, enquanto o Palácio Tiradentes era construído. O palácio foi demolido em 1976 e no terreno foi construída a atual praça Mahatma Gandhi.

104. Assinado por Jonathan. Publicado em *Careta*, n. 655, 8 jan. 1921.
105. Mnemósine é uma deusa da Grécia antiga que personificava a memória. Era a divindade da preservação da memória ante os perigos da infinitude e do esquecimento.
106. Hércules foi um herói da mitologia grega que matou sua esposa e filhos em um ataque de fúria. Como punição pelo crime, o oráculo de Delfos o incumbiu de doze tarefas árduas.
107. Expressão latina que significa completamente, totalmente.
108. As vestais, na Roma Antiga, eram sacerdotisas que cultuavam a deusa romana Vesta. Era um sacerdócio exclusivamente feminino, restrito a seis mulheres escolhidas entre a idade de seis e dez anos, servindo durante trinta anos no Colégio de Vestais. Nesse período, as vestais eram obrigadas a preservar sua virgindade e castidade.
109. Retiário era um tipo de gladiador do Império Romano que lutava equipado como um pescador: uma rede, um tridente e um punhal de lâmina curta.
110. Mirmilão era um tipo de gladiador do Império Romano que carregava um grande escudo numa mão e na outra uma espada curta. Seu capacete se assemelhava a um peixe.
111. Assinado por Jonathan. Publicado em *Careta*, n. 653, 25 dez. 1920.
112. Assinado por Aquele. Publicado em *Careta*, n. 376, 4 set. 1915.
113. Paxá era a denominação dada entre os turcos aos governadores de províncias do Império Otomano dado a generais e governadores dignatários, e correspondia ao título de "excelência" usado no Ocidente. O título honorário de paxá é equivalente a um título de nobreza, e também foi um dos títulos mais altos no Egito.
114. No Império Otomano, era o equivalente ao título de sultão.
115. Lenda medieval sobre o amor de Pedro e Magalona.

116. Dá-se a designação de "Doze pares da França" à tropa de elite pessoal do rei Carlos Magno da França, formada por doze cavaleiros leais ao rei, liderados por Rolando, sobrinho de Carlos Magno. A expressão "doze pares" se dá pelo fato de os doze cavaleiros terem extrema semelhança entre si, em termos de força, habilidade com armas e lealdade ao rei.
117. Movimentos da dança tipo quadrilha francesa.
118. Cf. nota 76 desta seção.
119. Assinado por Ingênuo. Publicado em *Careta*, n. 355, 10 abr. 1915.
120. Jônatas de Freitas Pedrosa (1848-1922) foi um médico e político brasileiro. Foi senador pelo Amazonas (1898-1912) e governador do mesmo estado (1913-7). Assumiu o governo num período marcado por intensa crise da borracha. A forte concorrência do produto no mercado externo e, posteriormente, a instabilidade causada pela Primeira Guerra Mundial foram alguns dos fatores responsáveis pela crise econômica do Amazonas durante seu governo.
121. Refere-se aos políticos José Pompeu Pinto Acióli, Antônio Pinto Nogueira Acióli, Tomás Pompeu Pinto Acióli e João Batista Acióli Júnior, que foram parlamentares e governantes de estados do Nordeste do Brasil no período da Primeira República.
122. Rosa refere-se a Francisco de Assis Rosa e Silva (1857--1929), que foi o terceiro vice-presidente da República entre 1898 e 1902.
123. Jangotismo refere-se a Jangote, como chamava Lima Barreto a João Severiano da Fonseca Hermes (1858--1937), que foi um militar e político brasileiro. Era sobrinho de Deodoro da Fonseca e irmão de Hermes da Fonseca. Participou da Assembleia Nacional Constituinte de 1890 e foi deputado federal pelo Rio de Janeiro até 1893. Passou então a se dedicar ao jornalismo, escrevendo em diversos jornais. Com a eleição de seu irmão Hermes da Fonseca para a presidência da República (1910-4), voltou à política e foi eleito deputado federal pelo estado do Rio Grande do Sul em 1911, e

tornou-se líder do governo até 1914. Lima Barreto se referia a ele por seu apelido popular: Jangote. Essa nota aparece no texto "O grande orador" da seção "A sã política é filha da moral e da razão".

124. Cf. nota 14 da seção "Pistolões e costumes administrativos".

A SÃ POLÍTICA É FILHA DA MORAL E DA RAZÃO [pp. 143-90]

1. Cf. nota 111 da "Introdução".
2. Assinado por Inácio Costa. Publicado em *Careta*, n. 372, 7 ago. 1915.
3. Assinado por Jonathan. Publicado em *Careta*, n. 623, 29 maio 1920.
4. Lima Barreto foi amanuense da Secretaria de Guerra de 1903 a 1918.
5. O mesmo que criadagem.
6. Em tradução livre: Ó tempos, ó costumes! Frase de Marcus Tullius Cícero (106-43 a.C.), pensador político romano, presente em um de seus discursos contra Lúcio Sérgio Catilina, militar e senador da Roma Antiga, célebre por ter tentado derrubar a República. No discurso, Cícero critica os vícios e a corrupção na vida política de sua época.
7. Assinado por Jonathan. Publicado em *Careta*, n. 684, 30 jul. 1921.
8. Assinado por J. Caminha. Publicado em *Careta*, n. 383, 23 out. 1915.
9. A expressão completa em latim é *Hodie mihi, cras tibi*, que em tradução livre seria: hoje por mim, amanhã por ti.
10. Assinado por Jonathan. Publicado em *Careta*, n. 715, 4 mar. 1922.
11. Cf. nota 13 da seção "O nosso tempo é extraordinário".
12. A estátua foi na verdade um presente da comunidade italiana aos habitantes de Buenos Aires e foi colocada no pátio da Casa Rosada, sede do governo argentino, onde permaneceu de 1921 a 2013.

13. Cuauhtémoc (1495-1522) subiu ao trono em 1520 e liderou a resistência contra o Exército espanhol, sob o comando de Hernán Cortés, que conquistou Tenochtitlán, a capital asteca, e atual Cidade do México. Capturado e torturado, Cuauhtémoc negou-se a contar onde escondia as riquezas astecas.
14. Carlos César de Oliveira Sampaio (1861-1930) foi prefeito do Rio de Janeiro entre 1920 e 1922, quando conseguiu vários empréstimos para realizar obras estruturais na cidade como o arrasamento do morro do Castelo; o aterro da área onde se instalou a Exposição Internacional comemorativa do primeiro centenário da independência do Brasil (1922); o saneamento e aterro de grande área ao redor da lagoa Rodrigo de Freitas, hoje avenida Epitácio Pessoa; a construção da avenida Maracanã; e a reconstrução da avenida Atlântica, destruída por uma ressaca em 1921.
15. Cf. nota 82 da seção "Para fazer o país feliz, precisamos despovoá-lo pela miséria".
16. Referências aos empréstimos que pediu aos bancos ingleses e estadunidenses para realizar as grandes reformas na cidade.
17. Expressão latina que significa "será permanente".
18. Assinado por Ingênuo. Publicado em *Careta*, n. 359, 8 maio 1915. O termo "edis" refere-se aos membros da assembleia da cidade (vereadores). Na Roma Antiga, eram os encarregados da preservação da cidade, da polícia, dos mercados e das ações penais.
19. Após a Proclamação da República, com a separação entre os poderes Executivo e Legislativo, surgiram os prefeitos, e as antigas Câmaras de Vereadores do tempo do Império transformaram-se em Conselhos Municipais. No Rio de Janeiro, o Conselho transferiu-se, em 1897, para o prédio da Escola de São José, no Largo da Mãe do Bispo, atual Praça Floriano.
20. O Partido Republicano Conservador foi criado em 1910 com o objetivo de representar os ideais republicanos e oligárquicos das elites agrárias de estados descontentes com a política do café com leite, que detinha

o poder federal nas mãos dos estados de São Paulo e Minas Gerais. Seus principais representantes foram o senador pelo Rio Grande do Sul José Gomes Pinheiro Machado e o marechal Hermes da Fonseca, eleito presidente da República de 1910 a 1914.
21. Os partidários de Borges de Medeiros.
22. Cf. nota 14 da seção "Pistolões e costumes administrativos".
23. Tito Flávio Domiciano (51-96) foi imperador romano. As fontes clássicas descrevem-no como um tirano cruel e paranoico, tendo sua vileza sido comparada à de Calígula e Nero.
24. Cf. nota 53 desta seção.
25. Zoroastro, ou Zaratustra, foi um profeta e poeta nascido na Pérsia (atual Irã), provavelmente em meados do século VII a.c. Foi o fundador do zoroastrismo, a primeira religião monoteísta de que se tem notícia, adotada oficialmente pelo Império Aquemênida (558-330 a.C.).
26. Assinado por J. Caminha. Publicado em *Careta*, n. 358, 1 maio 1915.
27. Sogra era o apelido que a imprensa deu a Oscar Pires, que foi mordomo oficial do Palácio do Catete até o governo de Hermes da Fonseca.
28. Em tradução livre: que grande artista morre comigo! Em *Vidas dos doze Césares*, Suetônio descreve estas como sendo as últimas palavras de Nero, imperador de Roma, antes de se suicidar. Nero se julgava grande poeta, cantor e ator.
29. Assinado por J. Caminha. Publicado em *Careta*, n. 354, 3 abr. 1915.
30. Caroba é um subdistrito localizado em Campo Grande, zona oeste do município do Rio de Janeiro.
31. Cf. nota 97 da seção "Para fazer o país feliz, precisamos despovoá-lo pela miséria".
32. Cf. nota 20 desta seção.
33. Cemitérios.
34. Antonio Trajano (1843-1921) foi professor e autor de livros didáticos de matemática e membro da Comissão Tradutora da Bíblia.

35. Assinado por Jonathan. Publicado em *Careta*, n. 701, 26 nov. 1921.
36. Oficialmente denominada Convenção sobre a Resolução Pacífica de Controvérsias Internacionais, foi realizada em duas ocasiões na cidade de Haia, na Holanda. A primeira, em 1899, tratou de estabelecer regras associadas ao comércio internacional e seus procedimentos, assim como soluções pacíficas para as controvérsias decorrentes dessas atividades comerciais. A segunda, realizada em 1907, teve como objetivo evitar um conflito de dimensões mundiais, que de fato aconteceria sete anos depois com a eclosão da Primeira Guerra Mundial.
37. Conferência militar realizada após a Primeira Guerra Mundial com o objetivo de controlar os armamentos. Realizada fora dos auspícios da Liga das Nações, contou com a presença de nove países — Estados Unidos, Japão, China, França, Grã-Bretanha, Itália, Bélgica, Holanda e Portugal — e tratou dos interesses no oceano Pacífico e na Ásia Oriental. A Rússia Soviética não foi convidada para a conferência.
38. Assinado por Jonathan. Publicado em *Careta*, n. 679, 25 jun. 1921.
39. Cf. nota 80 desta seção.
40. Protagonista do primeiro romance de Lima Barreto publicado em livro em 1909: *Recordações do escrivão Isaías Caminha*.
41. Honório dos Santos Pimentel exerceu o mandato de intendente no Distrito Federal de 1904 até 1919. Em 1921, foi eleito deputado federal pelo Distrito Federal. Ocupou uma cadeira na Câmara dos Deputados de 1921 a 1923.
42. Cf. nota 14 desta seção.
43. Talvez por falta de espaço na revista, o texto parece ter sido dividido e publicado em dois números consecutivos da *Careta* ("Um alvitre", em 9 out. 1920; e "Para quê?", em 16 out. 1920). Na presente edição, optamos por apresentá-los aos leitores como um único texto, editando as repetições desnecessárias. Assinado por Jonathan.

44. Alberto I, rei da Bélgica, fez visita oficial ao Brasil em 1920. A ocasião levou as autoridades brasileiras a efetuar suntuosas celebrações em São Paulo, Rio de Janeiro e Minas Gerais. Em 1914, Alberto I recusou dar passagem à Alemanha, que pretendia atravessar a Bélgica rumo à França.
45. O Brasil participou do conflito através da Marinha e de sua Divisão Naval em Operações de Guerra criada em 1917. A esquadra naval tinha a missão de patrulhamento do oceano Atlântico, evitando a ação dos submarinos alemães.
46. O artigo 72, parágrafo primeiro, da Constituição de 1891 determinava: "Todos são iguais perante a lei. A República não admite privilégios de nascimento, desconhece foros de nobreza e extingue as ordens honoríficas existentes e todas as suas prerrogativas e regalias, bem como os títulos nobiliárquicos e de conselho".
47. O artigo 73 da Constituição de 1891 determinava: "Os cargos públicos civis ou militares são acessíveis a todos os brasileiros, observadas as condições de capacidade especial que a lei estatuir, sendo, porém, vedadas as acumulações remuneradas".
48. A Constituição da República dos Estados Unidos do Brasil, de 24 de fevereiro de 1891, foi a segunda Constituição do Brasil e a primeira no sistema republicano de governo. Marcou a transição da monarquia para a república.
49. Frederico Guilherme II (1744-97) foi rei da Prússia de 1786 até sua morte. A Prússia enfraqueceu durante seu reinado, e ele não conseguiu lidar com os desafios criados pela Revolução Francesa.
50. Nicolau II (1868-1918) foi o último imperador da Rússia, rei da Polônia e grão-príncipe da Finlândia. O seu reinado terminou com a Revolução Russa de 1917, quando, tentando retornar do quartel-general para a capital, seu trem foi detido em Pskov e ele foi obrigado a abdicar.
51. Assinado por Jonathan. Publicado em *Careta*, n. 629, 10 jul. 1920.

NOTAS 503

52. A Constituição de 1891 estabeleceu que os presidentes do Brasil e dos estados, assim como os membros do Poder Legislativo, em todos os níveis, seriam eleitos pelo povo. A exceção era o Legislativo da capital, que, segundo a primeira Lei Orgânica do Distrito Federal, de 1892, estaria a cargo do Conselho Municipal, composto por intendentes eleitos pelos distritos municipais.
53. Em 1647, o rei d. João IV concedeu à cidade de São Sebastião do Rio de Janeiro o título honorífico de "mui leal e heroica", determinando que a Câmara Municipal passasse a exercer as funções de governo da capitania em casos de ausência ou de impedimento do capitão-governador e do alcaide-mor, dando-lhe, ainda, poder para conceder títulos de nobreza a cidadãos eminentes, e proibindo que os governadores da capitania distribuíssem sesmarias no interior do termo da cidade.
54. Inaugurado oficialmente em 30 de dezembro de 1881, com a presença do imperador d. Pedro II, o Matadouro de Santa Cruz foi uma importante unidade industrial para abastecimento de carne do município do Rio de Janeiro, que funcionou até a segunda metade do século XX.
55. Assinado por Ingênuo. Publicado em *Careta*, n. 356, 17 abr. 1915.
56. Cf. nota 15 da seção "Pistolões e costumes administrativos".
57. Cf. nota 44 da seção "Para fazer o país feliz, precisamos despovoá-lo pela miséria".
58. Assinado por Inácio Costa. Publicado em *Careta*, n. 366, 26 jun. 1915.
59. Criada no governo de Campos Sales (1898-1902) e mantida até o fim da Primeira República, a Comissão Verificadora de Poderes tinha como função analisar os diplomas dos deputados e verificar a validade das eleições que os elegeram. A comissão acabou por se tornar um hábil instrumento de manipulação das composições legislativas.
60. Localizado no Bairro de Laranjeiras no Rio de Janeiro, o Palácio Guanabara foi utilizado como residência oficial dos presidentes da República.

61. Surgidos na Espanha no século XVII, os dramas e as comédias de capa e espada foram assim nomeados em referência aos dois elementos que caracterizavam o traje dos protagonistas dessas histórias: soldados e cavaleiros. Os complicados enredos tratavam de amores idealizados e desenganos amorosos decorrentes de costumes muito rígidos. Depois de uma infinidade de mal-entendidos, duelos, renúncias amorosas e dúvidas infundadas sobre a honra das donzelas, a narrativa tinha um final feliz, com profusão de casamentos.
62. Assinado por Inácio Costa. Publicado em *Careta*, n. 359, 8 maio 1915, originalmente na coluna "Boatos e Novidades".
63. Cf. nota 20 desta seção.
64. Palacete do morro da Graça, localizado no bairro de Laranjeiras, no Rio de Janeiro, era a residência do senador José Gomes Pinheiro Machado, que teve grande influência na política nacional até a sua morte, em 1915.
65. Palácio Guanabara, atual sede da administração do estado do Rio de Janeiro, está localizado no bairro de Laranjeiras, no Rio de Janeiro. O palácio foi residência oficial do presidente Hermes da Fonseca, que governava o país na época em que esse texto foi escrito.
66. Assinado por Inácio Costa. Publicado em *Careta*, n. 358, 1 maio 1915, originalmente na coluna "Boatos e Novidades".
67. Cf. nota 20 desta seção.
68. Cf. nota 64 desta seção.
69. O xerez é um tipo de vinho fortificado, licoroso, típico da Espanha. Seu nome é derivado da região onde é elaborado (Xerez da Fronteira).
70. Cf. nota 101 da seção "Para fazer o país feliz, precisamos despovoá-lo pela miséria".
71. Cf. nota 123 da seção "Para fazer o país feliz, precisamos despovoá-lo pela miséria".
72. Assinado por Inácio Costa. Publicado em *Careta*, n. 355, 10 abr. 1915, originalmente na coluna "Boatos e Novidades".
73. A *Chave de Salomão* é um manuscrito medieval que

contém feitiços, rituais e magias que tem como provável autor o rei Salomão (personagem do Antigo Testamento, que teria se tornado o terceiro rei de Israel), mas com sua origem provavelmente na Idade Média.
74. Cf. nota 111 da "Introdução".
75. Assinado por Inácio Costa. Publicado em *Careta*, n. 354, 3 abr. 1915, originalmente na coluna "Boatos e Novidades".
76. Licurgo foi um lendário legislador da *pólis* de Esparta que reformou a sociedade desde uma perspectiva militar e de acordo com o oráculo de Apolo, em Delfos.
77. Cf. nota 20 desta seção.
78. Cf. nota 97 da seção "Para fazer o país feliz, precisamos despovoá-lo pela miséria".
79. Assinado por J. Hurê. Publicado em *Careta*, n. 361, 22 maio 1915.
80. Lima Barreto frequentemente se refere a Leolinda de Figueiredo Daltro (1860-1935) como Deolinda. Natural da Bahia, Leolinda foi fundadora do Partido Republicano Feminino em 1910 e uma das líderes da campanha pela extensão do direito ao voto às mulheres. Fez várias viagens às terras xavantes em Mato Grosso a partir do final da década de 1890. Fundou em 1906 o Grêmio Patriótico Leolinda Daltro, que tinha como fim a alfabetização e educação das populações indígenas de forma laica, com o auxílio do governo republicano.
81. O Partido Republicano Feminino foi fundado em 1910, tendo como sua primeira presidente Leolinda Daltro.
82. Cf. nota 44 da seção "Para fazer o país feliz, precisamos despovoá-lo pela miséria".
83. Cf. nota 97 da seção "Para fazer o país feliz, precisamos despovoá-lo pela miséria".
84. Cunhambebe, de origem tupinambá, foi a autoridade máxima entre os que habitavam, por volta do século XVI, o litoral norte do atual estado de São Paulo e o litoral sul do atual estado do Rio de Janeiro. Foi aliado dos franceses que se estabeleceram na Baía de Guanabara em 1555. É citado na obra de Hans Staden *Duas Viagens ao Brasil* (1557), em referência a rituais canibais.

85. Assinado por Aquele. Publicado em *Careta*, n. 370, 24 jul. 1915.
86. Gabriel Osório de Almeida Júnior (1885-?) foi delegado auxiliar de polícia, sob o comando de Aurelino de Araújo Leal, que foi nomeado chefe de polícia do Distrito Federal pelo presidente da República Venceslau Brás em 1914, permanecendo neste cargo até 1918.
87. Assinado por Lima Barreto. Publicado em *Careta*, n. 732, 1 jul. 1922.
88. O morro da Providência, na área central do Rio de Janeiro, era conhecido como morro da Favela no começo do século xx.
89. Assinado por Xim. Publicado em *Careta*, n. 381, 9 out. 1915.
90. Há aqui um jogo de palavras entre Lorena, município no interior do estado de São Paulo, e Lorena, território disputado pela Alemanha de Guilherme II e pela França durante a Primeira Guerra Mundial.
91. Município no estado de São Paulo onde foram inauguradas, quando Rodrigues Alves era o presidente da República (1902-6), a Fábrica de Pólvoras sem Fumaça, a Usina Hidroelétrica Rodrigues Alves a Estação Ferroviária Rodrigues Alves e o ramal férreo Lorena-Piquete.
92. Assinado por Xim. Publicado em *Careta*, n. 380, 2 out. 1915.
93. Órgão de governo que administra um determinado setor.

O NOSSO TEMPO É EXTRAORDINÁRIO
[pp. 191-263]

1. Assinado por Phileas Fogg. Publicado em *Fon-Fon*, n. 2, 20 abr. 1907.
2. O mesmo que falsificação de produtos.
3. Assinado por Jonathan. Publicado em *Careta*, n. 614, 27 mar. 1920.
4. Catulo da Paixão Cearense (1863-1946) foi um poeta, músico e compositor brasileiro. Integrado nos meios boêmios da cidade, associou-se ao livreiro Pedro da Silva

Quaresma, proprietário da Livraria do Povo, que passou a editar em folhetos de cordel o repertório de modismos da época. Catulo organizou coletâneas, entre elas *O cantor fluminense* e *O cancioneiro popular*. Escreveu também vários títulos para as "edições Quaresma", de modinhas e canções que formavam uma coleção chamada Biblioteca dos Trovadores. Catulo inspirou Lima Barreto a criar o personagem Ricardo Coração dos Outros de *Triste fim de Policarpo Quaresma*.

5. Canto urbano de salão, de caráter lírico, sentimental.
6. A Liga de Defesa Nacional foi fundada em 1916 no Rio de Janeiro por Olavo Bilac, Pedro Lessa e Miguel Calmon, sob a presidência de Rui Barbosa, que era favorável ao apoio brasileiro aos Aliados na Primeira Guerra Mundial. Por defender a ideia do "cidadão-soldado" e do serviço militar como escola de cidadania, a Liga recebeu desde o início o apoio do Exército. A divulgação dos ideais da Liga era feita por meio de livros, panfletos, discursos e viagens pelo país. Bilac definia sua ação como um "apostolado de civismo e patriotismo". Em suas palestras, enfatizava a importância do engajamento dos intelectuais na causa nacionalista, apontando-os como responsáveis pela defesa da pátria e pela modernização das estruturas sociais. A Liga foi por diversas vezes alvo do humor de Lima Barreto, que criticava seu caráter nacionalista.
7. Claude-Joseph Rouget de L'Isle (1760-1836) é o compositor de letra e música do hino nacional francês *A Marselhesa*, que originalmente era intitulado *Chant de guerre pour l'armée du Rhin*.
8. Múcio da Paixão foi membro da Academia Fluminense de Letras e fundador da Liga Campista de Desportos, que promovia principalmente a disseminação do futebol.
9. Assinado por Jonathan. Publicado em *Careta*, n. 709, 21 jan. 1922.
10. Cf. nota 82 da seção "Para fazer o país feliz, precisamos despovoá-lo pela miséria".
11. Cf. nota 29 da seção "Para fazer o país feliz, precisamos despovoá-lo pela miséria".

12. Cf. nota 14 da seção "A sã política é filha da moral e da razão".
13. A Exposição Internacional do Centenário da Independência foi realizada no Rio de Janeiro entre 1922 e 1923.
14. Jogo do Jardim era como o jogo do bicho era conhecido quando foi inventado, em 1892, pelo barão João Batista Viana Drummond, fundador do Jardim Zoológico do Rio de Janeiro. Jornais da época afirmam que, para melhorar as finanças do Jardim Zoológico, o barão de Drummond criou um sistema em que 25 bichos correspondiam a números da loteria.
15. A canção patriótica "Rule, Britannia!, Britannia Rules the Waves" é tradicionalmente tocada na última noite da temporada de concertos realizada anualmente no Royal Albert Hall, em Londres. A canção era originalmente um poema escrito pelo poeta escocês James Thomson (1700-48) e David Mallet (1703-65).
16. Assinado por Lima Barreto. Publicado em *Careta*, n. 618, 24 abr. 1920.
17. Gíria que significa dinheiro, riqueza.
18. Cf. nota 34 da seção "Para fazer o país feliz, precisamos despovoá-lo pela miséria".
19. Assinado por Naquet. Publicado em *Careta*, n. 613, 20 mar. 1920.
20. Lima Barreto nasceu em 1881 em uma casa na rua do Ipiranga, no bairro de Laranjeiras, Rio de Janeiro.
21. Cf. nota 80 da seção "Para fazer o país feliz, precisamos despovoá-lo pela miséria".
22. Cf. nota 50 da seção "Para fazer o país feliz, precisamos despovoá-lo pela miséria".
23. Cf. nota 17 da seção "Para fazer o país feliz, precisamos despovoá-lo pela miséria".
24. Assinado por Amil. Publicado em *Fon-Fon*, n. 1, 13 abr. 1907.
25. O Pedagogium foi um museu pedagógico criado em 1890 na cidade do Rio de Janeiro. Em 1897 foi transformado num centro de cultura superior, e em 1906 recebeu o primeiro laboratório de psicologia experimental do Brasil. O museu foi extinto em 1919.

26. O prédio da Imprensa Nacional ficava localizado na avenida 13 de Maio. Na década de 1940, o prédio foi demolido em uma reforma do largo da Carioca.
27. O Teatro d. Pedro II foi inaugurado em 1871. Em 1890, passou a ser chamado de Teatro Lírico. O prédio, que ficava na rua Sete de Setembro, foi demolido em 1934.
28. Valentim da Fonseca e Silva (c. 1745-1813) foi um dos principais artistas do Brasil colonial, tendo atuado como escultor, entalhador e urbanista no Rio de Janeiro. Entre 1779 e 1790, foi encarregado das obras públicas da cidade, tendo projetado diversos chafarizes e o Passeio Público. Os jacarés a que se refere Lima Barreto são parte da Fonte dos Amores, umas das poucas peças originais que permanecem no local atualmente.
29. A Academia Brasileira de Letras funcionou de 1904 a 1923 no prédio do Silogeu Brasileiro (originalmente chamado Cais da Lapa), que ficava em frente ao Passeio Público, na esquina com a avenida Beira-Mar. Lá funcionavam também a Academia de Medicina, o Instituto dos Advogados do Brasil e o Instituto Histórico e Geográfico Brasileiro. Em 1972, o prédio foi demolido para dar lugar a um edifício de treze andares onde apenas o IHGB permanece.
30. Assinado por Horácio Acácio. Publicado em *Careta*, n. 586, 13 set. 1919.
31. Assinado por Jonathan. Publicado em *Careta*, n. 608, 14 fev. 1920.
32. Milcíades Mário de Sá Freire (1870-1947) foi prefeito do Rio de Janeiro de 1919 a 1920, quando deu lugar a Carlos Sampaio.
33. Cf. nota 80 da seção "A sã política é filha da moral e da razão".
34. Assinado por Mié. Publicado em *Fon-Fon*, n. 5, 11 maio 1907.
35. Localizado na avenida Central, 150, era um dos cafés mais frequentados por Lima Barreto.
36. Expressão popularizada em Portugal para designar algo sofisticado.
37. Assinado por Aquele. Publicado em *Careta*, n. 375, 28 ago. 1915.

38. Paul Lafargue (1842-1911) foi um jornalista, escritor e ativista político francês. Nascido em Santiago de Cuba, de família franco-caribenha, ele passou a maior parte de sua vida na França, e um período na Inglaterra e Espanha. Casou-se com a segunda filha de Karl Marx, Laura. Publicou inúmeros livros sobre socialismo revolucionário e materialismo histórico, entre eles *O direito à preguiça* (1880) e *O capital: Extratos*, com o qual pretendeu facilitar o acesso à obra *O capital* de seu sogro.
39. Assinado por Ingênuo. Publicado em *Careta*, n. 360, 15 maio 1915.
40. A Academia Nacional de Medicina é uma instituição médica fundada no Brasil em 1829, originalmente com o nome de Sociedade de Medicina do Rio de Janeiro.
41. Assinado por Aquele. Publicado em *Careta*, n. 367, 3 jul. 1915.
42. Assinado por Pingente. Publicado em *Fon-Fon*, n. 1, 13 abr. 1907.
43. Protagonista do livro de Lima Barreto *Vida e morte de M. J. Gonzaga de Sá*, que foi escrito em 1907 e publicado somente em 1919.
44. A Caixa de Conversão foi criada em 1906 para ajudar a combater a crise pela qual passava o mercado do café e manter equilibrado o poder de troca da moeda do Brasil no comércio com outras nações. A Caixa estava autorizada a emitir bilhetes conversíveis, garantidos por lastro em moedas de ouro nacionais e estrangeiras, como a libra e o dólar. Encerrou sua atividade emissora em 1913.
45. Assinado por Xim. Publicado em *Careta*, n. 378, 18 set. 1915.
46. Joseph Jacques Césaire Joffre (1852-1931) foi um general francês. Comandou o Exército de seu país na Primeira Guerra Mundial, durante os anos de 1914 a 1916.
47. Alexander Heinrich Rudolph von Kluck (1846-1934) foi o general alemão que comandou as Forças Armadas de seu país durante a Primeira Guerra Mundial.
48. Cf. nota 97 da seção "Para fazer o país feliz, precisamos despovoá-lo pela miséria".
49. Referência aos cemitérios da cidade do Rio de Janeiro e

às práticas de Augusto de Vasconcelos de utilizar nomes de pessoas falecidas para fraudar o processo eleitoral.
50. Assinado por Jonathan. Publicado em *Careta*, n. 718, 25 mar. 1922.
51. Os irmãos Fuoco eram sobrinhos e empregados de um joalheiro na rua da Carioca e acabaram estrangulados por uma quadrilha de contrabandistas. O crime teve muita repercussão na época, gerando enredos para a imprensa, folhetos de literatura de cordel e até mesmo uma adaptação cinematográfica: *Os estranguladores* (1908), de Antônio Leal, considerado o primeiro filme brasileiro de ficção.
52. Rodion Românovitch Raskólnikov é o protagonista de *Crime e castigo*, de Fiódor Dostoiévski, publicado em 1866.
53. Assinado por Pingente. Publicado em *Fon-Fon*, n. 9, 8 jun. 1907, originalmente na coluna "Conversas".
54. Garnier foi uma livraria e editora localizada na rua do Ouvidor, no centro do Rio de Janeiro. Esteve em atividade entre os anos de 1844 e 1934.
55. Assinado por Xim. Publicado em *Careta*, n. 376, 4 set. 1915.
56. A Secretaria de Estado dos Negócios Estrangeiros e da Guerra foi instalada no Brasil em 1808. Lima Barreto trabalhou por quase toda a sua vida adulta no Ministério da Guerra, que tinha como sede o antigo quartel-general da praça da República. Atualmente, no local se encontra o palácio Duque de Caxias, sede do Quartel-General do Comando Militar do Leste.
57. Assinado por Pingente. Publicado em *Fon-Fon*, n. 2, 20 abr. 1907, originalmente na coluna "Conversas".
58. Assinado por Jonathan. Publicado em *Careta*, n. 752, 18 nov. 1922.
59. Cf. nota 13 da seção "O nosso tempo é extraordinário".
60. Assinado por Jonathan. Publicado em *Careta*, n. 644, 23 out. 1920.
61. Cf. nota 44 da seção "A sã política é filha da moral e da razão".
62. Geminiano da Franca (1870-1935) foi um advogado,

magistrado e político brasileiro. Nasceu em João Pessoa e, após passagens por Recife, São Paulo e Niterói, estabeleceu-se no Rio de Janeiro. Foi chefe de polícia do Distrito Federal de 1919 a 1922, quando foi nomeado ministro do Supremo Tribunal Federal.

63. Cf. nota 80 da seção "A sã política é filha da moral e da razão".
64. Assinado por Jonathan. Publicado em *Careta*, n. 720, 8 abr. 1922.
65. Construído entre os anos de 1644 e 1666, na ponta da Armação, em Niterói, o edifício da Casa d'Armas da ponta da Armação é um patrimônio histórico-naval brasileiro. O prédio abrigava as atividades de desenvolvimento tecnológico de sistemas de armas navais de defesa. O edifício sediou o antigo Laboratório Pirotécnico, a Diretoria de Artilharia, a Diretoria de Torpedos, o Centro de Armamento e a Diretoria de Armamento da Marinha.
66. Assinado por Jonathan. Publicado em *Careta*, n. 645, 30 out. 1920.
67. Apesar de (em francês).
68. Assinado por Ingênuo. Publicado em *Careta*, n. 354, 3 abr. 1915.
69. O Automóvel Clube do Brasil foi fundado em 1907 no Rio de Janeiro e tinha como objetivo reunir os primeiros proprietários de automóveis do país.
70. Paulo de Gardênia era o pseudônimo usado por Benedito Costa, que, além de escritor, era oficial da Instrução Pública. Entre os vários livros que publicou estão *Sol de primavera* (1914), *O romance no Brasil* (1918) e *Bibliothèque d'études brésiliennes* (1918). Foi um dos redatores da coluna "O Binóculo", publicada na *Gazeta de Notícias*.
71. O pseudônimo Baronne Staffe foi utilizado pela escritora francesa Blanche-Augustine-Angèle Soyer (1843-1911) para escrever obras como *Usages du monde: Règles du savoir-vivre dans la société moderne*, em que descreve as boas maneiras que deveriam ser adotadas pela sociedade burguesa do final do século XIX.
72. Referência ao personagem Huron na novela sátira *O ingênuo*, escrita por Voltaire e publicada originalmente

em 1767. Tendo crescido fora da cultura europeia, Huron a vê de forma diferente, com interpretações equivocadas, mas literais, que se tornam cômicas.

73. Gabriele d'Annunzio (1863-1938) foi um poeta e dramaturgo italiano. Escreveu romances, poesias e tragédias. Serviu como voluntário na Primeira Guerra Mundial e defendeu a política expansionista italiana.
74. Assinado por Jonathan. Publicado em *Careta*, n. 709, 21 jan. 1922.
75. Assinado por Jonathan. Publicado em *Careta*, n. 724, 6 maio 1922.
76. Cf. nota 14 da seção "Pistolões e costumes administrativos".
77. Os "apedidos" são textos publicados em jornais como matéria paga, sem responsabilidade da direção ou redação do periódico.
78. Assinado por Amil. Publicado em *Fon-Fon*, n. 17, 3 ago. 1907.
79. Cf. nota 36 da seção "A sã política é filha da moral e da razão".
80. Assinado por Inácio Costa. Publicado em *Careta*, n. 365, 19 jun. 1915.
81. Referência ao presidente Marechal Hermes da Fonseca, que era conhecido na imprensa da época como Dudu.
82. João Cândido Felisberto (1880-1969) foi um militar brasileiro. Lotado na Marinha de Guerra do Brasil, foi o líder da Revolta da Chibata de 1910. Na ocasião rebelaram-se cerca de 2400 marinheiros contra a aplicação de castigos físicos que lhes eram impostos.
83. A Guerra do Contestado foi um conflito armado entre a população cabocla e os representantes do poder estadual e federal brasileiro travado entre 1912 e 1916, numa região disputada pelos estados brasileiros do Paraná e de Santa Catarina.
84. Assinado por Lima Barreto. Publicado em *Jornal das Moças*, n. 243, 12 fev. 1920.
85. Cesare Cantù (1804-95) foi um historiador e escritor italiano. Autor da obra *História Universal*, publicada em 72 volumes, inspirada nos ideais do catolicismo li-

beral. Escreveu também o romance *Margherita Pusteria* em 1838 e estudos sobre poetas italianos.

86. Pedro Calderón de la Barca (1600-81) foi um dramaturgo e poeta espanhol. Sua obra teatral é o ponto culminante do modelo teatral barroco, criado nos finais do século XVI e começo do século XVII por Lope de Vega.
87. *Tartufo* é uma comédia de Molière. Na língua portuguesa, o termo tartufo passou a ter a acepção de pessoa hipócrita, originando ainda uma série de derivados como tartufismo, tartufice, tartúfico ou ainda o verbo tartuficar (enganar, ludibriar com atos de tartufice).
88. Lima Barreto provavelmente leu a frase em *O mistério da estrada de Sintra*, de Eça de Queirós, que atribui esse pensamento ao escritor alemão Johann Wolfgang von Goethe, autor de *Os sofrimentos do jovem Werther*.
89. Assinado por Leitor. Publicado em *Careta*, n. 363, 5 jun. 1915, originalmente na coluna "Lendo os Jornais".
90. Cf. nota 3 da seção "A imprensa leva a tudo".
91. Assinado por Horácio Acácio. Publicado em *Careta*, n. 588, 27 set. 1919.
92. No texto "No mafuá dos padres", também publicado na *Careta*, Lima Barreto explica o significado do termo: "Ouvi esse termo de 'mafuá' no Engenho de Dentro, para designar umas barraquinhas que os padres tinham lá feitas. Era, como lá diziam, o 'mafuá' dos padres. Eles fazem um leilão de prendas, por intermédio de moças mais ou menos decotadas".
93. Assinado por Xim. Publicado em *Careta*, n. 379, 25 set. 1915.

O PAÍS DAS VAIDADEZINHAS
[pp. 265-333]

1. Assinado por Jonathan. Publicado em *Careta*, n. 669, 16 abr. 1921.
2. Assinado por J. Caminha. Publicado em *Careta*, n. 363, 5 jun. 1915.
3. Pierre d'Hozier (1592-1660) foi um historiador e genea-

logista francês. Era conhecido por ter uma extraordinária memória para datas, nomes e relações familiares, bem como por seu profundo conhecimento dos brasões das famílias. Em 1634, foi nomeado historiador e genealogista oficial da França.

4. Paillard era um dos restaurantes mais famosos de Paris no princípio do século XX, chegando a figurar em vários cartões-postais da época.
5. O título de duque de Biron foi originalmente atribuído a Charles de Gontaut (1562-1602), que foi um militar francês que lutava para ser o governante de uma Borgonha (região no centro da França) independente.
6. O mesmo que solar, mansão, morada de família nobre.
7. Assinado por Jonathan. Publicado em *Careta*, n. 671, 30 abr. 1921.
8. Cf. nota 84 da seção "Para fazer o país feliz, precisamos despovoá-lo pela miséria".
9. A. Sergipe era o pseudônimo de Justiniano de Mello e Silva (1852-?), político, maçom e escritor brasileiro. Foi Secretário do Governo, chefe da Instrução Pública do Paraná. Publicou pela Imprensa Nacional o livro *Nova luz sobre o passado: A humanidade primitiva e os povos pelágicos, restituição científica dos mitos, legendas, monumentos, línguas, textos, usos e tradições: O Egito e o mundo* (1906).
10. Originalmente chamada Estrada de Ferro d. Pedro II, começou a ser construída em 1855. Com a proclamação da República, passou a se chamar Estrada de Ferro Central do Brasil. Foi uma das principais ferrovias do Brasil, ligando Rio de Janeiro, São Paulo e Minas Gerais.
11. Auguste Petit (1844-1927) foi um pintor e professor francês. Chegou ao Brasil em 1864 e se estabeleceu no Rio de Janeiro. Pintou paisagens, naturezas-mortas, cenas históricas e, principalmente, retratos de políticos e artistas. Entre 1890 e 1918, o pintor se apresentou regularmente em coletivas promovidas pela Escola Nacional de Belas Artes.
12. A Beneficência Portuguesa do Rio de Janeiro, mais co-

nhecida como Hospital de Beneficência Portuguesa do Rio de Janeiro, foi fundada em 1873 por imigrantes portugueses no bairro da Glória.

13. O Cemitério da Venerável e Arquiepiscopal Ordem Terceira de Nossa Senhora do Monte do Carmo foi fundado em 1869 no bairro do Caju, Rio de Janeiro.
14. A estação de Itatiba era uma das três (as outras eram Luiz Gonzaga e Tapera Grande) da Estrada de Ferro Itatibense. Foi aberta em 1890 e desativada em 1953.
15. Assinado por Xim. Publicado em *Careta*, n. 384, 30 out. 1915.
16. João Batista das Neves (1856-1910) foi um militar brasileiro. Era o comandante do encouraçado *Minas Gerais*, navio onde eclodiu a Revolta da Chibata em 1910. Os marinheiros se revoltaram quando Neves ordenou a punição de 250 chibatas ao marinheiro Marcelino Menezes por ter ingerido bebida alcoólica dentro do navio. A punição pelo código disciplinar entretanto era limitada a 25 chibatadas, o que não foi respeitado pelo militar. Ao retornar ao navio depois de um jantar, Neves encontrou o navio amotinado e, ao reagir, foi morto pelos marinheiros. Neves foi promovido a almirante após sua morte.
17. Assinado por barão de Sumaret. Publicado originalmente em *Fon-Fon*, n. 2, 20 abr. 1907. Uma versão estendida do texto foi publicada em *Jornal das Moças*, n. 217, 14 ago. 1919, com uma introdução assinada por Lima Barreto. Esta última é a versão transcrita para esta edição.
18. O Teatro Provisório foi inaugurado em 1852, e em 1854 renomeado Teatro Lírico Fluminense. Era utilizado para grandes espetáculos e óperas. Funcionou até 1875, quando foi inaugurado o Teatro d. Pedro II. O prédio, que estava localizado na atual praça Tiradentes, foi demolido naquele mesmo ano.
19. A lei sálica foi o código legal datado do reinado de Clóvis I no século V utilizado nas reformas legais introduzidas por Carlos Magno. As leis sálicas regulavam todos os aspectos da vida em sociedade, desde crime,

impostos, calúnia, estabelecendo indenizações e punições. O sentido da expressão "lei sálica", porém, modificou-se desde então. Modernamente, a expressão lei sálica passou a designar as regras de sucessão do trono da França, regras estas que foram imitadas por outras monarquias europeias.
20. Palavra francesa que significa jogo de palavras; trocadilho de duplo sentido.
21. Assinado por Jonathan. Publicado em *Careta*, n. 672, 7 maio 1921.
22. O mesmo que berreiro, tumulto.
23. Hélio Lobo (1883-1960) foi diplomata, escritor e historiador brasileiro. Foi eleito membro da Academia Brasileira de Letras em 1918. Escreveu os livros *De Monroe a Rio-Branco: Páginas da diplomacia americana* (1912), *Antes da guerra: A missão Saraiva ou os preliminares do conflito com o Paraguai* (1914) e *O Brasil e seus princípios de neutralidade* (1914). Foi convidado como professor visitante de história diplomática na Universidade de Harvard em 1917.
24. Assinado por J. Caminha. Publicado em *Careta*, n. 360, 15 maio 1915.
25. Fictícia repartição pública que também aparece no romance de Lima Barreto *Vida e morte de M. J. Gonzaga de Sá*.
26. Cf. nota 64 da seção "A sã política é filha da moral e da razão".
27. Cf. nota 20 da "Introdução".
28. Jacob Christoph Burckhardt (1818-97) foi um estudioso do período da Renascença na Itália. É conhecido como um historiador pioneiro que pesquisou a cultura de um período histórico não só através de pinturas, esculturas e da arquitetura, mas, também, através das instituições sociais da vida cotidiana. Essa ideia aparece frequentemente nos escritos de Lima Barreto, que se mostra interessado pelos costumes e instituições sociais do Brasil.
29. Henry Thomas Buckle (1821-62) foi um historiador britânico. Sua obra mais importante — *História da*

civilização na Inglaterra (1857 e 1861) — foi traduzida integralmente para o português e influenciou historiadores brasileiros da virada do século XIX para o XX como Sílvio Romero, Euclides da Cunha, Araripe Júnior e Capistrano de Abreu. Seu método historiográfico buscava descobrir os princípios gerais que governam o caráter e o destino de cada nação.

30. Robert Southey (1774-1843) foi um historiador e escritor britânico. Especializou-se em história de Portugal e do Brasil. De 1810 a 1819 lançou a *História do Brasil*, em Londres, contendo a história geral do período colonial até a chegada de d. João VI ao Brasil, em 1808. Este livro faria parte de uma obra mais ampla — *História de Portugal* —, que nunca foi terminada.
31. Assinado por Inácio Costa. Publicado em *Careta*, n. 379, 25 set. 1915.
32. Assinado por Jonathan. Publicado em *Careta*, n. 721, 15 abr. 1922.
33. Cf. nota 13 da seção "O nosso tempo é extraordinário".
34. Cf. nota 14 da seção "A sã política é filha da moral e da razão".
35. Frank Brown (1858-1943) foi um artista de circo inglês. Viajou pelo mundo com o circo de seu pai e avó, chegando a fazer performances em Moscou e México. Chegou a Buenos Aires em 1884 e trabalhou no circo dos irmãos Carlo, onde fez sucesso e ficou conhecido como "O palhaço inglês". Criou a Companhia Frank Brown, que fez espetáculos no Rio de Janeiro em 1915.
36. Cf. nota 88 da seção "A sã política é filha da moral e da razão".
37. Assinado por Jonathan. Publicado em *Careta*, n. 668, 9 abr. 1921.
38. Navio do tipo encouraçado da Marinha do Brasil construído em 1908. Esteve em serviço ativo até 1952.
39. *Feldmarschall* (marechal de campo) foi uma patente militar de vários estados germânicos, do Sacro Império Romano-Germânico e do Império Austríaco. A patente é equivalente a de marechal, almirante e marechal do ar no Brasil.

40. Cf. nota 17 da seção "Para fazer o país feliz, precisamos despovoá-lo pela miséria".
41. Afonso VII de Leão e Castela (1105-57) foi o primeiro rei da casa de Borgonha. Foi rei da Galiza a partir de 1111, rei de Leão a partir de 1126, rei de Castela e de Toledo a partir de 1127, e imperador da Hispânia a partir de 1135. O seu reinado caracterizou-se pela tentativa de hegemonia de toda a Península Ibérica, fracassada pela independência de Portugal, pela criação da Coroa de Aragão e pela resistência moura ao invasor cristão.
42. Cf. nota 82 da seção "Para fazer o país feliz, precisamos despovoá-lo pela miséria".
43. Cf. nota 26 da seção "Para fazer o país feliz, precisamos despovoá-lo pela miséria".
44. Navio encouraçado da Marinha do Brasil, sendo o primeiro a ostentar a homenagem ao almirante Joaquim Marques Lisboa, o marquês de Tamandaré. Foi lançado ao mar em 1865 e participou da Guerra do Paraguai.
45. Assinado por Horácio Acácio. Publicado em *Careta*, n. 625, 12 jun. 1920.
46. Cf. nota 44 da seção "A sã política é filha da moral e da razão".
47. Assinado por Amil. Publicado em *Fon-Fon*, n. 1, 13 abr. 1907.
48. Assinado por Jonathan. Publicado em *Careta*, n. 613, 20 mar. 1920.
49. Boa fortuna, boa sorte, em espanhol.
50. Pedro do Couto foi um acadêmico e historiador brasileiro. Foi professor e diretor do Colégio Pedro II, no Rio de Janeiro. Publicou o livro didático *Pontos de história do Brasil* (1920).
51. Cf. nota 54 da seção "O nosso tempo é extraordinário".
52. Herbert Moses (1884-1972) foi um advogado e jornalista brasileiro. Foi presidente da Associação Brasileira de Imprensa. Foi diretor do jornal *A Noite*, juntamente com Irineu Marinho. Foi presidente do Automóvel

Clube do Brasil e do Jockey Club Brasileiro, além de ter sido secretário da Associação Comercial do Rio de Janeiro.
53. João Peixoto Fortuna foi presidente da "Liga pela moralidade", instituição de orientação católica que buscava retirar de circulação qualquer material de conteúdo erótico ou pornográfico, ainda que sem o amparo da lei.
54. Assinado por Jonathan. Publicado em *Careta*, n. 603, 10 jan. 1920.
55. Assinado por Amil. Publicado em *Fon-Fon*, n. 8, 1 jun. 1907.
56. O mesmo que gorjeta.
57. *A guerra dos mundos* (1898) é um romance de ficção científica de Herbert George Wells (1866-1946), escritor britânico. Conta a história de uma invasão do planeta Terra por marcianos inteligentes, dotados de um poderoso raio carbonizador e máquinas assassinas.
58. Assinado por Jonathan. Publicado em *Careta*, n. 698, 5 nov. 1921.
59. Assinado por Xim. Publicado em *Careta*, n. 385, 6 nov. 1915.
60. Assinado por Jonathan. Publicado em *Careta*, n. 628, 3 jul. 1920.
61. Álvaro de Sá de Castro Menezes (1883-1920) foi um escritor, jornalista e magistrado. Foi secretário do *Jornal do Commercio* e editor da *Revista Rosa Cruz*. Publicou *Quadros da guerra* (1917) e *Jardim de Heloisa: Contos modernos* (1919).
62. Assinado por Jonathan. Publicado em *Careta*, n. 612, 13 mar. 1920.
63. Trata-se de uma referência a Geminiano da Franca (1870-1935), um advogado, magistrado e político que foi chefe de polícia do Distrito Federal de 1919 a 1922. Geminiano nasceu em João Pessoa e era, portanto, conterrâneo de Epitácio Pessoa, o que justifica o tema do texto de Lima Barreto.
64. Assinado por Jonathan. Publicado em *Careta*, n. 745, 30 set. 1922.

65. Cf. nota 13 da seção "O nosso tempo é extraordinário".
66. Distrito Federal, onde está localizada a capital do Brasil, que na época era a cidade do Rio de Janeiro.
67. Assinado por Ingênuo. Publicado em *Careta*, n. 358, 1 maio 1915.
68. Cf. nota 72 da seção "O nosso tempo é extraordinário".
69. Assinado por Jonathan. Publicado em *Careta*, n. 656, 15 jan. 1921.
70. Fábrica de tapeçaria localizada em Paris que forneceu tapetes para a monarquia francesa desde o século XIV. Atualmente é administrada pelo Ministério da Cultura da França.
71. Sèvres foi uma fábrica de porcelana localizada na cidade de mesmo nome, na França, que forneceu peças para a monarquia francesa. Atualmente é administrada pelo Ministério da Cultura da França. Lima Barreto usa a palavra como sinônimo de porcelana.
72. Jerônimo José de Mesquita, primeiro barão, visconde e conde de Mesquita (1826-86) foi um fazendeiro, empresário e político brasileiro.
73. André Le Nôtre (1613-1700) foi um paisagista do barroco francês. Ficou famoso pelo projeto dos jardins do Palácio de Versalhes e pelos Jardins das Tulherias, sob o governo de Luís XIV.
74. *Os bruzundangas* é o nome de um livro de sátiras de Lima Barreto.
75. Assinado por Ingênuo. Publicado em *Careta*, n. 357, 24 abr. 1915.
76. Cf. nota 72 da seção "O nosso tempo é extraordinário".
77. Assinado por Leitor. Publicado em *Careta*, n. 367, 3 jul. 1915, originalmente na coluna "Lendo os Jornais".
78. Cf. nota 49 da seção "A sã política é filha da moral e da razão".
79. Assinado por Jonathan. Publicado em *Careta*, n. 691, 17 set. 1921.
80. Joaquim José da França Júnior (1838-90) foi advogado, dramaturgo, jornalista e pintor brasileiro. Escre-

veu diversas comédias teatrais que alcançaram enorme sucesso popular, entre elas *O tipo brasileiro* (1882), *Como se fazia um deputado* (1882) e *Maldita parentela* (1887). Utilizando-se de enredos anedóticos, França Júnior fez de suas comédias pequenas caricaturas de aspectos da vida cotidiana do Rio de Janeiro.

81. Cf. nota 11 desta seção.
82. Cf. nota 25 desta seção.
83. Assinado por Inácio Costa. Publicado em *Careta*, n. 356, 17 abr. 1915, originalmente na coluna "Boatos e Novidades".
84. A galeria Cruzeiro ficava na parte térrea do edifício do Hotel Avenida, inaugurado na avenida Central em 1910. O edifício foi demolido em 1957 e no lugar foi construído o edifício Avenida Central.
85. Alfredo Rui Barbosa (1879-1939) foi um político e militar brasileiro. Foi deputado federal pela Bahia em várias legislaturas entre 1909 e 1932. Era filho de Rui Barbosa.
86. Lima Barreto se refere aos irmãos João Mangabeira (1880-1964) e Otávio Mangabeira (1886-1960). Ambos eram políticos ligados ao estado da Bahia.
87. Ambos eram cabarés da época. O Mère Louise foi inicialmente (1907) um "café-dançante", ao estilo dos cabarés parisienses, na esquina da avenida Atlântica com a rua Francisco Otaviano, em Copacabana, sob o comando da francesa Louise Chabas. Foi vendido em 1910 e tornou-se uma pensão-cabaré infame que acabou fechada pela polícia em 1931. A Pensão Sapho era um cabaré comando por Elvira Bonatti que ficava na rua do Russel, no bairro da Glória, no Rio de Janeiro.
88. A Confeitaria Colombo foi fundada em 1894 na rua Gonçalves Dias, no centro do Rio de Janeiro.
89. Assinado por J. Hurê. Publicado em *Careta*, n. 356, 17 abr. 1915.
90. Feliciano Pires de Abreu Sodré (1881-1945) foi um engenheiro, militar e político brasileiro. Protagonizou um período conturbado da política fluminense quando concorreu duas vezes para o cargo de presidente do es-

tado do Rio de Janeiro e, em ambas, entrou em conflito com seu antigo aliado político Nilo Peçanha.

91. *In Partibus Infidelium* (expressão latina que é frequentemente abreviada para *in partibus*) significa "nas terras dos infiéis" ou dos "não crentes". A expressão era utilizada para designar bispos da Igreja Católica Romana que tiveram que fugir de suas dioceses e acabaram abrigados em outras. Lima Barreto usa essa expressão para fazer referência à disputa eleitoral de 1914, quando Feliciano Sodré candidatou-se à presidência do estado do Rio de Janeiro, concorrendo com Nilo Peçanha. Ao longo do processo eleitoral, houve uma divisão da Assembleia Legislativa em dois grupos, que se declararam vencedores e foram reconhecidos pelas respectivas assembleias. A disputa só foi resolvida quando o recém-empossado presidente da República, Venceslau Brás (1914-8), assegurou a posse de Nilo Peçanha e colocou tropas à disposição do juiz federal do estado.

92. Francisco Chaves de Oliveira Botelho (1868-1943) foi um médico e político brasileiro. Em 1910, foi eleito presidente do estado do Rio de Janeiro e exerceu mandato até 1914. Apoiou Feliciano Sodré na sua campanha de sucessão, mas foi derrotado por Nilo Peçanha.

93. Assinado por Leitor. Publicado em *Careta*, n. 362, 29 maio 1915, originalmente na coluna "Lendo os Jornais".

94. Assinado por Lima Barreto. Publicado em *Jornal das Moças*, n. 225, 9 out. 1919.

95. Elói Pontes foi um sociólogo, escritor e biógrafo brasileiro. Seu primeiro livro foi *A luta contínua* (1911), de inclinação anarquista. Depois, tornou-se autor de sucesso popular com livros como *Maria de Lourdes* (1919) e *Esforço inútil* (1928). Nas décadas seguintes, escreveu diversas biografias de escritores brasileiros: *A vida inquieta de Raul Pompeia* (1935), *A vida dramática de Euclides da Cunha* (1938) e *A vida contraditória de Machado de Assis* (1939).

96. João Paulo Emílio Cristóvão dos Santos Coelho Barreto, mais conhecido pelo pseudônimo de João do Rio

(1881-1921), foi um jornalista, tradutor e escritor brasileiro. Fundou o jornal *A Pátria* em 1920 e colaborou com diversos periódicos da época. Entre seus principais livros publicados estão *As religiões do Rio* (1904), *A alma encantadora das ruas* (1908), *Cinematógrafo: Crônicas cariocas* (1909), *A profissão de Jacques Pedreira* (1911).

97. Antônio Torres (1885-1934) foi um escritor e jornalista brasileiro. Publicou *Verdades indiscretas* (1920), *Pasquinadas cariocas* (1921) e *Prós & contras*.
98. As *jupes-culottes* surgiram na década de 1890 e permitiram, entre outras coisas, que as mulheres andassem de bicicleta. Eram calças compridas integradas a uma saia longa.

VIDA SUBURBANA [pp. 335-76]

1. Assinado por Lima Barreto. Publicado em *Revista Suburbana*, 3 set. 1922.
2. Pascoal Segreto (1868-1920) foi um empresário ítalo-brasileiro. É considerado um dos pioneiros da indústria cinematográfica no Brasil.
3. Referência ao luxo e riqueza do imperador da Pérsia Xariar, para quem Xerazade conta suas histórias em *As mil e uma noites*.
4. A palavra francesa "baie" denomina uma abertura em um muro, que pode ser uma janela ou uma porta. Em geral têm uma decoração específica que adorna a fachada do edifício.
5. Cf. nota 32 desta seção.
6. Assinado por Eran. Publicado em *Fon-Fon*, n. 8, 1 jun. 1907.
7. Assinado por Jonathan. Publicado em *Careta*, n. 692, 24 set. 1921.
8. Referência ao cemitério de Inhaúma, que foi tema de vários outros textos de Lima Barreto.
9. Tommaso Salvini (1829-1915) foi um ator italiano.
10. Emanuel Reicher (1849-1924) foi um ator alemão.

NOTAS 525

11. Ermete Novelli (1851-1919) foi um ator e dramaturgo italiano.
12. A frase latina *Requiescat in pace* (repouse em paz, em português) é um curto epitáfio que geralmente aparece em lápides.
13. Assinado por Lima Barreto. Publicado em *Careta*, n. 740, 26 ago. 1922.
14. Assinado por Totalista. Publicado em *Careta*, n. 655, 8 jan. 1921.
15. Cf. nota 92 da seção "O nosso tempo é extraordinário".
16. Assinado por Jonathan. Publicado em *Careta*, n. 707, 7 jan. 1922.
17. Cf. nota 80 da seção "Para fazer o país feliz, precisamos despovoá-lo pela miséria".
18. Assinado por Jonathan. Publicado em *Careta*, n. 610, 28 fev. 1920.
19. Cf. nota 32 desta seção.
20. Assinado por Lucas Berredo. Publicado em *Careta*, n. 700, 19 nov. 1921.
21. Assinado por Lima Barreto. Publicado em *Careta*, n. 706, 31 dez. 1921.
22. Otávio Augusto foi um poeta simbolista brasileiro. Publicou *Fausto e Asvérus: Poema* (1919) e *A torrente encadeada: Poema* (1921).
23. Francisco Afonso de Carvalho (1897-1953) foi um escritor e militar brasileiro. Publicou vários livros, incluindo *Poemas parnasianos* (1920) e a peça de teatro *A pálida madona* (1923).
24. Assinado por Jonathan. Publicado em *Careta*, n. 663, 5 mar. 1921.
25. Cf. nota 77 da seção "O nosso tempo é extraordinário".
26. Gíria para falta de dinheiro.
27. São denominadas *Flos Sanctorum* as traduções latinas e edições da famosa história hispânica da *Legenda áurea*. Trata-se de uma coletânea de narrativas sobre santos reunidas por volta de 1260 pelo dominicano e futuro bispo de Gênova Jacopo de Varazze (1230-98) e que se tornou importante durante a Idade Média como referência para a iconografia da arte cristã.

28. Anatole France (1844-1924) foi um escritor francês. Publicou com grande sucesso livros como *O crime de Silvestre Bonnard* (1881), *Taís* (1890), *O lírio-vermelho* (1894), *O poço de Santa Clara* (1895) e *A rebelião dos anjos* (1914). Ganhou o prêmio Nobel de literatura em 1921. Visitou e deu palestras no Rio de Janeiro em 1909, época em que era muito admirado pelos escritores brasileiros, inclusive por Lima Barreto.
29. Lima Barreto também faz alusão ao personagem árabe de Anatole France em *Numa e a Ninfa*. Trata-se de uma referência ao livro *Le Jardin d'Épicure* (1894), cujo narrador conta a história de um mercador árabe que jogou fora o caroço de uma fruta que acabou atingindo os filhos invisíveis de um gênio. Perplexo, o árabe passa a refletir sobre as consequências possíveis de todas as ações e o destino dos objetos.
30. Charles-Louis de Secondat, barão de La Brède e de Montesquieu (1689-1755) foi um político, filósofo e escritor francês.
31. Assinado por Aquele. Publicado em *Careta*, n. 373, 14 ago. 1915.
32. A estrada real de Santa Cruz originalmente fazia parte do Caminho Imperial, que ligava a Quinta da Boa Vista a Sepetiba, passando pela entrada da Fazenda Imperial de Santa Cruz. Em tempos republicanos passou a se chamar avenida Suburbana, funcionando como a principal via de acesso rodoviário à capital do país até a construção da avenida Brasil na década de 1940. A via atualmente se chama avenida Dom Hélder Câmara.
33. *Corvée* ou corveia é um tipo de trabalho forçado imposto pelo Estado a certas classes de pessoas para levar a cabo projetos públicos. A obrigação de trabalho de corveia é uma das maneiras mais antigas de taxação de impostos. A diferença da corveia e do trabalho forçado é de que naquele a obrigação de trabalhar era intermitente e por um período limitado de tempo, quase sempre por certo número de dias ao ano.
34. Assinado por Jonathan. Publicado em *Careta*, n. 683, 23 jul. 1921.

35. Cf. nota 14 de "A sã política é filha da moral e da razão".
36. Assinado por Jonathan. Publicado em *Careta*, n. 647, 13 nov. 1920.
37. Cf. nota 14 da seção "A sã política é filha da moral e da razão".
38. Assinado por Xim. Publicado em *Careta*, n. 372, 7 ago. 1915.
39. Urbano Santos da Costa Araújo (1859-1922) foi um jurista, promotor e político brasileiro. Foi deputado federal (1897-1905), senador (1906-14), vice-presidente do Brasil (1914-8) e ministro da Justiça e Negócios Interiores (1918-9). Assumiu interinamente a presidência em 1917. Reeleito para a vice-presidência na chapa de Artur Bernardes, em 1922, morreu antes de ser empossado.
40. Infecção bacteriana na pele.
41. Assinado por Jonathan. Publicado em *Careta*, n. 631, 24 jul. 1920.
42. Assinado por S. Holmes. Publicado em *Fon-Fon*, n. 5, 11 maio 1907.
43. A expressão completa é *quod abundat non nocet*. Em tradução livre: o que abunda não prejudica.

PISTOLÕES E COSTUMES ADMINISTRATIVOS
[pp. 377-410]

1. Assinado por J. Caminha. Publicado em *Careta*, n. 355, 10 abr. 1915.
2. Assinado por Aquele. Publicado em *Careta*, n. 372, 7 ago. 1915.
3. Assinado por Jonathan. Publicado em *Careta*, n. 690, 10 set. 1921.
4. Assinado por Jonathan. Publicado em *Careta*, n. 609, 21 fev. 1920.
5. O mesmo que celebrante de casamento. Himeneu é um personagem da mitologia grega, filho de Apolo e Afrodite. Ele presidiu a muitos dos enlaces na mitologia grega. Lima Barreto frequentemente implicava com

figuras da época que faziam discursos em casamentos e se diziam literatos.
6. Cf. nota 26 da seção "Para fazer o país feliz, precisamos despovoá-lo pela miséria".
7. Um cruzador *scout* era um tipo de navio de guerra do início do século XX. Era menor, mais rápido, com menos armas e blindagem do que os cruzadores encouraçados.
8. Tancredo Burlamaqui de Moura (?-1923) foi um professor e militar brasileiro. Reformado como almirante, foi comandante da Marinha do Brasil e adido naval na Missão Brasileira em Haia, em 1907.
9. Assinado por Xim. Publicado em *Careta*, n. 382, 16 out. 1915.
10. Assinado por Inácio Costa. Publicado em *Careta*, n. 382, 16 out. 1915.
11. Assinado por J. Hurê. Publicado em *Careta*, n. 359, 8 maio 1915.
12. A Biblioteca Real de Alexandria foi uma das maiores bibliotecas do mundo antigo. Floresceu no Egito, às margens do Mediterrâneo, entre os séculos III a.C. e IV d.C. Reinou quase absoluta como centro da cultura mundial até ser destruída por um incêndio. Continha praticamente todo o saber da Antiguidade, em cerca de 700 mil rolos de papiro e pergaminhos. Seu lema era "adquirir um exemplar de cada manuscrito existente na face da Terra".
13. Assinado por Inácio Costa. Publicado em *Careta*, n. 361, 22 maio 1915.
14. Uma das maneiras que Lima Barreto se referia ao senador Pinheiro Machado. O personagem também aparece em *Numa e a Ninfa*.
15. Anófeles parece ser um personagem fictício. É provável que seja uma referência ao mosquito transmissor da malária, que tem o mesmo nome. Em um artigo publicado em 20 de abril de 1915 no *Correio da Manhã*, Luiz de Azevedo Marques escreveu: "O mosquito ou pernilongo, como é vulgarmente conhecido, [...] prolifera com espantosa violência nesta capital, perturbando o repouso do

carioca, com as suas picadas dolorosas e o seu zumbido importuno [...]. *Anopheles argyrotarsis* [...] é o veículo [transmissor] do paludismo [malária]".

16. Assinado por J. Hurê. Publicado em *Careta*, n. 354, 3 abr. 1915.
17. Cf. nota 97 da seção "Para fazer o país feliz, precisamos despovoá-lo pela miséria".
18. Cf. nota 36 da seção "Para fazer o país feliz, precisamos despovoá-lo pela miséria".
19. Assinado por J. Hurê. Publicado em *Careta*, n. 358, 1 maio 1915.
20. Cf. nota 101 da seção "Para fazer o país feliz, precisamos despovoá-lo pela miséria".
21. Cf. nota 97 da seção "Para fazer o país feliz, precisamos despovoá-lo pela miséria".
22. Cf. nota 33 da seção "A economia e a carestia da vida".
23. *Elzira, a morta virgem* (1883) é um romance de Pedro Ribeiro Vianna. A história de uma menina de Botafogo que preferiu morrer imaculada a casar com o homem que não amava vendeu dezenas de milhares de exemplares e continuou sendo reeditado até a década de 1920.
24. Cf. nota 97 da seção "Para fazer o país feliz, precisamos despovoá-lo pela miséria".
25. Assinado por J. Hurê. Publicado em *Careta*, n. 367, 3 jul. 1915.
26. Cf. nota 20 da seção "A sã política é filha da moral e da razão".
27. Cf. nota 64 da seção "A sã política é filha da moral e da razão".
28. Cf. nota 15 desta seção.
29. Cf. nota 97 da seção "Para fazer o país feliz, precisamos despovoá-lo pela miséria".
30. Homem de Java é o nome dado aos fósseis descobertos em 1891 em Java, na Indonésia. Trata-se de um dos primeiros espécimes do *Homo erectus*. Seu descobridor, Eugène Dubois, deu a ele o nome científico de *Pithecanthropus erectus*, significando homem-macaco ereto.
31. *Aepyornis* é um gênero de ave extinto. São conhecidas

como as aves corredoras gigantes de Madagascar ou aves elefantes.
32. Os ictiossauros constituem uma ordem de répteis marinhos que foram extintos um pouco antes da extinção dos dinossauros. O primeiro esqueleto completo de um ictiossauro foi descoberto em 1811 no sul de Inglaterra.
33. Assinado por Inácio Costa. Publicado em *Careta*, n. 357, 24 abr. 1915, originalmente na coluna "Boatos e Novidades".
34. Cf. nota 97 da seção "Para fazer o país feliz, precisamos despovoá-lo pela miséria".
35. *Homo sum, humani nihil a me alienum puto* é um provérbio latino que significa: "Homem sou; nada humano me é estranho".
36. Assinado por Horácio Acácio. Publicado em *Careta*, n. 591, 18 out. 1919.
37. Assinado por Inácio Costa. Publicado em *Careta*, n. 383, 23 out. 1915.
38. Assinado por Xim. Publicado em *Careta*, n. 374, 21 ago. 1915.
39. Cf. nota 25 da seção "O país das vaidadezinhas".

A ECONOMIA E A CARESTIA DA VIDA
[pp. 411-45]

1. Assinado por Lima Barreto. Publicado em *Voz do Povo*, 9 mar. 1920.
2. Assinado por Lima Barreto. Publicado em *Jornal das Moças*, n. 299, 10 mar. 1921.
3. *A ciência do bom homem Ricardo ou meios de fazer fortuna* (*Poor Richard's Almanack*) é um livro de Benjamin Franklin (1706-90) que apareceu em edições anuais entre 1732 e 1758 nos Estados Unidos da América. Franklin escrevia sob o pseudônimo de "Poor Richard" ou "Richard Saunders". Os almanaques eram muito populares na época e consistiam numa mistura de previsões do tempo, dicas de cuidados domésticos, charadas e jogos.

4. Paul Magnaud (1848-1926) foi um magistrado e político francês. Foi presidente do tribunal de Chateau-Thierry de 1887 a 1906, quando foi eleito deputado socialista radical em Paris. Ficou conhecido por sua clemência em muitos casos criminais e por sua posição a favor do emergente feminismo.
5. Pensão Meira Lima era como o presídio da rua Frei Caneca, no Centro do Rio de Janeiro, era popularmente conhecido. O complexo penitenciário, que foi implodido em 2010, teve sua origem na Casa de Correção da Corte, inaugurada em 1850, e na Casa de Detenção inaugurada em 1856.
6. Assinado por Jonathan. Publicado em *Careta*, n. 605, 24 jan. 1920.
7. Assinado por Lima Barreto. Publicado em *A.B.C.*, n. 385, 22 jul. 1922. Texto resgatado por Henrique Sergio Silva Corrêa em sua dissertação de mestrado sobre as colaborações de Lima Barreto no *A.B.C.*, defendida na Unesp de Assis, São Paulo.
8. Marcelino Bispo de Melo (1875-98) foi um militar brasileiro. Ficou conhecido por ter matado o ministro da Guerra, marechal Carlos Machado de Bittencourt, durante um atentado contra a vida do presidente Prudente de Morais em 1897.
9. Referência a um episódio ocorrido durante a Revolta da Vacina (1904), em que o general Travassos promoveu uma revolta na Escola Militar da Praia Vermelha.
10. Almirante Custódio José de Melo (1840-1902) foi um militar e político brasileiro. Foi um dos líderes das Revoltas da Armada de 1891 e 1893.
11. César Marco Aurélio Antonino Augusto (121-80) foi imperador romano desde 161 até sua morte. É frequentemente lembrado como um governante bem-sucedido e culto. Dedicou-se à filosofia, especialmente à corrente filosófica do estoicismo, e escreveu uma obra: *Meditações*.
12. Constantino I (272-337) foi o primeiro imperador romano cristão. A estátua a que se refere Lima Barreto é uma estátua equestre de Marco Aurélio que foi fundida em 175 a.C. em Roma. Muitas dessas estátuas foram

destruídas por cristãos que viam os antigos romanos como pagãos. A estátua de Marco Aurélio sobreviveu porque durante a Idade Média foi confundida com a imagem do cristão Constantino.
13. Assinado por Aquele. Publicado em *Careta*, n. 362, 29 maio 1915.
14. Cf. nota 123 da seção "Para fazer o país feliz, precisamos despovoá-lo pela miséria".
15. O ceitil foi uma moeda portuguesa criada no reinado de d. Afonso v. A sua designação tem origem no nome sextil, ou seja: um sexto.
16. Assinado por Horácio Acácio. Publicado em *Careta* 602, 3 jan. 1920.
17. Lúcio Emílio Paulo Macedônico (*c*. 230-160 a.C.) foi um general e político romano. Plutarco dedicou um de seus livros da série *Vidas paralelas* a este personagem romano.
18. Cf. nota 18 da seção "Para fazer o país feliz, precisamos despovoá-lo pela miséria".
19. Assinado por Jonathan. Publicado em *Careta*, n. 640, 25 set. 1920.
20. Assinado por J. Hurê. Publicado em *Careta*, n. 360, 15 maio 1915.
21. Cf. nota 15 da seção "Pistolões e costumes administrativos".
22. Assinado por J. Caminha. Publicado em *Careta*, n. 373, 14 ago. 1915.
23. Assinado por Lima Barreto. Publicado em *Jornal das Moças*, n. 232, 27 nov. 1919.
24. Assinado por Jonathan. Publicado em *Careta*, n. 694, 8 out. 1921.
25. Cf. nota 44 da seção "A sã política é filha da moral e da razão".
26. As minas de Potosí estão localizadas no cerro de Potosí, na Bolívia. Foi um dos principais centros produtores de prata em toda a América durante o período colonial.
27. A Corrida do Ouro na Califórnia (1848-55) começou quando o metal foi encontrado em Sutter's Mill. Quando as notícias da descoberta se espalharam, cerca de 300 mil

pessoas, oriundas do restante dos Estados Unidos e de outros países, foram em busca das minas da Califórnia.
28. Assinado por Jonathan. Publicado em *Careta*, n. 650, 11 dez. 1920.
29. Terence Joseph MacSwiney (1879-1920) foi um dramaturgo, político e escritor irlandês. Foi eleito prefeito de Cork durante a Guerra de Independência da Irlanda (1920). Ele foi preso pelos britânicos acusado de sedição. Sua greve de fome de 74 dias na prisão de Brixton, sul de Londres, teve repercussão mundial e ajudou a chamar a atenção para a luta da Irlanda contra a Inglaterra.
30. Assinado por Jonathan. Publicado em *Careta*, n. 637, 4 set. 1920.
31. Assinado por Leitor. Publicado em *Careta*, n. 366, 26 jun. 1915, originalmente na coluna "Lendo os Jornais".
32. Construído em 1912, o navio *Petrel* naufragou na costa brasileira, entre Santos e Rio de Janeiro, em 1915. Surgiram muitas especulações na época sobre o paradeiro do navio, que não estava apto à navegação oceânica, mas percorria o trecho Buenos Aires-Rio de Janeiro. A causa mais provável do naufrágio foi excesso de carga.
33. Pierre Alexis, visconde de Ponson du Terrail (1829-71), foi um escritor francês. Ao longo de vinte anos escreveu cerca de setenta volumes e é lembrado hoje pela criação do personagem fictício Rocambole. A palavra "rocambolesco" significa aquilo que lembra essa personagem ou suas aventuras extraordinárias, cheias de complicadas peripécias.
34. Assinado por Aquele. Publicado em *Careta*, n. 377, 11 set. 1915.

A IMPRENSA LEVA A TUDO
[pp. 447-76]

1. Assinado por Jonathan. Publicado em *Careta*, n. 673, 14 maio 1921.
2. Cf. nota 72 da seção "O nosso tempo é extraordinário".
3. "O Binóculo" foi uma coluna de mundanidades de

grande sucesso popular publicada no jornal *Gazeta de Notícias* nas primeiras décadas do século XX.
4. Cf. nota 71 da seção "O nosso tempo é extraordinário".
5. Júlio Dantas (1876-1962) foi um escritor, médico, político e diplomata português que se distinguiu como um dos mais conhecidos intelectuais de seu país nas primeiras décadas do século XX. Foi eleito sócio da Academia de Ciências de Lisboa em 1908.
6. Carlos Malheiro Dias (1875-1941) foi um jornalista, escritor, político e historiador português. Coordenou a publicação da *História da colonização portuguesa do Brasil* (1921).
7. Claude Farrère, pseudônimo de Frédéric-Charles Bargone (1876-1957), foi um escritor francês. Seus romances eram ambientados em lugares como Istambul, Saigon e Nagasaki.
8. Pierre Lotti, pseudônimo de Louis Marie Julien Viaud (1850-1923), foi um escritor e militar francês. Grande parte da sua obra literária é autobiográfica, inspirada em suas viagens de marinheiro ao Taiti — *Rarahu: Le Mariage de Loti* (1882) —, ao Senegal — *Roman d'un spahi* (1881) — e ao Japão — *Madame Chrysanthème* (1887).
9. Assinado por Xim. Publicado em *Careta*, n. 383, 23 out. 1915.
10. Jean-Baptiste Colbert (1619-83) foi um político francês. Ficou conhecido como ministro de Estado e da economia do rei Luís XIV.
11. Assinado por Jonathan. Publicado em *Careta*, n. 747, 14 out. 1922.
12. Armação de madeira ou de ferro em que se sustenta e equilibra a carga das mulas em ambas as laterais do animal.
13. Antônio Firmino Monteiro (1855-88) foi um pintor brasileiro do século XIX. Pintava principalmente paisagens e cenas pitorescas do Rio de Janeiro da segunda metade do século XIX.
14. Assinado por Jonathan. Publicado em *Careta*, n. 659, 5 fev. 1921.

15. *Drogman* era um intérprete, tradutor e guia oficial entre países de língua turca, árabe, persa e organizações políticas do Oriente Médio e embaixadas, consulados, vice-consulados e postos de comércio europeus. Um *drogman* tinha que ter conhecimento de árabe, persa, turco e línguas europeias.
16. Maximilian Delphinius Berlitz (1852-1921) foi um linguista alemão. Fundou em 1878 nos Estados Unidos a escola de idiomas Berlitz, que se expandiu pelo mundo nas primeiras décadas do século XX.
17. Assinado por Jonathan. Publicado em *Careta*, n. 625, 12 jun. 1920.
18. Assinado por Leitor. Publicado em *Careta*, n. 371, 31 jul. 1915, originalmente na coluna "Lendo os Jornais".
19. Cf. nota 83 da seção "O nosso tempo é extraordinário".
20. Carlos Frederico de Mesquita (1853-1933) foi um militar brasileiro. Participou da campanha como comandante da quarta expedição para a Guerra do Contestado, no vale do rio do Peixe, em Santa Catarina.
21. Texto sem assinatura. Publicado em *Careta*, n. 715, 4 mar. 1922.
22. Estelle Sylvia Pankhurst (1882-1960) foi uma ativista comunista inglesa, militante do movimento de sufrágio feminino.
23. Cf. nota 74 da seção "O país das vaidadezinhas".
24. Referência à ópera-bufa *La Grande-Duchesse de Gérolstein*, de Jacques Offenbach, com libreto de Henri Meilhac e Ludovic Halévy, que estreou em Paris em 1867. O enredo é uma sátira que critica a tirania da jovem grã-duquesa. Ao fim do espetáculo, a protagonista aprende que nem sempre pode satisfazer suas levianas vontades.
25. Assinado por Jonathan. Publicado em *Careta*, n. 617, 17 abr. 1920.
26. Cf. nota 77 da seção "O nosso tempo é extraordinário".
27. Assinado por Leitor. Publicado em *Careta*, n. 368, 10 jul. 1915.
28. Assinado por Horácio Acácio. Publicado em *Careta*, n. 600, 20 dez. 1919.

29. Assinado por Jonathan. Publicado em *Careta*, n. 662, 26 fev. 1921.
30. Cf. nota 14 da seção "A sã política é filha da moral e da razão".
31. Gruta da Imprensa é como ficou conhecido o viaduto Rei Alberto, localizado na avenida Niemeyer, e que foi avariado meses depois de sua inauguração, como menciona Lima Barreto neste texto. O nome oficial do viaduto é uma referência à visita oficial do rei da Bélgica em 1920. A gruta está localizada no mesmo local em que houve, em abril de 2016, o desabamento da ciclovia Tim Maia.
32. A Escola Politécnica foi fundada em 1792 no Rio de Janeiro. É considerada a primeira instituição de ensino superior do Brasil. Lima Barreto fez o curso de engenharia nessa instituição, mas não se formou. Na época, a sede da Escola era no largo de São Francisco de Paula, no centro da cidade. A Escola Politécnica foi incorporada à Universidade Federal do Rio de Janeiro.
33. O maciço de São Gotardo está situado na Suíça. Em 1882, foi concluído o primeiro túnel ferroviário furando o maciço ao longo de quinze quilômetros.
34. Assinado por Horácio Acácio. Publicado em *Careta*, n. 587, 20 set. 1919.
35. Flávio Cláudio Juliano (331-63) foi um imperador romano que reinou desde o ano de 361 até a sua morte.
36. Hernán Cortés Monroy Pizarro Altamirano (1485-1547) foi um nobre e navegador espanhol. Sob o seu comando, o Exército conquistador espanhol destruiu o Império Asteca e conquistou o centro do atual território do México.
37. Assinado por Leitor. Publicado em *Careta*, n. 369, 17 jul. 1915, originalmente na coluna "Lendo os Jornais".
38. Cf. nota 3 desta seção.

Bibliografia

OBRAS DE LIMA BARRETO

BARRETO, Afonso Henriques de Lima. *Recordações do escrivão Isaías Caminha*. 1 ed. Lisboa: A. M. Teixeira & Cta, 1909.
——. *Aventuras do dr. Bogóloff. Episódios da vida de um pseudorrevolucionário russo*. 1ª ed. Publicação semanal às terças-feiras. Rio de Janeiro: A. Reis & C., 1912.
——. *Bagatelas*. 1ª ed. Rio de Janeiro: Empresa de Romances Populares, 1923.
——. *Recordações do Escrivão Isaías Caminha*. Obras de Lima Barreto. São Paulo: Brasiliense, 1956. v. 1.
——. *Triste fim de Policarpo Quaresma*. Obras de Lima Barreto. São Paulo: Brasiliense, 1956. v. 2.
——. *Numa e a Ninfa*. Obras de Lima Barreto. São Paulo: Brasiliense, 1956. v. 3.
——. *Vida e morte de M. J. Gonzaga de Sá*. Obras de Lima Barreto. São Paulo: Brasiliense, 1956. v. 4.
——. *Clara dos Anjos*. Obras de Lima Barreto. São Paulo: Brasiliense, 1956. v. 5.
——. *Histórias e sonhos*. Obras de Lima Barreto. São Paulo: Brasiliense, 1956. v. 6.
——. *Os bruzundangas*. Obras de Lima Barreto. São Paulo: Brasiliense, 1956. v. 7
——. *Coisas do Reino de Jambon*. Obras de Lima Barreto. São Paulo: Brasiliense, 1956. v. 8.

BARRETO, Afonso Henriques de Lima. *Bagatelas. Obras de Lima Barreto.* São Paulo: Brasiliense, 1956. v. 9.
———. *Feiras e mafuás. Obras de Lima Barreto.* São Paulo: Brasiliense, 1956. v. 10.
———. *Vida urbana. Obras de Lima Barreto.* São Paulo: Brasiliense, 1956. v. 11.
———. *Marginália. Obras de Lima Barreto.* São Paulo: Brasiliense, 1956. v. 12.
———. *Impressões de leitura. Obras de Lima Barreto.* São Paulo: Brasiliense, 1956. v. 13.
———. *Diário íntimo. Obras de Lima Barreto.* São Paulo: Brasiliense, 1956. v. 14.
———. *O cemitério dos vivos. Obras de Lima Barreto.* São Paulo: Brasiliense, 1956. v. 15.
———. *Correspondência ativa e passiva. Obras de Lima Barreto.* São Paulo: Brasiliense, 1956. v. 16.
———. *Correspondência ativa e passiva. Obras de Lima Barreto.* São Paulo: Brasiliense, 1956. v. 17.
———. *Contos e novelas.* Org. de Francisco de Assis Barbosa e Antônio Houaiss. Rio de Janeiro; Belo Horizonte: Garnier, 1990.
———. *Um longo sonho do futuro.* Org. de Bernardo de Mendonça. Rio de Janeiro: Graphia, 1998.
———. *Contos.* São Paulo: Landy, 2000.
———. *Prosa seleta.* Org. de Eliane Vasconcellos. Rio de Janeiro: Nova Aguilar, 2001.
———. *Toda crônica.* Org. de Beatriz Resende e Rachel Valença. Rio de Janeiro: Agir, 2004. 2 v.
———. *Novas seletas.* Org. de Laura Sandroni e Isabel Siqueira Travancas. Rio de Janeiro: Nova Fronteira, 2004.
———. *Melhores crônicas.* Org. de Beatriz Resende. São Paulo: Global, 2005.
———. *Lima Barreto e a política*: Os "contos argelinos" e outros textos recuperados. Org. de Mauro Rosso. Rio de Janeiro: PUC-Rio; São Paulo: Loyola, 2010.
———. *Contos completos reunidos.* Org. de Lilia Moritz Schwarcz. São Paulo: Companhia das Letras, 2010.
———. *Antologia de contos.* Org. de Mario Higa. São Paulo: Lazuli, 2010.

BARRETO, Afonso Henriques de Lima. *Antologia de artigos, cartas e crônicas sobre trabalhadores*. Ed. de Antônio Faria e Rosalvo Pinto. Belo Horizonte: Fino Traço, 2012.

BIBLIOGRAFIA

AIDOO, Lamonte; SILVA, Daniel (Orgs.). *Lima Barreto: New Critical Perspectives*. Lanham: Lexington, 2014.
ATAÍDE, Tristão de. "Lima Barreto, Vida e morte de M. J. Gonzaga de Sá". *O Jornal*, 18 jun. 1919.
ANDRADE, Carlos Drummond de. *Tempo, vida, poesia*. Rio de Janeiro: Record, 1986.
BANDEIRA, Manuel. "Alencar e a linguagem brasileira". *A Província*, 12 dez. 1929.
──. "O verdadeiro idioma nacional". *A Província*, 6 set. 1929.
BARBOSA, Francisco de Assis. *A vida de Lima Barreto (1881--1922)*. 3. ed. Rio de Janeiro: José Olympio; Brasília: INL, 1975.
──. *A vida de Lima Barreto*. 1ª ed. Rio de Janeiro: José Olympio, 1952.
──. *A vida de Lima Barreto*. 3ª ed. Rio de Janeiro: José Olympio, 1964.
──. *A vida de Lima Barreto*. 9ª ed. Rio de Janeiro: José Olympio, 2003.
BEIGUELMAN, Paula. *Por que Lima Barreto*. São Paulo: Brasiliense, 1981.
BOSI, Alfredo. *O pré-modernismo*. São Paulo: Cultrix, 1967. pp. 93-104.
BRAYNER, Sônia. "A mitologia urbana de Lima Barreto". *Tempo Brasileiro*, v. 33-34, pp. 66-82, 1973.
──. *Labirinto de espaço romanesco*. Rio de Janeiro: Civilização Brasileira, 1979. pp. 145-76.
CANDIDO, Antonio. "Os olhos, a barca e o espelho". In: BARRETO, Lima. *Triste fim de Policarpo Quaresma*. Ed. crítica. Ed. de Antônio Houaiss e Carmem Lúcia Negreiros. Paris: ALLCA XX, 1997. (Coleção Archivos)
COELHO, Haydée Ribeiro. *Retórica da ficção e do naciona-*

lismo em *"Triste fim de Policarpo Quaresma"*: A construção narrativa de Lima Barreto. Belo Horizonte: UFMG, 1981. Dissertação (Mestrado em Literatura Brasileira).

COUTINHO, Carlos Nelson. "O significado de Lima Barreto na literatura brasileira". In: —— (Org.). *Realismo e antirrealismo na literatura brasileira*. Rio de Janeiro: Paz e Terra, 1974.

CORRÊA, Felipe Botelho. "A Postcard to an Anonymous Reader: Lima Barreto's Brazilian Diction in the Magazine *Careta*". *Brasiliana: Journal for Brazilian Studies*, v. 2, n. 1, pp. 70--94, 2013.

——. "Lima Barreto's Marginália: The Magazine Writer's Dream". *Machado de Assis em Linha*, v. 7, n. 14, pp. 61--81, 2014.

——. "The Readership of Caricatures in the Brazilian Belle Époque (1908-1922)". *Patrimônio e memória*. São Paulo, Unesp, v. 8, n. 1, pp. 71-97, 2012.

CORRÊA, Henrique Sergio Silva. *O A.B.C. de Lima Barreto (1916-1922)*. Assis: Unesp, 2012. Dissertação (Mestrado em Letras).

DUGGAN, Vincent Paul. *Social Themes and Political Satire in the Short Stories of Lima Barreto*. Ann Arbor: University Microfilms International, 1976.

FANTINATI, Carlos Erivany. *O profeta e o escrivão: Estudo sobre Lima Barreto*. Assis: ILHPA-Hucitec, 1978.

——. "Vida e morte de M. J. Gonzaga de Sá". *Cadernos de Pesquisa*. Assis, Unesp, v. 2, pp. 31-41, 1990.

FIGUEIREDO, Carmem Lúcia Negreiros de. *Lima Barreto e o fim do sonho republicano*. Rio de Janeiro: Tempo Brasileiro, 1995.

——. *Trincheiras de sonho: Ficção e cultura em Lima Barreto*. Rio de Janeiro: Tempo Brasileiro, 1998.

——. "Cotidiano e ficção: Escrita de vida e de morte". In: BARRETO, Lima. *Triste fim de Policarpo Quaresma*. Ed. crítica. Ed. de Antônio Houaiss e Carmem Lúcia Negreiros. Paris: ALLCA XX, 1997. (Coleção Archivos)

——. Lima Barreto: A ousadia de sonhar". In: BARRETO, Lima. *Triste fim de Policarpo Quaresma*. Ed. crítica. Ed. de Antônio Houaiss e Carmem Lúcia Negreiros. Paris: ALLCA XX, 1997. (Coleção Archivos)

FERREIRA FILHO, João Antônio. *Calvário e porres do pingente Afonso Henriques de Lima Barreto*. Rio de Janeiro: Civilização Brasileira, 1977.

FONTES, Hermes. "Letras". *Diário de Notícias*, 23 jan. 1910.

GERMANO, Idilva Maria Pires. *Alegorias do Brasil. Imagens de Brasilidade em "Triste fim de Policarpo Quaresma" e "Viva o povo brasileiro"*. São Paulo: Annablume, 2000.

HERRON, Robert. "Lima Barreto's *Isaías Caminha* as a Psychological Novel". *Luso-Brazilian Review*, v. 8, p. 26--38, 1971.

HIDALGO, Luciana. *Literatura da urgência: Lima Barreto no domínio da loucura*. São Paulo: Annablume, 2008.

HOLANDA, Sérgio Buarque de. Prefácio de *Clara dos Anjos*. In: BARRETO, Lima. *Obras de Lima Barreto*. São Paulo: Brasiliense, 1956. v. 5, pp. 9-19.

———. "Em torno de Lima Barreto". *Diário de Notícias*, 23 jan. 1949.

HOUAISS, Antônio. Prefácio de *Vida urbana*. In: BARRETO, Lima. *Obras de Lima Barreto*. São Paulo: Brasiliense, 1956. v. 9, pp. 9-41.

———. *Crítica avulsa*. Salvador: Progresso, 1960.

JACKSON, H. J. *Marginalia: Readers Writing in Books*. New Haven: Yale University Press, 2001.

KAHN, Daniela Mercedes. *O leitor deslocado e a biblioteca fora do lugar: Figurações da insuficiência intelectual na ficção de Lima Barreto*. São Paulo: USP, 2005. Tese (Doutorado em Letras).

KINNEAR, J. C. "The 'Sad End' of Lima Barreto's Policarpo Quaresma". *Bulletin of Hispanic Studies*, v. 51, pp. 60-75, 1974.

LEITE, José Roberto Teixeira. *A China no Brasil: Influências, marcas, ecos e sobrevivências chinesas na sociedade e na arte brasileiras*. Campinas: Ed. da Unicamp, 1999.

LINS, Osman. *Lima Barreto e o espaço romanesco*. São Paulo: Ática, 1976.

LINS, Ronaldo Lima. "O 'destino errado' de Lima Barreto". In: BARRETO, Lima. *Triste fim de Policarpo Quaresma*. Ed. crítica. Ed. de Antônio Houaiss e Carmem Lúcia Negreiros. Paris: ALLCA XX, 1997. (Coleção Archivos)

MACHADO, Maria Cristina Teixeira. *Lima Barreto: Um pensador social na Primeira República*. Goiânia: UFG, 2002.

MARTHA, Alice Áurea Penteado. *A tessitura satírica em "Numa e a Ninfa"*. Assis: ILHPA-Hucitec, 1987. Dissertação (Mestrado em Letras).

MEDEIROS, Gutemberg Araújo de. *Urbanidade e metajornalismo nas matrizes da Modernidade: Memória textual nas produções de Lima Barreto e João do Rio no início do século XX*. São Paulo: USP, 2009. Tese (Doutorado em Letras).

MEDEIROS E ALBUQUERQUE, José. "Crônica literária: Isaías Caminha". *A Notícia*, 15 dez. 1909.

MIGUEL-PEREIRA, Lúcia. *Prosa de ficção: 1870 a 1920*. Rio de Janeiro: José Olympio, 1973. pp. 285-317.

MINISTÉRIO DAS RELAÇÕES EXTERIORES. *Ensaios premiados: A obra de Lima Barreto*. Brasília: Departamento Cultural e de Informações, 2008.

MOTT, Frank Luther. *A History of American Magazines, 1741-1930*. Cambridge: Belknap Press of Harvard University Press, 1967. 5 v.

OAKLEY, R. J. "*Triste fim de Policarpo Quaresma* and the New California". *Modern Language Review*, v. 78, pp. 838-49, 1983.

——. "Lima Barreto e o destino da inteligência: Uma leitura de 'A biblioteca'". *Suplemento Literário de Minas Gerais*, 15 out. 1983.

——. "*Vida e morte de M. J. Gonzaga de Sá*: A Carlylean View of Brazilian History". *Bulletin of Hispanic Studies*, v. 63, pp. 339-53, 1986.

——. "The Reader and the Writer in *Recordações do escrivão Isaías Caminha*". *Portuguese Studies*, v. 3, pp. 126-48, 1987.

——. "Alfa e ômega: *Clara dos Anjos*, um romance revisitado". *Suplemento Literário de Minas Gerais*, 7 set. 1991.

——. "*Triste fim de Policarpo Quaresma* and the Shadow of Spencerism". In: DADSON, Travor J.; OAKLEY, R. J.; ODBER DE BAUBETA, P. A. (Orgs.). *New Frontiers in Hispanic & Luso-Brazilian Scholarship: Como se fue el maestro: For Derek W. Lomax in Memoriam*. Lewiston: Edwin Mellen, 1994. pp. 255-74.

OAKLEY, R. J. "Ilusões perdidas na *Belle époque* carioca". *Matraga*, v. 17, pp. 81-8, 2005.

——. *The case of Lima Barreto and Realism in the Brazilian 'Belle Epoque'*. Lewiston: Edwin Mellen Press, 1998.

——. "Lima Barreto's Menippean Satire *Numa e a Ninfa* in Its Historical Context". In: EARLE, Tom (Org.). *Portuguese, Brazilian and African Studies: Studies Presented to Clive Willis on his Retirement*. Oxford: Aris & Phillips, 1995.

OLIVER, Élide Valarini. "Ácida? Amarga? O gosto da sátira em Lima Barreto". *Ensaios premiados: A obra de Lima Barreto*. Brasília: Departamento Cultural e de Informações, 2008.

PEREIRA, Astrojildo. *Crítica impura*. Rio de Janeiro: Civilização Brasileira, 1963. pp. 34-54.

POUND, Ezra. "Small Magazines". *The English Journal*, v. 19, n. 9, nov. 1930.

PRADO, Antônio Arnoni. *Lima Barreto: O crítico e a crise*. Rio de Janeiro: Cátedra, 1976.

RABASSA, Gregory. *O negro na ficção brasileira*. Rio de Janeiro: Tempo Brasileiro, 1965. pp. 363-401.

RESENDE, Beatriz. *Lima Barreto e o Rio de Janeiro em fragmentos*. Rio de Janeiro: UFRJ; Campinas: Ed. da Unicamp, 1993.

REIS, Campos Zenir. "Lima Barreto: a utopia e o navegante". *Boletim Bibliográfico Biblioteca Mário de Andrade*, v. 42, pp. 75-82, 1981.

RIEDEL, Dirce Côrtes. "*Vida e morte de M. J. Gonzaga de Sá*, tangências literárias ou o 'peixe medíocre'". In: BARRETO, Lima. *Triste fim de Policarpo Quaresma*. Ed. crítica. Ed. de Antônio Houaiss e Carmem Lúcia Negreiros. Paris: ALLCA XX, 1997. (Coleção Archivos)

RÓNAI, Paulo. *Encontros com o Brasil*. Rio de Janeiro: INL, 1958. pp. 35-44.

SANTIAGO, Silviano. "Uma ferroada no peito do pé (dupla leitura de *Triste fim de Policarpo Quaresma*)". In: ——. *Vale quanto pesa*. Rio de Janeiro: Paz e Terra, 1982. pp. 163-81.

SCOBIE, James. *Buenos Aires, del centro a los barrios, 1870--1910*. Buenos Aires: Solar/ Hachette, 1977.

SEVCENKO, Nicolau. *Literatura como missão: Tensões e criação cultural na Primeira República*. 2ª ed. revista e ampliada. São Paulo: Companhia das Letras, 2003.

——. "Lima Barreto, a consciência sob assédio". In: BARRETO, Lima. *Triste fim de Policarpo Quaresma*. Ed. crítica. Ed. de Antônio Houaiss e Carmem Lúcia Negreiros. Paris: ALLCA XX, 1997. (Coleção Archivos)

SILVA, José Bonifácio de Andrade. *Representação à Assembleia Geral Constituinte e Legislativa do Império do Brasil sobre a escravatura*. Rio de Janeiro: Tipografia de J. E. S. Cabral, 1840.

TEIXEIRA, Ivan. "Policarpo Quaresma como caricatura de uma ideia de Brasil". In: BARRETO, Lima. *Triste fim de Policarpo Quaresma*. Ed. de Ivan Teixeira e Gustavo B. Martins. São Paulo: Ateliê, 2004. pp. 9-38.

TEIXEIRA, Vera Regina. "*Clara dos Anjos* de Lima Barreto: Biópsia de uma sociedade". *Luso-Brazilian Review*, v. 17, pp. 41-9, 1980.

TWAIN, Mark. *The Complete Short Stories of Mark Twain*. Stilwell: Digireads, 2008.

VAPEREAU, Gustave. *Dictionnaire universel des contemporaines*. Paris: Hachette, 1893.

VASCONCELLOS, Eliane. *Entre a agulha e a caneta: Uma leitura da obra de Lima Barreto*. Rio de Janeiro: UFRJ, 1999.

WASSERMAN, Renata R. Mautner. "Lima Barreto, the Text and the Margin: On *Policarpo Quaresma*". *Modern Language Studies*, v. 22, pp. 53-69, 1992.

MANUSCRITOS E FONTES PRIMÁRIAS

A.B.C. Rio de Janeiro: Typ. da Revista dos Tribunais, 1912.

BARRETO, Lima. *Arquivo Lima Barreto*. Divisão de Manuscritos, Biblioteca Nacional, Rio de Janeiro.

Caras y Caretas. Buenos Aires, 1898.

Careta. Rio de Janeiro: Kósmos, 1908.

Floreal: Publicação Bimensal de Crítica e Literatura. Rio de Janeiro: Typ. Rebello Braga, 1907.

Fon-Fon. Rio de Janeiro: Kósmos, 1907.

Jornal das Moças: Revista Quinzenal Ilustrada. Rio de Janeiro: F. A. Pereira, 1914.
O Malho. Rio de Janeiro: O Malho S.A., 1902.
Voz do Povo: Órgão da Federação dos Trabalhadores do Rio de Janeiro e do Proletariado em Geral. Rio de Janeiro. Direção de Afonso Schmidt.

Cronologia

1881 Afonso Henriques de Lima Barreto nasce no Rio de Janeiro, a 13 de maio.
1887 Em dezembro, morre sua mãe.
1888 Abolição da Escravatura.
1889 Proclamação da República.
1890 João Henriques, pai do escritor, é demitido da Imprensa Nacional em fevereiro. Em março é nomeado escriturário das Colônias de Alienados da Ilha do Governador.
1891 Deodoro da Fonseca fecha o Congresso Nacional; contragolpe de Floriano Peixoto leva-o ao poder para restaurar a ordem constitucional.
Lima Barreto matricula-se como aluno interno no Liceu Popular Niteroiense.
1893 João Henriques é promovido a almoxarife das Colônias de Alienados.
A Armada revolta-se no Rio; Revolução Federalista no Sul.
João Henriques é nomeado administrador das Colônias de Alienados.
1894 Prudente de Morais assume a presidência da República.
1895 Morre Floriano Peixoto.
Concluída a instrução primária, Lima Barreto entra para o Ginásio Nacional (novo nome dado para o antigo Colégio Pedro II).
1896 Lima Barreto conclui os primeiros preparatórios no Colégio Paula Freitas.
1897 Ingressa na Escola Politécnica do Rio de Janeiro.

1898 Campos Sales inicia seu governo como presidente da República.
1902 Rodrigues Alves assume o poder e começa a reconstruir e sanear o Rio de Janeiro.
Colabora em jornais acadêmicos, escrevendo para *A Lanterna*, a convite de Bastos Tigre.
O pai de Lima Barreto enlouquece.
1903 Com a loucura do pai, Lima Barreto é obrigado a deixar a faculdade para sustentar a família. Ingressa como amanuense na Secretaria da Guerra.
Lima Barreto colabora no semanário *O Diabo*, de Bastos Tigre, e é nomeado amanuense na Diretoria de Expediente da Secretaria da Guerra.
1904 Começa a escrever *Clara dos Anjos*.
1905 Passa a trabalhar como jornalista profissional, escrevendo uma série de reportagens para o jornal *Correio da Manhã* sob o título "Os subterrâneos do Morro do Castelo".
Escreve prefácio para *Recordações do escrivão Isaías Caminha*.
1906 Data do prefácio para *Vida e obra de M. J. Gonzaga de Sá*.
Primeira licença para tratamento de saúde.
1907 Funda no Rio de Janeiro a revista *Floreal*.
Começa a publicar textos na *Fon-Fon*.
1909 Morte de Afonso Pena; Nilo Peçanha o substitui.
Publicado em Lisboa o romance *Recordações do escrivão Isaías Caminha*, pelo editor M. Teixeira.
1910 Hermes da Fonseca inicia o governo.
Nova licença para tratamento de saúde.
1911 *O Jornal do Commercio* começa a publicar em folhetins o romance *Triste fim de Policarpo Quaresma*.
1912 Lima Barreto colabora no jornal *A Gazeta da Tarde*, onde publica, além de relatos folhetinescos, a sátira *Numa e a Ninfa*.
Nova licença para tratamento de saúde.
Publica dois fascículos das "Aventuras de dr. Bogóloff".
1913 Muda-se para a rua Major Mascarenhas, 42, em Todos os Santos.

1914 Venceslau Brás chega ao poder em meio a grave crise econômica.
Começa a escrever diariamente uma crônica para o *Correio da Noite*.
Em agosto, Lima Barreto é recolhido pela primeira vez ao hospício. Nova licença para tratamento de saúde.
1915 *Numa e a Ninfa* começa a ser publicado em folhetins no jornal *A Noite*.
Primeira fase de sua longa colaboração na revista *Careta*.
1916 Começa a colaborar regularmente na revista *A.B.C.*
Publica *Triste fim de Policarpo Quaresma*.
Por conta de um alcoolismo renitente, é internado para tratamento de saúde, interrompendo sua atividade profissional e literária.
1917 Crises e greves operárias alastram-se pelo país. Lima Barreto atua na imprensa anarquista, apoiando a plataforma libertária dos trabalhadores.
Entrega originais de *Os bruzundangas*.
Declara-se candidato à ABL, mas a inscrição não é aceita.
1918 Colabora em *A Lanterna* sob o pseudônimo de dr. Bogóloff. Sai na revista *A.B.C.* seu manifesto maximalista.
Por ter sido considerado "inválido para o serviço público", é aposentado de seu cargo na Secretaria da Guerra.
1919 Epitácio Pessoa assume a presidência da República.
Lima Barreto é novamente recolhido ao hospício.
Primeira edição de *Vida e morte de M. J. Gonzaga de Sá* é colocada à venda. Lima Barreto vê sua candidatura à ABL novamente fracassar.
Inicia a segunda fase da colaboração regular na *Careta*, que vai durar até 1922.
1920 Aparece nas livrarias *Histórias e sonhos*.
Entrega ao editor os originais de *Marginálias*.
1921 Publica um trecho do romance *Cemitério dos vivos*.
Novamente apresenta-se candidato à ABL, mas retira seu nome meses depois.
Entrega ao editor os originais de *Bagatelas*.
1922 Entrega os originais de *Feiras e mafuás* e publica o primeiro capítulo de *Clara dos Anjos* na revista *Mundo Literário*.

Semana de Arte Moderna em São Paulo.
Lima Barreto morre, no dia 1º de novembro, em sua casa, no Rio de Janeiro, de colapso cardíaco.
Morre, em 3 de novembro, o pai do escritor.

Esta obra foi composta em Sabon por Zuleida Loureiro
e impressa em ofsete pela Geográfica
sobre papel Pólen Soft da Suzano Papel e Celulose
para a Editora Schwarcz em julho de 2016

A marca FSC é a garantia de que a madeira utilizada na fabricação
do papel deste livro provém de florestas que foram gerenciadas de
maneira ambientalmente correta, socialmente justa e economicamente viável, além de outras fontes de origem controlada.